KB052460

# 골튼 선

**II**

GOLDEN SON:
The Red Rising Trilogy #2
*by Pierce Brown*

Korean Translation Copyright © Minumin 2016

Korean translation edition is published by arrangement with
Pierce Brown c/o Liza Dawson Associates, New York
through Danny Hong Agency.

이 책의 한국어판 저작권은 대니홍 에이전시를 통해
Liza Dawson Associates와 독점 계약한 ㈜민음인에 있습니다.
저작권법에 의해 한국 내에서 보호를 받는 저작물이므로 무단 전재와 무단 복제를 금합니다.

# 골든

GOLDEN SON

# 선

## II

피어스 브라운

이윤진 옮김

황금가지

# 차 례

# 3부

# 정복자

'아이언 레인'이 내릴 때면 용기를 내라. 용기를 내라.

— 론 오 아르코스

제25장

# 집정관들

"우리는 당했다. 칼리스토의 대총독 표현을 빌자면 그렇다."

네로 오 아우구스투스 대총독은 탁자 위를 둘러보며 우리가 그의 말의 무게를 이해하고 있는지 확인한다. 그의 얼굴의 매부리코 각도가 함선의 전쟁실 빛을 받아 광대에 그림자를 드리운다. 그 바람에 그의 모습은 부리 끝을 응시하는 매와 흡사하다.

"그리고 그가 그렇게 말하지 않을 이유는 또 뭔가? 코어 지역이 우리에게 맞서고 있다. 해왕성은 '원거리 궤도'에 있다. 베스파시아누스의 함선들이 우리를 도우러 오기까지는 6개월이 걸릴 것이다. 이 모든 일이 벌어지는 동안 내 기수들은 화성의 도시에서 방패 뒤에 숨은 채 우리를 지원하기 위해 자신들의 둘째와 셋째 자식들을 보내고 있다."

그는 탁상 저 끝에 앉은 두 명의 구성원들을 바라본다.

"그들의 무력함이 우리를 불구로 만들고 있다. 그리고 이제 나는 내 집정관들, 내 무기를 든 수하들과 함께 이곳에 앉아 의회를 진행하고 있는데 그들이 무슨 거대한 책략을 궁리한단 말인가?"

도망치자. 그들이 주장하는 바는 그것이다. 우리는 한 달 전에 루나에서 도망쳤다. 그리고 그 이래로 도주를 멈추지 못했다. 군주는 교묘했으며 그녀의 세력이 화성에서는 우리를 물리쳤기 때문이다.

일이 내가 생각했던 방향대로 흘러가고 있지 않다. 하지만 또 한편으로 이 지랄 같은 상황은 전혀 내 탓이 아니다. 우라지게 조심스러운 멍청이들이 대총독을 둘러싸고 있다. 과거에 자신들이 얻은 총애와 힘을 모두 잃을까 봐 너무 두려운 나머지 그것들을 걸고 위험을 감수하지 않으려 하는 골드들이다. 더 엉망인 것은 그들이 나를 쏙 빼 버렸다는 것이다. 나에 맞서는 동맹들이 형성됐다. 그것을 그들의 눈빛에서, 그들의 등 돌린 자세에서 확인할 수 있다. 내 득은 그들의 실이다. 루나에서 내 지휘에 따랐던 자들도 마찬가지며 특정 형태의 죽음으로부터 내가 구했던 자들도 마찬가지다. 그들은 자칼에게도 똑같이 군다. 그리고 그들은 자칼이 이 방에서 그들과 말다툼을 벌이고 있지 않다는 것만으로도 자신들이 승리했다고 여긴다. 그들의 실수다.

나는 내 주인의 기함 전쟁실에 비치된 거대한 체리빛 오크원목 탁상를 가운데 두고 그로부터 열 자리 떨어진 곳에 자리하고 있다. 기함은 6킬로미터 길이의 드레드노트로 '인빅투스'라고 불린다. 천장은 우리로부터 40미터 높이에 있다. 방은 과하게 크고 인상적이다. 조각된 사자 세공품이 탁상의 중앙에서 우리를 노려보고 있다. 40석 이상이 비어 있다. 신임했던 고문들이 사라졌다. 그들은 가라앉는 배의 쥐새끼들처럼 아우구스투스를 버리고 간 것이다. 우리와 함께 남은 자들은 플라이니, 집정관 카박스, 그의 아들 닥소, 그리고 50명 되는 아우구스투스의 가장 강력한 집정관들, 특사들, 그리고 기수들이다. 그들은 나를 노려보지 않는다. 그렇게 유치한 짓은 벌이지 않는다. 이런 골드들은 수억 명의 영혼들을 주재한다. 그러니 그들은 나를 단순히 무시하며 아우구스투스의 머릿속에 내 아이디어들에 대한 의구심을 심어 놓는다.

"그럼 칼리스토 대총독의 말에 동의하나? 우리가 당했나?"

아우구스투스가 제기한다.

누가 대답할 새도 없이 거대한 문들이 쌕 소리를 내고 대리석 벽면 속으로 들어가며 열린다. 머스탱이 느긋하게 문을 통과한다. 그녀는 한 손에서 다른 손으로 사과를 던지기를 반복한다.

"늦어서 죄송합니다!"

머스탱은 자신의 아버지를 향해 활짝 웃은 후 그에게 다가가 그의 사자머리 반지에 과히 품위 있는 키스를 남긴다.

"한 시간 전에 공지를 띄웠다."

아우구스투스가 말한다.

머스탱이 플라이니를 빤히 바라본다.

"그랬어요? 그걸 놓쳤나 보네요. 저는 오빠와 체스 한 판 두러 갔다가 아버지께서 여기 계신 것을 알게 됐는걸요."

그녀는 자신의 농담에 웃는다. 텔레마누스 부자만이 그 말을 이 해하고 따라 웃는다. 한숨을 쉰 후 그녀는 탁상의 맨 끝으로 향하면서 지나가는 길에 카박스와 닥소의 어깨를 꼭 쥔다. 카박스는 울리는 목소리로 그녀에게 따뜻한 인사말을 건넨다. 그녀는 앉은 후 자신의 군화 신은 발을 탁상 위에 올린다.

"제가 놓진 것이 있나요? 물론 없겠죠. 평상시처럼 머무적거리 셨죠?"

그녀의 아버지의 볼에서는 경련이 인다.

"이곳은 마구간이 아니다."

그는 그녀의 부츠를 향해 눈총을 준다. 한숨을 쉬며 그녀는 부츠 신은 발을 내린 후 소매 뒤를 이용해 사과에 윤을 낸다.

머스탱은 이 방에 있는 몇 안 되는 여자들 중 한 명이다. 아그리 피나 오 줄리가 여기에 자리했어야 했다. 하지만 그녀의 배신으로 아우구스투스가 화성을 쟁취하기 위해 보유해야 했던 함대의 수가 빠르게 격감된 상태다. 또 그녀의 배신으로 아우구스투스는 자신을 향한 빅트라의 충절이 진짜인지 확인하기 위해 그녀에게 사람들을 붙인 상태다. 빅트라가 구금실에 감금되지 않도록 나는 그 남자에게 내가 갖고 있는 영향력을 거의 다 소진해야 했다.

우리는 코어 세계들로부터 여기까지 쫓겨 왔다. 화성의 궤도 선상으로부터 멀리 떨어진 곳이다. 우리의 소행성 광산 사업들은 압

류됐다. 아우구스투스의 자산은 동결됐다. 그리고 그의 도시들은 이미 군주에게 항복을 하지 않았다면 포위당했다. 우리 머리에 포상금이 걸린 것은 두 말 할 것도 없다. 늙은이들은 아우구스투스 뒤로 나에게 가장 높은 포상금이 걸려 있다는 사실을 좋아하지 않는다.

"우리가 방해받기 전으로 돌아가서…….."

아우구스투스가 말을 이어간다.

"누군가가 자신의 자리를 정당화하고 있었던 것……."

사각. 머스탱이 사과 한 입을 시끄럽게 베어 먹자 그의 말꼬리가 흐려진다. 그녀는 짜증을 내는 주위 사람들의 표정을 바라본다. 나는 웃음을 참는다.

플라이니가 앞으로 기대온다.

"각하. 우리의 전략적 후퇴를 지속하는 것 외에는 다른 대안이 없는 것 같습니다. 이 방식으로 일이 계속된다면 우리는 패배할 것입니다. 그리고 각하께서는 배신으로……."

사각. 그가 말을 끝내기 전에 움찔한다.

"재판에 서게 되실 겁니다."

그는 테이블 주위에 돈으로 매수가 완료된 자신의 협력자들을 둘러본다.

"하지만 저희에게 열린 단 하나의 길이 남아 있습니다."

"베스파시아누스 증강 병력이 해왕성에서 도착하기 전까지 우리의 함대와 함께 계속 도망치는 것이지. 6개월 동안."

아우구스투스가 중얼거린다.

정치꾼 놈은 고개를 끄덕인다.

"아니면 항복하든지요."

"기회가 있었을 때 옥타비아를 죽였더라면 이런 일이 벌어지지 않았잖아, 이 녀석아."

카박스가 말한다.

"제가 그랬다면 여기 있는 모든 이들이 죽었을 텐데요."

내가 대답한다.

닥소가 고개를 끄덕인다.

"아버지께서 너를 자극하려고 하신 말은 아니었어. 그냥 아쉬워서 그러시는 거야."

"왜 옥타비아를 죽이지 않았던 건데?"

플라이니가 나를 회의적으로 노려본다.

"할 수가 없었죠. 아자 오 그리무스와 같은 공간에 있었거든요. 당신이 그 자리에 있었더라면 더 잘 해낼 수 있었을지도 모르겠네요. 하지만 나는 생명이 유한한 사람이라서."

그 상황을 잘 알 법한 집정관들은 웃는다.

아우구스투스가 투덜거린다.

"그 상황에 놓인 자가 론 오 아르코스였더라도 감히 그러지 못했을 것이다. 한번은 그가 레이저 없이 문신이 새겨진 자를 죽이는 광경을 본 적도 있지만 그렇다. 대로우는 최선을 다 했다."

그는 나에게 관심을 돌린다.

14

"너도 우리가 지금 도망쳐야 한다고 생각하나?"

"그 행동은 각하를 약해 보이게 만듭니다."

"우리는 약하다고."

플라이니가 반론한다.

"하지만 이렇게 하신다면 각하께서는 현명해 보이실 겁니다."

"현명한 자들은 역사에 관한 책들을 읽죠, 플라이니. 강한 자들은 그 책들을 써 내려가고요."

"론 오 아르코스 님의 말은 그만 인용해!"

플라이니가 날카롭게 쏘아붙인다.

"당신은 모든 지식에 열린 마음을 갖는 줄 알았는데요."

"자네가 살아온 고 몇 년 덕분에 자네가 수많은 것들에 전문가가 됐다는 걸 의심할 여지가 없겠구나. 늙은 전사들의 격언들을 더 재활용해서 우리가 인생과 지혜에 대해 더 많이 배울 수 있게 해 주지그래."

플라이니가 노래하듯 빈정거린다.

"이건 나에 대한 일이 아닌데요, 친애하는 플라이니. 그러니 인신공격은 그만하시죠."

내가 대총독을 향해 손짓을 한다.

"이것은 우리 각하에 대한 일이라고요. 이분의 운명에 관한 일이고요."

"참 드라마틱하게도 그리 언급해 주는구나, 대로우."

아우구스투스는 우리의 말다툼에 피곤해하며 자신의 눈을 비빈다.

"젊은 친구들은 의욕적이기 마련이지요."

플라이니가 말을 이어간다.

"하지만 우리는 유념해야 합니다, 각하. 신중한 것이 불명예스러운 것은 아닙니다. 6개월의 지연은 승리를 위해 치룰 수 있는 아주 적은 대가입니다."

그는 손가락이 길쭉하게 뻗은 손을 펴 보인다.

"사실, 시간은 우리의 친구입니다. 옥타비아에게는 우리를 찾으려고 태양계를 샅샅이 뒤질 여력이 없습니다. 고향의 의회가 그렇게나 분열되어 있으니까요. 모두를 쥐려고 하는 그녀의 손아귀는 강철과 같지요. 그녀는 그 손아귀로 다른 대총독들의 등 뒤까지 연달아 할퀼 것이며 그녀를 따르던 자들도 그녀의 명령을 무시하기까지 그리 오래 걸리지 않을 것입니다. 그들은 우리가 왜 그녀에 대항하여 싸우고 있는지 알게 될 것입니다. 바로 그녀가 우리의 대표가 아닌 여제 행세를 하기 때문이라는 것을 깨달을 것입니다. 그 과정은 우리에게 시간을 벌어 줄 것입니다. 그럼 우리에게 힘이 생길 것입니다. 그리고 우리에게 수익성 있는 평화를 청할 능력도 따라올 것입니다."

집정관 카박스가 자신의 주먹으로 탁상을 쾅 친다.

"개소리 집어치우시오."

타이탄 같은 이 사람은 살로 이루어졌다기보다는 바위로 조각된 모습이다. 그의 목은 너무나 굵은 나머지 내 양손으로도 그 둘

레를 감싸지 못할 정도다. 대부분의 골드들과는 다르게 그는 자신의 머리를 밀었으며 수염을 기른다. 그 수염은 무성하며 피처럼 붉게 물들었다. 불빛이 은은해질 때면 그것은 밤중에 달궈진 인두처럼 빛을 발한다. 그의 왼손에는 오직 세 손가락만이 남아 있다. 사람들의 말로는 그의 아들 닥소가 어렸을 때 그 손가락들을 물어뜯었다고 한다. 하지만 닥소는 언제나 미소 지으며 나긋나긋한 말투로 그것은 자신의 남동생 팍스의 짓이었다고 말한다. 텔레마누스 부자는 이 방 안에서 플라이니에게 이런저런 약점을 잡히지 않은 유일한 집정관들이다. 나는 카박스가 좋다.

"내 불알을 까게 만드는군. 이 픽시스러운 잡소리들이 내 불알을 까게 만든다고!"

카박스가 조롱한다.

"우리는 이런 상황에 처하지 말았어야 했습니다. 각하, 제가 떠나는 것을 허락해 주십시오. 그러면 제 사병 1000명을 데리고 각하의 부름에 대답하지 않은 겁쟁이들을 처리하러 가겠습니다. 미안하구나, 내 새끼."

그의 마지막 말은 자신이 가장 아끼는 여우, 소포클스에게 속삭인 것이다. 소포클스는 귀가 날렵하게 생긴 붉은 금색 빛깔의 짐승으로 주인의 우렁찬 목소리에 움찔한다. 그놈은 카박스의 거대한 손바닥으로부터 작은 젤리빈들을 받아먹는다.

우리는 카박스의 관심이 다시 그가 하던 말로 돌아오기를 기다린다.

"하던 말을 계속하게, 카박스."

아우구스투스는 자신이 가장 총애하는 사람들에게만 보이는 미소를 씽긋 지으며 카박스를 재촉한다.

"아버지."

닥소가 자신보다 큰 남자를 슬며시 찌른다.

카박스가 당황하며 고개를 든다.

"아. 그리고 그들의 불알들을 찢어 버린 후 귓불에 걸어 주면 다른 이들이 대총독님께서 화성의 지배자임을 기억하고 당신을 돕겠다고 사정할 것입니다, 네로."

만족해하며 카박스는 다시 소포클스에게 젤리빈을 먹이는 일로 관심을 돌린다.

"그리고 그들은 우리 몇 안 되는 지도자들이 우리의 충성심을 증명했다는 것을 알게 될 것입니다."

닥소가 재빨리 덧붙이며 탁상 주위에 자리한 골드들을 향해 손을 흔든다. 나머지 골드들은 긍정의 의미로 고개를 끄덕인다. 닥소는 계피 막대 하나를 뺀다. 그는 팍스보다도 미소를 더 많이 짓는다. 하지만 그의 미소는 팍스의 것에 비해 절반 정도의 크기이며 두 배 정도 더 짓궂어 보인다. 내가 유일하게 그의 인상 쓴 표정을 포착했던 순간은 갈라파티에서 자칼이 입장하는 모습을 봤을 때였다.

그 특정한 원한은 사라지지 않을 것이다. 사라져서도 안 되는 것이고. 자칼이 팍스를 데리고 갔다. 그에 대한 보답으로 텔레마누스 부자는 자칼의 머리를 요구했다. 그래서 아우구스투스는 자칼을 화성으로부터 추방시켰다. 하지만 이제 전쟁으로 인해 새로운 문제들이, 새로운 수요가 발생한다. 그리고 자칼은 그의 아버지로부터 용서를 받은 모양이다. 텔레마누스 부자로부터는 그렇지 못한 모양이지만. 나는 텔레마누스 부자를 예의주시한다. 그들은 바보 같은 척하기를 즐기지만 바보가 아니다. 팍스의 살인자와 내가 동맹을 맺은 것에 대해 그들이 끝까지 눈치 채지 못하기만을 바랄 뿐이다.

"충성 서약은 쉽게 업신여길 수 있는 류가 아니라는 것을 모든 이들에게 상기시켜야 합니다."

닥소가 말을 마무리한다. 그의 말투는 놀라울 정도로 다정하다.

"우리 아버지와 누이들이 한 번 방문해 주면 다른 기수들도 전쟁의 시기에 각하께 받쳐야 할 의무들이 무엇인지 다시 기억하게 될 것입니다."

그는 자신의 고개를 장난스럽게 갸우뚱한다. 그새 우리는 그의 두피에 새겨진 금빛 천사들의 정교함에 감탄한다.

"깊은 인상을 남기는 것이 우리 텔레마누스 사람들의 본성입니다. 어쩌면 그것이 우리의 지위까지 높여 줄지도 모르죠."

아우구스투스가 미소를 짓는다.

"나의 천둥 같은 지도자들이여. 언제나 무력 쓸 상황을 고대하는구나."

그는 손가락 하나로 자신의 길쭉한 왼쪽 손등을 따라 그린다.

"하지만 안 된다. 그들에게 상기시키는 일은 나중으로 미뤄야 한다. 벌은 승리한 이후에나 내릴 수 있는 것이다. 그리 하지 않는다면 우리는 하찮아 보일 것이다. 내 함대가 흩어지고 내 부대들이 도시들의 방어막 뒤에 갇혀 있다는 점을 고려한다면 물에 빠진 사람이 애석하게 허우적거리는 행동으로밖에 안 보일 것이다."

그는 플라이니를 바라보며 우리의 나머지 무역 동맹 가문들이 어떻게 돌아가고 있는지 묻는다. 나는 슬쩍 머스탱을 바라본다. 그녀는 내 시선을 눈치 채고 나를 향해 눈썹 한 쪽을 추켜올리며 우리가 언제 시작할지 궁금해 한다.

플라이니가 천천히 말한다. 오늘 그는 매우 검은 립스틱 한 겹을 아주 진하게 바르고 있다.

"우리의 모든 정치인들은 당한 상태입니다. 아시다시피 우리가 루나로부터 도망 나온 이후 저는 제 수하의 정치인들과 함께 상의를 했습니다. 그리고 우리는 잠재적 동맹 세력의 이동 추이가 이론상으로 결렬될 상황을 추적하는 프로그램을 사뭇 수준 높게 개발했습니다……."

"컴퓨터로?"

카박스가 크게 울리도록 웃으며 묻자 플라이니가 짜증을 내며 말을 잇는다.

"컴퓨터로요. 제 그린 분석가들이 시뮬레이션을 마쳤습니다. 갈릴레오 위성들 중에서는…… 이오, 칼리스토, 가니메데, 그리고 유로파, 그들 중 아무도 우리 쪽으로 줄을 서지 않을 것입니다. 시뮬

레이션에서든 현실에서든 마찬가지입니다."

매같이 생긴 집정관 하나가 투덜거린다.

"그다지 놀랍지도 않군. 토성의 위성들에서도 결과들이 그랬었 잖아."

플라이니가 말을 잇는다.

"자연히 그들은 편을 잘못 들어 보복을 당할 것을 두려워합니 다. 지금에 와서 토성의 위성들이 우리 쪽에 설 가망은 없습니다. 그들은 매일 자신들의 하늘에 떠 있는 레아의 시체를 봅니다. 갈 릴레오 지역에서는 유로파에 있는 론 오 아르코스 님의 존재가 문 제입니다. 그분의…… 고립주의적인 정치적 성향은 목성의 위성 대총독들 사이에서 유행처럼 번져나가고 있습니다. 특히나 그분 의 사유 부대가 그 어느 대총독의 부대와 비교해도 두 배는 크므 로 더욱 그렇지요."

아우구스투스가 한숨을 쉰다.

"고립주의? 오히려 퇴직이라는 표현이 더 가깝지. 어쩌면 그가 제대로 생각하고 있는지도 모르겠군."

머스탱이 탁상의 끝에서 말한다.

"아버지께서는 미쳐 버리실걸요? 책략도 안 꾸미고, 음모나 술 책도 없고. 오로지 가족만 있고 저와 아드리우스와 함께할 시간만 이 남아 있을 텐데요."

아우구스투스의 미소가 딱딱하여 그의 속내를 읽을 수 없다.

"우리 딸이 나를 정말 잘 아는구나."

플라이니가 말한다.

"제가 가장 걱정하는 부분은요……. 갈릴레오인들이 했던 말을 그대로 옮기자면, 그들은 우리 행위의 명분을 의심한답니다."

"그것은 우리가 정말 명분이 없기 때문인 거잖아요. 최소한 그런 것에 신경이나 쓰는 사람들이 보기에는 그럴 테지요."

나는 내 역할을 기억하며 탄식한다.

"설명하라."

대총독이 요구한다.

"지금 그가 하려고 하는 게 그거예요, 아버지. 대로우는 드라마틱하게 노는 것을 좋아한다니까요."

머스탱이 말한다.

나는 과장된 몸짓으로 방을 둘러본다.

"이 방에 있는 상냥한 골드들은 인간의 본성에 대해 이해하고 있다고 말해도 어폐가 없겠지요. 그렇죠? 이해하지 못한다 해도 생각해 봅시다. 우리에게 동기를 부여하는 것이 무엇일까요? 명분인가요? 아닙니다. 우리들 중 아무에게도 명분은 없습니다. 자유? 민주주의? 정의?"

나는 눈을 굴린다.

"그럴 리가요. 군주가 여제처럼 구는 게 뭔 상관입니까? 소사이어티의 협정과 그것이 골드들에게 제공하는 자유에 대해 우리가 신경이나 쓰고 있습니까? 전혀 아니잖아요.

이것은 힘에 관한 문제입니다. 언제나 힘에 관한 문제였습니다.

우리가 그녀와 대치하는 이유는 우리 자신들을 대총독님이라는 하나의 별에 묶어 놨기 때문입니다. 하지만 별이 떨어지고 사라지려 하……."

카박스가 자리에서 반쯤 일어난다.

"네 주인을 모욕하지 마라. 마치……."

"마치 각하께서 뭐라는 듯이요? 멍청이요? 각하께서는 멍청이가 아니십니다. 그러니 자리 붙들어 매십시오. 벨로나 가문이 화성을 차지할 것입니다. 그들은 계약들을 따내고 정부 요직들을 차지할 것입니다. 우리는 죽임당하거나 영향력 없는 한직으로 밀려날 것입니다."

내 언변에 청중들이 움직인다.

"이 세상에서 유일하게 의미 있는 것은 힘입니다. 3년간 제 충직한 동료였던 택터스 오 래스를 생각해 보십시오. 제 별이 지기 시작하자마자 그는 저로부터 도둑질을 하고 뒷문으로 빠져나갔습니다. 어둠 속의 도둑이 되었죠.

루나에 가기 전에는 이곳의 빈자리들이 얼마나 채워져 있었지요? 아우구스투스 님을 위해 피를 흘리겠다는 남자와 여자들이 너무나 많았잖습니까. 각하께서 아게아 연단에 앉아 계셨을 당시에도 그를 위해 자신들의 눈을 바치겠다는 남자와 여자들도 너무나 많았잖습니까. 이제……."

나는 양손의 먼지를 털어 버린다.

"우리는 지고 있습니다. 도망친다면 말라 죽게 될 것입니다. 우리가 다시 일어나고 싶다면, 갈릴레오인들이 우리의 편에 서도록 유도하고자 한다면, 토성의 지배자들을 우리의 기수로 등용하고자 한다면, 우리가 무력하지 않다는 걸 그들에게 보여 줘야 합니다. 우리로부터 힘이 뚝뚝 흘러넘치고 있다는 걸 보여 줘야 합니다. 우리가 삶과 죽음의 결정권자들입니다. 벨로나 가문이 아닌 우리가 화성의 지배자입니다."

플라이니가 뭐라고 말하려 하는데 아우구스투스가 그에게 조용하라는 손짓을 보인다.

"너는 어떻게 했으면 좋겠다는 것이냐?"

"갈릴레오 가문들이 루나에게 유난히 호의적인 이유는 딱 하나입니다. 무역입니다. 가니메데에는 도킹장들이 있습니다. 칼리스토는 거의 소사이어티의 군대들에 그레이와 옵시디언들을 제공하는 공장과 다를 바 없죠. 유로파는 은행 업무와 심해 채굴 작업, 그리고 휴가용 별장들로 이루어진 바다 세계고요. 이오는 목성의 궤도상에 있는 모든 세계의 곡창지대 역할을 하지요. 그들이 우리 쪽으로 쪼르르 달려오기에는 코어 지역과 벌이는 무역에 너무 많이 의지하고 있습니다. 그리고 가장 저능한 아이조차도 애시 로드가 레아로 내려왔을 때 어떻게 됐는지 알고 있습니다."

집정관들이 고개를 끄덕이며 내 말에 호응해 준다.

"그러니 우리는 그들에게 깊은 인상을 줘야 합니다. 그들에게 극도로 겁을 줘서 우리의 힘이 언제든 그들에게 미칠 수 있다는 것을, 그래서 그들이 우리를 모른 척할 수는 없다는 것을 알려야 합니다."

"어떻게?"

아우구스투스가 묻는다. 그들은 이제 모두 낚시 바늘에 꿰였다.

나는 레이저를 탁상 위에 올려놓아 내가 어떤 식의 일을 제안하려는 것인지 그들에게 알린다.

"우리는 그들의 함선들을 가져갑니다. 그들의 아이들도 데려갑니다. 스파르타인들이 아내를 차지하던 방식과 똑같이 그들과 동맹을 맺습니다. 무력으로 야밤에요."

내 주위로 침묵이 자리한다. 그 후 대소동이 뒤따른다. 플라이니는 자기편인 집정관들이 내 제안을 공격하도록 내버려둔다. 그는 자신의 에너지를 아우구스투스의 귓가에 속삭이는 일에 쏟아 붓는다. 나는 머스탱을 쳐다본다. 하지만 그녀는 다른 사람들을 바라보며 그들의 태도를 분석하는 중이다.

대총독이 방을 조용히 시킨 후 나를 다시 지목한다.

"허황된 말이다. 아직 구체적인 계획은 듣지 못했다."

"하나의 계획이 있습니다. 그것은 두 단계로 나뉩니다."

내가 데이터패드를 건드리자 자칼의 수하가 나에게 준 홀로그램이 탁상 위로 펼쳐지면서 가니메데를 보여 준다. 그 위성은 그곳의 바다와 숲에서 발생한 푸른빛과 초록빛으로 밝게 빛나고 있다. 백색과 주황색 대리석 무늬가 증기 가득한 목성의 표면과 대비되면서 그 모습이 휘양 찬란하다. 회색의 도킹장들이 위성을 두르고 있다. 나는 줌인을 시켜서 그 도킹장들이 탁상 위로 확 늘어지게 만든다. 그리고 등록된 함선들을 기록하면서 그중 하나를 특별히 하이라이트 칠한다.

"가니메데에는 문브레이커가 있습니다."

탁상 주위에서 휘파람 소리들이 들려온다.

"문브레이커라고?"

누군가가 속삭인다.

"이 정보는 믿을 만한가?"

아우구스투스가 묻는다.

나는 끄덕인다.

"매우 믿을 만합니다. 군주 본인이 저것을 직접 손자의 선물로 주문했답니다."

손가락을 까딱하여 함선 도킹장의 이미지를 돌린다. 궤도 도킹장의 그림자 속에서 나의 '팍스'와 비슷하지만 더 최신형이며 큰 함선이 떠다니고 있다. 그것은 야밤처럼 까맣고 길이는 8킬로미터다.

카박스는 괴물 같은 함선의 모습에 거의 침을 질질 흘리다시피 한다.

"참으로 사랑스러운 여인네롤세."

플라이니가 홀로를 살핀다.

"이것이 작위적이지 않다는 전제하에 말하겠는데……. 이 정보는 어떤 경로로 얻은 것인가?"

"작은 새들은 내 귀에 대고도 속삭이거든요."

"순진한 체 하지 말고. 중요한 사안이다."

"플라이니, 당신 정보의 출처가 당신 것이다시피 내 정보의 출처도 내 것입니다."

플라이니가 묻는다.

"그래서 자네는 진짜로 가니메데로부터 문브레이커를 훔쳐오고 싶은 건가? 그것은 전쟁을 일으키자는 행위야."

나는 쿡쿡 웃는다.

"아니, 당신은 잘못 이해하고 있군요. 나는 모든 함선들을 다 훔치고 싶은 거라고요."

## 제26장

# 인형 마스터

플라이니는 아우구스투스를 향해 걱정 어린 시선을 보낸다.

"이 일을 하신다면 이 전쟁은 한쪽이 잿더미로 변할 때까지 끝나지 않을 것입니다."

"그건 이미 그런 상황이지 않……."

카박스가 입을 열기 시작하는데 플라이니가 징징거린다.

"이건 달라요. 스케일을 키우는 행위라고요."

"우리 아버지의 말씀이 옳아요. 우리는 이미 대놓고 반란을 일으킨 상태입니다."

닥소가 선언한다.

플라이니는 자신의 손바닥으로 탁상를 내리친다.

"이것은 '다르다고요.' 이 행위는 벨로나 가문이나 군주 한 개인

이 아니라 소사이어티 전체에 전쟁을 선포하는 것입니다. 가니메데는 우리에게 해를 끼치지 않았어요. 이 일은 모든 것을 망가뜨릴 것입니다."

아우구스투스는 조용히 앉아 있다. 그의 차가운 눈은 홀로그램에 뜬 문브레이커를 빤히 쳐다보고 있다. 나를 보지도 않은 채 그는 묻는다.

"네가 전에 말하기를 이 계획에는 두 단계가 있다고 했다. 두 번째 단계는 무엇이냐?"

나는 홀로그램의 장면을 바꾼다. 아카데미가 도킹장의 모습을 대체한다. 함선들이 그 칙칙한 회색 표면을 두르고 있다. 그 뒤로는 소행성들이 궤도를 돌며 배경을 이루고 있다.

"저 함선들은 엄청 오래됐어요. 전투 중에는 무용지물입니다. 그것들까지도 훔쳐 오자는 게 당신의 계획입니까?"

내가 입을 열기도 전에 대머리가 되어 가는 리세누스라는 이름의 집정관이 말한다.

"아니요, 리세누스 집정관. 제 계획은 그 학생들을 훔쳐오는 것입니다."

나는 또 하나의 화면을 덧붙여 공개한다. 화성의 기관 이미지가 아카데미 이미지와 나란히 보인다. 그 후 다른 기관, 즉 비너스의 것이 보인다. 그러더니 지구의 두 기관도 뜬다. 그리고 갈릴레오 기관들과 토성의 기관도 뜬다. 또 기관 이미지 수가 점점 더 늘어나더니 열댓 개가 허공에 떠 있다.

"저는 모든 학생들을 훔쳐오고 싶습니다. 전투를 하기 위해서가 아니라 몸값을 부르기 위해서요."

내 말에 머스탱이 웃음을 터뜨린다.

"지랄 맞게 지독하네. 너 미쳤어, 대로우?"

아우구스투스가 인상을 쓴다.

"버지니아, 진정해라."

"저 진정했어요, 아버지. 아버지의 전투견은 그렇지 않은 모양이지만."

"네 자리를 잊은 듯하구나."

"그리고 아버지께서는 클라우디우스가 땅바닥에 죽어 있었을 때 어땠는지 잊으신 듯하네요. 레토도 마찬가지고요. 우리 나머지도 그렇게 되기를 바라시는 거예요?"

머스탱은 그 말을 입 밖으로 꺼내고는 바로 후회한다.

"입 다물어라, 딸아."

아우구스투스는 분노로 치를 떤다. 그의 빼빼한 손가락들이 탁상의 가장자리를 꽉 쥐어서 삐거덕 소리를 낸다.

"너는 네 다리 사이로 그 어린 벨로나 놈을 품은 이래로 심신이 산란해 보이는구나. 이곳에도 거만한 픽시놈처럼 걸어 들어오고. 아이처럼 그 사과나 먹고. 사이드쇼 매춘부 짓은 그만하고 네 이름에 걸맞게 행동해라."

"아버지의 남아 있는 아들처럼요?"

머스탱이 반문한다.

아우구스투스는 차분히 길게 한숨을 쉰다.

"조용히 하거나 여기서 퇴장하거라."

머스탱은 이를 갈면서도 본인의 성격답지 않게 침묵을 지킨다. 플라이니의 입술이 제법 만족스러운 미소로 휜다.

"그녀가 이미 전쟁에 신물이 났다 하더라도 그녀를 탓하지 마십시오, 굿맨."

플라이니가 말한다. 상처 입은 적군을 칼로 부드럽게 후벼 파는 말이다.

"그렇게 많은 야간 회담들에서 벨로나 가문과 평행선을 긋는 외교나 펴다 보니 그녀의 지구력도 예전 같지 않네요."

카박스가 플라이니를 향해 몸을 날린다. 때마침 닥소가 자신의 아버지를 뒤로 끌어낸다. 하지만 소란 속에서 제일 먼저 입을 여는 사람은 머스탱이다.

"제 명예는 제 스스로 지킬 수 있습니다, 굿맨. 하지만 플라이니라면 어련히 그런 모욕들을 할 것이라 예상해야겠죠. 결국, 저도 제 아내가 그렇게나 많은 젊은 용병들에게 그렇게 비상한 노력을 들이며 그들의 칼을 칼집에 꽂아 넣는 방법을 가르쳐 댔더라면 역시나 씁쓸했을 거예요."

플라이니가 분노에 찬 눈빛으로 머스탱을 응시하는 동안 그녀는 일어서며 말을 잇는다.

"저는 군주의 조정에서 지식을 구하기 위해 화성을 떠났습니다. 저는 수많은 이들이 주장했던 것처럼 가족을 버린 것이 아닙니다.

그리고 저는 제가 떠나서 이런 식의 대화에 끼지 못했던 것이 후회되지 않습니다. 왜냐하면 여기 계신 굿맨들은 오로지 한 가지만 잘하시는 것 같거든요. 그것은 바로 언쟁입니다. 그럼에도 불구하고 당신들은 제가 놀릴 대상이라는 망상에는 쉽게 동의하시는군요. 궁금해서 그럽니다. 제가 당신들의 힘에 위협이 되는 존재라고 생각하기 때문입니까? 아니면 단순히 제가 여자라서 그러시는 겁니까?"

그녀는 탁상 주위로 흩어져 자리하고 있는 몇 안 되는 여성들을 훑어본다.

"그러한 경우라면 당신들은 자신의 입장을 잊으신 겁니다. 이 소사이어티는 개개인의 능력을 토대로 남자뿐만 아니라 여자에 의해서도 설립 됐습니다.

그러나 우리 소중한 정치꾼 플라이니의 말이 맞습니다. 저라면 이 전쟁을 피했을 것입니다. 사실, 저는 그렇게 하려고 시도했었습니다. 그렇지 않았다면 제가 왜 카시우스 오 벨로나와 연인 사이로 지냈겠습니까? 하지만 전쟁은 찾아왔습니다. 그리고 저는 안팎으로 찾아오는 모든 위협으로부터 우리의 가문을 지키겠습니다."

아우구스투스는 제일 작고도 미세한 미소를 슬쩍 보인다. 처음 저런 미소를 보였을 때와 같은 표정이다. 그는 내가 본 사랑의 형태들 중 가장 조건부의 것을 실천한다. 어떻게 자신의 딸을 매춘부라고 부르다가도 그녀가 방에서 잃었던 힘을 되찾자마자 그렇게나 빨리 미소를 지을 수 있단 말인가. 갑자기 그녀는 의미 있는 존재가 된 것이다.

"그럼 제 계획에 대해서는 어떻게 생각하십니까?"

나는 묻는다.

"그것은 위험할 것 같습니다. 우리의 이익을 절대적으로 확보하지도 못한 채 전쟁을 퍼뜨리는 행위에요. 비도덕적이고 위험한 선례를 남기기도 하고요. 그렇지만 전쟁은 본질적으로 비도덕적이지요. 그러니 우리는 단순히 어디까지 가고 싶은지만 결정하면 되는 거예요."

"당신은 저보다 옥타비아를 잘 알고 있습니다. 그녀는 어디까지 가려 할까요?"

내 말에 머스탱이 잠시 조용히 있다.

"우리가 승리를 한 번 한 후 힘이 있든 없든 간에 평화를 청한다면 그녀는 그 제안을 받아들일 것입니다……."

"들었지요!"

플라이니가 활짝 웃는다.

머스탱의 말이 끝나지 않았다.

"그녀는 중립적인 장소를 제의할 것입니다. 그리고 당일에 우리가 평화를 구하기 위해 그 장소로 나간다면 그녀는 자신의 모든 힘을 다 동원해서 우리 모두를 죽여 버릴 것입니다."

플라이니는 우리 사이에서 앞뒤로 우리를 번갈아가며 쳐다본다. 그는 자신이 얼마나 쉽게 당했는지를 깨닫는 중이다.

"그러니 다시 돌아갈 방도는 없다는 것이죠? 이기거나 죽거나

입니까?"

내가 무미건조하게 묻는다.

"그렇습니다, 대로우. 이기거나 죽거나."

머스탱이 미소를 지으며 말한다.

"네가 전략적으로 압도당한 것 같군, 플라이니. 우리는 대로우의 계획대로 앞으로 나아갈 것이다."

아우구스투스가 일어선다.

"내일, 리세누스 집정관이 이 함선과 이에 딸린 함대를 지휘하여 군주의 함대가 우리를 추격하도록 유도할 것이다. 그동안 나는 콜베트함들과 소형 구축함들로 이루어진 작은 타격단을 이끌고 가스상 거대 혹성으로 향할 것이다. 그 타격단과 함께 나는 가니메데의 도킹장들을 습격할 것이다."

"각하, 저도 당신과 함께 가겠습니다!"

카박스가 우렁차게 고함친다. 그의 여우는 그 소리에 주인의 무릎에서 뛰어 내린 후 탁상 밑에서 몸을 떤다.

"아니다."

카박스의 표정에 실망감이 역력하다.

"안 된다고요? 하지만 네로…… 그 쪽의 방어 전선이…… 전투 스테이션들, 구축함들, 토치선들…… 그들은 당신이 가져갈 그 어떤 타격단 세력도 찢어 발길 겁니다."

그의 거대한 양손이 애원하는 자세를 취한다.

"우리가 당신을 위해 이 일을 할 수 있도록 허락해 주십시오."

"자네는 내가 누구인지 잊고 있구나, 나의 친구여."

"죄송합니다. 저는 그런 뜻으로 그런 게 아니라……."

아우구스투스가 사과를 그만 하라고 손을 휘저은 후 머스탱을 향해 몸을 돌린다.

"딸아, 너는 대로우의 계획의 두 번째 단계를 이행하기 위해 함대로부터 가져가야 할 모든 것들을 챙겨 가거라."

지금 플라이니를 바라보고 있자면 모래 한 줌을 쥐고 있어 보려고 노력하는 어린애를 보고 있는 기분이다. 그는 상황이 어떻게 돌아가고 있는지 이해하지 못하고 있다. 하지만 지금 행동할 정도로 바보도 아니다. 그는 뱀 같은 성격답게 풀 속에서 기다릴 것이다.

대총독이 나를 향한다.

"대로우, 너는 카시우스의 피를 흘리기 전에 나에게 뭐라고 했었지?"

"저는 각하께서 화성의 왕이 되어야 마땅하다고 말씀드렸습니다."

"나의 친구들이여."

아우구스투스가 자신의 가냘픈 손을 탁상에 올려놓는다. 그의 손가락은 뻣뻣하다.

"대로우는 너희 모두가 보유하지 못한 능력을 발휘했다. 그는 내가 바라는 것을 예견한다. 나는 왕이 되고 싶다. 그러니 나를 그렇게 만들라. 이상 해산."

방이 비워진다. 나는 아우구스투스와 함께 기다린다. 그는 개인적으로 나와 이야기를 하고 싶어 한다.

머스탱이 나를 지나치며 일부러 장난스럽게 윙크를 하고 내 몸을 스친다.

"좋은 연설이었어."

내가 중얼거린다.

"좋은 계획이야."

그녀는 내 손을 꼭 쥐더니 사라진다.

"다시 연합군으로 들어왔군."

아우구스투스가 우리의 모습을 관찰한다. 그는 나에게 문을 닫으라고 손짓한다. 나는 그에게 가까이 다가가 앉는다. 그가 내 눈을 응시하는 동안 그의 얼굴에 난 딱딱한 주름들이 더욱 깊어진다. 멀리서는 그 주름들이 보이지 않는다. 하지만 이렇게 가까이에서 보면 그것들이야말로 그의 인상을 결정하는 요소다. 상실은 사람에게 이런 주름을 남긴다. 그리고 그것은 나에게 상기시킨다. 이는 분노하게 만들어서는 안 될 사람이다. 이는 절대 빚져서는 안 될 사람이다.

"네 세 치 혀로 정의로운 분개 따위를 할 생각은 애초에 그만두자구나."

아우구스투스는 자신의 손가락으로 쭉 뻗어 매니큐어 관리를 받은 큐티클들을 살핀다.

"질문은 간단하다. 그리고 너는 이에 대답할 것이다. 너는 민주주의자냐?"

이런 질문은 예상하지 못했다. 나는 불안하게 주위를 살피지 않으려고 노력한다.

"아닙니다, 각하. 저는 민주주의자가 아닙니다."

"개혁가가 아니란 말이냐? 우리 협정을 변화시켜 더 공평하고 괜찮은 사회를 만들고 싶어 하는 사람이 아니란 말이냐?"

"인류는 현재 제대로 조직화되어 있습니다."

나는 잠시 뜸을 들인다.

"몇 가지 눈에 띄는 예외 상황들만을 제외한다면 말입니다."

"플라이니 말인가?"

"플라이니 말입니다."

"너희들은 각각 자신만의 재능을 갖고 있다. 그러니 그를 가까이 두고자 하는 내 판단을 의심하지 않는 것이 좋을 것이다."

"네, 각하. 하지만 각하께서 루나인이 아니듯 저도 민주주의자는 아닙니다."

아우구스투스는 내 의도와는 다르게 미소를 짓지 않는다. 대신 그가 버튼을 누르자 내가 '팍스' 함선 선원들을 내 편으로 돌리기 위해 했던 연설이 스피커를 통해 흘러나온다. 홀로컴의 홀로그램 하나에서 각기 다른 컬러들의 얼굴들이 보인다.

"그들의 표정을 살펴봐라."

그는 비디오 클립 몇 개를 연속으로 돌려보며 내 표정을 살핀다. 함선의 각기 다른 공간에서 선원들이 골드 지휘자들에 대항하기 전에 내가 한 연설을 듣고 있는 장면들이다.

"저것이 보이나? 바로 저기. 저 불꽃이? 보이나?"

"보입니다."

"저것은 희망이다. 희망."

내 아내를 죽인 남자는 내 표정에서 뭔가 들통이 나기를 기대하고 있다. 열심히 기대나 하시라지.

"제가 실수를 저질렀다고 말씀하시는 겁니까?"

나는 묻는다.

그는 옛 격언을 되새긴다.

"내가 하데스의 지옥문만큼이나 증오하는 것은 마음속에 하나를 숨기고 다른 하나를 말하는 사람이다."

"제 마음은 언제나 있는 그대로 노출이 되어 있습니다."

"너는 그렇게 말하지."

그는 입술을 아주 살짝 벌리며 그 말을 쌕쌕거리는 소리로 내뱉는다.

"하지만 테러리스트들이 인터넷상에 거짓말을 퍼뜨리고, 폭탄들이 우리의 도시들을 뒤흔들고, 로우컬러들이 불만족스러워서 웅웅거리고, 기지에 흰개미들이 출현했음에도 불구하고 우리가 전쟁을 일으키는 이 마당에 너는 '이런' 말을 했다."

"어떤 혼돈이든……."

"입 닥쳐라. 다른 지배자들이 우리를 개혁가로 여긴다면 무슨 일이 벌어질지 아느냐? 다른 가문들이 광산을 평등과 민주주의의 요새로 본다면 어떻게 될지를?"

그는 유리잔 하나를 가리킨다.

"우리의 잠재적 동맹군들이다."

그는 그 잔을 탁상 밖으로 밀어내 그것이 와장창 깨지게 만든다. 다른 유리잔을 가리킨다.

"우리들의 생명줄이다."

그것도 떨어져 깨진다.

"루나에서 내 딸이 개혁가 연합의 정보통이었던 것만으로도 상황이 충분히 안 좋다. 너는 정치적으로 '보여서는' 안 된다. 전사로 남아라. 단순하게 있어라. 이해하는가?"

로우컬러들이 우리 편으로 모여든다면 어떻게 하시겠습니까? 나는 그렇게 묻고 싶다. 하지만 그랬다가는 아우구스투스가 옵시디언을 시켜 나를 이 자리에서 죽여 버릴 것이다.

"이해합니다."

"좋아."

아우구스투스가 자신의 손을 바라보며 거기에 끼고 있는 반지를 비튼다. 그로부터 망설이는 태도가 스멀스멀 풍긴다.

"내가 너를 믿어도 되나?"

"어떤 방식으로 말입니까?"

경멸조의 웃음이 그의 입에서 터져 나온다.

"대부분의 사람들이었다면 생각하기도 전에 그렇다고 대답했을 것이다."

"대부분의 사람들을 거짓말쟁이들입니다."

아우구스투스가 자신의 턱을 하릴없이 긁적인다.

"너를 믿고 자주적인 힘을 너에게 부여해 줘도 되겠나? 많은 이들이 주인의 곁을 떠나는 순간이 바로 그때다. 그들의 눈이 굶주림으로 채워질 때다. 로마인들은 이 사실을 몇 번이고 계속해서 배웠다. 그렇기 때문에 그들은 상원의 허가 없이 지휘자들이 자신들의 군대를 이끌고 루비콘 강을 건너게 내버려 두지 않았다. 군대를 보유한 사람들은 곧 자신이 얼마나 강한지를 깨달았다. 그리고 그들은 언제나 자신들의 그 특정한 힘이 영원하지 않다는 것을 알고 있다. 그들은 군대가 자신을 떠나기 전에 그 힘을 재빠르게 사용해야 한다. 하지만 성급한 결정들은 제국을 망가뜨릴 수도 있다. 예를 들자면, 내 아들에게는 절대로 그런 힘을 허용해서는 안 된다."

"아드님은 자신만의 사업을 펼치고 있더군요."

"그것은 느린 힘이다. 내 이름에는 걸맞지는 않지만 그로서는 영리하게 확보한 것이다. 느린 힘은 그 어떤 정체된 적도 다 갈아 없앨 수 있다. 하지만 빠른 힘, 즉 네가 가는 곳을 따라다닐 수 있고 망치가 못을 박듯 효율적으로 네가 바라는 바를 처리할 수 있는 힘, 그런 것이야말로 머리들을 베어내고 왕관들을 훔치는 힘이다. 너를 믿고 그런 힘을 너에게 맡겨도 되겠느냐?"

"그러셔야 합니다. 제가 론 님을 찾아갈 수 있는 유일한 사람이니까요."

놀라움이 아우구스투스의 눈빛에 스쳐 지나간다. 그는 자신의 교묘한 책략들을 간파당하는 일에 익숙하지 않다. 재빨리 자신의 놀라움을 감춘 그는 칭찬을 해 줄 만한 일에 칭찬을 해 주지 않으려고 한다.

"너는 이미 알고 있었구나."

"각하께서는 제가 론 님에게 접근해서 그분의 도움을 청하기를 바라시고 계시죠. 왜냐하면 그분께서 저에게 레이저를 가르쳤으니까요."

"그리고 론이 너를 사랑하기 때문이기도 하지."

나는 멍하니 눈만 깜빡인다.

"제 상황에 그런 표현이 적당한지는 잘 모르겠네요."

"론에게는 네 명의 아들들이 있었다. 세 명은 그의 앞에서 죽었다. 마지막 아들, 즉 라이샌더의 아버지는 너도 알다시피 사고로 사망했고. 그는 너를 보며 그들을 떠올리는 것 같더구나. 너에게 이롭게도 너는 그들보다 더 능력 있고 덜 도덕적이기는 하지만. 그러나 론은 너를 사랑하는 만큼 나를 증오하기도 한다."

"그는 옥타비아를 더 증오합니다, 각하."

"그럼에도 그렇지. 우리 편으로 합류하도록 그를 설득하기란 쉽지는 않을 것이다."

"그럼 제가 그분께 선택권을 드리지 않으면 되겠군요."

제27장

# 젤리빈

텔레마누스 부자가 통로에서 나를 기다리고 있다. 카박스는 나를 꽉 껴안자 내 등뼈에서 툭 소리가 난다. 닥소는 고개를 끄덕인다. 나는 둘 사이에서 얼떨떨해한다. 폭력적이지 않은 상황에서 이 둘과 이야기를 한 것은 처음이다. 사실대로 말하자면 나는 팍스가 죽는 동안 아무것도 못했던 수치심에 그들을 피해 왔다.

"내 아들은 오직 너에게만 패배했었지. 어린 팍스. 그 애는 무릎 한 쪽을 꿇어야 했지만 우정의 이름으로 그랬던 것은 부끄러운 일이 아니지. 나는 그냥 그 애가 너와 함께 올림푸스를 정복하지 못했던 게 아쉬울 뿐이야. 그것 참 볼 만한 광경이었을 텐데."

카박스가 말한다.

"저도 그가 주피터 프록터의 갑옷을 차지하는 모습을 봤으면 좋았을 겁니다."

닥소가 활짝 웃는다.

"나는 주피터 하우스 소속이었어. 카르누스 오 벨로나에게 지기 전까지는 프라이머스였지."

"그럼 우리에게는 공동의 적이 존재하는 것 같군요."

닥소가 부드럽게 묻는다.

"내 막내 동생을 죽인 그 교활한 애새끼 말고도 말이지? 우리는 많은 적들을 공유하고 있어, 안드로메두스."

카박스가 자신의 여우를 품으로 안아 올린다. 그 짐승은 주인의 목을 핥은 후 나를 사나운 눈빛으로 살피더니 주인의 빨갛고 두꺼운 수염 속으로 파고든다. 그것은 백색 가슴과 검은색 다리를 갖고 있으며 적갈색 털이 그것의 나머지 몸을 뒤덮고 있다. 일반 여우에 비해 더 두텁고 강인하며 거의 35킬로그램이나 나가는 이 놈은 사실상 늑대에 더 가까운 크기다.

"여우들은 아름다운 짐승들이야."

카박스가 그놈을 쓰다듬으며 말한다.

닥소가 고개를 끄덕인다.

"짓궂고, 잡식성에 밀렵에 잘 견디고, 일부일처제고, 매우 특별하지. 늑대의 영역에서도 자신들의 사냥터를 넓혀 나갈 줄도 알고."

그는 어두운 눈빛으로 나를 올려다본다.

"하지만 지랄 맞은 자연의 기벽으로 여우들은 자칼들을 잘 상대하지 못하지. 우리는 아우구스투스에게 아드리우스를 추방시켜

43

달라고 요청했어. 한동안 그는 유배된 상태였지. 그럼에도 이제 그는 다시 함대로 돌아왔어."

"범죄죠."

내 말에 텔레마누스 부자가 고개를 끄덕인다.

닥소가 내 어깨에 한 손을 올린다.

"여자들은…… 내 여동생들과 어머니 말이지, 팍스의 죽음에 대해 너를 탓하지 않는다. 그들은 그것을 너에게 알리고 싶어 했어. 우리는 그 어린놈을 사랑했고 네가 그놈에게 명예만을 안겨 주고자 했다는 걸 알고 있어. 네가 팍스를 기리는 의미로 그 애의 이름을 따서 네 함선을 부른다는 것도 알고 있고. 그걸 잊지 않을 거야. 한번 친구는 영원한 친구지. 그게 우리 가문의 방식이야."

카박스는 자신의 남아 있는 아들이 하는 말 한마디마다 고개를 끄덕인다. 그는 자신의 여우에게 젤리빈을 한 줌 던져 준다.

"그러니 네가 우리를 필요로 한다면 요청하기만 해. 그럼 텔레마누스 가문은 언제나 네 일에 힘을 실어 줄 거다."

닥소가 작전실 쪽으로 고갯짓을 하며 제안한다.

"진심으로 하시는 말씀입니까?"

"그렇게 하는 것을 우리 팍스도 좋아했을 거야."

더 나이가 많은 카박스가 낮게 울리는 목소리로 말한다.

나는 그의 손을 움켜쥔 후 내 운을 시험한다.

"제 결례를 용서해 주시기를 바랍니다. 하지만 저는 당신의 도움이 지금 필요합니다."

두 명의 거대한 짐승 같은 인간들이 서로의 놀란 얼굴을 바라본다. 그들의 크나큰 눈썹들이 휜다.

"수사하라, 소포클스! 수사해."

카박스가 신나하며 말한다. 그의 다리 옆에 있던 거대한 여우는 앞으로 슥 나와 내 무릎에 대고 쿵쿵거리고 내 신발과 손을 확인하며 조심히 나를 탐색한다. 그놈은 탐색하면서 내 다리 사이를 지나다닌다. 그러더니 앞발을 내 엉덩이에 올린 채 나를 덮쳐 주둥이로 주머니 속을 뒤진다. 소포클스는 두 개의 젤리빈을 문 채 고개를 든다. 놈은 만족스럽게 그것을 씹어 먹고 있다.

카박스가 내 어깨를 손바닥으로 치면서 우렁차게 말한다.

"마법이야! 소포클스가 승인하라는 길조를 발견했다. 마법으로! 이 얼마나 좋은 징조인가! 닥소, 내 아들아. 네 여동생들과 어머니에게 연락해라. 리퍼가 우리를 부른다. 텔레마누스 가문은 반드시 응답해야 한다!"

"우리 집 여자들은 해왕성을 방문하고 있어요, 아버지. 그들이 오기까지는 몇 달이 걸릴 거예요."

"그럼 '우리'라도 반드시 응답해야겠군."

"더할 나위 없이 그 말에 동의합니다, 아버지."

"한 시간 내로 지시사항들을 알려드리겠습니다."

내가 말한다.

"매우 기대되는군!"

카박스가 쿵쿵거리며 멀어진다.

"매우 기대하는 마음으로 그것을 기다리겠네."

그는 우르릉 울리는 소리로 지나가는 오렌지들을 향해 칭찬을 건넨다. 그들은 그가 아주 활짝 웃으며 짓는 표정에 겁을 먹는다. 닥소와 나는 상황을 계속 지켜본다.

"카박스께선 정말 마법을 믿나요?"

내가 묻는다.

"아버지께서는 밤마다 땅속 요정들이 자신으로부터 귀지를 훔쳐간다고 주장하시지. 어머니께서는 아버지께서 머리를 너무 많이 맞아서 그렇다고 생각하셔."

닥소가 물러나더니 자신의 아버지의 뒤를 따른다. 하지만 젤리빈 하나를 입안으로 던져 넣으면서도 교묘한 미소는 숨기지 못한다. 그리하여 나는 내 주머니에 있던 것들의 출처를 알게 됐다.

"아버지께서는 그냥 우리보다 좀 더 흥미로운 세상에서 살고 계신 거랄까. 우리를 곧 불러 줘, 리퍼. 아버지께서 고대하시네."


나는 자칼과 홀로상에서 만나 내 계획을 빠르게 전달하고 그의 권고사항 몇 가지에 따라 그것을 수정한다. 그 후 오리온에게 유로파로 진로를 잡으라고 지시한다. 이동 시간은 2주가 걸릴 것이다. 로크는 교량 위에서 나와 만나 블루 기간 선원들을 바라본다. 그는 말이 없다. 하지만 우리가 루나를 떠난 이래로 그가 나를 찾아온 것은 이번이 처음이다. 그 사실의 무게가 내 머리를 짓누른다.

"정말 미안……."

나는 말을 시작하자 로크가 조용히 말한다.

"퀸에 대해서는 이야기하고 싶지 않아. 나는 네가 이 전쟁을 원했다는 걸 알아. 나를 믿고 네 계약서를 사들여서 너를 보호해 주기를 기다리는 대신 너는 이걸 조장했지. 내가 이해가 안 되는 건 네가 나에게 약물을 주사한 이유야."

"나는 너를 보호하고 싶었어. 왜냐하면 나는 갈라파티 후에도 네가 필요하리라는 것을 알고 있었어. 그래서 네가 위험에 노출되도록 둘 수 없었어."

"그럼 내가 필요한 것들은 어쩌려고? 내 결정에 따라 네 계획에 차질이 생길지 모른다 하더라도 너에게 내 대신 그것을 결정할 권한은 없어. 친구라면 그런 짓을 하지 않아."

"네 말이 맞아. 내가 잘못했어."

나는 진심으로 말하며 고개를 천천히 끄덕인다.

"내 목에 주사바늘을 찔렀던 일이 잘못이라는 거야?"

"잘못을 넘어섰지. 그 생각과 행동 결과는 더없이 멍청했지만 그래도 그 의도는 좋았다는 것만 알아줘. 내가 무릎이라도 꿇어야 한다면……."

"그 광경 한번 볼 만하겠네."

나는 로크가 농담을 하고 있다는 것을 안다. 하지만 돌아서서 걸어가는 그의 얼굴은 웃거나 미소를 짓고 있지 않다.

제28장

# 폭풍의 아들들

"폭풍우가 휘몰아치기 직전에 나를 찾아왔구나."

내 친구가 말한다. 그가 저 밑에서 치는 파도들을 바라보는 동안 그의 회색 수염이 바람을 따라 옆으로 휘날리고 있다.

"이 바다 세계에는 이런 강풍보다 심한 날씨 속에서는 소형 보트를 타고 나가는 소년들이 있다는 걸 알고 있나? 그레이, 레드, 심지어 브라운 계급에서 나온 떨거지 놈들이지. 그들의 용기는 미친, 소위 말하자면 정신 나간 유형이야."

그가 무거운 손가락으로 발코니 밖을 가리킨다. 손가락은 파도가 10미터 높이까지 일면서 넘실거리는 검은 물을 향한다.

"사람들은 그들을 '폭풍의 아들들'이라고 부른단다."

이곳의 중력은 사람을 미치게 만든다. 모든 것이 뜬다. 지구 중력의 0.136밖에 안 되기에 나는 매 발걸음을 신중히 조절해야 한다. 안 그러면 위로 15미터 붕 떠 버리기에 두둥실거리며 다시 지상으로 떨어지기를 기다려야 한다. 이곳에서의 싸움은 물 밑에서 하는 발레 같을 것이다. 나는 단지 편하게 이동하기 위해 그래브 부츠를 신는다.

이 늙은 남자는 바다 세계가 그의 섬 주위로 일렁이는 모습을 바라본다. 그는 자신이 나에게 언제나 가르쳤던 표상과 일치한다…… 파도 사이에 있는 바위다. 젖었지만 자신의 주위로 휘몰아치는 모든 것에 동요치 않는다. 소금 물보라가 그의 수염에서 방울방울 떨어진다. 윤이 나는 그의 금빛 눈은 폭풍의 쓰라린 바람을 맞으며 깜빡인다.

"소금물을 맞고 있으면 매 돌풍이 이 세상을 끝내 버릴 것 같이 느껴지지. 매 파도가 역대 최고로 큰 것 같고. 이런 소년들은 자신들의 영예에 사로잡혀 돌풍을 탄단다. 하지만 때때로 진정한 폭풍이 일어. 그것은 그들의 돛대를 부러뜨리고 두피에서 머리카락을 잡아뜯지. 그 소년들은 바다에 완전히 집어삼켜지기 전까지 얼마 못 버틴단다. 하지만 그들의 어머니들은 그보다 훨씬 전에 그들의 죽음을 예견하고 눈물을 흘려. 우리가 처음 만났던 날, 내가 너의 죽음을 예견하고 눈물을 흘렸듯이."

그는 나를 강렬한 눈빛으로 응시한다. 그의 입은 두터운 수염 뒤에 작게 모아져 있다.

"너에게 말한 적은 없지만 나는 네가 아는 다른 수많은 비할 데 없는 자들과 다르게 궁궐이나 도시에서 자라지 못했단다. 우리 아버지께서는 이 세상에 두 가지 종류의 악이 있다고 생각하셨지. 그것들은 기술과 문명이었어. 아버지께서는 견고한 사람이셨고. 다른 사람들과 마찬가지로 살인자셨지. 하지만 아버지의 견고함의 원천은 당신이 하실 수 있는 것에 있지 않았어. 오히려 당신이 하시지 않는 것, 아버지의 절제력에 있었지. 당신이 자신과 아들들에게 유희를 금기시킨 것에 있었고. 아버지께서는 세포 재생의 도움 없이 163세까지 장수하셨어. 어쩌다보니 8차례의 '아이언 레인'(직역으로 '강철의 비'. 최고의 골드들이 하늘로 쏘아진 후 비처럼 쏟아져 내려오는 전술 방식을 뜻함—옮긴이)들을 경험하셨고. 하지만 그럼에도 아버지께서는 생명을 고귀하게 여기신 적이 한 번도 없었어. 당신이 생명을 너무 자주 앗아가셨기 때문이었지. 아버지께서는 유쾌한 사람은 아니셨어."

나는 전 레이지 나이트, 론 오 아르코스가 자신의 성 발코니 너머로 기대는 모습을 지켜본다. 성은 90킬로미터 깊이의 바다 한가운데에 위치한 석회암 요새다. 이곳은 현대적인 실루엣을 보이고 있다. 중세 시대적인 분위기가 아니다. 오히려 과거와 현재가 혼재되어 있는 것 같다. 유리와 금속이 스톤 섬과 함께 딱딱한 각을 이룬다. 이 성은 그의 세대 골드들 중 내가 가장 존경하는 이 남자와 너무나 닮아 있다.

그처럼 이 성은 폭풍이 도래했을 때에 지내기 가혹한 곳이다. 하지만 폭풍이 지나면 유리벽을 통과한 햇볕이 반짝이며 이곳의 금속 보조물로부터 반사되어 성 전체를 비출 것이다. 아이들이 성의 10킬로미터 거리를 달릴 것이다. 그들은 이곳의 정원들을 통과하고 벽을 따라 가서 항구 쪽으로 내려갈 것이다. 바람이 그들의 머리를 간질일 것이며 론은 개인 서재에서 갈매기가 우는 소리, 파도가 치는 소리, 그리고 자신이 죽은 아들들을 대신하여 보호하고 있는 손자들과 그들의 어머니들의 웃음소리만을 들을 것이다. 여기에서 유일하게 빠진 사람은 라이샌더다.

모든 골드들이 그와 같았더라도 레드들은 여전히 지구 밑에서 땅을 갈았을 것이다. 하지만 그는 레드에게 자신들의 존재 목적을 알려 줬을 것이다. 그렇게 함으로써 그가 선한 존재가 되지는 않았겠지만 진실한 존재는 됐을 것이다.

론은 몸이 두껍고 어깨가 넓으며 나보다 키가 작다. 그는 자신의 빈 위스키 텀블러를 일부러 놓쳐서 하인들이 그것을 옆으로 치워 가게 내버려 둔다. 텀블러가 떨어지자 바다는 그것을 완전히 집어삼킨다.

"사람들의 말로는 바람 소리 속에서 죽은 폭풍의 아들들의 함성 소리를 들을 수 있다더구나. 나는 그것이 그들의 어머니들의 울음소리라고 주장하지."

그가 중얼거린다.

"조정의 폭풍은 사람들을 다시 안으로 잘 불러들이더라고요."

내가 말하자 그는 조롱 섞인 웃음을 터뜨린다. 내가 조정의 폭풍에 대해, 불어오는 바람에 대해 뭔가를 알기라도 한다는 생각을 비웃는 것이다.

나는 그를 비밀리에 찾아왔다. 내 5킬로미터 구축함인 팍스, 이 함선 하나만 달랑 타고 날아왔다. 나는 내 주인에게 그가 우리를 돕지 않을 것이라고 말해 뒀다. 하지만 그가 나를 돕고 싶어 할 것이라는 희망은 붙잡고 있었다. 그럼에도 이제 실제로 울퉁불퉁한 살결의 론 오 아르코스를 직접 보게 되니 이 남자의 천성이 생각나서 걱정이 든다. 그는 내 귀에 있는 컴 유닛을 통해 내 선장들과 중위들이 엿듣고 있다는 사실을 알고 있다. 나는 그에게 경의를 표하는 의미로 그것을 그에게 미리 보여 줬다. 우리의 대화를 사적인 것으로 그가 오인하지 않도록 조치를 해 둔 것이다.

"한 세기 이상을 살았지만 내 몸은 아직까지 나를 배신하지 않았단다."

그를 처음 보는 사람은 그가 60대 중반 정도 됐을 것이라고 착각할 것이다. 그의 흉터들만이 그를 진실로 나이 들게 만든다. 그의 목에 미소 모양으로 난 흉터는 40년 전에 '위성 왕의 반란' 중 문신이 새겨진 자가 만들어 준 것이다. 당시에 옥타비아가 자신의 아버지를 군주의 자리에서 내린 후 목성의 위성들을 지배하던 자들이 자신들만의 왕국을 만들려고 시도했었다. 그의 코의 일부를 차지해 버린 흉터는 젊었을 때 애시 로드와 함께 결투하다가 그로부터 얻은 것이다.

"'아들의 임무는 아버지의 영예다'라는 표현을 들어본 적이 있느냐?"

"제가 그 표현을 직접 쓴 적도 있습니다."

론은 툴툴거린다.

"나는 그 표현대로 살았다. 내 개인적인 영예를 위해 많은 이들을 잃었다. 일부러 내 함선을 폭풍 속으로 내몬 적도 있다. 매번 여자들과 어린 아이들도 같이 끌고 갔어."

그는 잠시 파도들이 이야기하도록 내버려 둔다. 그것들은 바위에 부딪혀온 후 뒤로 물러선다. 그것들이 돌아가는 길에 후르륵 소리를 내며 '디스코르디아(불화의 여신 ─ 옮긴이)'라고 불리우는 것들을 바다 속으로 끌고 들어간다.

"내 생각에는 이렇게 오래 사는 것이 옳지는 않을 것 같구나. 우리 증손녀가 어젯밤에 태어났어. 아직도 당시의 피 냄새가 내 손가락에서 난단다."

론은 그 손가락들을 보여 준다. 무기를 들다 보니 그것들은 나무뿌리처럼 구부러졌으며 굳은살도 박여 있다. 그런 손가락들이 살짝 떨리고 있다.

"이들이 내 증손주를 어둠에서 빛으로, 따뜻함에서 차가움으로 데리고 나온 후 직접 탯줄을 잘랐어. 그것을 마지막으로 이 손가락들이 더 이상 살을 가를 일이 없다면 참 괜찮은 세상일 텐데."

론은 자신의 양손으로부터 긴장을 푼다. 그리고 그 손을 차디찬 돌 위에 얹는다. 머스탱이라면 이 남자에게 무슨 말을 할지 궁금하다. 그들이 얼굴을 마주보는 상황을 바라보기란 불길이 돌에 붙으려는 모습을 보는 듯할 것이다. 그녀는 내 계획을 꺼려하는 태도를 공공연하게 드러냈다. 그렇지만 그 모든 것은 우리가 의도한 것이기도 했다. 계획 안에 있는 계획 안에 있는 계획.

론이 웅얼거린다.

"손이 느끼는 것들을 생각해 보기란. 이 손은 내 아들들의 심장이 그들의 몸 밖으로 생명의 피를 펌프질해서 내보내는 것을 느꼈어. 또 레이저가 젊은이의 꿈을 훔쳐가는 동안 그 손잡이의 차가움도 느꼈고. 한 소녀와 한 여성의 사랑 증표를 꼈다가 그들의 심장 소리도 고요 속으로 사라져 버리는 것을 느꼈지. 이 모두 내 영예를 위해서였다. 모두 내가 바다를 타기로 결정했기 때문에, 그리고 내가 대다수의 사람들처럼 쉽게 죽지 않기 때문이었다."

그는 인상을 찌푸린다.

"내 생각에는 손이란 그렇게 많은 것을 느끼라고 창조되지 않은 것 같다."

"제 손도 제가 바랐던 것보다 더 많은 감촉들을 경험했지요."

내가 말한다. 이오가 교수형에 처했을 당시에 '딱' 하고 부러졌던 느낌이, 그녀의 머리카락 감촉이 내 손에 전이된다. 팍스의 피가 따뜻했던 감촉도 기억난다. 안토니아에게 레아가 도살된 후 시린 아침에 그녀의 창백한 얼굴에서 느껴졌던 차가움도, 헤만서스 꽃들의 붉은 자국이 곡물알처럼 거칠었던 것도. 머스탱과 불 옆에 누워 있었을 때 그녀의 맨 엉덩이의 촉감도…….

"너는 아직 어리다. 네가 백발이 됐을 때에는 보다 더 많은 것들을 느꼈을 테지."

"어떤 사람들은 나이가 들지 않죠."

나이가 들 때까지 살아남는 헬다이버는 없다.

"그래, 어떤 사람들은 나이가 안 들지."

론은 내 어두운 제복에 달려 있는 아우구스투스의 사자 배지를 찌른다.

"그리고 사자들은 그리핀들만큼 오래 살지 못한단다. 그게, 우리는 적으로부터 날아 도망갈 수 있거든."

그는 자신의 가문 반지를 흔들어 보이며 자신의 팔로 바보처럼 날갯짓을 한다. 그 모습에 나는 미소를 짓는다. 그는 그것을 마르스 하우스의 반지와 함께 끼고 있다.

"너는 한때 페가수스였다. 그렇지 않나?"

"그것은 안드로메두스의 문장이었…… 문장입니다."

내 가짜 골드 가문. 하지만 그 문장을 볼 때면 이오가 생각난다. 그녀는 죽기 전에 나에게 안드로메다 은하계를 가리켜 줬다. 그것에는 너무나 많으면서도 너무나 적은 의미가 동시에 있다.

"네 가문에 그대로 남아 있는 것도 명예로운 일이란다."

"때때로 사람들은 변해야 합니다. 모두가 스승님처럼 부자로 태어나지는 않거든요."

"이카루스를 찾으러 숲속으로 가자구나."

론은 화성에서 놈에 대해 자주 얘기했었다. 하지만 나는 그가 가장 좋아하는 그 애완동물을 직접 본 적은 없다.

"카롤리나가 빈센트와 공모해서 놈에게 새로운 장난감을 만들어 줬어. 너도 그것을 좋아할 것 같구나."

"스승님 손자들은 어디에 있나요? 그 애들을 다시 보면 너무나 반가울 것 같아요."

"네가 떠날 때까지는 동쪽 부속건물에 있을 거야."

"제가 그렇게 위험한 존재인가요?"

론은 대답하지 않는다.

나는 내 친구를 따라 발코니에서 벗어나 성 안으로 들어간다. 때마침 유로파의 구름들이 어두운 하늘을 가르는 푸른 번개를 뱉어낸다. 거대한 물결들이 하얀 벽면을 따라 미끄러져 그 안으로 스며들면서 위성의 바닷물은 밀쳐 올랐다 뒤로 끌어당겨진다. 마치 바다 세계가 인공 섬을 삼켜 버리려고 모의하는 모양새다. 이 모든 상황에도 불구하고 목성이 구름 뒤에서 밤하늘을 온통 차지하는 모습에 비하면 이 성과 열렬히 몰아치는 폭풍우는 여전히 너무나 소소해 보인다. 목성은 표면의 질감이 느껴질 듯한 가스상 거대혹성으로 어떤 크나큰 대리석 신의 머리처럼 우리를 내려다보고 있다.

우리가 돌로 지어진 빌라를 통과하는 동안 론은 지나치는 모든 하인들과 반갑게 인사한다. 그는 컬러계급이 아닌 사람들을 보고 있다. 대부분의 하인들은 수년을 그와 함께 했다. 나는 그의 밑에서 공부했어야 했다. 그랬다면 나는 더 나은 인성을 갖추고 이곳에 남게 됐을 것이다. 하지만 그랬다면 코어 지역으로부터 수개월 이상을 여행해야 도달할 수 있는 이곳에서 아무것도 바꿀 수 없었을 것이다.

아이들의 장난감들이 통로 여기저기에 늘어져 있다. 그의 가족들이 이곳에 있다…… 그가 공공의 삶을 버린 후 모아서 데리고 온 수십 명의 사랑하는 이들이다. 대부분의 가족들은 적도 근처의 더 따뜻한 바다에 둘러싸인 남쪽 군도에 흩어져 살고 있다. 이번 달에는 허리케인 때문에 북쪽으로 강제 이동해 왔다. 말하자면 론 할아버지와 함께 허리케인으로부터 피신하러 온 셈이다. 그럼에도 폭풍이 그들을 따라 올라온 듯하다.

론은 거대한 유리문을 밀어젖힌다. 그리고 나를 그의 성채 중심부로 이끌고 간다. 이곳에서 그는 자신만의 숲을 키우고 있다. 그것은 수천 평방미터 크기이며 하늘과 맞닿아 있다. 숲 주위로 벽이 길게 늘어져 그것을 사나운 파도로부터 격리시켜 준다. 론의 깃발들이 하늘 높이 휘날리고 있다. 기에는 하얀 눈밭에서 으르렁거리는 보라색 그리핀이 그려져 있다. 비가 나무 위로 내리며 쉬익 소리와 함께 침엽수 이파리 속으로 흡수된다. 론이 펄스버블을 가동시켜 비를 막는다. 그러자 비가 펄스버블의 지붕에서 지글지글거리더니 두꺼운 증기 구름을 이루며 위로 떠오른다. 론이 앞장서고 있다. 나는 일부러 천천히 그를 뒤따르며 내 소매 속에 숨겨진 주머니에서 손톱만큼 작은 검은 못정들을 꺼낸다. 나는 그것들을 문 바로 밖에 흩뿌려 놓는다.

"너는 훔친 군함을 타고 찾아와 나에게 내 함선과 병력을 지원해 달라고 하고 있다. 왜 그러는 것이냐?"

론은 호기심어린 눈빛으로 뒤를 돌아보며 묻는다. 그가 다시 뒤로 돌아보자 나는 더 빨리 걸으며 못정들을 몇 개 더 떨어뜨려놓는다. 나는 그가 라이샌더를 언급하기를 기다리고 있다.

"왜냐하면 화성의 반이 여전히 군주와 벨로나 가문에게 충성을 바치는 세력에 붙잡혀 있기 때문입니다. 그들로부터 화성을 자유롭게 하기 위해 우리는 스승님의 함선과 병력이 필요합니다. 우리가 그것들을 얻게 되면 위성 지배자들과 림 지역의 대총독들도 우리를 도와 코어 지역에 대항할 것입니다."

"그러니 너는 내가 네 반역을 도와주기를 바라는 것이구나."

"주인이 개를 죽이려고 하는데 그 개가 주인의 손을 물었다고 해서 반역이라고 할 수 있습니까?"

"끔찍한 비유로군."

론이 발을 멈춘 후 숲을 둘러보며 무언가를 찾는다.

"아."

우리는 다시 가던 길을 간다.

"요는 저에게 스승님의 도움이 필요하다는 것입니다."

론은 이끼 낀 바닥에 침을 뱉은 후 나에게 언덕 위로 따라 올라오라는 손짓을 한다. 내 부츠는 물에 흠뻑 젖은 통나무를 부러뜨린다.

"왜 내가 너에게 마음을 써야 하지?"

"왜냐하면 스승님께서 저를 가르치셨기 때문입니다."

"나는 아자 오 그리무스도 가르쳤다."

"왠지 스승님께서는 그녀보다 저를 더 좋아하시는 것 같습니다만."

"그것은 왜 그렇다고 생각하느냐?"

"저에게는 유머감각이 있으니까요."

론이 웃는다.

"아자도 웃길 때가 있단다."

"진정 농담이시겠지요."

"남자를 만나면 그 남자를 알게 되고 여자를 만나면 그 여자가 네 자신을 알게 된단다."

그가 어떤 추억을 회상하며 혼자 웃는다.

"그녀를 어떤 오밤중의 무서운 존재로 치부해야 네 마음이 더 편하겠지만 그녀도 살과 피로 만들어진 사람이야. 그녀에게도 친구가 있단다. 가족도 있고. 그리고 그녀는 네가 그들에게 위협이 되고 있다고 생각하지."

"그럼에도 불구하고 제 친구를 죽인 사람은 바로 그녀입니다."

"그래, 나도 들었다. 네가 그 아이를 데리고 있었다지. 영리한 전략이었어."

그는 고개를 뒤로 돌려 내 팔에 감겨 있는 레이저를 노려본다.

"이제는 모두들 레이저를 그렇게 바보같이 착용하고 다니나?"

"유행입니다."

"레이저는 골반에 두르도록 설계된 거란다. 실수로 네 팔이 잘려나갈 수가 있다고."

론이 한숨을 쉰다.

"너희 세대란…… 너무 오만하지. 아무런 이유도 없이 모든 것을 바꾸려고나 하고. 궁금하구나, 이 자만한 녀석아. 네가 그렇게 훔친 함선을 타고 이곳에 나타나면 내가, 이렇게 한 세기나 산 사람이 너를 따라 전쟁터로 향할 것이라고 생각했더냐? 내가 너를 위해 내 모든 하인들, 내 모든 가족들, 내가 사랑하는 모두를 위험에 빠뜨릴 것이라고 생각했더냐? 내 가문으로 들어오라고 제안했을 때 나를 거절했던 너를?"

나는 론의 쓸쓸한 말을 무시한다.

"론 스승님, 스승님께서는 이유가 있어서 소사이어티를 떠나셨습니다. 왜였는지 기억나십니까?"

"목청 큰 멍청이들을 피하기 위해서였지."

"저는 스승님께서 소사이어티가 병들었으며 그것을 위해 더 이상 희생할 가치가 없다고 판단하셨기 때문에 떠나셨다고 생각합니다."

"나에게 그만 짖어 대거라, 애송아."

"그럼 제 말이 맞군요."

"아니다. 너는 틀렸다."

론은 분노하며 뒤로 휙 돈다.

"내가 소사이어티를 떠난 이유는 그것이 병들었기 때문이 아니라 그것이 죽었기 때문이다. 소사이어티는 질서를 확립하기 위해 만들어졌다. 인류가 생존할 수 있도록 사람은 희생하게 되어 있었

60

다. 사람들에게는 컬러가, 한정되고 정돈된 삶이 주어져서 '번영 후 탐욕 후 전쟁'이라는 우리 종족의 무한반복 사이클을 끊어 버리려고 했다. 골드들은 다른 컬러들로부터 착취하기 보다는 그들을 인도하는 게 소명이었다. 이제 우리는 다시 그 사이클 안에 갇혀 버렸다. 우리가 피하기 위해 그토록 노력했던 바로 그것에. 그러니 소사이어티? 모든 인류 사업의 아름다운 결과물들? 그것들은 이미 수 세기 동안 죽어서 썩어문드러지고 있었다. 그리고 그것을 차지하려고 싸우는 자들은 썩은 고기를 먹으려는 독수리와 구더기들일 뿐이다."

"그러니 브루투스의 죽음 때문은 아니었군요."

나는 옥타비아 오 룬의 죽은 딸과 결혼했던 론의 막내 아들에 대해 언급한다.

"그것은 사고였어."

"상황을 편리하게 정리하는 사고였죠. 옥타비아의 딸이 자신의 어머니에 대항하려고 쿠데타를 준비하고 있었다는 소문이 있습니다."

"나는 소문들을 믿지 않는다."

론이 험악하게 말한다.

"저를 도와주신다면 제가 스승님의 손자를 돌려드릴 수도 있습니다."

"라이샌더는 너무나 오랫동안 독이 되는 이야기들을 들으며 자란 아이야. 그것들은 이미 그의 피 속에 스며들었어. 그 애는 내 가

61

족이 아니다."

"스승님께서는 그렇게 차가운 사람이 아니십니다, 론 님. 저는 그 아이를 만나봤어요. 그 애는 그녀보다는 스승님을 더 닮았습니다. 그 애는 악하지 않아요. 그 애를 위해 싸우세요."

론은 비가 내리면서 펄스실드에 부딪히는 모습을 조용히 바라본다. 그는 피곤해하며 말한다.

"너는 독재자를 다른 독재자로 대체하기 위해 싸우고 있다. 이 것은 내가 수백 번이나 봐 온 같은 게임판이야. 너는 네가 충성을 바치고 있는 사람이 누군지는 알고 있느냐?"

"저에게 알려 주실 것 같은 예감이 드네요."

"네가 더 이상 듣지 않는다고 해서 네 스승으로서 가르치는 일을 그만두지는 않을 것이다. 앉아라. 이카루스가 이 망할 놈의 이야기로 방해를 받지 않았으면 한다."

론은 큰 바위 위에 앉은 후 나에게 그와 마주보며 앉으라고 지시한다. 나는 그의 말을 따른다. 그는 앞으로 구부정하게 몸을 기울인 후 자신의 손가락에 낀 두꺼운 마르스 하우스 반지를 만지작거린다.

"아우구스투스 가문은 언제나 강했어. 너도 그건 알고 있겠지. 화성이 단순히 헬륨-3을 채굴하는 광산에 불과했을 때에도 그랬지. 그들은 뇌물을 주거나 살인을 해서 대부분의 정부 계약서들을 따냈어. 그리고 그들의 주머니가 부풀면서 그들의 영향력도 커졌지. 그들은 벨로나 가문과 내 가문을 포함해서 다른 몇몇 가문들과 함께 화성의 지배자들이 됐어. 하지만 더 강한 세력을 보유한 가문이 하나 더 있었지. 그 이름은 사일루스였어. 그들은 대총독을 지배하고 상원과 당시의 군주로부터 총애를 받았다.

네 주인이 7살이었을 때, 당시에는 단순히 네로라고 불렸었는데 그의 아버지가 카시우스의 할아버지인 줄리우스 오 벨로나와 다투게 됐어. 네로의 아버지는 벨로나 가문을 섬기는 브라운들을 통해 저녁 식사 중에 그 가문 전체를 독살하려고 했지. 그 계획은 실패했고. 가문 대 가문의 전쟁이 시작됐다.

네로의 아버지는 그의 기수들을 불러들여 벨로나 가문 및 사일루스 대총독과 대치시켰어. 사일루스 대총독도 줄리우스 오 벨로나의 편에 힘을 실어 주겠다고 선언했었거든. 당시의 군주는 관여하지 않고, 대신 두 가문들이 전쟁을 벌이게 내버려뒀다. 결국에 네로의 아버지는 자신의 함대가 파괴된 채 포보스 근처에서 포획되면서 아게아에서 포위당했지.

사일루스는 아우구스투스 가문을 몰살했단다. 단 어린 네로만은 형벌로부터 제외시켰지. '인류의 정복'에 한 몫을 했던 오래된 가문이 역사 속에서 사라지지 않도록 네로만은 살려 둔 거였단다. 사일루스 대총독은 어린 네로에게 갈증을 해소하라고 포도까지 줬다는 설이 있어. 당시에 그들 주위로 타 버린 도시에는 물이 없었거든. 그 이후로 그는 네로를 자신의 조정에서 키웠어.

20년 후, 사악한 아버지와는 다르게 언제나 영예롭고 진실한 사람이라고 여겨졌던 네로는 이오나 오 벨로나에게 청혼을 했어. 그녀는 나이든 줄리우스가 가장 사랑하는 막내딸이었지."

론은 우리 위로 드리워진 사철나무 이파리에서 물방울들이 떨어지는 모습을 응시한다.

"나는 그녀를 잘 알았단다. 내 아들들이 그녀와 같이 놀며 자랐거든. 나는 네로도 알고 있었지. 그가 어렸을 때 조금 차갑기는 했지만 그래도 나는 그를 좋아했어.

지난 세대가 남긴 상처를 치료하고 화성을 강하고 통일된 하나로 만들 생각에 사일루스 대총독은 허락했지. 벨로나는 아우구스투스와 결혼했어.

아름다운 결혼식이었다. 군주를 대표하는 레이지 나이트로서 나도 참가했지. 그리고 그 시간을 아주 즐겼어. 이오나는 그 단호한 젊은이의 품에 안겨 있었는데 그녀가 그렇게 행복해 보이는 모습은 처음이었어. 하지만 그날 밤, 벨로나 가문이 나머지 가족들과 함께 자신들의 사유지로 돌아갔을 때, 소포 하나가 도착했지. 그 안에서, 연로한 줄리우스는 딸의 머리를 발견했어. 이오나의 입안에는 포도와 함께 결혼반지 한 쌍이 물려 있었지.

줄리우스는 자신의 딸과 아들들을 불러들였어. 개중에는 카시우스의 아버지도 있었지. 그리고 사일루스 대총독에게 정의를 실현해 달라고 요청하기 위해 시타델로 날아갔어. 20년 전, 아우구스투스가 처음 반란을 일으켰을 때에도 그랬듯이.

하지만 대총독 자리에는 그의 오랜 친구 대신 어린 네로가 앉아 있었어. 그의 뒤로는 집정관들과 두 명의 올림픽 나이트들이 서 있었고. 내가 그 둘 중 한 명이었다. 내 군주로부터 사일루스가 소사이어티에 위협적인 존재라는 말을 들은 상태였거든. 나는 나에게 내려진 명령을 수행했지. 사일루스 하우스는 몰살되고 기록에서도 삭제됐다.

나중에 알게 된 사실이었지만 네로는 당시 군주의 딸과 합의한 바가 있었어. 너는 그 딸을 옥타비아 오 룬으로 알고 있을 거야. 당시에는 더 어렸던 그녀는 네로에게 화성의 왕좌를 주고 그의 복수를 허락하도록 자신의 아버지를 설득했지. 대신 그녀는 5년 후 파벌을 일으켜 아버지를 자리에서 내몰고 죽일 당시에 네로의 지원을 얻었어. 너는 그런 사람을 위해 전쟁을 일으킨 것이란다."

"저는 모르는 내용이었습니다."

나는 조용히 말한다.

"역사는 승리자들에 의해 기록되지."

론이 나를 바라본다. 그의 얼굴에 난 주름들이 더 깊어지는 듯하다.

"나는 전쟁에 나서고 싶지 않아, 대로우. 내 시절에 나는 한 남자가 허리 굽혀 인사하지 않아 위성이 타는 것을 지켜봤어. 또 군함이 쏘아올린 수백만 전사들을 이끌고 행성을 침략했고. 너는 그 끔찍함을 조금도 이해하지 못할 거다. 너는 오로지 그 일이 얼마나 아름다울까만 생각하지. 하지만 그들은 남자들이고 여자들이란다. 그들에게는 가족들이 있어. 그런 그들이 수천 명씩 죽어나가. 그리고 너는 가장 친한 친구도 보호하지 못할 정도로 무력한 상태고."

"아!"

론이 언덕 위를 가리킨다.

"저기에 이카루스가 있네."

우리가 론의 애완 그리핀인 이카루스를 찾기 위해 상대적으로 낮은 나무 가지들을 밀어내자 소나무로부터 빗방울들이 떨어진다. 이카루스는 작은 숲속의 높은 곳에 만들어진 거대한 이끼 침대에서 자고 있다. 이카루스는 발을 구부린 채 몸에 붙이고 있다. 놈은 자는 동안 날개로 몸을 감싸고 있다. 놈의 몸은 빛의 각도에 따라 색이 달라지며 물방울로 뒤덮여 반짝인다. 놈의 거대한 독수리 머리는 거의 나보다도 크다. 놈의 한쪽 눈이 내 두개골의 반만 하다. 조각가들이 놈을 잘 만들었다.

"이카루스는 잘 때 평화로워 보여."

론이 말한다.

"제가 본 그리핀 중 가장 큰 것 같아요."

내가 감탄을 감추지 못하며 말한다.

"그럼 너는 화성이나 지구의 극지방에 간 적은 없었겠군."

"없었습니다. 놈을 어디에서 구입하셨나요?"

"화성인 조각가들이 우리 가문을 위해 놈을 만들어 줬어. 그 망할 놈의 옷 잘 입는 잔지바르 재담꾼 같으니라고. 이카루스는 화성 북극 지방의 높은 둥지에 서식하는 짐승들과 같은 속이야. 옵시디언들에게 겁을 줘서 마법이 진짜로 있다고 믿게끔 만들 때 쓰던 바로 그 종족이지."

그는 그 잠든 거인을 쓰다듬는다.

"너는 아직도 대총독의 딸을 사랑하나?"

그는 희망을 품은 눈빛으로 나를 돌아본다.

"그래서 이 일을 하는 건가? 그녀와 벨로나 놈의 관계에 대해서는 들었다."

"그녀와 카시우스 사이에 벌어진 일과는 관계없어요."

"아니라고?"

론은 한숨을 쉰다.

"최소한 그건 내가 이해할 수 있었을 텐데. 너는 그와의 결투 중에 엉성했더군. 알고나 있으라고. '이레니쿠스 폴리'는 그를 세 동작 만에 해치웠을 거야."

"저는 엉성하지 않았어요. 쇼를 벌였던 거예요."

"엉성했어. 바이올렛들이나 쇼맨들이지. 내가 너를 쇼맨이 되도록 가르쳤나?"

나는 이카루스를 쓰다듬기 위해 론을 지나친다.

"저에게 마음을 쓰고 계시기는 하군요."

그는 한동안 내 말에 반응을 하지 않는다. 그리고 그것으로 나는 내가 가장 두려워하던 순간이 거의 도래했음을 알 수 있다.

"다시 태어난다면 대로우, 네가 내 아들들 중 한 명이었을 수도 있겠지. 내가 너를 더 일찍 발견했을 테고. 무슨 일이 일어나서 네 안을 이런 분노로 채워 버리기 전에 말이다. 나는 너를 위대한 사람이 되도록 키우지 않았을 것이다. 위대한 사람에게는 평화가 없어. 나는 네가 좋은 사람이 되게 했을 것이다. 너에게 네가 사랑하는 여자와 함께 나이가 들 수 있는 조용한 힘을 줬을 것이다. 이제 내가 너에게 줄 수 있는 것은 기회뿐이다. 이카루스."

그가 외친다.

론의 그리핀이 옆에서 살짝 움직인다. 놈의 호박색 눈동자에 내 모습이 비친다. 그 짐승이 움직일 때마다 땅은 진동한다. 놈은 내가 머리카락 한 가닥을 뽑을 때처럼 쉽게 나무 한 그루를 뽑아 올린다.

나는 짐승으로부터 물러선다. 론의 의도가 불확실하다.

"무슨 일이 벌어지고 있는 건가요?"

내가 론에게 묻는다.

"네 함선을 보렴."

론은 위의 밤하늘을 가리킨다. 구름들 사이로 우리는 내 긴 함선이 궤도상에서 반짝이는 모습을 확인할 수 있다. 그것은 더 이상 혼자가 아니다. 10대의 토치선들이 그것을 잡으러 오고 있다. 그 토치선들은 팍스를 포획하려고 유로파의 적도선 위를 슬며시 두르고 있다.

"집정관 암살단이 내 집 안에서 너를 기다리고 있단다, 대로우. 아자 오 그리무스가 그들을 이끌고 있지. 그들은 너를 데리고 가서 사슬로 묶은 후 군주 앞에 세워놓을 거야."

"저를 배신하신 건가요?"

내가 묻는다.

"아니다. 그들은 며칠 전에 도착했다. 그들은 위협했어. 내가 어찌 할 수 있었겠니? 켈란 오 벨로나가 그들의 함대를 이끌고 있어. 그것은 네 함선을 파괴하거나 포획할 것이야. 내가 그것을 막을 수는 없어. 하지만 네가 죽기를 바라지는 않는단다. 그러니 이카루스가 너를 섬으로 데리고 갈 거야. 그곳에 내가 너를 위해 함선 하나를 숨겨 놨다. 그것을 이용해서 도주하거라."

"제가 도주하면 저들이 스승님의 가족들에게 해를 가할까요?"

론이 으르렁거린다.

"시도는 할지도 모르지. 그건 너와 나의 결정에 따른 대가다."

론은 바다에 등을 돌린 채 서 있다.

"나는 평화롭게 사라지고 싶다. 그러니 제발 떠나서 다시는 돌아오지 말거라, 대로우."

그는 이카루스를 향해 손짓한다. 그러자 짐승의 뒤에 얇은 안장 하나가 눈에 들어온다. 저것이 그가 말하던 새 장난감인가 보다. 하지만 나는 도망칠 필요가 없다. 나는 곧 발생할 일에 안타까워하며 고개를 절레절레 흔든다.

"죄송합니다, 스승님. 하지만 저는 그것을 허락할 수 없습니다."

"허락이라고?"

론이 뒤로 돌며 반문한다.

내 레이저가 풀어진다.

"스승님께서는 우리와 함께 이 전쟁에 참여하실 겁니다. 좋든 싫든 간에 말이죠."

나는 내 컴에 대고 하울러들에게 행동 개시할 준비를 하고 타이
탄들에게 함선들을 데리고 오라고 지시한다.

론의 얼굴에서 핏기가 사라진다. 그는 내 튜닉에 선명히 새겨진
짐승을 바라본다.

"결국에는 사자가 맞았구나."

제29장

# 늙은이의 분노

나는 함대를 벗어나기 전부터 이미 덫을 준비해 두었다. 모든 비밀들은 플라이니의 귓속으로 흘러 들어간다. 그리고 그러면 내가 때맞춰 죽어 주기를 무엇보다도 바랄 것이다. 특히나 내가 그를 대총독의 회의 중에 도발시켰으니 더더욱 그럴 것이다. 아니나 다를까 그는 자신의 일을 했다. 책략과 음모를 짜서 제일 나쁜 놈인 대로우 오 안드로메두스에 대항해 줄 동맹군, 즉 군주 본인과 손을 잡았다. 나는 이 사실을 최대한 빠른 시간 내에 아우구스투스와 기쁜 마음으로 공유할 것이다.

군주의 함선들은 한때 테라포밍 작업의 토대로 사용됐으나 지금은 버려진 우주정거장의 잔해들 중에 숨어 있었다. 켈란 오 벨로나는 똑똑했지만 예상 가능했다. 나는 규모가 더 큰 2차 세력,

즉 떼어 놨던 텔레마누스 함선들을 다른 더 작은 위성 형체 뒤에 숨겨 놨다. 그것들은 새총에 의해 발사되는 것처럼 중력으로부터 가속을 얻어 위성의 반대편에서 날아오른 뒤 위성의 주위를 급속으로 돌 것이다. 그리하여 60초 후에 그것들은 벨로나 세력을 기습 공격할 것이다. 로크가 지휘를 맡았다. 아마도 나는 오늘 밤까지 내 개인 함대에 10대의 벨로나 함선들을 추가할 수 있을 것이다.

"너는 알고 있었군."

론이 나를 조용히 비난한다. 그의 두꺼운 손이 내 제복 목덜미를 부여잡은 채 나를 흔들고 있다.

"너는 알고 있었어."

그리고 그도 이것이 자신에게 있어서 무엇을 의미하는지 알고 있다. 이는 단순히 나의 승리만이 아니다. 그의 패배이기도 하다. 어떻게 해서든 그는 동맹군을 선택해야 하게 됐다. 그리고 나는 그에게 한쪽을 선택하는 과정을 더욱 쉽게 만들어 줬다.

"'네가 여우면 토끼처럼 굴어라.' 저에게 그렇게 가르쳐 주시지 않으셨습니까? 하지만 제가 군주에게 덫을 놓은 것을 '스승님께서' 알고 계셨던 것처럼 보일 겁니다. 군주가 놓은 덫에 대해 스승님께서 저에게 귀띔해 주신 것처럼요."

론이 나를 풀어 주는 동안 나는 그의 어깨를 매만진다.

"죄송합니다, 스승님. 진심입니다. 하지만 스승님께서는 이 전쟁의 일부세요."

론의 입은 움직이지만 말이 안 나온다.

"군주는 제가 떠나자마자 유로파를 공격하러 그녀의 집정관들을 보낼 것입니다. 단 이번에는 그들이 스승님과 스승님의 사람들을 위해 오겠지요. 그들의 흑색과 보라색이 섞인 함선들이 궤도에서 스승님께 폭탄을 투하하여 스승님의 섬과 도시들, 군도 및 본토 그리고 남쪽에 솟아오른 산맥들이 유리처럼 깨지고 바다에 삼켜지게 만들 것입니다. 바닷물은 스승님의 깨져 버린 탑들과 집을 위해 눈물을 흘릴 것이며 해저에 무덤들만이 남을 것입니다. 우리가 승리하지 않는다면 말이지요."

론은 시간을 끌 뭔가가 있을까 하는 눈빛으로 나를 살핀다. 그러나 그 대신 그는 오로지 처음부터 그가 나를 거둬들이기로 결정하게 만들었던 점들만을 발견한다. 그것은 그 자신이다. 대부분의 사람들은 자기 자신을 남으로부터 발견하기 위해서라면 뭐든 할 것이다. 하지만 지금 이 순간만큼 그는 그것만을 제외하면 아무거나 발견해도 좋을 기분일 것이다.

"나는 네가 도망치는 것을 도와주기 위해 내 가족을 위험에 노출시켰다. 너를 거둬들여서 가르쳤다. 그런데 너도 나를 다른 이들처럼 배신하는구나. 아자처럼."

"연민을 바라시나요? 스승님께서는 제가 이곳에 오도록 허락하셨습니다, 론 스승님. 당신은 저에게 도망칠 길을 열어 주시면서도 위에 있는 제 친구들은 고문과 죽음을 겪게 내버려 두셨어요. 하지만 제 친구들은 포로가 되진 않을 겁니다."

나는 밤하늘에 불꽃이 이루는 상처 자국들을 향해 손가락을 가리킨다. 그것은 내 2차 세력이 유로파 주위로 로켓처럼 도는 흔적이다.

나는 아르코스에게 말한다.

"저를 증오하십시오. 하지만 제 옆에서 싸워 주십시오. 그래야만이 스승님의 가족들이 살아남을 수 있습니다."

나는 내 과거의 스승에게 손을 내민다. 그는 자신의 레이저를 꺼내든다.

"너를 죽여야 한다."

"내가 가서 그 영감 쏴 버려도 돼?"

세브로가 컴 너머로 묻는다.

"기다려."

내가 그에게 대답한다.

"너는 잊고 있나보구나. 나는 내 함대로 네것을 파괴할 수도 있다, 얘야."

론이 자신의 데이터패드를 주머니에서 꺼낸다.

"제 함대가 군주의 함대를 무너뜨리기 전에는 못하시죠."

"그래도 군주는 아르코스 가문이 어느 편에 섰는지는 알게 되겠지. 그녀는 네가 나를 속였다는 것을, 그리고 내 가문은 이 사태와 상관이 없다는 것을 깨달을 것이다."

나는 론에게 대답한다.

"그럼 그렇게 하십시오. 제 명분이 악하다고 생각되시면 함선을 출동시키십시오. 제가 괴물이라고 생각하신다면 저를 쓰러뜨리십시오."

나는 앞으로 한 발을 디뎌 그에게 다가선다.

"하지만 스승님께서는 제 안에 박동하는 마음을 알고 계십니다. 저를 선택하십시오. 아니면 저 어둠을 선택하십시오."

나는 우리가 숲속 정원으로 입장하며 지났던 언덕 밑을 향해 고개로 가리킨다. 12명의 옵시디언 집정관들이 우리가 이용했던 바로 그 유리문을 열 맞춰 통과한다. 검은색과 보라색이 섞인 갑옷 차림에 해골 투구를 쓴 거대한 남자와 여자들이다. 문신이 새겨진 자는 오직 한 명이다. 그는 다른 자들보다 말랐다. 마치 겨울 독사가 꼬리를 바닥에 댄 채 몸을 세운 듯한 형상이다. 그의 갑옷의 하얀 바탕에는 피 같은 색이 튀어 있다.

그들은 우리로부터 50미터가 안 되는 거리에 떨어져 있다. 그들과 함께 다른 이들보다 키는 작지만 더 장엄해 보이는 프로티안 나이트가 자신의 금빛 장비를 착용한 채 서 있다. 그녀의 레이저는 성운의 빛깔로 은은히 반짝이며 갑옷은 론의 섬에 있는 하얀 벽면을 난타하는 파도들처럼 비틀린다. 아자는 밤하늘을 살짝 확인한다. 그곳에서 그녀는 내 기습 공격이 개시되는 것을 확인한다. 그녀는 자신의 투구가 갑옷 안으로 흡수되게 만든다.

"그리하여 배신자는 두 명이었군요. 아르코스 가문 또한 반역을 함께하고 있다니. 론, 당신은 사자들과 같은 편에 섰습니까?"

아자가 외친다.

75

"아르코스 가문은 상관하지 않겠다."

론이 대답을 외친다.

"상관하지 않는다고요?"

퀸의 살인자가 인상을 쓰며 갸우뚱한다. 그러자 그녀가 목의 오른쪽에 결투 중 얻은 흉터들이 보인다. 그녀의 고양이 눈은 덫의 흔적이 없는지 숲을 훑는다.

"그런 입장은 존재하지 않습니다."

그 말에 론이 외친다.

"나도 너처럼 속은 거야, 아자! 대로우는 네가 여기 있다는 것을 알고 있었어. 어떻게 알았는지는 모르겠지만. 나는 네 적이 아니다. 나는 모두가 나를 그냥 혼자 내버려 두기를 바랄뿐이야."

"그런 선택안은 존재하지 않았습니다! 당신은 다른 어느 누구보다도 이를 더 잘 알 텐데요. 당신은 우리 편이거나 우리 적입니다, 론 님."

"아자! 아니야. 나는 이에 상관하지 않을 것이다! 전혀 안 할 것이다!"

"강한 자들은 언제나 상관하게 되지요."

내가 중얼거린다.

론은 몹시 노한 표정으로 나를 바라보며 레이저로 나를 긋는다.

"나는 강제로 움직이지 않을 것이다. 나는 너희 둘 모두와 싸울 이유가 없다. 나는 이제 평화주의자라고."

아자가 미소를 짓는다.

"그럼 왜 당신의 칼이 나와 있나요? 할 줄 아시는 것을 하십시오. 이리 내려와 열변을 하세요, 스승님. 우리는 고함을 쳐서는 안 된다! 제가 분노하며 목소리가 커질 때마다 당신은 그렇게 말하지 않았습니까?"

그녀는 우리 옆에서 이제 으르렁거리는 그리핀을 눈여겨본다. 그것은 말 네 마리보다도 크다. 나는 그 발톱들이 저들의 갑옷에 얼마만큼의 파괴력을 발휘할까 궁금하다.

"아자는 함선들을 잃었습니다. 옥타비아는 아자에게 어떻게 하라고 시키겠습니까?"

나는 론에게 속삭인다.

"우리를 죽이라 하겠지. 앙심을 품고서라도."

나는 내 목소리를 깐다.

"그럼 스승님께는 선택권이 없네요."

"그래 보이는 듯하구나."

아자는 내가 바닥에 무릎을 꿇고 손에 흙을 모으는 모습을 지켜본다. 그녀는 나를 연구했다. 그러니 이 행동이 어떤 의미인지 알 것이다. 그리고 그녀는 내가 어떤 계획을 세웠을지 궁금해 할 것이다. 그리고 왜 내가 홀로 왔는지도. 내가 정말로 창공에 기습 공격을 기획해놨다면 지상에도 그렇게 준비시키지 않았을까? 내가 아자에게 뭐라고 외치려고 하는 순간 다른 사람의 형체가 대문을 통과해 아자와 합류한다. 그는 팔다리가 길쭉하다. 피부는 나보다 어둡다. 지루해하는 귀족적 얼굴에 조소를 띠고 있다. 택터스다.

온몸에 집정관 갑옷을 착용하고 있다. 그는 앞으로 슬그머니 나온다. 보라색과 검은색이 혼재된 그림자 같은 모습이다. 그는 불안해하는 눈빛으로 하늘을 바라본 후 나를 향해 삐뚤어진 미소를 활짝 지어 보인다.

"배신자 이야기를 하는 김에 인사나 하지. 안녕, 택터스. 갑옷 참 예쁘네."

내가 고함친다.

"리퍼, 나의 굿맨!"

택터스가 우렁차게 외치며 손가락으로 십자가 모양을 만들어 날린다.

"세브로는 어디 있어?"

그는 아자에게 기대어 그녀에게 뭐라고 말한다. 아자는 몸을 편 후 숲속을 다시 돌아본다. 그녀의 부하들은 방어 태세로 한데 모여든다. 택터스가 그들에게 내 전투 비법들을 미리 알렸다. 그들은 뭔가 엇나갔다는 것을 알고 있다. 그들의 아지스 방패들이 가동되어 그들의 팔 위에서 번쩍인다.

론이 눈을 감고는 왼손을 허공에 들어 올리며 채찍질하듯 불어오는 태풍 바람의 감촉을 느낀다.

"아자는 나에게 맡겨라. 네가 살아남으려면 문신이 새겨진 자를 상대하는 것이 나을 것이다."

"아닙니다. 그들은 모두 제 몫입니다. '세브로, 일어서.'"

하울러들이 성 너머의 바다에서 모습을 드러낸다. 그들이 소리

없이 100미터 높은 벽 위로 날아오르는 동안 몸에서는 물이 뚝뚝 떨어지고 갑옷은 검은 딱정벌레 껍질처럼 반질거린다. 각각의 흉갑에는 금색 사자가 그려져 있다. 번개가 치자 그 금빛이 윙크를 한다. 그들은 우리 주위로 조용히 착지한다.

"제 폭풍의 아들들입니다."

나는 론에게 말한다. 20명의 신병들이 하울러의 가족들과 텔레마누스 사병들 중에서 뽑혔다. 세브로가 면접을 주도했다. 내가 듣기로 그것은 우라지게 재미있었다고 한다. 뱀들, 술, 그리고 마약 버섯이 동원됐단다. 그들이 나에게 알려 준 것은 거기까지다.

"고블린! 왜 너는 언제나 숨어 있는 거냐? 그래도 이번에는 말의 뱃속에 숨는 것보다는 나았네."

택터스가 외친다. 그의 말투는 농담조이지만 그도 하늘을 다시 불안하게 쳐다본다.

세브로가 가죽 벗기는 칼을 꺼내든다. 그가 수년 전, 하피와 함께 두피를 벗길 때 쓰던 것이다. 그것은 맞춤형으로 휘어 있다. 그는 그것을 자신의 사타구니에 친 후 택터스에게 겨냥한다. 그의 눈은 아자에게 재빠르게 향한다.

"너는 하울러를 죽였어, 아자. 실수한 거야."

세브로가 말한다.

내가 예상했던 대로 하울러들의 모습이 나타나자 아자와 택터스가 안심한다. 이것은 그들이 이해할 수 있는 상황이다. 내가 병사들을 숨겨놨다. 이제 숨겨두고 있지 않다. 죽음으로 귀결되는 전투. 영예. 자긍심. 한 세력 대 다른 세력. 옵시디언 집정관들은 목을 울려가며 자신들의 끔찍한 노래를 시작한다. 그 사람들이 원하는 것은 단지 영예로운 죽음뿐이다. 웃음 가득한 '바할라' 사후세계의 통로에서 손에는 칼을 쥐고 자신들의 친족들과 재회하는 것이다. 그들은 아자의 명령에 따라 전진한다. 태양계에서 가장 치명적인 남자와 여자들이다. 그들 중에 문신이 새겨진 자도 한 명이 있다.

그리고 나는 이비가 했던 행동을 모방한다.

아자를 맞출 수 있을 것을 확신한 후 나는 론과 함께 이 숲속으로 걸어 들어오며 땅에 뿌려놨던 지뢰 못정들을 터뜨린다. 택터스만이 그것을 피할 수 있을 정도로 빠르다. 그는 아자를 뒤에서 잡은 후 그녀를 뒤로 획 당긴다. 그것도 세게. 그가 낮은 중력 환경 속에서 너무 세게 당긴 나머지 첫 번째 폭발이 바다 공기를 찢어 갈기는 새에 둘 다 뒹굴며 문을 통과한다.

폭발은 단계적으로 연속해서 찾아온다. 처음에는 강한 충격이 발생하면서 펄스실드들을 무력화시키고 집정관들을 허공에 흩뿌린다. 그 후 '중력피트'가 나타난다. 그것은 파리를 빨아들이는 청소기처럼 집정관들을 다시 폭발 근원지로 끌고 간다. 그 후 세 번째 단계가 도래한다. 순수한 운동에너지다. 그것은 갑옷과 뼈와 살을 파괴하며 전사들을 밖으로 불고 허공으로 날려 버리며 낮은 중력 환경 속에서 그들의 신체 조각들을 사방으로 날린다. 그 모습은 마치 입으로 민들레 씨앗들을 불어 여기저기 날려 버리는 것 같다. 허공에 떴던 사지들은 천천히 떨어진다. 핏방울들이 구슬을 이루며 땅에 튄다. 폭발은 머리 위의 버블 천장을 터뜨린다. 비가 다시 정원 안으로 흘러들어와 불을 끈다. 그리고 20여 개의 폭탄 분화구 안으로 흘러들어가는 피의 농도가 묽어진다. 단 세 명의 집정관들만이 살아남는다. 그들도 상태가 별로 좋지 않다.

"그녀가 도망치지 못하게 해."

분노 서린 로크의 말에 내 귀가 데일 것 같다. 그는 위의 함선에서 내가 홀로로 전송하는 장면들을 지켜보고 있다.

내 하울러들은 아직 움직이지 못했다.

론은 나를 향해 격노한다. 그는 명예에 대해 어쩌고저쩌고 하고 있다.

"그래서 어떻다고요? 제가 공평하게 싸운다고 생각하시나요?"

내가 조소를 보낸다.

"대로우……."

세브로가 씩씩거리는 동안 나는 대기한다.

"대로우……."

"기다려."

"그녀가 도망가고 있잖아!"

나는 로크의 말투에 겁이 난다. 그의 말에는 앙심이 뚝뚝 흐르고 있다. 나는 그가 그런 감정도 느낄 수 있는 사람인지 몰랐다.

"대로우!"

나는 로크에게 그가 이 전투에서 맡은 바에 집중하라고 으르렁거린다.

"대로우……. 충분히 기다렸다고."

세브로가 애원한다.

론은 나를 지켜보고 있다. 어쩌면 이제 상황을 파악하기 시작하고 있을지도 모르겠다.

나는 손가락으로 딱 소리를 낸다.

"사냥해."

하울러들은 풀어놓은 늑대들처럼 폭탄들이 시작한 바를 끝내러 앞으로 달려 나간다. 그들은 남아 있는 집정관들을 해치워 버린다. 하울러들이 성 안을 찢어 발기며 들어가 택터스와 아자를 찾는 동안 세브로는 울부짖는 소리들 사이로 택터스의 이름을 외친다.

"대로우, 너 무슨 짓을 벌이는 거야?"

로크가 컴 너머로 나에게 묻는다. 나는 내 헬멧의 HUD 디스플레이 모퉁이에 그의 얼굴의 홀로영상을 띄운다. 그의 턱 근육이 경련하고 있다.

"만약 퀸의 살인자를 놓치면……."

"저 구멍 막아."

나는 우리 토치선들 중 한 대가 거대한 피해를 입고 있다는 보고 자료를 보며 로크에게 말한다. 그는 주의력이 분산됐다.

"사람들이 저 위에서 죽고 있어. 네 업무에 집중해."

나는 로크와의 연결선을 끊어 버린다.

하피의 이미지가 내 디스플레이에 나타난다.

"해마가 잠수했다."

"좋아. 그리고 택터스는?"

"보이지 않는다."

"알았다."

나는 그 연결선을 닫는다.

"아자는 겁먹고 바다 속으로 들어갔지만 택터스는 흔적도 없어."

몇 분 후 하울러들이 성 안으로 침투해 방마다 뒤지는 동안 세브로가 나에게 말한다.

"어디 숨어 있겠지. 텔레포트 하지 않은 이상."

그는 자신의 공상 과학적 발언에 침을 뱉는다.

"그들이 어디에 있을지 영감한테 물어봐."

어두운 걱정이 내 뇌 속으로 스멀스멀 파고든다. 나는 론을 돌아본다.

"그들이 당신과 저를 죽이지 못하는 상황이라면 룬은 그들에게 무슨 짓을 시킬까요? 만약 그녀가 누군가를 희생시켜도 된다고 판단한다면 그들에게 무슨 명령을 내릴까요?"

그는 빗속에 잠시 서 있다. 그러더니 얼굴이 창백해진다.

"아이들이……."

아르코스가 나를 밀치고 폭탄으로 대학살이 일어난 지대를 질주하며 지나 깨진 유리문으로 향한다. 그가 뒤에 있는 나를 향해 소리친다.

"그들은 내 손자들을 죽일 거야!"

"아이들이 어디 있나?"

나는 세브로에게 묻는다.

"무슨 아이들? 한 명도 발견하지 못했는데."

욕을 하며 나는 아르코스의 뒤를 쫓는다.

"내가 그 애들을 숨겼어."

그가 어깨 너머로 나에게 알리며 성의 통로를 따라 빠르게 뛰어 간다. 그는 늙은이치고는 빠르다. 하지만 중력이 우리의 움직임을 느리게 만든다. 그래서 우리는 손을 벽과 천장을 짚으며 그래브부 츠를 이용해 긴 통로를 지나기 시작한다. 우리는 모퉁이에서 모퉁 이로 여기저기 뛰어다닌다. 그리고 그가 그리핀 석상의 머리를 건 드려 강철 벽을 와해시키고 비밀 통로를 드러내자 나는 피 냄새를 맡는다. 두 시체들이 통로 반대편에 쓰러져 있다. 하나는 그레이고 나머지 하나는 옵시디언이다. 나는 아르코스를 밀치고 지나 천장 에 있는 손잡이들을 이용해서 계단 한 층 밑으로 몸을 밀어내리며 앞으로 날아간다. 이제 내 앞에 두 개의 문이 있다. 나는 하나를 연 다. 단순한 저장고다. 나는 다른 하나를 열면서 내 레이저가 손 안 으로 스르륵 들어오게 만든다.

"택터스."

나는 천천히 말한다.

그의 등이 나를 향하고 있다. 세 명의 옵시디언 시체들이 그의 주위에 쓰러져 있다. 그들의 피가 그의 신발 근처에 고여 있다. 그

84

의 레이저는 손 안에 감겨 있으며 그가 아이들과 여자들로 가득한 이 방 안에서 고개를 숙이고 일어서는 동안 그것이 견고해진다. 피가 그 변화무쌍한 칼날을 따라 스르륵 흘러내린다.

내가 도착했을 때, 아르코스는 나로부터 아이들을 이곳에 숨겨 뒀다……. 몇은 골드고 몇은 실버며 몇은 핑크와 브라운들이다. 택터스는 우리가 그들에게 도달하기도 전에 자신의 레이저를 하릴없이 한 번 휘두르기만 해도 그들 중 반을 죽일 수 있을 것이다.

"택터스, '너의' 형들을 생각해."

나는 아이들을 바라보며 그에게 말한다.

"내 형들은 개똥들이야."

택터스는 거칠게 웃는다. 그의 목소리가 이상하게 들린다.

"내가 네 그림자에서 벗어나야 한다고들 하더라. 우리 어머니는 나를 '대단한 하인'이라고 부르고. 너는 내 입장이 그런 줄 알고 있었어?"

아이들이 구석에서 흐느끼고 있다. 한 명은 얼굴을 자신의 어머니의 무릎에 묻고 있다. 이 여자들은 무장하지 않았다. 그들은 빅트라나 머스탱처럼 전사들이 아니다. 브라운 유모는 골드 아이 한 명의 눈을 가려 준다. 아르코스가 내 뒤로 터널을 지나는 소리가 들려온다.

"룬의 명령은 잘못됐어."

내 말에 택터스가 조용히 말한다.

"그녀는 내가 네 자리를 대신할 수 있겠냐고 물었어, 리퍼. 내가

85

할 수 없을 것이라고 생각한대. 그녀는 내가 네 그림자 속에 너무 나 오래 있었기 때문에 너인 척하기나 바쁠 것 같다고 말했어. 나 는 그녀에게 네가 할 수 있는 일이라면 뭐든 나도 할 수 있다고 말했지."

"택터스, 그녀는 사악해."

"그래?"

택터스는 여전히 나를 돌아보지 않으며 바닥에 피를 뱉는다.

"그들은 너에 대해서도 같은 말을 하던데. 스스로가 누구라고 생각하기에 네가 그런 짓들을 하느냐고. 네가 그런 남자와 여자들 에게 도전을 하다니. 그들은 너에게 무슨 권한이 있기에 네가 그 러냐고 궁금해 하더라."

"우리 모두에게는 도전을 할 권리가 있어. 그게 핵심이야."

"핵심이라. 핵심이 있었나? 나는 그런 얘기를 들은 적이 없는데. 너는 나를 당연시 여겼어. 나에게 아무것도 알려 주지 않고."

내가 로크에게 하는 것과 똑같이.

"언제나 다른 사람들과 속삭이고 있고. 나를 바보처럼 무시하 고. 너도 그 여자와 똑같아……."

"네 어머니?"

택터스는 아무 말도 안 한다. 아르코스는 내 옆으로 몸을 틀며 앞에 나서려 한다. 나는 손 하나를 들어 그를 멈춰 세운다.

"만약 아우구스투스가 너에게 이들을 죽이라고 지시했다면 너 는 했겠어?"

택터스가 살짝 뒤로 돌며 나에게 묻는다.

"아니, 나는 차라리 죽겠어."

"나도 네가 죽이지 않을 것이라 생각했어. 어머니의 말이 맞아. 나는 대단한 하인이야."

나는 그를 향해 내 손바닥을 펴 보인다.

"난 지금 어떻게 해야 할지 모르겠어, 택터스."

"네가 그러는 것은 또 처음이네."

그가 씁쓸하게 웃는다. 그의 말투가 살짝 꼬인다.

"결코 그렇지 않아. 너에게 채찍질을 했을 때에도 난 어떻게 해야 할지 몰랐어. 기관에서 말이야. 네 재능 때문에 너를 내 부대에서 잃고 싶지 않았어. 하지만 너를 벌하지 않을 수도 없었어."

"재능. 재능. '재능.' 그게 너와 나의 차이야. 왜냐하면 그것이 내 부대였다면 나는 네 오만한 몸뚱이를 죽여 버렸을 거야."

택터스의 목소리가 더욱 두꺼워진다. 그가 뒤로 더 돌자 나는 폭탄이 그의 얼굴에 남긴 파괴 흔적들을 확인할 수 있다.

"네가 저들 중 어느 한 명이라도 죽인다면 어떻게 될지 알고는 있어?"

택터스는 나를 향해 고개를 끄덕이더니 레이지 나이트를 향해서도 마찬가지로 끄덕인다. 마치 어차피 둘 중 한 명이 자신을 끝장낼 것이라고 말하는 것 같다.

"라이샌더를 데리고 간 일을 후회하지는 않아. 알아?"

"너는 원래 후회하는 일이 드문 성격이잖아."

"후회는 안 하지."

그가 쿡쿡 웃더니 그의 주위로 고인 피에 한쪽 발끝을 담근다.

"하지만 내가 그러지 말았어야 한다고 생각해. 기관에서 난 너를 시험했었어. 그게…… 나는 네가 어떻게 나올지 보고 싶었거든. 네가 따를 만한 사람인지를 확인하고 싶었어."

"그래서 따를 만한 사람이었어?"

"너도 그 답은 알고 있잖아."

"여전히 내가 따를 만하다고 생각해?"

택터스는 고개를 끄덕인다.

"언제나."

그가 그 말을 너무나 비참하게 내뱉었기에 내 심장이 목구멍까지 끌려 올라간 듯한 기분이 든다. 그는 배신자에 거짓말쟁이이고 사기꾼이다. 그럼에도 내 눈에는 친구가 보인다. 나는 그를 고쳐서 완전체로 만들어 주고 싶다. 내가 무슨 짓을 하고 있단 말인가? 나는 그를 쓰러뜨려야 한다. 하지만 그런 짓은 전에 타이투스에게 이미 해 본 적이 있다. 그 순환 고리가 우리를 침식시킨다. 죽음이 죽음을 낳고 죽음을 낳는 반복이 영원하다.

"내가 너를 살린다면 어떻게 될까?"

내가 갑자기 묻는다. 그 말에 택터스는 혼란스럽고도 황급한 시선을 보낸다. 당연하게도 그는 용서라는 개념을 이해하지 못한다.

"내가 너의 복귀를 허락한다면 어떻게 할래?"

"뭐라고?"

"내가 너를 용서하면 어떻게 하려냐고."

"너는 거짓말을 하고 있어."

택터스가 뒤로 더 많이 돌아보자 나는 폭탄이 그에게 입힌 상처를 완전히 확인할 수 있다. 그의 코는 삐뚤어져 있다. 부러진 것이다. 나머지 얼굴은 껍질을 벗겨 놓은 체리 같다. 내 친구…….

"나는 거짓말을 하고 있는 것이 아니야."

한때 나는 택터스를 믿지 않았다. 그래서 나는 그를 잃었다. 이제 나는 그를 믿을 것이다. 내가 그에게 권하는 신뢰라는 도전을 나도 함께할 것이다. 나는 앞으로 한 발 다가간다.

"네 안에 선이 있다는 것을 알아. 갈라파티에서 그 아이들이 살해당했을 때 네 표정을 봤어. 너는 괴물이 아니야. 다시 나에게 돌아와. 다시 내 중위들 중 한 명이 되는 거야, 택터스. 우리가 화성을 쟁취할 때 네가 이끌 수 있는 부대도 줄게. 너는 내 스탠더드 깃발들 중 하나를 들고 다닐 거야. 하지만 그 흉측한 갑옷만은 입으면 안 돼."

택터스가 살짝 미소를 지으며 쌕쌕거린다.

"이게 불편하기는 해. 하지만 세브로, 로크, 빅트라……."

"걔네들도 너를 그리워하고 있어."

나는 거짓말을 한다.

"네 레이저를 버리고 다시 내 부대로 돌아와. 네 안전은 내가 보장할게."

레이저가 그의 손에서 살짝 떨어지려고 한다. 아이들 중 한 명이 자신의 어린 동생에게 미소를 지어 보인다. 희망찬 미소다.

"그냥 아이들만 내버려 둬. 그럼 모두 다 용서해 줄게."

나는 진심으로 그 말을 하고 있다. 내 마음 속 저 깊은 곳으로부터 나오는 진심이다.

"우리는 모두 실수를 하지."

택터스가 말한다.

"우리는 모두 실수를 하지. 그냥 돌아와. 너를 해치지 않을게."

나는 내 레이저를 떨어뜨린다.

"아르코스도 마찬가지고."

나는 아르코스가 동의하는 의미로 비바람에 젖은 고개를 끄덕일 때까지 그를 뚫어지게 쳐다본다.

"나 집으로 돌아가고 싶어."

택터스가 조용히 중얼거린다. 그의 목소리에 아픔이 서려 있다.

"나 집으로 돌아가고 싶어."

"그럼 집으로 돌아와."

택터스의 레이저가 쩽그랑 소리를 내며 바닥에 떨어진다. 그리고 그는 내 앞에서 한쪽 무릎을 꿇는다. 그는 통증으로 거칠게 숨을 몰아쉰다. 안도감이 방 안을 메운다. 아이들은 죽을 줄 알았다가 살게 된 우여곡절에 다시 울기 시작한다. 유모들이 자신들의 담당 아이들을 껴안는 동안 그들의 얼굴에도 눈물자국이 난다. 나는 택터스에게 다가가 그에게 내 팔을 잡고 일어나라고 손짓을 한다. 그는 황급히 나를 껴안고 내 품에서 흐느낀다. 그의 몸이 떨리고 피투성이 이목구비가 내 갑옷을 붉게 물들인다.

"내가 미안해."

택터스가 열댓 번 말한다. 그는 내 어깨를 부여잡고 그곳에 얼굴을 파묻으며 심하게 울고 있다. 그의 얼굴이 너무나 엉망이다. 그리고 나는 그를 안는다. 온몸이 기진맥진하다. 그의 슬픔은 나까지 눈물이 나게 만들 뻔할 정도로 무겁게 다가온다. 그럼에도 나는 그를 다시 되찾았다는 이 이상한 기분에 들뜨고 만다. 그가 나와 함께 서서 나를 붙잡고 있다. 나 없이는 살 수 없는 사람을 알게 되니, 그리고 그가 나를 배신했으면서도 나로부터 원하는 것은 면죄뿐이라는 것을 알게 되니 스스로 겸허해진다. 그리고 그가 내 등을 꽉 잡자 나는 그의 갑옷에 내 팔을 두르며 함께 울음을 터뜨리지 않으려고 노력한다. 악한 자들도 아픔을 느낀다. 그리고 악한 자들도 변할 수 있다. 이번 일이 그를 변화시켰으면 좋겠다. 그가 배우려고만 한다면 너무나 많은 일들을 할 수 있을 것이다.

너무나 많은 방면에 있어서 그는 자신의 종족의 화신이다. 그러니 택터스가 변화할 수 있다면 골드 자체도 변화할 수 있다. 그들을 망가뜨려야겠지만 그후 그들에게 반드시 기회를 줘야 한다. 이오도 결국에는 그렇게 하기를 원했을 것 같다.

마침내 택터스가 울음을 그치고 우리의 몸이 떨어진다. 그리고 그는 내 애정을 확인하려고 나를 슬쩍 쳐다보며 강아지만큼 충직하게 내 옆자리에 선다. 그의 손은 부상당한 통증으로 떨린다. 하지만 그는 나와 아르코스와 함께 소리 없이 아이들이, 계급이 높든 낮든 똑같이, 열 맞춰 유모들과 함께 숨겨진 벙커 위로 나가는 모습을 지켜본다. 페블이 들뜬 상태로 내려와 로크가 우주전을 마무리 짓고 있다고 전한다. 그녀는 택터스의 부상을 보자 얼굴이 창백해진다. 나는 그녀에게 옐로우를 데리고 오라고 말한다.

곧 론, 택터스, 그리고 나만이 지하실에 남아 있다.

론이 우리 쪽을 바라본다.

"이제 아이들이 갔으니 대가를 치러야지."

그의 손은 벌새의 날갯짓보다도 빠르게 스쳐지나간다. 이온 단검이 나타나더니 갑옷이 가장 연약한 부분인 택터스의 겨드랑이 안쪽을 네 차례 찌른다. 나는 론을 멈추기 위해 재빨리 움직이지만 일은 벌써 치러졌다. 그는 수건을 비틀 듯 손목을 돌리며 동맥을 자른다. 늙은이가 젊은이를 죽이는 모습이다. 택터스의 망가진 얼굴이 고통에 비틀린다. 그리고 그는 숨을 헉 쉰다. 마치 끝끝내 자신이 정의를 피할 수 없음을 알고 있었다는 듯이……

론이 자리를 떠난다. 그리고 나는 내 친구가 죽어가는 동안 그를 안고 있다. 그의 눈은 저 먼 어딘가로 향하며 초점이 사라지고 있다. 어쩌면 그곳에서 그는 로크가 언제나 빌어 주던 평화를 찾을지도 모르겠다.

## 제30장

# 모여드는 폭풍

"우리가 약속 장소에 도달하기까지 얼마나 더 걸릴까?"

지휘갑판에 서 있는 오리온에게 묻는다. 수행원들을 제외한다면 우리만이 '팍스'의 선창 앞에 있다. 우리는 내 함선이 우주를 지나는 모습을 지켜보고 있다. 우리의 신생 함대에 가장 최근에 추가된 함선들은 백색으로 칠해진 후 론의 화난 보라색 그리핀이 그려졌다. 유로파 창공에서 켈란 오 벨로나로부터 포획해 온 흑색과 파란색과 은색 전투함들이 그들과 함께 날고 있다. 오렌지와 레드들이 그 금속 괴물들의 외관을 위를 기어 다니며 리치크래프트에 의해 만들어진 구멍들을 메우고 화성 포위작전을 위해 그것들을 준비시킨다.

"힐다스 정거장까지 3일이 걸립니다. 다른 함선들은 우리보다 그곳에 먼저 도착해 있을 것입니다, 도미너스."

카박스와 닥소가 뒤에서 다가온다. 나는 그들을 향해 돌아선 후 수리된 창문 너머로 켈란 오 벨로나의 함선 10대를 향해 손짓을 한다.

"선물 감사합니다."

내가 말한다.

"네 전략이었으니 네 전리품들이지."

카박스가 선언한다.

"우리가 그중 몇 퍼센트는 자연히 가져갈 것이고."

닥소가 곱실거리는 금빛 눈썹을 들어 올리며 항상 그렇듯 능구렁이처럼 덧붙인다.

"50퍼센트는 찾은 자의 수수료지."

나는 재미있어하며 그를 바라본다.

"글쎄요, 30퍼센트 드릴게요. 팍스가 형을 좋아했었으니까요."

"10퍼센트!"

카박스가 우렁차게 외친다.

나는 고개를 쭉 뺀다.

"집정관님, 당신은 협상에 젬병이시군요."

카박스는 어깨를 온화하게 으쓱한 후 바닥에 떨어진 젤리빈들을 즐겁게 가리킨다. 그는 소포클스를 바닥에 살짝 던져놓으며 그 모두를 정복하여 먹어치우라고 격려한다.

"20퍼센트."

닥소가 자신의 손바닥을 보인다. 그의 동작들은 언제나 그보다 더 마르고 더 책벌레 같은 사람의 것처럼 보인다.

"그럼 공평하지, 아닌가? 우리는 우리 가문의 그레이 160명과 옵시디언 13명을 잃었어."

"그럼 보상해 드리기 위해서 30퍼센트 드릴게요. 친구들을 위해서요."

"함선 3대라! 홍정 잘 했네!"

카박스가 선포한다.

"홍정 잘 했네. 때때로 남자는 홍정을 잘 해야 해."

그는 내 등을 짝 소리가 나게 다독여 다시금 내 등뼈에서 으스러지는 소리가 나게 만든다.

"우리가 아자를 포로로 잡기만 했어도. 그녀야말로 나누기 아까운 전리품이었을 텐데!"

"그녀는 불행하게도 바다 속으로 도망쳤네요."

나는 라그날을 향해 손짓한다. 그는 교량의 가장자리에 서 있다.

"그가 일을 잘했다고 들었습니다."

창백하고 키가 큰 그가 자신의 수염과 룬 같은 문신들 뒤에서 나를 계속 처다본다. 카박스와 닥소에게는 감성이 넘쳐나 보이는 것과는 다르게 그에게는 그 어떤 감성도 없는 것 같다.

"그가 승선했던 부대 지도자가 살해당했어. 중위들도 마찬가지였지. 수많은 두개골들이 박살났어. 그들은 어쩌다 켈란의 친구들 몇 명과 마주하게 됐거든."

카박스는 뾰로통하게 말하면서 자신의 참을성 없는 여우를 위해 주머니를 샅샅이 뒤지고 있다. 놈이 주인에게 젤리빈을 더 달라며 그의 다리를 할퀴고 있기 때문이다.

"더 이상은 없구나, 우리 꼬맹이 왕자님."

그가 혹시나 하는 미소를 띠며 나를 올려다본다.

"너 혹시 젤리빈 있나?"

"아니요, 죄송해요."

"거기 있던 라그날이 지휘를 맡았어. 홀로 잘 수행했더라고."

닥소가 말한다.

"지휘를 맡았다고요?"

내가 묻는다.

카박스가 설명한다.

"비할 데 없는 자들로 구성된 암살단이 있었어. 여섯 명의 벨로나 칼춤꾼들이 정말 영예로운 소년들이긴 했지만 우리 쪽의 모든 골드들과 대부분의 옵시디언들을 작살냈어. 거기 있던 문신이 새겨진 자가 생존해 있는 그레이들과 몇 명의 옵시디언들을 모아서 이 함선을 차지했어."

"그 칼춤꾼들 중 살아남은 자는 없었나?"

"없었습니다."

라그날이 다시 땅을 쳐다본다. 질책 받을 것을 예상하고 있는 듯하다.

"잘했어, 나의 굿맨."

내가 대신 말한다.

카박스와 닥소는 둘 다 내가 그에게 한 친근한 표현에 눈살을 찌푸린다.

그래도 라그날이 미소로 나를 놀라게 했으니 그런 식으로 그를 칭찬한 것을 후회하지 않는다. 그는 누런 이가 보이도록 크게, 활짝 웃었다.

"그가 더 많은 일도 해낼 수 있을까요?"

내가 묻는다.

닥소가 머뭇거린다.

"그게 무슨 말이야?"

"그가 골드 없이 지휘를 맡을 수 있을까요?"

닥소와 카박스는 걱정하는 눈빛을 서로 주고받는다.

"그렇게 해서 무슨 이득이 생기는데?"

닥소가 묻는다.

"골드들을 보내지 못하는 장소들로 그를 보낼 수 있잖아요."

"그런 곳은 없단다."

카박스가 팔짱을 낀다. 내가 너무 멀리 갔다.

나는 그들을 달래기 위해 미소를 짓는다.

"물론이죠. 그냥 이론입니다. 때때로 생각이 딴 데로 흘러가 버리더라고요."

나는 카박스의 어깨를 짝 소리 나게 두드린다. 그런 후 그들은 자신들의 함선을 향해 함께 떠난다.

"도가 지나치셨습니다."

오리온이 말한다.

"뭐라고?"

"주인님도 귀가 있으시지 않습니까."

나는 바닥을 내려다보며 그녀의 어두운 피부에 새겨진 엷은 파랑 문신들을 탐색한다. 그 수식기호들이 그녀의 정신세계를 이해하기 위해 필요한 열쇠처럼 보인다.

"자네 블루치고는 관찰력이 좋은데."

"디지털 싱크로 밖의 세계가 어떻게 굴러가는지 알기 때문에요? 갑판에서 일하다 보면 생기는 능력입니다, 도미너스. 밑바닥에 있으면 모든 것을 확인해야 해요."

"어느 갑판 말이냐?"

내가 묻는다.

"포보스였습니다. 아버지께서는 섹션 밖에서 태어난 부두 노동자였습니다. 제가 어렸을 때 돌아가셨습니다. 어린 여자애가 하이브 항만 도시들에서 크게 자라고 싶으면 언제나 발끝으로 서야 하는 법입니다. 그 방법으로만 괴물들을 이길 수 있습니다."

"그것이 유일한 방법은 아니야."

내가 말한다.

"아니라고요?"

그녀가 놀라며 묻는다.

"언제나 네 자신도 괴물이 될 수도 있거든."

오리온이 선창으로부터 고개를 돌려 나를 올려다본다. 격렬한 지성이 극지방처럼 차가운 그녀의 눈동자 뒤에서 타오르고 있다.

"그리고 우주의 아름다움도 있죠. 선택할 수 있는 경로는 10억 가지입니다."

함몰선실의 컴블루로부터 연락이 오면서 나는 대답을 피할 수 있게 된다.

"도미너스, 공격 셔틀 하나가 귀항하고 있습니다. 버지니아 오 아우구스투스입니다."

제31장

# 쿠데타

"아버지께서 붙잡히셨어."

머스탱이 연기 나는 함선의 출입구 경사로 밑으로 쿵쾅거리고 내려오며 나에게 전한다. 그녀의 양옆에는 몇 명의 옵시디언 경호원들이 붙어 있다. 그들은 전투 중에 흠집이 난 갑옷들을 입고 있다. 그들 뒤로 10여 명의 그레이들이 셔틀에서 나온다. 루나에서 온 선화가 그들을 전두지휘하고 있다. 그들은 모두 러쳐 용병들로 겉보기에 평범해 보이나 위험한 존재들이다. 자칼의 사냥꾼들이다. 세브로가 그들을 예의주시한다.

우리 주위로 수백 대의 립윙들과 10여 대의 황새 함선들이 격납고에 세워져 있다. 격납고는 라이코스의 공유지와 거주구들을 모두 품을 수 있을 정도로 크다. 오렌지들이 함선들을 뚝딱뚝딱 고치며 궁극적인 화성 침략에 대비하기 위해 정비 점검을 한다.

나는 론, 세브로, 하울러들, 빅트라, 그리고 라그날로 이루어진 내 측근들과 함께 머스탱을 맞이한다. 로크는 내 부름에 응답하지 않았다. 나는 앞으로 뛰어가 머스탱을 부둥켜안고 싶지만 그녀는 분노에 차 있다. 그녀의 입 밖으로 침이 튀고 있다. 노여워하는 눈 밑에는 다크서클이 드리워져 있다. 그녀의 얼굴은 지쳐 보인다.

"플라이니가 쿠데타를 시작했어. 그가 내 오빠를 체포했고. 내 고모는 죽었고 고종사촌들은 우리측 집정관 6명과 함께 살해당했어. 우리 아버지의 기수들 중 20명 이상이 새로이 충성 서약을 맹세했어. 그리고 우리는 함대의 통제권을 잃었어."

나는 머스탱에게 그녀가 다친 곳은 없는지 묻는다.

그녀는 그 표현을 비웃는다.

"다쳤냐고? 그게 무슨 상관이야. 그들이 내 사람들을 죽였는데. 우리는 아카데미 위로 몰래 날았어. 그리고 내가 우주정거장과 훈련용 함선들을 향해 리치크래프트들을 발사했어. 그런데 그러자마자 벨로나 함대 하나가 소행성 뒤에서 나타나더니 그것들을 모조리 파괴하더라고. 그들은 우리에게 엄청난 수의 총구들을 겨누고 있었어. 그래서 항복할 수밖에 없었어. 무자비했어."

"카르누스의 짓같이 보이네."

내가 추측한다.

머스탱이 고개를 끄덕인다.

"그리고 플라이니도 가담했지. 그들은 벨로나 함선들을 다른 곳으로 유인하지 않았어. 내가 작전 개시하려는 곳으로 바로 데리고 왔던 거야."

"왜 플라이니가 너를 바로 죽이지 않았을까?"

세브로가 물었다.

"플라이니와 같은 사람은 정당성을 추구하지."

론이 내 옆에서 고갯짓으로 머스탱에게 인사하면서 말한다. 그녀는 론이 여기에 있는 것을 이상하게 여길지도 모르겠다. 하지만 그렇다고 티내는 성격도 아니다.

"그건 그놈의 본성이다. 이전에 너를 꼬셔 보려고 했을 테지, 그렇지?"

머스탱이 내 스승과 함께 플라이니를 역겨워하는 표정을 주고받는다.

"그 픽시 놈이 나를 내 방에 감금시키고 보초를 붙인 후 포획당한 내 함대를 힐다스로 이끌었어. 그곳으로 향하던 중, 그가 나를 찾아왔지. 그러고는 우리 아버지가 가니메데에서 급습에 실패한 홀로 영상을 나에게 보여 주더라고."

머스탱이 분노에 몸서리친다.

"그러고는 그가 말했지. 내 가문은 멸망했지만 내 혈통이 끊이지는 않게 할 거라고. 군주와 그가 합의한 바였대. 그가 군주에게 평화를 제공한다면 그녀는 그에게 지위, 정당성, 그리고 그가 원하는 포상 한 가지를 주겠다고 했어. 그렇게 홀로 영상에서 우리 아버지의 함선들이 불타 버리는 동안 그는 나에게 그의 예쁘장한 속

102

눈썹을 깜빡이며 말하더라고. 자신의 아내와 이혼할 테니 그와 부부가 되는 영광을 나에게 선사하겠다고."

나는 아무 말도 하지 않는다. 하울러들은 불만스러워하며 낮게 웅성거린다.

"그래서 너는 뭐라고 대답했는데?"

빅트라가 묻는다.

머스탱은 그녀의 말을 무시한다.

"플라이니는 언제나 호감어린 눈으로 나를 보고 있었대."

그녀는 자신의 주머니 속을 뒤지더니 무언가를 꺼내 그것을 바닥에 떨어뜨린다.

"그래서 내가 그의 눈 하나를 가져왔지."

세브로가 하피와 함께 깔깔거린다. 론은 못마땅하다는 듯 소리를 낸다. 마치 그 자신은 잔혹함과 거리가 먼 사람인 양.

"다시 만나게 되어 반갑습니다, 레이지 나이트님. 당신을 이 상황에 끌어들여서 죄송해요. 하지만 저희들에게는 전에 없이 당신이 필요합니다."

머스탱이 말한다.

"나도 그렇다는 것을 이제 막 알았네."

"네 오빠는 어디에 있어?"

나는 플라이니의 눈에서 시선을 뗀 후 머스탱에게 묻는다.

"붙잡혔어."

머스탱은 격납고에 있는 오렌지와 그레이들을 힐끗 본다.

"우리끼리 할 얘기가 더 있어."

"물론이지. 작전실에서 이 이야기를 계속……."

내가 입을 연다.

"때가 되면 하지, 대로우."

론이 머스탱을 돌아본다. 그의 표정에서 그녀를 할아버지의 마음으로 걱정하는 기색이 보인다.

"아가씨, 고생했구려. 아가씨가 좀 쉬는 동안에 우리가……."

하울러들과 나는 론으로부터 거리를 둔다.

"쉬라고요? 왜 제가 쉬어야 하나요?"

머스탱의 목소리가 커진다.

"내가 실수했네."

"시오도라."

내가 부른다. 그녀가 앞으로 슬쩍 나온다.

"작전실로 커피, 각성제, 그리고 음식을 준비해 줘. 10인분으로."

두 명의 텔레마누스 사람들이 떠오른다.

"20인분으로 해 줘."

시오도라는 실수로 웃음을 터뜨린다.

"네, 도미너스."

시오도라가 그녀의 부하들을 부르러 옆으로 비켜선다.

머스탱이 자신의 함선을 향해 고개를 획 돌린다.

"저건 그냥 저대로 둘 거야?"

"대장!"

나는 격납고 갑판을 책임지고 있는 오렌지를 부른다. 그의 수염에는 기름 때 얼룩이 묻어 있다. 그는 기름 치는 기구에 굵직한 손을 닦으며 느긋하게 일어선다.

"저 함선은 출입구 밖에 둬."

"저건 복구 가능합니다."

그 오렌지가 말한다.

나는 머스탱을 바라본다.

"네가 도망친 거야? 아니면 그들이 네가 도망치도록 내버려둔 거야?"

"나도 모르겠어. 나를 구해 준 건 우리 오빠였어. 그의 함선은 내 함선이 탈출하도록 도와주다가 붙잡혔어."

자칼은 언제나 사람을 놀라게 한다.

"저 안에 폭탄이 있으면 어떻게?"

세브로가 불편한 시선으로 함선을 바라보며 묻는다.

"뭐가 있어도 그게 폭탄은 아닐 거야."

내가 말하자 머스탱도 동의한다.

"플라이니는 여전히 나를 원해. 그리고 그는 대로우를 군주에게 바치고 싶어 하지. 하지만 무엇보다 그는 네 함대를 원할 거야, 대로우. 네 함대가 힐다스에 나타나지 않자 그는 네가 주의를 받았거나 암호를 전송받기를 기다리고 있는데 자신이 몰랐던 것이라고 생각했을 테지."

"그리고 너라면 내가 어디에 있는지 알 것이라고 생각했겠지."

"그러니 그는 나를 추적해서 이 함대의 위치를 확인할 거야."

머스탱은 말한다.

론이 고개를 왔다갔다 거리며 우리를 쳐다본다.

"너희 둘은 언제 이런 이야기를 나눴던 건가?"

"방금요."

머스탱이 그 질문에 혼란스러워하며 대답한다.

세브로가 론의 어깨를 탁 친다.

"걱정마세요. 당신이 노망나지는 않았어요. 쟤들이 그냥 이상한 거예요."

론은 세브로의 지저분한 손을 멍하니 바라본다. 손바닥만 가리는 그 장갑은 으깬 감자와 갈색 그레이비 소스로 뒤덮여 있다. 세브로는 환한 미소를 거두며 부끄럽다는 듯이 자신의 손을 내린다.

나는 다시 그 오렌지를 향한다.

"저 함대를 출입구 밖으로 이동시켜. 재빨리."

그가 주춤하는 것 같다. 자꾸 자신의 발바닥으로 바닥을 긁고 있다.

"혹시 더 나은 대안이 있나?"

그 오렌지가 자신의 머리를 긁적이며 자신을 쳐다보는 모든 골드 얼굴들을 걱정스러운 눈초리로 살핀다. 갑판 일꾼들은 우리의 대화를 몰래 지켜보고 있다.

"어서 말해 보라고."

세브로가 짖는다.

"그렇습니다. 그게, 제가 함선을 출입구 밖에 놔둘 수도 있습니다, 도미너스. 아니면, 그게…… 그들이 그런 일을 벌였다면 제가 그 스캐너와 방사 물질을 찾을 수도 있어요. 여기에는 똑똑한 기술자들이 꽤나 있거든요. 상대를 수색해서 그들이 오랫동안 정찰을 나가도록 만들 수 있어요, 문제없어요. 플라이니의 사냥개들이 잘못된 방향을 향해 짖게 만드는 것도 꽤 괜찮지 않을까 싶네요. 그렇지 않나요?"

"이름과 소속 세계가 어떻게 되나?"

내가 묻는다.

"도미너스…… 음."

그가 힘겹게 눈을 깜빡인다.

"사이서가 제 이름입니다. 루나에 살고요. 딸 셋이 딸렸습니다. 아내는 자동차 개발 센터에 일하고 있어요. 그래서 우리는……."

나는 그의 말을 중간에 끊는다.

"사이서, 이 일을 제대로 하면 네 가족들을 화성으로 데리고 와서 시타델 직원으로 등용시켜 주겠다. 네게 10분을 주지."

"충성!"

사이서는 들뜬 채 자신의 부하들을 향해 획 돌아선다.

나는 머스탱과 내 측근들을 리프트로 이끈다.

"플라이니는 자기가 너를 죽였다고 말했어."

우리가 걷는 동안 머스탱이 속삭인다.

"아자와 벨로나의 함대가 우리를 기다리고 있었어. 우리가 예상

107

했듯이."

나는 그녀를 향해 웃어 보인 후 내 데이터패드를 꺼내든다.

"오리온, 함대의 지휘를 맡아. 더 많은 사람들이 우리를 찾아오기 전에 이 섹터에서 멀리 떨어져야 해. 세브로, 텔레마누스 부자를 불러. 그들이 전략실 안에…… 세브로?"

나는 세브로를 찾아 두리번거린다. 그는 20여 미터 뒤에서 플라이니의 눈알 주변을 알짱거리고 있다. 우리가 뒤돌아 그를 쳐다보자 그는 어색하게 발을 이리저리 끈다.

"내가 가져도……."

세브로가 눈알을 향해 손짓을 한다.

"뭐?"

머스탱이 묻는다.

"내가 이걸 가져도 돼?"

머스탱이 그를 향해 눈살을 찌푸린다.

"다 네 것 해라."

세브로는 눈알을 손으로 퍼 올리더니 주머니 속에 푹 쑤셔 넣으며 신나게 미소를 짓는다. 그는 우리를 따라잡으려고 뛰어온다.

"바라건대, 두 쪽 다 수집하겠어."

제32장

# 젊어서 죽다

머스탱은 회의 전에 택터스를 꼭 보겠다고 고집한다. 시오도라가 우리를 안내한다. 함선의 메드베이에 안착된 택터스의 시신 옆에 로크가 앉아 있다. 그가 양손을 부여잡은 채 앉아 있는 모습만 보면 택터스가 아직 살아날 가능성이 있을지도 모르겠다는 착각마저 든다. 어쩌면 론과 같은 사람들이 존재하지 않는 다른 세계에서는 그럴 수 있을지도…….

"유로파에서 나온 이후로 그는 쭉 이곳에 있었습니다."

시오도라가 조용히 말한다.

"그가 이곳에 있다고 나에게 말하지 않았잖아."

내가 말한다.

"그가 저에게 말하지 말아 달라고 부탁했습니다."

"너는 '내' 하인이야, 시오도라."

"그리고 그는 당신의 친구죠, 도미너스."

머스탱이 나를 쿡 찌른다.

"그만 못되게 굴어. 시오도라도 그만큼이나 지쳤다는 것은 안 보이니?"

나는 시오도라를 쳐다본다. 머스탱의 말이 맞다.

"잠을 좀 자, 시오도라."

"최상의 생각인 듯합니다, 도미너스. 언제나 뵙게 되어 반갑습니다, 도미나(도미너스의 여성형 존칭 — 옮긴이)."

시오도라가 머스탱에게 말한 후 나에게 화난 얼굴을 보인다.

"주인님께서는 아가씨의 부재로 꽤나 변덕스러우셨답니다."

머스탱은 시오도라가 미끄러지듯 퇴장하는 모습을 지켜본다.

"저런 하인을 만난 건 행운이야."

그녀는 로크의 어깨를 살며시 건드린다. 그의 눈이 파르르 떨리다 떠진다.

"버지니아."

그들은 우리가 다 함께 시타델에서 보냈던 해에 서로 친해졌다. 둘 중 어느 누구도 자기들과 함께 오페라를 관람하러 나를 데려가는 일에 성공하지 못했다. 내가 그 음악에 관심이 없어서 그랬던 것은 아니다. 단도직입적으로 론이 시간을 많이 요구했기 때문이었다.

머스탱은 로크의 손을 꽉 쥔다.

"어떻게 지내고 있어?"

"택터스보다는 낫지."

로크는 나를 힐끗 본다. 내가 여기에 없었더라면 그가 더 많은 말을 했을 것이라 생각된다. 그는 머스탱의 엉망인 모습을 확인하고는 걱정하는 표정으로 미간을 구긴다.

"뭐가 잘못된 거야?"

우리가 로크에게 그간의 상황을 알리자 그는 손으로 자신의 굽실거리는 머리카락을 빗어 넘긴다.

"글쎄, 상황이 안 좋기는 하네. 플라이니가 그렇게 철저히 대담하게 나올 줄은 꿈에도 몰랐는데."

"다 같이 10시에 전략을 논의하러 모이려고."

내가 말한다.

로크가 나를 무시한다.

"네 아버지와 오빠의 일에 유감을 표할게, 버지니아."

"그들은 아직 살아 있을 거야. 그렇게 생각해야지."

택터스를 바라보자 그녀의 표정이 고요해진다.

"택터스가 그렇게 돼서 유감이야."

"그는 살던 방식대로 죽음도 맞이했지. 그냥 그가 더 오래 살기를 바랐을 뿐이야."

로크가 말한다.

"너는 그가 바뀔 수 있었으리라고 생각해?"

머스탱이 묻는다.

"그는 언제나 우리의 친구였어. 그가 바뀌려고 노력하도록 그를 도와주는 것이 우리의 책임이었지. 그 일이 아무리 불꽃을 껴안는 것 같은 일일지라도."

로크가 말한다. 그는 잠시 나를 바라본다.

"너도 내가 그의 죽음을 바라지 않았다는 것은 알잖아. 나는 그가 우리에게 다시 돌아오기를 바랐어."

내가 말한다.

"네가 아자를 잡고 싶어 했던 것처럼?"

로크가 내 말에 코웃음을 치며 비아냥거린다.

"내가 왜 그렇게 했는지는 너에게 알려줬잖아."

"당연하지. 아자는 우리의 친구를 죽였어. 퀸을 죽였다고. 하지만 우리는 더 큰 전략을 위해 그녀가 도망치게 내버려 둔 거야. 모든 것에는 어떻게든 대가가 따르게 돼 있어, 대로우. 어쩌면 너도 곧 네 친구들이 그 대가를 치르게 만드는 일에 싫증을 낼지도 모르지."

머스탱이 재빨리 끼어든다.

"그건 말이 너무 심하잖아. 너도 그렇다는 걸 알잖아."

로크가 대답한다.

"내가 아는 건 우리의 친구들이 점점 줄고 있다는 거야. 우리 모두가 '리퍼'만큼 강인하지는 않아. 우리 모두가 전사가 되고 싶어 하는 건 아니라고."

당연히 로크는 이 삶이 내 선택에 의한 것이라고 생각한다. 그는 어린 시절에 신 테베와 화성의 산악지대에 있는 가족 사유지들을 왕래하며 여가와 독서를 즐겼다. 그의 부모님은 강화된 학습 업로드 방식의 교육을 좋아하지 않았다. 그래서 그들은 바이올렛들과 화이트들을 고용해 그들이 그에게 교육학적으로 가르치게 했다. 고로 로크는 평화로운 초원들과 고요한 호수 옆에서 산책하고 이야기하며 공부했다.

"택터스는 바이올린을 팔지 않았어."

로크가 조금 있다가 말한다.

"대로우가 그에게 줬던 것 말이야?"

"그래. 그 스트라디바리우스 작품. 택터스는 그걸 팔았어. 그 후 죄책감을 너무 느낀 나머지 경매장에서 매매 절차를 마무리짓지 못했지. 그래서 그들이 그 주문을 취소하게 만들었어. 그는 혼자 있을 때 그 바이올린을 연습하며 녹슨 실력을 좀 회복하고 있었어. 소나타를 연주해서 너를 깜짝 놀라게 만들어 주고 싶다고 말했다고, 대로우."

내 안의 무게가 더 무거워진다. 택터스는 언제나 내 친구였다. 그는 그냥 그의 가족이 그에게 요구하는 인간상이 되려고 노력하던 중에 길을 잃었던 것이다. 언제나 그의 친구들은 그의 있는 그 자체를 이미 사랑하고 있었는데…… 머스탱은 내 등 아랫부분에 손을 올린다. 그녀는 내가 무슨 생각을 하는지 알고 있다. 로크는 이제 몸을 구부려 택터스의 뺨에 입을 한 번 맞춘 후 그에게 축복의 기도를 해 준다.

"일종의 열정으로 영예가 가득한 채 다음 세계로 넘어가는 것이 나이 들어 빛바래고 시드는 것보다 낫단다. 빨리 살고 젊어서 죽었네, 나의 고집스러운 친구여."

로크가 자리를 떠난다. 이제 머스탱과 나만 택터스와 남아 있다.

"넌 저 관계를 꼭 해결해야 해. 그를 잃어버리기 전에 해결해."

머스탱은 로크를 두고 말한다.

"나도 알아. 수백 가지 다른 일들도 모두 해결하고 나서 바로 해야지."


우리는 전략실에 빈자리 없이 거대한 나무 탁상을 빙 둘러 앉아 있다. 커피 컵들과 음식 트레이들이 탁상 위에 지저분하게 놓여 있다. 머스탱은 내 옆자리에 앉아 있다. 그녀는 변함없이 탁상 위에 부츠를 올린 채 그녀의 아버지의 임무가 어떻게 잘못됐는지를 설명한다. 카박스는 자리에서 위태위태할 정도로 앞으로 기대어 앉아 있다. 그는 아우구스투스가 패배로 힘들어한다는 생각에 겁을 내고 있다. 그는 불안하게 자신의 손을 비튼다. 자신의 아버지가 너무 고심하는 것이 보인 나머지 닥소는 무릎 위에 있던 소포클스를 안아 올린 후 놈을 불편해하는 빅트라에게 넘긴다. 머스탱의 목소리가 방 안을 가득 채우며 플라이니가 그녀에게 췄던 홀로가 탁상 위에서 살아난다. 가니메데는 얼룩덜룩한 초록색, 파란색, 그리고 소용돌이치는 흰색이 뒤섞인 산업 위성의 주위를 돌고 있다. 콜베트함 로켓 부리가 우주를 소리 없이 가르며 가니메데의 유명한 도킹장을 향한다.

"아버지께서는 대형 함선 두 대의 뱃속에 그레이들로 이루어진 러처 부대를 파견시키셨어요. 그들은 방어 플랫폼의 원자로 세 개를 고장냈지요. 그 후 우리 아버지께서 당신의 방식대로 립윙들과 콜베트함들을 가지고 맹공격을 시작하셨어요. 뒤로 되돌아오시기 전에 엔진들을 불태워버리고 탄약들을 떨어뜨리셨지요.

그것은 귀중한 발굴물이었어요. 마른 갑판에 17여대의 구축함들과 4대의 드레드노트들이 완성됐거나 거의 완성된 상태로 있었으니까요. 기간 선원들에 의해 그 함선들이 돌아가고 있을 것이라고 가정하고 아버지께서는 그것들을 동시에 올라타셨어요. 그리고 자신의 문신이 새겨진 자들 2명을 태운 채 문브레이커에 올라탄 리치크래프트까지 지휘하셨지요. 하지만 그 함선들은 기간 선원들에 의해 운행되고 있지 않았어요. 전혀 선원이 없었어요. 대신 그 안은 집정관들과 그레이 러처 부대들, 그리고 올림픽 나이트들로 한 가득 채워져 있었지요."

"그래서 그가…… 항복했나?"

카박스가 당황하며 묻는다.

머스탱이 웃음을 터뜨린다.

"우리 아버지께서요? 아버지께서는 칼을 휘두르며 앞길을 트셨고 실제로 거의 탈출하실 뻔했어요. 그리고 허스(단란함——옮긴이) 나이트를 죽이셨어요. 그 후 우리 옛 친구들 몇 명과 마주치게 되셨어요."

115

홀로상에는 아우구스투스가 12명의 그레이들 사이로 흩어지나가는 모습이 보인다. 마치 높이 쌓아올린 마른 풀대들 사이를 헤치며 걸어가는 남자 같다. 그의 레이저는 노래하고 비명을 지른다. 또 그것이 벽면과 부딪혀 불꽃이 튀며 사람과 갑옷 사이로 미끄러져 지나가다가 불꽃 빛깔의 갑옷을 입은 다른 남자와 마주친다. 허스 나이트다. 연속해서 치밀하게 돌진하는 동작들이 보이더니 붉은 안개가 생긴다. 머리 하나가 바닥에 툭 떨어진다. 그 후 두 명의 남자들이 등장한다. 한 명은 해가 새겨진 투구를 하고 있으며 다른 하나는 늑대머리 투구를 쓴 피치너다. 둘은 힘을 합쳐서 문신이 새겨진 자를 죽인 후 피 흘리는 아우구스투스를 쓰러뜨린다.

론이 내 쪽을 바라본다.

"저, 아가씨…… 머스탱. 해가 새겨진 갑옷을 입은 남자는 누구였나?"

머스탱은 조용하다.

내가 대신 대답한다.

"그것은 모닝 나이트의 갑옷입니다. 카시우스였어요. 그들이 그의 팔을 고쳤나 봅니다. 아니면 새로이 마련해 줬거나."

머스탱이 말을 잇는다.

"줄리 가문의 함선들도 그곳에 있었습니다."

그녀는 빅트라를 바라본다.

"그들이 제 아버지의 나머지 세력들을 다 해치웠어요."

세브로는 빅트라를 노려본다. 그러고는 그녀에게 여우도 맡기

116

면 안 된다는 식으로 그녀의 품에 있던 소포클스를 데리고 가 버린다.

"불편한 감이 있나? 있어야 할 텐데."

빅트라는 비난들이 꽤나 따분하다는 듯이 말한다.

"이 이야기는 전에도 했잖아. 우리 어머니께서는 군주로부터 협박을 당하셨어요. 그녀는 정치적이지 않아요. 그녀가 돈 외에 마음을 쓰는 일은 극히 드물다고요."

머스탱이 묻는다.

"그럼 당신 어머니께서는 충절을 진지하게 생각 않는다는 거야? 흥미롭군."

"퉤. 아그리피나는 사악한 개년이야. 언제나 그랬어."

카박스가 투덜거린다.

"조심해요, 거대한 아저씨. 그녀가 제 어머니인 것은 변함 없습니다."

빅트라가 경고한다.

카박스는 자신의 건장한 팔로 팔짱을 낀다.

"사과하겠네. 그녀가 네 어머니라는 점에."

닥소가 나긋하게 묻는다.

"그리고 네가 그들과 함께하지 않는다는 걸 우리가 어떻게 확신하지, 빅트라? 네가 간첩일지도 모르지? 어디서 어떤 지시가 내려오기를 기다리고 있을지도 모르고. 어떻게 너는 그녀를 믿을 수 있는 거지, 대로우? 그녀는 아주 쉽게 저쪽 편으로 정보를……."

머스탱이 나를 바라본다.

"나도 그게 궁금했어."

내가 묻는다.

"제가 왜 당신을 신뢰합니까, 닥소? 그리고 당신은요, 카박스? 두 분 모두 제 머리를 군주에게 바친다면 사면도 얻고 땅도 더 위임받고 자금도 더 모으시며 더 잘 사실 텐데요."

"거기에 네 심장은 카시우스의 어머니에게 바쳐야겠지."

세브로가 나를 상기시킨다.

"고맙군, 세브로."

"도와주는 게 내 역할이지!"

세브로는 식탁보 위에 있는 닭다리 하나를 집어 들어 그것을 소포클스에게 먹이려 한다. 잠시 고민하던 그는 직접 닭다리 한 입을 베어 물며 그 여우에게 뭐라고 조용히 말한다.

"저는 제가 여기 있는 모두를 신뢰하는 것과 같은 이유로 빅트라도 신뢰합니다. 친구이기 때문이죠."

나는 세브로로부터 눈을 힘겹게 뗀 후 말한다.

머스탱이 자신의 커피컵을 요란하게 내려놓는다.

"친구라. 하. 단도직입적으로 말할게. 나는 줄리 가문 사람들을 믿느니 차라리 그들을 내던지겠어."

"그건 네가 나를 무서워하기 때문이야, 쪼그만 애송아."

머스탱이 더 꼿꼿하게 앉는다.

"쪼그만 애송이라고?"

"애야, 나는 너보다 10년은 더 살았어. 어느 날 너는 네 자신을 돌아보며 웃게 될 거야. 네 자신이 그렇게 바보 같고 단순했을까 하고. 게다가 너는 키도 별로 안 크지. 그러니 나는 너를 쪼그만 애송이라고 부르겠어."

"나는 여자들끼리 손톱날 세우며 하는 싸움은 하지 않아. 내가 너를 믿지 않는 이유는 너를 모르기 때문이야. 내가 아는 것은 네 어머니가 정치에 무관심하지 않다는 것뿐이지. 그녀는 모사꾼이야. 뇌물도 쓰는 사람이고. 우리 아버지께서는 그렇다는 걸 아셨어. 나도 알고 있고. 너도 알고 있어."

머스탱이 차갑게 말한다.

"그래, 우리 어머니께서 모사꾼인 건 어느 정도 인정할게. 그리고 나 또한 그렇고 너 또한 그런 건 마찬가지야. 하지만 내가 아닌 것 한 가지만 대라면 그건 거짓말쟁이야. 나는 한 번도 거짓말을 한 적이 없고 앞으로도 절대 하지 않을 거야. 누구와는 다르게."

그녀의 눈썹이 휘면서 그 말의 의도가 확연해진다.

"나쁜 사과에서는 나쁜 씨를 뿌리지, 대로우. 이 사람만큼은 감정을 배제하고 평가해야 해. 그녀는 위험한 여자 밑에서 키워졌어. 그녀를 경우 없이 대할 필요는 없지만 이 의회에 참가하지 못하게는 해야 해. 나는 이 의회가 끝날 때까지 그녀를 자신의 방에 가두는 걸 추천하지."

닥소가 경고한다.

"맞아. 동의한다. 나쁜 씨야."

카박스가 꽉 쥔 주먹의 손마디 뼈로 탁상을 쾅쾅 친다.

"네가 나를 이 혼란 속으로 유인했다는 게 믿기지 않는구나, 대로우. 네 측근들도 믿지 못하다니."

론이 투덜거린다. 그는 이곳과 동떨어져 보인다. 이렇게 옥신각신하는 일에 가담하기에는 너무 나이가 들었고 한물 가 보인다.

"팩팩거리시네. 혈당이 낮아지셨나?"

세브로가 론에게 반쯤 먹어 버린 닭다리를 던져 준다. 론은 그것이 탁상에 툭 떨어지도록 내버려두며 그 광경을 못마땅해 한다.

"당신의 현명한 고견을 듣고 싶습니다, 아르코스."

카박스가 경의를 표하며 말한다.

론은 자신의 울퉁불퉁한 손가락 마디뼈에서 툭툭 소리를 낸다.

"나라면 네 측근들의 말을 들을 것이다, 대로우. 내 몸에는 그들보다 더 오래된 흉터들도 있지만 그들도 세상물정에 아주 어둡지는 않단다. 나중에 후회하느니 미리 조심하는 게 나아. 빅트라를 그녀의 방에 감금시켜."

"당신은 저를 알지도 못하시잖아요, 아르코스 님!"

빅트라가 마침내 의자에서 일어서며 항의한다. 그녀가 공들여 보이던 침착함 바로 밑으로 활활 타오르는 전사가 이제 모습을 드러낸다.

"이건 저에 대한 모욕입니다. 당신이 계속 떠다니는 성 안에서 서기 1200년인 척하며 은둔하고 있는 동안에도 저는 대로우와 함께 싸우고 있었어요."

"시간이 충절을 증명하지는 않는다. 흉터가 증명하지."

론이 조소를 보이며 손가락으로 자신의 팔뚝에 난 흉터를 따라 그린다.

"당신은 군주를 위해 싸우다 그 흉터들을 얻으셨잖아요. 당신은 그녀의 검이셨습니다. 그녀를 위해 다른 이들로부터 얼마나 많은 피를 쏟아내셨습니까? 애시 로드 옆에 서서 얼마나 많은 사람들이 불타 버리는 모습을 지켜보셨습니까?"

"얘야, 나에게 레아에 대한 이야기는 꺼내지 마라."

빅트라는 잔인한 미소를 지으며 이를 번뜩인다.

"이제 보니 그 주름과 나방 먹은 옷가지 밑에 레이지 나이트가 존재하기는 하는군요."

론은 빅트라를 찬찬히 살핀다. 그는 그녀로부터 젊음의 분노를 본다. 그리고 나를 쳐다본다. 무슨 놈이 택터스와 빅트라 같은 골드들을 옆에 두느냐며 어리둥절해하는 모습이다. 그가 나를 알기는 하나? 그의 눈이 묻는다. 모른다. 그렇게 그는 깨닫는다. 당연히 모르겠지.

"'첫 번째도 영예, 마지막도 영예.' 그것이 우리 가문의 가훈이었다네. 반면에 당신은…… 젊은 아가씨, 글쎄, 줄리라는 이름 자체가 숭고한 목적을 추구하게 만든다고 보기는 어렵지 않나? 너희는 그냥 상인들이야."

"제 가문 이름은 제 자신이 누구인지와 전혀 상관이 없습니다."

"뱀이 뱀을 낳는다."

론이 대답한다. 이제 그는 그녀를 쳐다보지도 않는다.

"네 어머니는 뱀이었다. 그녀가 너를 낳았다. 그러므로 너도 뱀이다. 그리고 뱀들은 무엇을 하더냐, 애야? 그들은 스르륵 기어간다. 그들은 냉혈의 존재로 풀 속에서 잔인하게 기다린다. 그런 후 그들은 문다."

"그녀를 걸고 흥정할 수도 있을 것 같은데. 아그리피나에게 우리 편에 서던지 최소한 우리 계획에 대한 방해를 멈추지 않는다면 그녀의 딸을 죽일 것이라고 위협하자."

세브로가 말한다.

"너 이제 보니 참 사악한 새끼구나."

빅트라가 말한다.

"나는 골드야, 이 암캐야. 무슨 기대를 했던 거야? 내가 주머니에 넣고 다닐 만한 크기라고 따뜻한 우유와 쿠키만큼 달콤할 줄 알았어?"

로크가 목청을 가다듬으며 주의를 끌더니 주위를 둘러본다.

"우리가 부당하게, 심지어 위선적으로 행동하는 것 같군요. 여기 있는 모든 이들은 제 가문에 정치인들이 가득하다는 걸 알고 있습니다. 몇 분은 아마 제가 고결한 핏줄에 고결한 씨앗 출신이라고 생각할지도 모르겠네요. 하지만 우리 파비 가문은 정직하지 못한 사람들입니다. 제 어머니께서는 농업 자금과 로우컬러 의료 보조금들을 주머니에 챙겨서 당신의 어머니보다도 더 많은 저택에서 살고자 하는 상원의원이십니다. 제 친할아버지께서는 당신의 나이의 1/4밖에 안 되는 바이올렛 신진 여배우를 차지하려고 조카를 독살하셨습니다. 나중에 그 여배우는 그분의 조카, 즉 자신의 애인을 할아버지가 죽였다는 사실을 알게 된 후 그분을 칼로 찌르고 자신은 맹인이 되었답니다. 하지만 그 사건은 제 고조삼촌께서 하신 짓에 비하면 아무것도 아니죠. 그분은 하인들을 칠성장어에게 먹이셨답니다. 티베리우스 황제가 인류 최초로 그런 괴이한 즐거움을 즐기기 시작했다는 이야기를 어디서 읽었기 때문이었죠. 그럼에도 저는 여기에 있습니다. 그 모든 죄의 씨앗으로서. 그리고 이곳의 누구도 제 충절은 의심하지 않을 것 같군요.

그렇다면 왜 우리는 빅트라의 충절을 의심합니까? 그녀는 아카데미에서부터 지금까지 대로우 옆에서 변함없는 모습으로 있었습니다. 여러분은 그 자리에 없었어요. 여러분은 당시 상황에 대해 아무것도 모릅니다. 그러니 다들 그녀에 대해 왈가왈부하시지 마시기를 바랍니다. 그녀의 어머니가 그녀에게 대로우 오 아우구스투스를 버리라고 했을 때에도 그녀는 남아 있었습니다. 이제 우리가 노상강도들로 이루어진 오합지졸 연합체보다 조금 나은 상태인데도 그녀는 여기에 남았습니다. 그런데 여러분은 그녀를 의심합니다. 그런 여러분을 보니 넌더리가 나는군요. 말다툼이나 하는 여러분 사이에 있으려니 제가 다 슬픕니다. 그러니 다른 남자나 여자가 그녀의 충절을 의심한다면 저는 이 집단에 대한 신뢰를 잃어버릴 것입니다. 그리고 저는 떠날 것입니다.”

로크를 향한 빅트라의 미소는 마치 떠오르는 햇살 같다. 스멀

스멀 서서히 찾아오다 눈부시게 환하다. 그 미소는 내가 생각했던 것보다 천천히 없어진다. 그녀가 보이는 따뜻한 모습에 로크도 놀란다. 그리고 그의 고운 뺨에 빠르게 홍조가 인다.

"저는 제 어머니가 아닙니다. 제 여동생도 아닙니다. 제 함선들은 제 것이고 제 부하들도 제 것입니다."

빅트라가 선언한다. 그녀의 커다란 눈이 침착하다. 거의 졸린 듯이 보이기까지 한다. 하지만 그녀가 이제 앞으로 기대오자 그녀의 눈이 번뜩인다.

"저를 믿으십시오. 그럼 보상을 받게 될 것입니다. 하지만 저에게 중요한 것은 오로지 대로우가 저를 어떻게 생각하는지 뿐입니다."

모든 사람들의 눈이 나와 내 침묵을 향한다. 사실 나는 빅트라가 아닌 택터스에 대해 생각하고 있었다. 내가 그와 거릴 두고 있었다는 것을 그도 그렇게 쉽게 알아 버린 것에 놀라워하고 있었다. 내가 처음에 그에게 애정을 보이고 그가 그 바이올린을 거절했을 때 나는 부끄러웠으며 마음을 다쳤다. 그래서 나는 뒤로 물러났던 것이다. 내가 어떻게 느끼고 있는지 솔직하게 알리고 그대로 밀고 나갔다면 더 좋았을 것이다. 그의 보호벽이 무너졌을 것이다. 그가 절대 떠나지 않았을 것이다. 그는 여전히 여기에 있었을지도 모르겠다. 나는 같은 실수를 반복하지 않을 것이다. 최소한 빅트라에게만은 그러지 않을 것이다. 나는 통로에서 그녀를 향해 손을 뻗었다. 그리고 나는 이 사람들 앞에서도 그렇게 할 것이다.

"운에 의해 우리는 골드가 됐습니다. 우리는 다른 어떤 컬러로도 태어날 수 있었습니다. 운이 우리를 우리의 가문 사람으로 만들었습니다. 하지만 우리는 우리의 친구들을 선택합니다. 빅트라가 저를 선택했습니다. 저는 여기 다른 모든 이들을 선택했듯 그녀도 선택했습니다. 그리고 우리가 우리의 친구들을 신뢰하지 못한다면……."

나는 애처롭게 로크를 바라보며 그의 눈에서 용서를 구한다.

"숨을 쉴 이유도 없지 않습니까?"

나는 뒤에 있는 빅트라를 바라본다. 그녀의 눈이 수천 가지 이야기를 하고 있다. 그리고 자칼이 폭탄으로 인한 화상을 입은 채 자신의 침대에 누워서 나에게 했던 말이 다시 생각난다. 빅트라는 나를 사랑한다. 정말 그렇게 간단한 이유란 말인가? 그녀는 줄리 가문의 방식대로 이득 및 수익을 위해 움직이는 것이 아니라 그 단순한 인간의 감정을 위해 이 모든 일들을 하고 있는 것이다. 나는 생각한다. 내가 그녀를 사랑하게 될 수 있을까? 아니다. 못한다. 다시 태어난다면 머스탱은 절대 전사가 되지 않았을 것이며 절대 잔인하게 행동하지 못했을 것이다. 어떤 삶에서든 빅트라는 언제나 이런 사람이었을 것이다. 언제나 전사였을 것이다. 그 면은 오히려 이오와 닮아 있다. 언제나 너무 야생적이고 속에 불을 품고 있어 다른 것에서 평화를 찾지 못할 존재다.

머스탱은 빅트라와 내가 뭔가를 주고받는 것을 눈치 챈다.

그녀가 말한다.

"그럼 결정됐네요. 다시 당면한 문제로 돌아오죠. 플라이니는 이제 메인 함대를 소유한 채 기다리고 있어요. 그곳에서 그는 우리 아버지의 기수들을 모두 데리고 정식으로 군주에게 항복하고 화성의 구조 조정에 찬성한다는 문서를 작성하게 만들었어요. 제가 이해한 데까지 설명하자면 이 거래로 그는 자신의 가문의 수장이 될 것이에요. 그가 줄리 및 벨로나 가문들과 함께 화성의 권력자가 될 것입니다. 평화 합의가 이루어지면 그것은 아게아에 있는 우리의 시타델 조정에서 아버지를 처형시키면서 실효를 발휘하게 될 거예요."

머스탱이 탁상 주위를 돌아보며 그녀의 말에 무게가 실리도록 뜸을 들인다.

"우리가 아버지를 구하지 않으면 이 전쟁은 끝납니다. 위성 지배자들은 우리를 도와주러 오지 않을 것입니다. 사실상 그들은 우리에 대항할 함선들을 보내겠죠. 해왕성에서 올 베스파시아누스의 세력들도 도로 돌아갈 것입니다. 우리는 소사이어티 전체에 대항하여 홀로 싸우게 될 것입니다. 그리고 우리는 죽을 것입니다."

"좋네요. 그럼 일이 더 간단해지네요."

내가 말한다.

"우리가 함대를 되찾고 나서 화성을 되찾아야겠네요. 의견 있으십니까?"

제33장
# 춤

나는 과거에 대한 꿈을 꾸며 잠을 잔다. 내 손이 그녀의 곱슬머리 한 가닥을 감고 있다. 우리 주위로는 계곡이 잠든 채 조용히 누워 있다. 아이들도 아직 뒤척이지 않았다. 새들은 인근 소나무들의 울퉁불퉁한 가지 위에서 쉬고 있다. 그리고 내 귀에는 그녀의 숨소리와 오래토록 탄 모닥불이 타닥거리는 소리만이 들려온다. 침대에서 그녀의 냄새가 난다. 꽃이나 향수의 냄새가 아니다. 그냥 그녀의 피부에서 나는 흙내 섞인 머스크향, 내 손에 감긴 머리칼의 기름내, 내 볼에 온기를 전해 주는 그녀의 따뜻한 숨결 향뿐이다. 그녀의 머리카락은 우리 행성의 것이다. 내 것처럼 야생적이고 내 것처럼 지저분했으며 내 것처럼 붉다. 바깥에서 새 한 마리가 크게 노래한다. 끊임없이. 더 크게. 점점 크게.

그리고 나는 누군가 내 문 앞에 온 기척을 들으며 깬다.

땀에 젖은 이불을 옆으로 걷어차며 나는 침대 매트리스의 가장자리에 앉는다.

"비쥬얼."

머스탱이 통로에 서 있는 모습의 홀로가 뜬다. 나는 본능적으로 그녀를 방 안으로 초대하기 위해 일어선다. 하지만 문에 다다르자 멈칫하게 된다. 전략은 다 짰다. 이 시간에 우리가 따로 해야 할 이야기는 없다. 해서 좋은 결과가 나올 만한 이야기는 없다.

나는 홀로상에서 머스탱을 지켜본다. 한쪽 발에서 다른 쪽 발로 무게를 이동시키는 그녀의 손 안에 무언가가 있다. 내가 그녀를 들어오게 하면…… 결국 우리 둘 모두가 상처받기만 할 것이다. 나는 이미 로크에게 상처를 줬다. 벌써 퀸과 택터스와 팍스를 죽였다. 이제 와서 그녀를 가까이 두는 것은 이기적인 일이다. 최상의 결말이라고 해 봤자 그녀가 이 전쟁에서 살아남아 나에 대한 진실을 알게 되는 것이다. 나는 문에서 멀어진다.

"대로우, 그만 못되게 굴고 나 좀 들여보내 줘."

내 손이 내 대신 선택을 해 버린다.

그녀의 머리는 젖은 상태로 풀어져 있으며 평상시의 유니폼은 검은색 기모노로 대체되어 있다. 통로에 서성이는 라그날에 비해 얼마나 연약해 보이는가.

"내 말이 맞지?"

머스탱이 라그날에게 말한다. 그리고 나에게 말한다.

"네가 깨어 있을 줄 알았어. 여기 라그날이 계속 고집을 피우더라고. 네가 잠을 자야 한다며. 그리고 내가 그를 위해 가져온 음식은 받지도 않고."

"뭐가 필요해?"

나는 의도보다 더 차갑게 묻는다.

그녀는 발을 더욱 불안하게 이리저리 끌며 연기를 한다.

"내가…… 어둠을 좀 무서워하잖아."

그녀는 나를 밀치고 방 안으로 들어온다. 라그날은 이 상황을 지켜본다. 눈빛에는 생각이 전혀 드러나지 않는다.

"가서 잠 좀 자라고 말했잖아, 라그날."

그는 움직이지 않는다.

"라그날, 내가 여기서 안전하지 않으면 아무데서도 안전하지 않아. 가서 자."

"저는 눈뜨고 잠을 잡니다, 도미너스."

"진짜로?"

"네."

"그럼 네 침대에 가서 그렇게 하도록 해라, 문신이 새겨진 자여. 명령이다."

나는 말한다. 주인 행세를 하는 그 말들이 입 밖으로 나오자마자 그것들이 증오스럽다.

마지못해 라그날은 고개를 끄덕인 후 조용히 통로를 따라 미끄러져 내려간다. 나는 문이 쎅 소리를 내며 닫히는 사이로 그가 가

129

는 뒷모습을 지켜본다. 그리고 뒤로 돈다. 머스탱이 내 스위트룸을 살피고 있다. 이 방은 금속보다는 나무와 돌을 더 많이 써서 만들어졌으며 벽면에는 산림 지대 풍경들에 대한 조각화가 세공되어 있다. 이 사람들은 이상하게도 자신들이 역사의 일부라고 느끼기 위해서는 이렇게까지 노력하면서 미래의 한 조각이 되려고 하지는 않는다.

"세브로는 더 이상 자신이 네 뒤에서 도사리고 있는 유일한 존재가 아니라 삐졌겠네."

"세브로도 네가 마지막으로 본 이래로 조금은 성숙했어. 이제는 자기 침대에서 잠도 자는걸."

그 말에 머스탱이 웃음을 터뜨린다.

"글쎄, 라그날이 나보고 가 버리라며 너무나 강경하게 나와서 나는 네가 손님이라도 맞이하나 싶었어."

"너도 내가 핑크들을 데리고 놀지 않는다는 건 알잖아."

"여기 크다."

그녀는 스위트룸에 대해 언급한다.

"우리 난쟁이 대로우를 위한 방이 여섯 개나 되네. 나한테 마실 것이라도 안 권할 거야?"

"뭐 마실……."

"고맙지만 사양하겠어."

머스탱은 룸의 자동장치에게 음악을 틀라고 말한다. 모차르트다.

"하지만 너는 음악을 별로 안 좋아하지?"

"이런 종류는 별로야. 이건…… 답답해."

"답답하다고? 모차르트는 반항아였어. 한몸에 천재성을 모두 담은 도둑이었다고! 답답한 모든 것을 깨뜨리는 자였어."

나는 어깨를 으쓱한다.

"그랬을지도 모르지. 하지만 그 후 답답한 사람들이 그를 따라 잡았지."

"어떤 때 보면 넌 정말 촌뜨기 같다니까. 시오도라가 너에게 문화를 좀 전수해 줬을 줄 알았건만. 그럼 너는 뭐를 좋아하는데?"

그녀는 엘크가 자신의 떼를 이끌고 있는 조각상을 따라 손을 움직인다.

"하울러들이 틀어 놓고 머리를 흔들어 대는 그 광기 어린 전자음악은 아니겠지, 설마. 그린들이 그런 음악 장르를 발명했다는 것이 이해가 돼…… 꼭 로봇이 경기 일으키는 소리를 듣는 것 같다니까."

"로봇과 함께한 경험이 많나 봐?"

내가 묻는 동안 그녀는 입구 통로 옆으로 이어지는 방 안의 '빅토리 갑옷' 주변으로 움직인다. 그것은 애시 로드가 레아를 불태웠을 때 군주가 그에게 준 것이다. 머스탱의 손가락이 서리 빛깔의 금속 위로 놀아난다.

"아버지의 오렌지와 그린들이 공학 연구실에 로봇 몇 대를 보유하고 있었어. 아주 오래되어 녹슨 것들이었는데 아버지께서 그것들을 재단장해서 박물관에 갖다 놓으셨지."

그녀는 혼자 웃는다.

"내가 치마를 입고 어머니께서 아직 살아 계시던 시절에 아버지께선 나를 그곳으로 데려가시곤 했어. 나는 그 로봇들을 정말로 싫어했어. 어머니께서 아버지에게 피해망상증이 있다며 웃으셨던 기억이 나. 특히나 아드리우스가 유라시아에서 온 전투모델 로봇들 중 하나를 다시 작동시켜 보려고 했을 때 어머니는 아버지의 반응에 많이 웃으셨지. 아버지께서는 지구의 제국들이 파괴되지 않았다면 로봇들이 인류를 타도하고 오늘날 태양계를 지배했을 것이라고 믿고 계셨거든."

나는 코를 킁킁거리며 웃는다.

"뭐?"

머스탱이 묻는다.

나는 조용히 숨죽여 낄낄거린다.

"그냥…… 위대한 대총독 아우구스투스 님께서 로봇에 대한 악몽으로 시달리는 모습을 상상해 보고 있었어."

나는 한바탕 더 크게 웃음을 터뜨린다.

"각하께서는 로봇들이 기름이라도 더 달랄까 봐 그랬을까? 휴가를 늘려 달라고 할까 봐 그랬을까?"

머스탱이 재미있어하며 나를 지켜본다.

"너 괜찮은 거야?"

"괜찮아."

내 웃음소리가 사그라진다. 나는 배를 부여잡는다.

"나는 괜찮아."

웃음을 멈출 수가 없다.

"혹시 외계인도 무서워하시나?"

"그것은 아버지께 물어본 적이 없네. 하지만 외계인들은 저 어딘가에 확실히 있어."

머스탱이 갑옷을 두드린다.

나는 머스탱을 멍하니 바라본다.

"그런 내용은 기록 보관소에 없는데."

"아, 그게 아니야. 내 말은 우리가 외계인을 한 번도 발견하지는 못했지만 드레이크 로덴베리 정식에 따르면 수학적 가능성은 $N = R^* \times fp \times ne \times fl \times fi \times fc \times L$이야. 여기에서 $R^*$은 우리 은하계의 평균 항성 형성률이고 $fp$는 행성을 보유한 항성의 분수지…… 너 더 이상 듣지도 않는구나."

"외계인들이 우리를 어떻게 생각할 것 같아? 인류에 대해?"

내가 묻는다.

"아마 우리를 아름답고, 이상하고 서로가 서로를 설명할 수 없을 정도로 끔찍하게 대한다고 생각하겠지. 저게 훈련장이야?"

머스탱은 통로 끝을 가리킨다. 그녀는 자신의 슬리퍼를 홀딱 벗은 후 대리석 통로를 따라 걸어가며 어깨 너머로 뒤에 있는 나에게 눈짓을 준다. 나는 그녀를 따라간다. 우리가 통로를 지나는 동안 등이 은은하게 살아난다. 그녀는 내가 쫓아가고자 하는 속도보다 빠르게 앞으로 미끄러져 나간다. 잠시 후 나는 원형 훈련장 정중앙에 있는 그녀를 발견한다. 내 발 밑에 있는 하얀색 깔개는 부드럽다. 조각들이 나무로 된 벽면들의 윤곽을 이룬다. 그녀는 갑옷을 입은 남자가 그려진 부조를 가리키며 말한다.

"그리무스는 오래된 가문이야. 저기에 애시 로드의 첫 조상이 보이지. 세네카 오 그리무스. 이름은 잊어버렸는데 카시우스의 조상들 중 하나가 '대서양 함대'를 돌파하고 지난 후, 미국 동부 해안 지방을 차지했던 '아이언 레인' 사건이 있었잖아. 그때 가장 먼저 육지에 달했던 골드가 세네카 오 그리무스였어. 그리고 바로 저기에 '위대한 마녀,' 비탈리아 오 그리무스가 있지."

머스탱이 내 쪽으로 돌아본다.

"대로우, 너는 네가 깨뜨리려고 하는 것들의 역사를 알고는 있는 거야?"

"대서양 함대를 물리쳤던 사람은 시피오 오 벨로나였어."

"그랬어?"

그녀가 묻는다.

"나도 역사 공부를 했다고. 너만큼이나 자세하게."

내가 말한다.

"하지만 너는 역사와 너를 분리해서 생각해, 그렇지? 너는 언제나 그래왔어. 마치 안을 들여다보고 있는 아웃사이더 같아. 이 모든 것에서 동떨어진 네 부모님의 소행성 광산에서 자라다보니 그럴 수 있게 된 거지? 그렇지? 그래서 너는 외계인들이 우리를 어떻게 생각할까와 같은 의문들을 품을 수 있는 것이겠지?"

그녀는 내 주변을 빠르게 맴돈다.

"너도 나만큼이나 아웃사이더야. 나도 네 논문들을 읽었어."

"그랬어?"

그녀는 놀란다.

"믿거나 말거나, 나도 읽을 수 있다고. 내가 기관의 은어 지능 테스트에서 한 문제밖에 안 틀렸다는 사실을 모두가 잊는 것 같단 말이지."

나는 고개를 젓는다.

"에고. 한 문제나 틀렸어? 그래서 네가 미네르바 하우스로 가지 못했나 보네."

머스탱은 코를 찡긋거리며 벤치에서 연습용 레이저 하나를 주워든다.

"그런데 말이지, 어떻게 팍스가 미네르바 하우스에 뽑히게 됐던 거야? 항상 궁금했어…… 그 애는 엄밀히 말해 학자 스타일은 아니었는데."

그녀는 어깨를 으쓱하며 대답한다.

"어떻게 로크가 마르스 하우스에 들어가게 됐겠어? 우리 모두에게는 각자 숨겨진 깊이가 있어. 그게, 팍스는 닥소만큼 똑똑하지는 못했지만 지혜는 머리가 아니라 마음속에서 발견되는 거야. 나는 그걸 팍스에게서 배웠어."

그녀는 혼자만의 세계로 가 버린 듯한 미소를 짓는다.

"우리 어머니께서 별세하신 후 아버지께서 나에게 잘해 주신 일이 딱 하나 있었는데, 그건 내가 텔레마누스 사유지에 들리도록 허락해 주신 것이었어. 아버지는 자신의 후계자들을 암살하기가 더욱 어려워지도록 아드리우스와 나를 떨어뜨려 놓으셨어. 내가 텔레마누스 사람들과 가까이 지낼 수 있었던 것은 행운이었지. 그런데 만약 그러지 못했다면, 팍스가 나에게 그렇게 충성하지 않았을지도 몰라. 자신을 미네르바 하우스에 넣어 달라고 요청하지 않았을지도 모르고. 그랬다면 팍스는 지금 살아 있을지도 모르지. 미안……."

슬픔을 떨쳐 버리며 그녀는 딱딱한 미소를 짓고 나를 돌아본다.

"내 논문들은 어땠어?"

"어느 것 말이야?"

"네 마음대로 대답해서 나를 감탄시켜 봐."

"'곤충의 분업화.'"

찰싹. 연습용 레이저가 내 팔을 내리쳐서 살이 따갑다. 나는 놀라서 소리친다.

"대체 뭐야?"

머스탱이 아무것도 모른다는 듯이 그 자리에 서서 연습용 칼을 앞뒤로 휘두르고 있다.

"네가 집중하고 있나 확인한 것이었어."

"집중하고 있는지? 나는 네 질문에 대답하고 있었잖아!"

그녀가 어깨를 으쓱한다.

"알았어. 내가 그냥 너를 때리고 싶었나보지."

그녀가 나를 향해 다시 칼을 내리친다.

나는 그것을 피한다.

"왜?"

"특별한 이유는 없어. 하지만 바보도 맞으면 뭔가를 배운다는 말이 있잖아."

그녀는 칼을 휘두르고 나는 피한다.

"나에게 '호메로스'를……."

머스탱이 칼을 내리치고 나는 몸을 옆으로 비틀며 피한다.

"인용하지 마."

"왜 그 논문을 제일 좋아하는 거야?"

그녀는 나를 향해 다시 칼을 휘두르며 차분하게 묻는다. 연습용 레이저에는 날이 없지만 그것은 나무 지팡이만큼 딱딱하다. 나는 라이코스의 곡예사처럼 뛰어올라 몸을 옆으로 비틀며 그것을 피한다.

"왜냐하면……."

나는 또 한 번의 공격을 피한다.

"너는 뒤꿈치를 땅에 붙이고 있을 때면 거짓말쟁이야. 발끝으로 서야 할 때에서야 진실을 토해 내지."

그녀는 다시 한 번 칼을 휘두른다.

"이제 토해 내."

그녀는 내 무릎뼈를 친다. 나는 몸을 굴려 그녀로부터 떨어지며 다른 연습용 레이저를 잡아 보려고 한다. 하지만 그녀는 연속으로 칼을 휘두르며 내가 그것들을 못 건드리게 만든다.

"토해 내라고!"

"그게 좋았던 이유는 네가……."

나는 뒤쪽으로 뛴다.

"'분업화는 우리를 한계가 주어진 단순한 곤충으로 만들어 버린다. 그 사실로부터…… 골드도…… 결코…… 예외일 수는 없다.'라는 말을 했기 때문이야."

머스탱은 공격을 멈추고 나를 비난하는 눈빛으로 뚫어지게 쳐다본다. 그제야 나는 내가 덫에 걸렸다는 것을 깨닫는다.

"네가 그 말에 동의한다면 왜 네 자신을 전사로만 한정시키려는 거야?"

"그게 나니까."

그녀는 웃는다.

"그게 너라고? 줄리 가문인 빅트라를 믿는 네가? 택터스를 믿는 네가? 오렌지가 전략적 권고를 제의할 수 있도록 허락하는 네가? 네 함선의 지휘권을 도킹하는 애에게 맡기고 브론즈급 애들을 수행단으로 데리고 다니는 네가?"

그녀는 나를 향해 검지를 좌우로 흔든다.

"이제 와서 위선 떨지 마, 대로우 오 안드로메두스. 다른 모든 사람들에게 그들이 자신의 운명을 결정할 수 있다고 말할 것이면 망할 놈의 네 자신부터 그렇게 하라고."

머스탱은 너무 똑똑해서 거짓말이 먹히지 않는다. 그래서 나는 그녀가 나에게 질문들을 하고 내가 설명할 수 없는 것들을 캐물을 때마다 그녀의 주변에 있는 것이 너무나 불편하다. 내가 정말 골드 부모님의 소행성 광산 식민지에서 자란 안드로메두스라면 나의 수많은 행동들을 설명할 만한 동기가 마땅히 없다. 그녀의 입장에서 보면 내 과거가 너무 얕다. 내 추진력은 혼란스러울 것이다…… 만약 내가 골드로 태어났다면 말이다. 이 모든 것이 야망처럼, 피에 대한 굶주림처럼 보일 것이다. 그리고 이오가 없었다면 정말 그랬을 것이다.

"그 표정."

머스탱이 나로부터 한 걸음 뒤로 물러서며 말한다.

"그런 표정을 지을 때에는 어디로 가 버리는 거야?"

그녀의 얼굴에서 생기가 속으로 후퇴하며 스르륵 사라진다. 그녀의 미소도 풀어진다.

"빅트라야?"

"빅트라? 아니야."

나는 웃음을 터뜨릴 뻔 한다.

"그럼 그녀구나. 네가 잃은 소녀."

나는 아무 말도 안 한다.

그녀는 한 번도 캐묻지 않았다. 한 번도 이오에 대해 물은 적이 없다. 우리가 기관에서 나온 이후 내가 뜨는 창기병일 당시에 함께했던 시간에도, 우리가 그녀의 가족 사유지에서 말을 탔을 때나 정원을 거닐었을 때나 산호초 바다 속으로 잠수했을 때에도 그녀는 묻지 않았다. 나는 내가 그녀와 기관의 눈 속에서 함께 누워 있는 동안 다른 소녀의 이름을 속삭였던 사건을 잊어버렸다고 생각했다.

내가 바보였다. 그녀가 어떻게 그것을 잊겠는가? 어떻게 그것이 그녀의 머릿속에 남지 않았겠는가? 그녀가 내 가슴에 머리를 대고 내 심박을 들으며 그것이 다른 소녀의 것인지, 죽은 소녀의 것인지 어떻게 궁금해 하지 않을 수 있었겠는가?

"지금은 침묵으로 대답할 때가 아니야, 대로우."

잠시 후 그녀는 나를 방 안에 홀로 남겨둔다. 그녀의 발걸음 소리가 줄어든다. 모차르트 음악도 사라진다.

나는 머스탱의 뒤를 쫓아간다. 그녀가 통로로 이어지는 문에 도달하기 전에 그녀를 잡는다. 나는 그녀의 손목을 잡는다. 그녀는 나를 뿌리친다.

"그만해!"

나는 당황해서 뒤로 물러선다.

"왜 이러는 거야? 어차피 다시 밀어낼 거면서 왜 나를 다시 끌어당기는 거야?"

그녀의 손은 나를 때리고 싶어하듯 주먹을 쥔다.

"공평하지 않아. 알겠어? 나는 너와 달라……. 나는 그냥 그렇게…… 나는 그렇게 너처럼 감정을 차단할 수가 없다고."

"나는 감정을 차단하지 않아."

"너는 나를 차단하잖아. 빅트라에 대한 그런 연설을 하고……

친구의 중요성에 대해······."

그녀는 내 얼굴 앞에 대고 손가락으로 딱 소리를 낸다.

"너는 아직도 나를 이렇게 잘라낼 수 있어. 너는 마음을 주다가 안 줘. 어쩌면 그래서 그분이 너를 그렇게 좋아하시는 건지도 모르겠다."

"그분?"

"우리 아버지."

"너희 아버지는 나를 좋아하시지 않아."

"어떻게 안 좋아하시겠어? 네가 당신과 똑같은데."

나는 그녀로부터 물러선 후 침대 가장자리에 기댄다.

"나는 네 아버지와 달라."

"나도 알아."

그녀가 분노를 조금 삭이며 말한다.

"너에게 그렇게 말한 건 내가 지나쳤어. 하지만 이 길을 홀로 가다 보면 너도 아버지처럼 될 거야."

그녀는 문 제어장치에 손 하나를 얹는다.

"그러니 나에게 있어 달라고 말해."

어떻게 그녀에게 그렇게 하겠는가? 그녀가 나에게 마음을 주면 나는 그녀에게 상처를 줄 것이다. 내 거짓말은 그 위로 사랑을 쌓아 올리기에 너무 거대하다. 내가 어떤 존재인지 그녀가 알게 된다면 그녀는 나를 거절할 것이다. 그녀는 그렇게 하고도 살아갈 수 있다 하더라도 나는 못 살 것이다. 나는 내 손만 쳐다본다. 마치

답이 거기에 있는 듯이.

"대로우, 나에게 있어 달라고 말해."

내가 고개를 들자 그녀는 이미 가 버린 후다.

제34장

# 피를 나눈 형제들

론의 정찰대가 카멜 함선 하나를 포획한다. 그것은 플라이니의 함대로 식량을 이송하던 중이었다. 플라이니의 함대는 힐다스 정거장, 즉 화성과 목성 궤도 사이에 있는 소행성의 벨트 가장자리에 위치한 별 모양의 무역과 통신 중심지 주변에 모여 있다. 15시간 동안 나는 로크, 빅트라, 세브로, 하울러들, 텔레마누스 부자, 론, 머스탱 그리고 라그날과 함께 진공 포장된 원시 섬유 식량들이 담긴 상자들 사이에 숨어 있다. 라그날은 그가 위에 앉은 첫 상자를 으스러뜨리면서 식량을 사방으로 쏟은 후에야 습한 화물실을 떠나 영하의 냉동실로 향한다.

세브로는 여행 도중에 식량 여섯 봉을 따서 야금야금 먹으면서 간다. 그가 그것을 텔레마누스 부자와 하울러들과 나눠 먹는 사이에 로크는 구석에서 빅트라와 담소를 나누고 있다. 머스탱은 닥소에게 기대어 카박스와 팍스에 관한 이야기들을 나누고 있다. 그녀는 내 시선을 피한다.

나는 우리가 함선에 올라타기 전에 머스탱에게 사과해 보려고 했으나 그녀는 나를 단칼같이 끊었다.

"사과할 것 없어. 우리는 성인이야. 애들처럼 삐지고 다투지 말자고. 해야 할 일들이 있잖아."

그녀의 말을 내 머릿속으로 되새기고 되새길수록 점점 더 차가워진다.

론이 부츠로 나를 쿡 찌른다.

"티 좀 덜 내라, 애야. 너 지금 그녀를 뚫어지게 쳐다보고 있어."

"그게 복잡해요."

"사랑과 전쟁. 같은 동전의 서로 다른 양면이야. 나는 둘 중 어느 것을 치르기에도 너무 늦었지."

"어쩌면 전쟁이 스승님의 오래된 뼛속으로 삶을 불어 넣어 드릴지도 모르죠."

그는 가까이 기대온다.

"글쎄, 내가 저번 달에 사랑은 시도해 봤는데 말이다. 옛날 같지 않더라고."

"너무 솔직하셨네요, 론 님."

나는 어쩔 수 없이 웃음을 터뜨린다.

론이 끙 하고 앓은 후 상자 위에서 자세를 고쳐 앉는다. 그의 등뼈 어딘가에서 툭 하고 소리가 나자 그는 들릴 정도로 크게 신음 소리를 낸다.

"그럼 그게 이 모든 일을 벌이는 이유구면. 불쌍한 늙은이 론에 게 전쟁의 맛을 한번 보도록 도와주기."

그의 분노는 아직 사라지지 않았다. 나도 그가 당연히 그럴 것 이라고 생각한다.

"그에 대해 너에게 보답을 해 주지. 오늘의 요는 눈치일 거야. 네가 꼬셔 보려 하는 집정관들, 특사들, 그리고 기수들은 바보가 아니다. 그리고 그들은 바보를 상대하지 않아. 플라이니는 그들에 게 정당한 논쟁거리를 던져 줬어. 그는 그들과 자신의 이익이 일 치되게 만들었어. 너도 같은 방식으로 반박을 펴야 해."

"플라이니는 거머리에요. 스승님께서 솔직하신 분인 만큼 그는 거짓말쟁이죠."

"그래서 그가 위험한 인물인 거야. 거짓말쟁이들이 제일 솔깃한 약속들을 한단다."

론이 자신의 그리핀 반지를 만지작거리고 있다. 당연히 그의 함 대 함선에 태운 그 짐승과 손자들을 생각하고 있을 것이다. 그는 자신의 집안사람들을 모두 유로파에서 데리고 왔다. 그 모든 컬러 의 남자와 여자들이 300명에 달한다.

"그들을 두고 올 수가 없었어. 옥타비아는 우리가 떠나 있는 동 안 와서 집을 불태워 버릴 거다."

그는 우리가 그 물바다 위성을 떠날 당시에 내가 그의 함대의

145

크기가 생각보다 큰 것을 눈여겨보자 나에게 말했다. 그래서 그들은 물 위에 떠 있는 자신들의 도시를 버리고 별들을 향해 떠났다. 그 민간인들은 조만간 내 함대로부터 분리시킬 것이다. 행성들 사이의 검고 무한한 우주 속에 숨어 있게 할 것이다. 살아남은 론의 세 며느리들이 그들을 이끌 것이다.

론이 말을 이어나간다.

"그리고 플라이니의 뒤로 군주가 힘을 실어 주고 있어. 플라이니와 등지도록 그들을 설득하기란 어려울 것이야. 군주 이야기가 나와서 말인데…… 네가 그녀의 것 하나를 소유하고 있더구나."

"팍스 함선 말인가요?"

"아니, 더 작은 것. 그렇게까지 많이 작지는 않지만. 여기에 있던 문신이 새겨진 자 말이다."

"라그날요?"

"그게 그것의 이름이구나."

론이 말한다.

"'그의' 이름이죠. 그는 아우구스투스를 배신한 것에 대한 보답으로 줄리 가문에게 선사될 예정이었어요."

내가 말한다.

"그것을 시타델 아레나에서 한 번 본 적이 있다…… 유로파 바다 속에 숨어 있는 몇몇 괴물들만큼이나 무서운 존재더구나."

"그가 옵시디언이기는 하지만 그래도 여전히 인간임에는 변함 없습니다."

"생리적으로는 그럴지도 모르지. 하지만 그는 한 가지만을 위해서 키워진 존재란다. 그걸 잊지 말거라."

"스승님께서는 스승님의 하인들에게 상냥하게 대하시지 않습니까. 제 밑의 사람들도 마찬가지로 대해 주시길 바랍니다."

"나는 사람들에게 상냥하게 대한다. 핑크들, 브라운들, 레드들은 사람들이다. 네 라그날은 무기야."

"그가 저를 선택했어요. 도구는 스스로 선택하지 못해요."

"네 마음대로 하려무나. 하지만 대가는 알고 있어라."

론이 어깨를 으쓱한 후 숨죽여 뭔가를 더 투덜거린다.

"하고 싶으신 말씀은 하세요."

"너는 규칙에 대한 예외가 새로운 규칙들을 만든다고 믿다가 망하게 될 거다. 단지 네가 악한 사람이 악의 덫을 벗어 버리기를 바란다는 이유로 그가 그렇게 할 수 있을 것이라는 생각. 사람들은 변하지 않는단다. 그래서 내가 그 래스 소년을 죽인 것이다. 나중에 네 등 뒤에 칼이 꽂힌 채 깨달아야 하기 전에 네가 지금 그 교훈을 얻었으면 한다. 컬러 계급이 존재하는 이유가 있다. 명성도 존재하는 이유가 있다."

처음으로 내 눈에 론이 작고 나이 들어 보인다. 그의 주름 때문이 아니다. 그가 하는 말 때문이다. 그는 유물이다. 그러한 그의 생각은 내가 파괴하려고 하는 시대의 것이다. 그는 어쩔 수 없이 그렇게 믿고 있는 것이다. 그는 내가 본 것을 보지 못했다. 그는 내가 온 곳에서 오지 않았다. 그에게는 그를 밀어 줄 이오도, 인도해 줄 댄서도, 희망을 줄 머스탱도 없었다. 그는 헬륨 폐기물 속에 난 풀만큼이나 사랑과 신뢰가 드문 소사이어티에서 자랐다. 하지만 그는 언제나 그 둘 모두를 원했다. 마치 씨앗을 뿌리고 그것이 나무로 자라는 모습을 만끽하고 있는데 안타깝게도 이웃들이 그것을 베어 버리는 모습을 보게 된 사람 같다. 이번에는 다를 것이다. 그리고 모든 일이 잘 풀리면 나는 그에게 손자 하나를 다시 안겨 줄 것이다.

"론 스승님, 스승님께서는 한때 저를 가르쳐 주셨습니다. 저는 그로 인해 더 나은 사람이 됐어요. 하지만 이번에는 제가 스승님께 가르침을 드릴 차례군요. 사람들은 바뀔 수 있습니다. 어떤 때에는 그들이 넘어져야 합니다. 또 어떤 때에는 그들이 도약을 해야 하고요."

나는 론의 무릎을 토닥인 후 일어선다.

"스승님께서는 세상을 떠나시기 전에 깨달으실 겁니다. 택터스에게 자신이 좋은 사람임을 깨달을 수 있는 기회를 주지 않고 그를 죽인 것이 실수였다는 것을요."


냉장실의 바닥에 누워 있는 라그날을 찾아낸다. 그는 이 아린 추위 속에서도 편안하게 지내고 있다. 셔츠를 벗고 있다. 그래서 나는 위협적으로 각진 그의 문신이 새겨진 몸을 확인할 수 있다. 사방곳곳에 룬이 새겨져 있다. 그의 등에는 '보호' 룬이. 손에는 '적의' 룬이. 목 앞쪽으로는 '어머니' 룬이. 그의 발등에는 '아버지'

룬이. 그의 귀 뒤에는 '여동생' 룬이. 그리고 문신이 새겨진 자를 나타내는 신비로운 해골 마크들은 그의 얼굴을 덮고 있다.

"라그날. 별로 말동무 역할은 못하는구나, 그렇지?"

나는 앉아서 말한다.

라그날은 자신의 고개를 흔든다. 하얀 말총머리가 바닥에 말린다. 검은 원유 찌꺼기 얼룩 같은 눈이 나를 응시하며 재고 있다. 두 번째 눈, 즉 그의 눈꺼풀 위에 새겨진 문신들은 용이나 뱀의 것 같은 기이한 눈동자다. 그것은 그가 깜빡일 때마다 그의 동물적 영혼이 주변 세상을 볼 수 있게끔 새긴 것이다.

나는 그를 바라보고 앉은 채 내가 하고 싶은 말을 어떻게 전해야 할까 고민한다. 옵시디언들은 모든 컬러들 중 가장 이질적이다.

"나에게 문신을 바침으로써 너는 나에게 묶인다. 그것이 너에게는 무슨 의미지?"

"그것은 제가 명령에 따른다는 것을 의미합니다."

"무조건적으로?"

라그날은 대답하지 않는다.

"만약 내가 네 여동생이나 남동생을 죽이라고 요청한다면?"

"저에게 그것을 요구하시는 겁니까?"

"그것은 어디까지나 가정이다."

그는 내 설명에도 불구하고 그 개념을 이해하지 못한다.

"왜 제가 계획합니까? 당신이 계획합니다. 당신이 결정합니다. 저는 하거나 하지 않습니다. 그 행위에는 계획할 것이 없습니다."

149

그는 자신의 다음 말을 조심히 선별한다.

"유한한 삶의 인간들 중 계획하는 자들은 천 번을 죽습니다. 우리처럼 따르는 자들은 오직 한 번만 죽습니다."

"네가 원하는 것이 뭐냐?"

나는 묻는다. 라그날은 동요하지 않는다.

"내가 너에게 말을 하고 있질 않은가, 문신이 새겨진 자여."

라그날은 쿡쿡 웃는다.

"원한다라. 원한다는 것이 무슨 의미입니까?"

그의 조롱 섞인 말투는 신이 없는 우리의 세계보다 더 깊이 있는 곳에서 기원한다. 이곳에서의 그는 이방인이다. 왜냐하면 우리가 얼음과 괴물과 고대 신들의 세계 안에서 그의 민족을 키우기 때문이다. 우리는 우리가 한 일의 대가를 받고 있다.

"당신은 명령합니다. 그러니 당신은 제가 그 말의 의미를 알 것이라 생각합니다. 원한다라."

"나와 장난하지 마라. 그럼 나도 너와 장난하지 않겠다, 라그날."

나는 오랫동안 기다린다.

"내가 아까 한 말을 반복해야 하나?"

"골드가 계획합니다. 골드가 원합니다."

라그날이 조용히 낮게 울리는 소리로 말한다. 각 문장 사이에 시간차가 있다.

"원하는 것의 주체는 당신의 심장 박동입니다. '올마더(모든 옵시디언의 어머니이자 죽음의 신—옮긴이)'의 자손인 우리는 원하지 않습니다. 우리는 따릅니다."

"무릎을 꿇고?"

그가 아무런 대답도 안 하기에 나는 말을 이어나간다.

"너는 한때 발에 쇠고랑을 찼었다, 라그날. 이제 그 쇠고랑이 네 앞길을 막고 있지 않다. 그러니…… 네가 원하는 것이 뭐냐?"

그는 대답하지 않는다. 그가 심술을 부리는 것일까?

"당연히 너도 뭔가를 원할 것 아닌가?"

"당신은 다른 이들이 저에게 채워 놓은 쇠고랑을 부서뜨린 후 당신의 쇠고랑으로 저를 묶어 두려고 합니다. 당신의 원하는 바입니다. 당신의 꿈입니다. 저는 원하지 않습니다."

그는 다시 그 말을 강조한다.

"저는 꿈을 꾸지 않습니다. 저는 문신이 새겨진 자입니다. 제게는 '죽음의 신 올마더'에 의해 그녀와의 약속을 이행할 운명이 주어졌습니다."

그의 표정에는 아무것도 드러나지 않지만 나는 이 남자로부터 심술이 느껴진다.

"당신은 모르고 있었습니까?"

나는 조심스럽게 그를 살핀다.

"너는 네 자신이 실상보다 더 바보같이 보이게 구는구나."

"그렇게 느끼신다니 잘 됐습니다."

라그날은 빠르게 앉은 자세를 취한다. 내가 뒤로 물러날 틈도 주지 않았다. 이런 우라질, 그는 빠르다. 그는 칼 하나를 꺼내 정말 신속하게 자신의 손바닥에 상처를 낸다.

"제가 문신을 바쳤을 때, 저는 제 자신을 당신에게 묶었습니다. 영원히. 아무것도 없을 때까지요."

나는 이것이 그들의 방식이라는 것을 안다. 그리고 라그날이 '문신이 새겨진 자'라는 직위를 얻기까지 얼마나 끔찍한 일들을 경험했는지도 안다. 그는 서약을 적당히 지키고 일을 적당히 하는 남자가 아니다. 옵시디언으로 사는 것은 고통을 아는 것이다. 문신이 새겨진 자로 사는 것은 고통 그 자체가 되는 것이다. 그리고 그들은 살면서 한 가지 목표만을 추구하게 된다. 그 목표인즉슨, 그들에게 행운이 따른다면 나와 같은 그들의 골드 신을 모시는 것이다. 우리는 그들의 강자들을 데려간다. 그리고 그들의 약자들을 남겨둔다. 우리는 기술을 보유한 바이올렛들을 보내 언덕 위에서 번개 쇼를 벌이게 만든다. 굶주리는 상황을 일구고 나서 음식을 들고 하늘에서 내려온다. 역병을 보낸 후 그들의 환자들과 맹인들을 치료할 수 있게 그들에게 옐로우들을 보내 축복해 준다. 우리에게는 그들의 바다 속에 괴물들을, 산 속에 그리핀과 용들을 심어 놓을 조각가들이 있다. 그리고 우리가 불만족할 때에는 궤도에서 폭격하여 그들의 도시들을 파괴한다. 이렇게 우리는 그들의 신이 된다. 그런 후 그들을 우리의 세계로 데리고 나와 우리의 탐욕스러운 목적을 위해 부린다. 우리는 원한다. 그들은 따른다. 어떻게 해야 라그날을 나에게 필요한 존재로 진화시킬 수 있단 말인가?

"내가 너를 자유로이 풀어 주는 것을 원한다면 어떻게 될까?"

라그날은 뒤로 움찔한다. 그의 눈빛에서 심히 두려움이 보인다.

"자유는 사람을 익사시킵니다."

"그럼 수영하는 법을 배워라. 한 형제가 다른 형제에게 말하는 것이니라."

나는 그의 거대한 어깨에 손 하나를 올린다. 피부 밑으로 느껴지는 근육들이 돌 같다.

"우리는 형제가 아닙니다, 태양 태생이여. 당신은 주인입니다. 그것이 이해가 안 되십니까? 저는 따릅니다. 당신은 명령합니다."

라그날은 떨리는 목소리로 말한다.

나는 그가 나를 주인으로 선택했다고 그에게 말한다. 나는 그가 생각하는 방식으로 그를 받아들이지 않았다. 그리고 켈란 오 벨로나의 함선을 물리친 공격 부대를 지휘한 것은 내가 아니라 그였다. 그가 그 일을 해냈다. 그곳에는 그를 인도할 골드가 없었다. 그를 지도자로 임명할 골드가 없었다. 하지만 그것만으로는 그를 설득하기에 충분하지 않다. 이오라면 그에게 뭐라고 했을까? 댄서는 뭐라고 했을까?

"우리의 컬러는 같아."

나는 라그날에게 말한다. 그는 내 말을 이해하지 못한다. 그래서 나는 내 손가락을 칼로 긋는다. 빨간 피가 흘러나오자 나는 그것을 그의 검은 상징에 묻힌다. 그 상징은 그의 손에 새겨진 컬러 표식 인자이다. 그 후 나는 그의 피를 가져와서 내 손등에 새겨진 골드에 그것을 묻힌다.

"형제들. 모두 물이고 모두 살이며 모두 흙으로부터 만들어져 흙으로 돌아가게 되어 있다."

"저는 이해가 안 됩니다. 우리는 같지 않습니다. 당신은 태양으로부터 왔습니다."

라그날이 두려워하며 말한다. 실제로 그는 앉은 채로 나로부터 뒤로 물러선다. 나는 그를 어린 아이처럼 구석으로 몬다.

"그렇지 않다. 나는 흙으로부터 20센티미터 떨어진 곳에서 태어났다. 라그날 볼라루스, 네가 좋든 싫든 간에 나는 네가 더 이상 나를 위해 일하지 않도록 풀어 주겠다. 나는 네가 묶여 있는 것을 허락하지 않겠다. 나는 네가 이끌리기를 허락하지 않겠다. 너는 네가 무엇을 원하는지 결정할 수 있을 정도로 배포가 생길 때까지 이 아이스박스 안에 있어라. 네 스스로 머리를 쏘아라. 네 스스로 얼어 죽어라. 말리지 않겠다. 하지만 네가 무엇을 하든 간에 그것은 '네 자신이' 하기로 직접 선택했기 때문에 하는 일이 될 것이다. 어쩌면 네가 나를 따르기로 선택할지도 모르겠다. 어쩌면 네가 나를 죽이기로 선택할지도 모르겠다. 네가 어떤 결정을 내리든, 그것을 스스로 직접 내려야 할 것이다."

라그날은 나를 빤히 쳐다본다. 그의 눈은 겁에 질려 커진다.

"왜입니까? 왜 저를 부끄럽게 하십니까? 어떤 세계에서든 어떤 사람도 문신이 새겨진 자를 거절하지 않을 것입니다. 저는 제 자신을 당신께 바치겠다고 선택했는데 당신은 저에게 침을 뱉는군요. 제가 무엇을 잘못했습니까?"

154

그가 낮은 소리로 웅웅거린다.

"네가 네 자신을 바칠 때에는 네 형제들과 남매들, 그리고 네 민족을 노예로 같이 바치는 셈이 된다."

라그날이 속을 끓인다.

"당신은 알지 못합니다. 우리는 섬기기 위해 살아갑니다. 우리가 그렇게 하지 않으면 골드가 우리를 끝장낼 것입니다. 우리는 더 이상 존재하지 못할 것입니다. 저는 하늘에서 불이 비 오듯 떨어지는 광경을 본 적이 있습니다."

수백 년 전, '어둠의 반란' 중에 골드들은 그의 컬러 사람들의 90퍼센트 이상을 죽였다. 포식동물의 수를 제한하기 위해 그것들을 도태시키듯 그들을 몰살시켰다. 그것이 그들이 아는 유일한 역사다. 우리가 그들에게 알려 준 역사, 두려움이다.

"너는 인류의 역사를 듣지 못했어, 라그날. 골드들은 네가 언제나 노예였다고 네게 가르치지. 옵시디언들은 섬기기 위해, 그리고 남을 죽이기 위해 존재한다고. 하지만 골드가 존재하기 전에 인간이 자유로웠던 시대가 있었어."

"모든 인간이요?"

라그날이 묻는다.

"모든 남자, 모든 여자. 너는 골드를 섬기기 위해 태어난 게 아니야."

"아닙니다."

라그날이 낮은 목소리를 울린다.

"당신은 저를 꼬드기고 있습니다. 당신은 저에게 미끼를 던지고 있습니다. 저는 이런 상황을 전에도 겪은 적이 있습니다. 저는 속이기 위한 거짓말을 들어 본 적이 있습니다. 저도, 우리도 진실을 알고 있습니다. 우리 어머니들이 그것을 가르칩니다. '골드 사람들을 두려워하고 섬겨라. 아니면 그들은 강철을 들고 하늘에서 내려올 것이다. 골드는 태양 태생의 불꽃으로 너를 대할 것이다. 왜냐하면 그들은 사랑에 매이지 않았고 두려움에 매이지 않았다. 그들은 지구가 아닌 하늘과 태양에 매여 있다. 골드 사람들을 두려워하고 섬겨라.'"

"나는 그들을 섬기지 않는다."

"왜냐하면 당신은 그들 중 하나이기 때문입니다."

"내가 그들 중 하나가 아니라고 너에게 밝힌다면 어쩌겠느냐?"

라그날이 나를 빤히 쳐다본다. 대답이 없다. 움직임도 없다. 아무것도 없다. 그냥 혼란만이 있다. 그래서 나는 그에게 알려 준다. 나는 댄서가 펜트하우스 안에서 나에게 해 줬던 이야기를 그 냉장실 안에서 그에게 전한다. 우리는 기만당했다.

"나에게는 아내가 있었어. 그들이 그녀를 나에게서 빼앗아갔다. 그들은 그녀의 목을 매달았어. 그들은 그녀의 목뼈가 부러지고 그녀가 고통을 느끼지 않을 수 있도록 내가 밑에서 그녀의 발을 잡아당기게 만들었지. 그 일 이후 나는 내 자신을 죽였어. 그녀를 묻고 나서 그들이 승리하게 내버려 둔 것이었지. 그들이 내 목을 매달게 내버려 뒀어. 나는 슬픔에 잠겼다."

나는 아레스의 아들들이 나를 어떻게 데리러 왔는지 그에게 말해 준다.

"그리고 아레스가 나에게 두 번째 기회를 줬다. 네가 일어설 수 있도록 지금 너에게 주어지는 기회와 같은 것이었지.

700년 동안 우리는 노예로 지냈다, 라그날. 네 종족들이. 내 종족들이. 우리는 강제로 어둠 속에 박혀 지냈어. 하지만 우리가 빛 속에서 걸을 날이 찾아올 것이다. 그날은 그들의 자비로부터 오지 않을 거야. 운명에 의해 오지도 않을 거야. 그날은 용감한 마음을 지닌 자들이 일어서서 사슬을 끊고 더 많은 것을 위해 살아가기로 선택할 때에서야 찾아올 거다. 너는 네 자신을 위해 선택을 해야 해. 어려운 길을 선택하겠나? 내 친구가 되기를 선택하겠나? 나와 함께 일어서기를 선택하겠나? 아니면 너도 과거로 사라진 다른 이들과 마찬가지로 일어선다면 어찌 될지 모르는 채 그냥 살아갈 것인가?"

나는 그렇게 얘기한 후 떠난다. 나는 라그날에게 침묵을 맹세시키지 않는다. 나는 대답을 요구하지 않는다. 댄서는 나로부터 아무것도 요구하지 않았다. 내가 직접 선택을 해야 했다. 만일 그러지 않았더라면, 만일 내가 강제로 아레스를 위해 일해야 했더라면…… 그랬다면 나는 벌써 수천 번은 포기했을 것이다. 노예들에게는 자유인의 용기가 없다. 그래서 골드들은 로우레드들에게 거짓말을 하여 그들이 자신들을 용감하다고 여기게 만드는 것이다. 그래서 그들이 옵시디언들에게 거짓말을 하여 신을 섬기는 것이

157

명예로운 일이라고 생각하게끔 만드는 것이다. 진실보다 쉽다. 그럼에도 불구하고 오직 하나의 진실만으로 거짓말의 왕국이 와르르 무너지게 만들 수 있다.

라그날은 나와 꼭 함께해야 한다. 왜냐하면 레드만으로는 충분하지 않을 것이기 때문이다.

제35장

# 티타임

우리가 힐다스 정거장 주위로 정거한 함대에 다가가는 동안 카멜 함선 안에서 변장한 우리 상태는 들통 나지 않는다. 우리의 목표는 한때 아우구스투스의 기함이었으며 지금은 플라이니의 소유인 함대, 인빅터스다. 립윙들이 소리 없이 우리를 지나며 통과 승인 코드를 요구한다. 우리의 함장이 그 코드를 대자 우리는 인빅터스의 격납고 안으로 빨려 들어가는 보급 함선들의 행렬에 참여하도록 안내를 받는다. 그 행렬은 마치 포장마차 상인들이 무슨 사막 요새의 대문 밖에서 줄지어 서 있는 듯한 모습이다. 우리가 천천히 이동하는 동안 총들이 우리를 겨눈 상태다.

우리는 쿵 소리와 함께 착륙한다. 함장이 뒤쪽 격실 문을 툭 하고 열자 나와 내 사람들이 함선에서 폴짝 뛰어나와 격납고의 바닥에 착지한다. 브라운 운반자들을 맞이 할 거란 예상과는 달리, 그 오렌지 함선 격실 노동자는 데이터패드로부터 고개를 든 후 갑옷을 총 착장한 전투 부대를 발견한다. 이까지 전투 보호 장비를 착용하고 있다. 주저 없이 그녀는 앉아 버린다. 그녀는 이 상황에 전혀 관여하고 싶지 않은 것이다.

세브로가 크게 웃으며 그 오렌지 여성의 머리를 쓰다듬는다.

"골드보다 현명하네."

함선들이 서커스를 이루며 격납고를 채운다. 높은 천장으로부터 빛이 들어오고 있다. 오렌지들과 레드들이 사방으로 바삐 움직이고 있다. 선체에 댄 용접 토치들이 지글거리고 있다. 남자들과 여자들이 서로를 향해 소리치고 있다. 내 동료들은 나를 따라 격납고를 지나 리프트를 향해 간다. 그것을 이용하면 우리는 함선의 나머지 구역들도 접근할 수 있다.

그리고 우리가 걸어가는 동안 침묵이 야생들불처럼 퍼져나간다. 용접 토치들이 지글거리는 소리가 멈춘다. 사람들이 더 이상 소리치지 않는다. 그저 빤히 쳐다보고만 있다. 나는 론과 함께 앞장서서 성큼성큼 나아간다. 머스탱과 카박스 오 텔레마누스가 우리 옆자리를 지킨다. 로크는 세브로 및 닥소와 함께 우리를 뒤따라오고 있다. 그 다음으로 빅트라가 하울러들과 함께 따르고 있다. 그리고 그 모든 이들 뒤로는 마치 무슨 창백하고도 거대한 양치기처럼 라그날이 오고 있다.

라그날은 냉장실에서 우리와 함께하기로 결정했다. 우리는 서

160

로 눈빛을 주고받는다. 한 번의 끄덕임으로 나는 반란군을 위한 새 장군을 얻었음을 깨닫는다. 자신감이 부풀어 오른다.

우리 차림새를 보면 누구나 우리가 평화롭게 수다나 떨러 온 것이 아님을 알아차리고도 남을 것이다. 그럼에도 불구하고 누구 하나 우리의 움직임에 대항하지 않는다. 내 갑옷은 검은색이다. 거기에 으르렁거리는 사자들이 조각되어 있다. 그 위로 얇은 펄스실드가 빛을 깜빡이고 있다. 내 왼팔에는 아지스 방패가 가동되어 그것의 불투명한 푸른 표면이 빛을 흡수해 버리고 있다. 내 흰 레이저는 팔에 스르륵 감겨 있다. 우리의 부츠는 금속 갑판에 우박이 내리는 듯한 소리를 낸다. 나는 페블을 파견 보내 그녀의 그린 부대들이 함선의 통신 시스템을 망가뜨리도록 한다.

코퍼 한 명이 우리를 보고는 자신의 데이터패드를 집적거리는 시도를 벌인다. 라그날이 그에게 슬쩍 다가가 그 남자가 무릎을 꿇게 될 정도로 어깨를 강하게 눌러 내린다.

"안 됩니다."

우리는 한 방의 총도 발사할 필요 없이 리프트와 함선의 심부로 접근한다. 우리는 리프트를 타고 명령 레벨보다 한 층 위에 있는 갑판으로 이동한다. 리프트의 문이 열리자 우리는 그레이 특전사 부대와 얼굴을 마주하게 된다.

"함장, 버지니아 오 아우구스투스를 기술실로 데리고 가게."

나는 그 그레이에게 말한다. 그의 눈빛은 상황의 중대성을 확인한다. 아주 잠시나마 멈칫하던 그는 나를 향해 경례한다. 혼란에 빠진 그의 부하들은 머스탱과 텔레마누스 부자 뒤를 호위하며 다 함께 빠른 걸음으로 이동한다.

함선의 경보가 울리기 시작한다.

하울러들이 엔진과 활성 유지 장치 시스템으로 향하는 동안 내 세력은 계속해서 갑판 세 층을 올라간다. 우리는 플라이니가 자신의 새로운 동맹군을 대접하고 있을 명령 갑판으로 향하는 것이 아니라 구금실로 간다. 로크, 빅트라, 론, 세브로, 그리고 라그날이 문 안으로 슬쩍 들어가 내가 그 안으로 입장하기도 전에 보초병들을 진압시킨다.

포로들은 대략 40여 명으로, 비할 데 없는 자들이자 아우구스투스에게 충성하는 자들이다. 그들은 내구성 좋은 유리로 된 작은 감옥 안에 구금되어 있다. 세브로가 지나가는 길에 데이터키로 사람들을 개별적으로 풀어 준다.

"리퍼에게 감사해."

세브로는 각각의 사람들에게 말한다. 장대같이 크고도 나이든 비할 데 없는 여성이 그의 사소한 게임에 응해 주지 않는다. 그는 그녀가 게임에 참여하기 전까지는 감옥 밖으로 나가지 못할 것을 마침내 깨달을 때까지 그 말을 4차례나 반복한다. 모두들 각자 자신들의 눈을 굴리며 감사하다고 말한다.

"당신 정말 착하고 비정상적으로 키가 크며 노쇠한 비할 데 없는 자구나. 훌륭해."

세브로가 말하며 그 여자를 풀어 준다.

"론 님! 당신과 같이 자 줄지도 모를 여자를 발견했어요."

그는 자칼의 유리 우리 앞에 도달하자 멈칫한다.

"왜 내가 내 작은 홑눈으로 첩보 짓을 할까? 잠깐! 내가 눈이 다시 두 개잖아!"

세브로가 즐겁게 울어댄다.

"나를 풀어 줘. 나는 네 게임을 안 할 거야, 고블린."

자칼이 무미건조하게 대답한다.

"리퍼에게 감사해. 그리고 내 이름은 세브로야. 너도 그건 알고 있잖아."

자칼이 자신의 눈을 굴린다.

"리퍼에게 감사해."

"착한 하인처럼 허리 굽혀 인사해."

"싫어."

"그냥 그를 풀어 줘."

론이 투덜거린다.

"이놈이 내 게임을 같이 해 줘야 한다고요! 똥대가리는 좋게 좋게 놀아 줄 때까지 나가지 못한다. 대신 네녀석에게 수수께끼를 내 주지. 내 주머니 안에 있는 게 뭐게?"

세브로가 말한다.

나는 그 게임이 지겨워지기 시작한다. 그래서 세브로의 뒤에서 내 눈을 가리킨다.

"눈알 하나."

자칼이 말한다.

"젠장 지독하게. 누가 재한테 알려 준 거야?"

로크가 세브로의 손으로부터 열쇠를 뺏어간 후 그것을 감옥의 제어반 위에 대고 스캔한다. 자칼이 우리와 합류한다.

"좀 성숙해져라, 세브로."

로크가 중얼거린다.

"대체 뭐가 네 마음에 안 들었던 거야? 우리는 어차피 시간을 끌어야 하는 판이잖아. 내가 재미 좀 보게 내버려 두면 안 돼?"

세브로가 묻는다.

우리는 플라이니가 우리의 행동에 겁을 낼 수 있도록 시간을 끈다. 그는 대부분 선원들의 충성심이 어디로 향하는지 대충 알 것이다. 하지만 그는 당연히 돈으로 매수하고 지불 완료한 군인들로 파견대를 형성하여 함선에 태웠을 것이다. 아마도 용병들일 것이다. 그는 그들을 방패삼아 그들 뒤로 숨을 것이다.

"네 아버지는 어디에 계셔?"

나는 자칼에게 묻는다.

"나도 모르겠어. 아버지는 이 함선에 안 타고 있는 것 같아. 내 여동생이 너에게 안전하게 도달했어?"

자칼이 말한다.

"그녀는 우리를 찾아왔지."

"잘됐네."

자칼이 말하며 론에게 인사하기 위해 빠르게 몸을 돌린다.

164

"반갑습니다, 아르코스 님. 저희 아버지께서는 제가 어렸을 적에 당신의 업적들에 대해 읽는 것을 금하셨습니다. 그럼에도 저는 읽었죠. 나이든 스톤사이드의 이야기들 덕분에 저는 늦은 밤을 뜬 눈으로 지새웠답니다."

론이 나를 향해 작게 미소를 지으며 자칼의 말에 대답한다.

"기관에서의 자네 행동도 나에게 같은 영향을 미쳤네. 자네 캠페인을 보고 난 후 눈을 감기가 두렵더군."

자칼이 쿡쿡 웃는다.

"대로우, 유로파에서의 네 임무는 성공적이었나 보군."

"그들은 우리가 바라던 대로 덫을 놨었어. 그리고 아자는 도망쳤고."

"그럼 이 문제를 해결하고 우리의 전쟁을 계속 진행하자고."

로크는 자칼과 나를 돌아가며 바라본다. 그는 서로를 향해 친근하게 말하는 우리의 말투를 감지한 것 같다. 그리하여 내가 그에게 한 번도 전하지 않은 이야기가 하나 더 늘었다. 우리 사이의 틈새는 커진다.

우리는 점심시간에 로우컬러 조리실에서 머스탱과 만난다. 수백 명의 오렌지 갑판 수리공들과 전기공들이 레드 공장 노동자들 및 브라운 관리인들과 어울리고 있다. 조리실에 라그날이 들어서자마자 대화의 웅성거림과 금속 식탁 위에서 플라스틱 쟁반들이 달그락거리는 소리들이 사그라진다. 과흥분하여 목청껏 비명을 지르고 있는 브라운 관리인을 제외하면 죽은 듯이 고요하다. 그

관리인의 동료들이 흥분한 그의 입을 급히 막는다.

라그날이 조리실 가운데로 이동한 후 로우컬러가 자리에서 일어날 새도 없이 식탁 하나를 옮긴다. 식탁을 잡아당겨 금속 나사들로부터 분리시킨 후 금속 바닥에 대고 질질 끌어 끽 소리를 낸다. 옮겨진 식탁에 연결된 벤치들에는 여전히 로우컬러들이 앉아 있다. 그들은 얼어 있다. 그들의 눈은 겁에 질려 커졌다. 50명의 골드로 이루어진 내 간부단을 보고는 온통 혼란스러워하는 눈빛이다.

텔레마누스 부자가 라그날의 행동을 따라한다. 아버지와 아들이 함께 두께가 1미터고 지름이 2미터인 원형 금속 장치를 들고 있다. 이것은 그들이 기술실까지 찾아온 목적이다. 그들의 팔은 갑옷으로 덮여 있지만 장치의 무게로 목의 정맥은 불끈 솟아 있다. 머스탱은 자신의 데이터패드를 확인하며 그들을 안내한다.

"여기요."

그들은 그녀가 가리키는 곳에 그것을 떨어뜨린다. 그레이들이 거대한 배터리 유닛을 들고 뒤따라와 인근의 식탁 위에 내려놓는다.

"하울러들, 소리 좀 질러."

나는 내 컴에 대고 말한다.

"실례합니다. 잠시만요. 죄송합니다."

페블이 자신의 작고 통통한 손을 흔들며 말한다. 그녀는 배터리 유닛으로부터 케이블 하나를 집어내서 그것을 디스크에 연결시킨다.

166

치지직 소리가 나더니 함선의 스피커가 켜진다.

"플라이니."

어떤 목소리 하나가 그 이름을 달콤하게 부른다. 나는 세브로를 찾으려고 두리번거린다. 그가 두 명의 그린과 함께 단말기 앞에 있는 것이 보인다.

"세브로!"

머스탱과 내가 날카롭게 부른다.

세브로는 우리를 보며 기다리라는 의미로 손가락 하나를 들어 보인다.

"이분께서 컴을 쓰고 계십니다. 잠시만요."

그린 하나가 진정어린 말투로 종알거린다.

"플라이니에게."

세브로가 컴 너머로 노래를 한다.

　　네 심장이 북처럼 울리면,
　　또 네 다리가 조금은 젖으면,
　　그것은 리퍼가 찾아왔기 때문이지
　　조그마한 빚을 회수하려고.

세브로는 이 노래를 세 번 연창한다. 그러자 라그날이 제어반을 향해 식탁 하나를 던진다. 스파크가 소나기처럼 쏟아져 내린다. 세브로는 자신의 머리 위에 대롱대롱 매달려 있는 식탁을 향해 천천히 고개를 든다. 식탁은 세브로로부터 십몇 센티미터 빗나간 상태다. 그는 뒤로 획 돌아선다.

"뭐가 문제라 이렇게 지독하게 똥오줌 못 가리는 거야, 이 과민 반응하는 거인 트롤 대마왕아!"

"운율…… 으으윽."

라그날이 불편한 신음 소리를 낸다.

나와 머스탱이 그들이 성가시다는 눈빛을 주고받는 동안 그녀가 투덜거린다.

"네가 데려온 놈이잖아."

"어느 놈을 말하는 거야?"

나는 묻는다. 그동안 세브로는 문신이 새겨진 자를 향해 자신의 모든 지식을 총동원해 가며 욕설을 내뱉는 중이다. 거기에 욕의 적정 수위를 조절한답시고 손가락 십자가까지 추가한다.

"당신은 닭처럼…… 꽥꽥거립니다."

라그날이 그 욕설에 반응한다.

"쟤가 나를 모욕하면 안 되는 거잖아. 쟬 통제하라고."

세브로가 경악하며 말한다. 그는 나를 바라본다.

나는 이 상황으로부터 손을 뗀다.

"일을 진행하는 게 어떨까 싶구나."

론이 말한다.

"맞아. 모두 진지한 얼굴로."

투구들이 갑옷에서 스르륵 나와 우리의 두개골을 덮는다. 나는 디지털 디스플레이 상에 나타난 온도 측정 결과와 파워 레벨들을 확인한다.

"최선으로 진행해."

나는 머스탱에게 말한다.

머스탱은 리치크래프트의 열성 드릴을 가동시킨다. 드릴의 원래 용도는 함선의 바깥 선체에 구멍을 뚫고 침입 부대가 달려 들어갈 수 있도록 충분히 큼직한 돌파구를 만드는 것이다. 그러니 함선의 바닥을 뚫어 버리는 것은 일도 아니다. 그리고 우리는 지휘실로부터 오직 갑판 한 층 위에 있다. 나는 드릴 위에 올라탄다.

헬드라이버에게 있어서, 군사적 시도에 있어서, 삶에 있어서 추진력은 전부다. 계속 움직이며 누구든 내 앞길을 감히 막아 보라 도전하는 것이다.

"내가 전에 말한 것 기억나나?"

론이 나에게 묻는다.

"눈치에 대한 이야기요?"

내가 묻는다.

론의 수염 뒤로 사악한 미소가 활짝 핀다.

"눈치 따윈 버려 버려라. 그들을 겁에 질리게 만들어."

나는 머스탱을 본다.

"불태우자."

머스탱은 버튼 하나를 누른다. 드릴이 빨갛게 빛을 발한다. 열기가 위로 전도되어 나에게까지 전달된다. 또 바닥을 따라 퍼지기도

169

한다. 로우컬러들이 멀리 피한다. 그들은 바닥이 모래시계 속에서 쏟아지고 있는 모래처럼 밑으로 처지고 녹아 내리는 동안 자신들의 음식을 버려두고 방으로 도망친다. 드릴은 등 뒤에 나를 태운 채 금속이 녹아 뚝뚝 떨어지는 갑판을 통과해 아래의 지휘실로 떨어진다. 나는 잠시 동안만일지라도 다시금 헬드라이버다.

드릴은 아우구스투스의 거대한 원목 탁상의 정중앙에 쾅 하고 떨어진다. 그것은 마치 대리석 바닥에 떨어진 운석처럼 닿는 면적을 깎고 녹이며 탁자에 충격을 남기고 있다. 나는 내 레이저로 파워 케이블을 자른 후 탁상에 불이 붙는 와중에 연기 및 증기와 뛰어오르는 불꽃들 사이로 일어선다.

소사이어티 소속 골드 100명이 고개를 들고 나를 빤히 쳐다보고 있다. 집정관들, 특사들, 법관들, 그리고 강한 가문의 기사들이 레이저를 꺼내든 채 서 있다. 모두들 한때는 아우구스투스에게 충성을 맹세했었다. 모두들 이제는 플라이니의 엄지손가락 밑에서 꼬물거린다. 그들은 사람들의 흔한 말처럼 바람을 따라 움직인 것이다.

그리고 그가 저기 있다. 이 긴 탁상의 머리에. 그의 낯빛이 급히 창백해지고 있다. 아름답고 영리한 플라이니. 눈은 한쪽만 남았다. 나머지 한쪽에는 일시적인 인체공학적 대체물을 착용하고 있다. 그의 오른쪽에는 군주의 퓨리들 중 한 명인 정치꾼 모이라가 자리하고 있다. 그녀는 아자와 비교했을 때 상대적으로 살이 투실투실하고 물렁한 여자다. 그러나 그녀의 어여쁜 미소는 자매의 레이저에 비해 1.5배가량 더 사악해 보인다. 그녀의 옆자리에는 올림픽 나이트들 중 지구의 일본 열도에서 온 스톰 나이트가 앉아 있다.

"나의 굿맨!"

나는 내 투구의 목소리 확대기를 통해 고함을 지른다.

"저는 플라이니를 잡으러 왔습니다."

나는 드릴에서 뛰어내린다. 내 투구는 다시 파문을 일으키며 갑옷 속으로 흡수되어 그들에게 내 얼굴을 드러낸다. 나는 그를 향해 걸어간다. 내 친구들은 내가 통과한 구멍을 통해 뒤따라온다. 아르코스가 먼저다. 그 후 머스탱과 세브로가 내려온다.

"당신 저 사람이 죽었다고 했잖아!"

내 왼쪽에 있는 누군가가 레이저를 반쯤 꺼내든 채 으르렁거린다.

"론 오 아르코스?"

다른 사람이 수군거린다. 그의 이름이 그 공간에 빠르게 퍼져나간다. 그동안 세브로와 로크는 그 방으로 이어지는 문들을 잠근다.

"그리고 카박스 오 텔레마누스!"

카박스가 착지하면서 야성적으로 우렁차게 알린다. 나는 팍스가 저런 식으로 등장하던 버릇을 어디서 배웠는지 비로소 알게 됐다.

"리퍼는 안 죽었습니다."

머스탱이 드릴에서 폴짝 뛰어내리며 말한다.

"저도 안 죽었으며 우리 오빠도 안 죽었습니다. 그리고 우리는 우리 아버지의 소유였던 것들을 다시 되찾으러 왔습니다."

이 비할 데 없는 자들은 어찌할 바를 모른다.

플라이니가 외친다.

"거짓말쟁이들! 너는 대총독을 배신했다. 배신자들을 잡아라."

론이 단순히 공표한다.

"누구든 대로우로부터 2미터 반경 안쪽으로 들어오는 자가 있다면 나는 이 방에 자리한 '모두를' 죽이겠다."

그들에게 론의 엄포를 시험하려는 의욕은 없어 보인다. 내가 두 사람 사이로 걷자 그들은 뒤로 팔짝 뛴다. 론의 명성 덕분에 나는 사람들 사이에서 플라이니까지 쭉 이어지는 공간을 확보하게 된다. 나는 걸음걸이를 늦추지 않는다.

"플라이니. 우리 꼭 얘기 좀 해야겠어."

나는 말한다.

"저놈을 죽여라! 리퍼를 죽여."

플라이니가 소리친다.

젊은 남자 하나가 앞으로 뛰쳐나오려다 등에 칼을 맞고 죽는다. 그의 옆 사람의 칼이다. 그 옆 사람은 두려워하는 눈빛으로 론을 쳐다본다.

"2.3미터. 아슬아슬했다."

론이 말한다.

"저놈을 죽여라! 저놈은 애에 불과하다고!"

플라이니가 헛되이 소리친다.

"플라이니 오 벨로시토르, 너는 네로 오 아우구스투스 대총독의 배신자다. 너는 그의 가문을 무너뜨리고, 강제로 그의 딸과 결혼하고, 그의 아들을 죽이고, 그를 배반하여 그와 대치 상태인 군주에게 그를 바치려고 음모했다. 네 주인은 너를 키웠다. 그런데 너는 그를 찢어발기고 쓰러뜨리려고 했다. 너는 오로지 개인적인 이득을 위해 그의 신뢰를 배신했다. 무엇보다 안타까운 것은 그조차도 네가 실패했다는 사실이다."

나는 조용히 말한다. 하지만 모두가 내 소리를 들을 수 있다.

"저놈을 멈춰!"

플라이니는 이제 비명을 지르고 있다. 그는 몸짓으로 미친 듯이 나를 가리킨다.

"모이라!"

모이라가 스톰 나이트에게 뭐라고 속삭이자 둘 모두가 옆으로 비켜선다.

"너는 지금쯤 죽은 몸이어야 하는데. 아자가 너를 유로파에서 죽이겠다고 말했단 말이야."

플라이니가 웅얼거린다.

"과연 네가 아는 자들 중에 나를 죽일 수 있는 자가 있더냐?"

나는 말한다. 내 말투에서는 그 터무니없는 골드식 격노가 점점 묻어난다. 여기 있는 이 모든 굶주린 영혼들을 감복시키기 위해서 일부러 그렇게 한다.

"자칼이 실패했다. 안토니아 오 세버루스-줄리가 실패했다. 아폴로 프록터와 주피터 프록터가 실패했다. 카시우스 오 벨로나가 실패했다. 카르누스가 실패했다. 캐그니가 실패했다. 아자 오 그리무스와 그녀의 집정관들이 실패했다."

교수형 집행인이 실패했다. 광산들과 살무사들이 실패했다.

"그리고 이제 너도 실패했다."

바로 그 순간, 나는 공격하는 살무사보다도 빠르게 앞으로 싹 다가가 플라이니의 얼굴에 따귀를 날린다. 그는 바람에 두들겨 맞은 잎사귀처럼 옆으로 요동치며 자리에서 떨어진 후 옆에 비켜서 있던 골드의 품으로 넘어진다. 그녀는 그에 대고 침을 뱉더니 나를 위해 자리를 비켜 준다.

"너는 혓바닥을 날름거릴 수 있다는 이유만으로 네 자신을 뱀이라고 착각한 지렁이다. 네 힘은 진짜가 아니었다, 플라이니. 그것은 모두 허상이었다. 이제 깨어날 때가 됐다."

플라이니가 허둥지둥 일어나 사람들을 밀치며 나로부터 떨어진다. 그가 신중히 빗었던 머리는 엉망이며 오른쪽 볼은 붉게 부어오르고 있다. 나는 그를 돌려세우고는 다시 더 세게 따귀를 때린다. 그는 당황한다. 어찌해야 할 바를 모르고 있다. 그는 기관에서의 첫날 침상에서 납치되어 옵시디언들에게 흠씬 두들겨 맞은 적이 없다. 그는 말을 타고 무장한 군대 행렬의 전선에 서서 눈으로 얼어붙은 해안을 달린 적이 없다. 그는 굶주려 본 적이 없다. 그러니 이제 그가 할 수 있는 것이라고는 허둥대며 우는 일뿐이다.

나는 손으로 그를 휘어잡아 하늘 높이 들어올린다. 하지만 나는

174

더 이상 그를 아프게 하지 않는다. 카르투스나 타이투스가 행할 법한 잔인함을 보여 이 순간의 품위를 떨어뜨리지 않을 것이다. 겸양이 내 무기다. 나는 플라이니를 다시 대총독의 자리에 앉혀 놓는다. 그리고 그의 잠자리 핀에 광을 내준다. 자애로운 어머니처럼 그의 머리를 정돈해 준다. 눈물자국으로 젖은 그의 뺨을 토닥여 주고 내 손등을 그에게 내보인다. 그 손에는 내 마르스 하우스 반지가 끼워져 있다.

플라이니는 나에게 묻지도 않고 그 반지에 키스를 한다.

"안녕, 플라이니. 너를 네 친구들에게 맡기마."

나는 그 자리를 떠난다. 이 모든 비할 데 없는 자들의 시선은 플라이니를 버리고 나를 따른다. 나는 후르륵 하는 소리가 들려도 뒤를 돌아보지 않는다. 왜냐하면 레이저가 사람을 죽일 때 어떤 소리를 내는지 알기 때문이다. 그들은 기다리지도 않았다. 플리이니는 잊혔다.

이 비할 데 없는 자들은 나에게 경례를 표하는 의미로 자신들의 가슴을 친다. 괴물들. 그들은 힘을 좇아서 바람 따라 움직인다. 하지만 진짜 힘은 이동하지 않는다는 것을 그들은 깨닫지 못하고 있다. 힘은 단호하다. 그것은 바람이 아니라 산이다. 그렇게 쉽게 이동하는 것은 신뢰를 잃는 일이다. 그리고 신뢰 덕에 나는 이때까지 살아남을 수 있었다. 내 친구들을 향한 나의 신뢰와 나를 향한 그들의 신뢰.

군주는 이것을 안다. 그래서 그녀는 자신의 퓨리들을 가까이 두는 것이다. 내 친구들이 나를 위해 죽음을 무릅쓰듯 그들도 그녀를 위해 그리할 것이다. 왜냐하면 결국에는 이 세상에 있는 모든 힘을 다 갖는다 해도 가장 가까운 친구가 나를 배신한다면 의미가 없기 때문이다. 군주의 아버지는 딸이 그의 머리를 베어갔을 때 그 교훈을 얻었다. 플라이니는 자신의 생명을 담보로 이를 배웠다. 나는 이를 잊고서는 친구들로부터 거리를 뒀었다. 그래서 택터스는 자신의 형들에게 느꼈던 것처럼 내 그림자 속에 있으면서 나로부터 멀어진 듯한 기분을 경험해야 했다. 그로 인해 나는 거의 모든 것을 잃을 뻔했다. 그렇기 때문에 빅트라와 새롭게 처음부터 다시 관계를 쌓아 나아가는 것이다. 그렇기 때문에 라그날에게 사실을 말했던 것이다. 그렇기 때문에 앞으로 론과 로크와 화해를 해야 하는 것이다.

신뢰가 있기에 레드에게 가망이 있는 것이다. 우리는 노래와 춤과 가족과 연대감으로 묶인 사람들이다. 이 사람들은 자신들이 동맹을 맺어야 한다고 생각한다는 이유만으로 동맹을 맺는다.

이제 그들을 바라보고 있자니 그들이 너무나 단호하고 엄격하여 서로와 부딪혀 깨지고 산산조각 날 것을 알겠다. 그것은 나 때문이 아니라 그들의 존재적 성향 때문에 벌어질 것이다.

나는 그래브부츠로 공중에 떠오른 후 잠시 멈춰 전한다.

"들으려는 모든 이들에게 전하라. 리퍼가 화성으로 날아간다고. 그리고 그는 '아이언 레인'을 부른다고."

제36장

# 전쟁의 지도자

"힘은 머리를 좀먹는 왕관이야."

우리가 침략을 위한 전략을 세우는 동안 자칼이 나에게 말한다. 그는 옥타비아를 지칭하며 그 말을 했다. 하지만 진실은 그보다 더 깊숙이 들어간다. 이 골드들은 너무나 오랫동안 힘을 가지고 있었다. 이들이 행동하는 양상을 보라. 이들이 원하는 바를 보라. 그들은 전쟁을 할 기회가 찾아오자 바로 뛰어든다. 그들은 가까이서도 멀리서도 찾아온다. 내가 20년만에 처음으로 아이언 레인을 불렀다는 사실을 전해 듣자마자 그들은 재빨리 함선들을 보내 내 함대에 합류한다. 나는 자칼을 통해 그 소식과 함께 플라이니의 몰락 영상을 퍼뜨렸다. 달려온 자들 중 많은 이들은 부모의 자산을 물려받지 않을 두 번째 아들과 딸들이다. 전쟁광들, 결투자들, 영예에 굶주린 자들. 그리고 각자 자신들이 수하로 두고 있는 그레이와 옵시디언들을 데리고 온다. 소사이어티의 세계들은 오늘 무슨 일이 벌어질까 숨 가쁘게 기다린다. 우리가 지면 군주의 통치는 계속된다. 우리가 이기면…… 완전한 내전이 벌어진다. 어느 세계도 이에 휩쓸리지 않을 수 없을 것이다.

내 함대가 포보스 도킹 위성 주위로 모여드는 동안 함선 안에서는 부대들이 결집된다. 나는 슬링블레이드처럼 휘어 있는 나의 레이저를 들고 다닌다. 비틀리고 비정한 그것은 나의 홀이다. 내가 선창 너머를 응시하며 손을 쥐었다 펴자 내 마르스 하우스 반지가 꼭 조여 온다. 페가수스 펜던트는 내 가슴과 부딪히며 튀고 있다.

내 적들, 즉 벨로나 가문과 군주의 지역 함대들이 시야에 보이지는 않는다. 하지만 그들은 나와 내 행성 사이에서 잠복해 있다. 군주의 아주 오래된 수하, 애시 로드가 자신의 셉터 아르마다 함대와 함께 군주를 도우러 코어 지역에서 빠르게 이쪽으로 이동하고 있다. 하지만 그가 도착하기까지 여전히 수 주가 남았다. 벨로나 가문은 오늘은 그의 도움을 받지 못할 것이다.

내 블루 수하들이 나와 내 장군들을 바라본다. 자신의 어머니의 세력을 버리고 온 빅트라 오 줄리의 개인 함대, 아르코스 가문, 텔레마누스 가문, 그리고 아우구스투스의 기수들을 지도할 장군들이다.

화성은 초록색과 파란색이 혼재되어 있으며 보호막으로 둘러싸인 도시들로 군데군데 패여 있다. 흰 꼭지들은 극지방들이다. 파란

바다가 화성의 적도를 따라 퍼져 있다. 풀이 무성한 들판들과 함께 두터운 숲들이 화성의 표면을 덮고 있다. 구름들이 화성의 주위에서 소용돌이를 이루고 있다. 솜덩이 하나가 이동하여 화성의 반짝이며 보호막으로 싸인 도시들을 감춘다. 그리고 거기에는 총들이 있다. 도시들을 둘러싸고 있는 사막의 거대한 정거장들에서 함선들을 죽일 태세로 레일건 총들이 하늘을 향해 총구를 겨냥하고 있다.

내 생각은 그 행성의 지하 세계로 흘러간다. 나는 우리 어머니가 지금 어떻게 지내는지 궁금하다. 어머니는 아침을 만들고 계실까? 그들은 무슨 일이 도래하려는지 알고 있을까? 그들은 우리가 침략을 시작할 때 그 상황을 느끼기는 할까?

전투 직전까지도 손가락들이 떨리지 않는다. 숨결도 고르다. 나는 헬다이버 가족의 일원으로 태어났다. 먼지와 노역의 혈통을 이어받아 골드들을 섬기기 위해 태어났다. 나는 태어날 때부터 이 속도감으로 살아야 했다.

그럼에도 불구하고 나는 두렵다. 미키는 내가 전쟁의 신이 되도록 나를 조각했다. 하지만 왜 내 자신이 우스꽝스러운 갑옷을 입고 서 있는 애송이처럼 느껴질까? 왜 다시 5살 아이로 돌아가고 싶은 것일까? 우리 아버지가 돌아가시기 전, 키어란 형과 침대를 같이 쓰며 형이 잠꼬대를 하는 소리를 듣던 그 시절로…….

나는 골드 얼굴들로 이루어진 바다를 향한다.

이 종족이란…… 어쩜 이리도 아름다운 괴물들일까. 그들은 인류의 모든 강점들을 보유하고 있다. 딱 한 가지, 공감 능력만을 제외하고……. 그들은 바뀔 수 있다. 나는 그것을 알고 있다. 어쩌면 당장은 안 될 수도 있다. 앞으로 네 세대가 지나는 동안에도 변하지 못할지도 모르겠다. 하지만 그 변화는 오늘, 그들의 황금기의 끝으로 시작된다. 벨로나 가문을 깨부수고 골드를 약화시켜라. 내전을 루나 본지까지 퍼뜨려 군주를 파괴하라. 그러면 아레스가 일어설 것이다.

나는 여기에 있고 싶지 않다. 나는 집에 있고 싶다. 그녀와 함께, 태어나지도 못했던 내 아이와 함께 있고 싶다.

하지만 그럴 수 없다. 내 마음의 썰물이 밀려 나가면서 옛 상처들이 드러나는 기분이다. 이것은 너를 위해서야. 나는 그녀에게 말한다. 네가 누렸어야 하는 세계를 위해.

그리하여 나는 다시 내 역할에 몰입하며 이 늑대들에게 먹이를 던져 준다.

입을 여는 내 목소리가 크고 굵다.

"가을의 사그라지는 날들이 오면, 화성의 기반암을 채굴하는 레드들은 행복한 악귀 모습의 가면들을 착용해서 붉은 흙이 데리고 가 버린 죽은 영혼들을 축복하고 그들의 기억을 기리며 영혼에게 안식을 준다. 우리 최상급 골드인 아우리어트들은 그 가면들을 가져와 우리 나름의 것으로 변형시켰다. 우리는 그 가면들에 전설과 신화 속 얼굴들을 입혀 스스로에게 상기시켰다. 악이 없다고, 선이 없다고, 신이 없다고, 악마가 없다고, 오로지 인간만이 있다고, 오

180

직 이 세계만이 있다고, 죽음은 우리 모두를 찾아간다고. 하지만 어떻게 바람에 대고 소리치란 말인가? 어떻게 우리 자신이 기억된 단 말인가?"

나는 장갑 한쪽을 벗은 후 내 손바닥을 매우 얕게 칼로 긋는다. 그리고 피가 내 손바닥 피부 전체에 묻을 때까지 주먹을 꽉 쥐었다가 그 손을 얼굴에 찍는다.

"죽음이 우리를 데려간 후에도 우리의 혈통만큼은 오래토록 긍지를 느끼게 하자."

발을 구르는 소리가 들린다. 딱 한 번만 구른다.

"루나는 새 지구다. 루나는 우리를 지배하며 우리가 고개를 숙이고 근근이 살아가게 만든다. 우리의 희생은 그쪽의 이득을 의미한다. 다시금 약자들이 강자들의 발목을 붙잡고 있다. 오늘 이후로 우리가 화성의 수천 도시들을 쟁취하게 되면 우리의 지위는 올라갈 것이다. 갈릴레오 지도자들은 우리에게 충성을 맹세할 것이다. 토성의 지배자들은 우리에게 고개를 숙일 것이다. 해왕성은 그쪽의 함선을 데리고 올 것이며 우리는 옥타비아 오 룬이라는 거머리를 잘라낼 것이다."

그리고 독재자 왕을 만들 것이다. 그들은 이런 내용을 너무나쉽게 받아들인다. 나는 어떻게 그들이 그러는지 모르겠다. 독재자대신 다른 독재자를 앉히기라. 어떻게 이런 상황에서 영감을 얻는단 말인가? 인류는 언제나 그래 왔다.

또 한 번의 발을 구르는 소리.

"오늘의 매 순간은 각자에게 나눠 준 홀로캠에 녹화가 될 것이다."

내가 기관에서 팍스 함선을 포획했을 때처럼 말이다. 자칼의 생각이었다.

"매 순간이 기억될 것이다. 그대들이 승리하여 영광을 거머쥔다면 그것은 홀로캠을 통해 모든 세계로 퍼져 나아갈 것이다. 그대들이 자기 자신이나 가족에게 부끄럽게 행동한다면 그 자취는 죽어서도 사라지지 않을 것이다."

나는 라그날이 마치 내 사형 집행인인 것처럼 그를 바라본다. 론은 그 드라마틱한 재간에 눈을 굴린다.

"우리는 기억할 것이다."

발을 쿵 하고 더 크게 구르는 소리.

"도시들을 쟁탈할 것이다. 굽히지 않는 골드들을 죽일 것이다. 로우컬러들은 보호할 것이다. 우리는 광산을 무너뜨리지 않을 것이다. 우리는 화성의 도시들을 훼손하거나 신록의 땅을 약탈하지 않을 것이다. 우리는 화성의 풍요로움을 쟁취해야 한다. 화성의 시체를 원하는 것은 아니다. 화성은 그대들 중 많은 이들의 고향이다. 그러니 화성을 안에서부터 파괴하는 해충만을 해하라. 그리고 오늘의 명예가 끝나면, 즉, 그대들이 '지구의 몰락' 이래로 가장 웅장했던 전투들 중 하나에 참여하고 나면, 그대들 칼의 핏자국을 닦고 그 수건을 자녀들에게 물려줘서 그들이 오늘을 기억할 수 있게 만드는 순간에 유념하라. 그대들이 그대들의 운명을 개척했다는 것을. 그것은 군주가 그대들에게 준 것이 아니다. 어느 지배자가 그대들에게 준 것도 아니다. 우리의 조상들이 세계들을 쟁취했듯이 그대들이 직접 그것을 쟁취한 것이다. 우리가 '두 번째 정복자들'이다."

이제야 우렁찬 함성 소리가 들려온다. 나는 영광을 생각할 때마다 내 몸이 흥분으로 떨리는 것이 싫다. 인간의 내면 깊은 곳에는 이를 굶주려하는 무언가가 있다. 하지만 그 기이하고도 어두운 기운을 얻어 보려고 품위를 버리는 일은 강함이 아니라 약함이다.

나는 교량 옆에 있는 자칼을 쳐다본다. 오늘 그가 맡은 역할은 별로 중요하지 않다. 이 모든 남자들과 여자들을 이곳으로 데리고 옴으로써 그는 자신의 맡은 바를 다 했다. 그는 통신망을 뒤죽박죽으로 만들고 거짓 정보를 유포시켰다. 그리하여 루나를 공격하러 몰래 돌아다니는 내 함대의 부분 부분들에 대한 거짓 소문이 돌았으며 그것을 쫓아 벨로나 세력들이 흩어졌다. 그리고 군주가 보낸 지원 세력들의 많은 부분이 그런 벨로나 세력들에게로 보내졌다. 물론 소문은 계책에 불과하다. 내 세력은 모두 여기에 있다.

"그놈의 인형 조종 놀이 이제 그만하지."

화이트들이 대기하는 골드들 뒤로 교량에 들어서는 것을 기다리는 동안 자칼이 나에게 속삭인다. 세브로는 마치 자칼에게 그가 있을 자리를 상기시키듯 나에게 더 가까이 붙어온다.

"네가 대부분의 줄을 대줬어. 그것에 대해 고맙다고도 못했네."

나는 자칼에게 조용히 말한다.

자칼의 표정 없는 얼굴에 주름이 지며 불쾌감이 드러난다.

"우리 꼭 그렇게 감성적이어야 하나?"

"네가 머스탱이 탈출할 수 있도록 도와줬어. 그래서 플라이니가 너를 잡은 거였잖아."

자칼은 한 번도 그것을 언급한 적이 없다. 그것에 대해 으스댄 적도, 그것을 협상 수단으로 이용한 적도 없다. 그것은 단순히 오빠가 여동생을 돕는 행동이었다. 나는 어깨를 으쓱한다.

"그리고 너는 퀸을 구하기 위해 최선을 다 했어. 어쩌면 너는 네가 네 자신을 여기는 것보다 더 나은 사람일지도 모르겠어."

자칼은 특유의 개처럼 컹컹 짖는 웃음을 터뜨린다.

"그럴 리가. 하지만 내일, 배신자는 왕이 되고 여제는 배신자가 될 터이니 어쩌면 악한 자가 선해질 수 있을지도 모르지."

나는 선창 밖을 쳐다본다.

"네 위성들이 준비됐어?"

자칼이 고개를 끄덕인다.

"바이러스 퍼뜨릴 것 말이야? 내 그린 수하들은 네 지시가 떨어지자마자 모든 통신망을 닫아 버릴 거야. 15분간 그것들은 모두가 보기에 죽은 것처럼 조용할 거야. 그동안 그들의 전세계적 방어 유닛과 지역적 방어 유닛 모두가 감시지도, 센서를 작동시키지도 못할 거야. 대부분의 고정된 자리들을 끌어내리기에는 충분한 시간이지."

그는 갑자기 자기 자신을 의식하듯 발을 내려다본다.

"할 수만 있다면 우리 아버지를 구해 줘."

세브로는 우리가 속삭이는 것이 신경에 거슬리는지 자기 자세를 바꾼다.

"그럴게."

나는 차라리 아우구스투스가 바닥에 난 구멍 속에서 영원히 썩어 문드러지기를 바란다. 하지만 화성이 쟁취되면 그가 필요할 것이다. 내가 할 수 있는 역량이 이렇게나 되지만 나는 지배자나 왕이 아니다. 어젯밤에 시오도라가 나에게 상기시켜 줬듯이 나는 그의 정당성이 필요하다. 정당성 없이 나는 그냥 레이저를 든 팔 한쪽에 불과하다.

"그리고 아게아에 대한 건 확실해? 그 포상에 대해? 그게 아니라면 그건 무모한 짓이야."

자칼이 묻는다.

"100퍼센트 확실해."

내가 대답한다.

"좋아. 좋아. 그렇다면 최상의 운을 빌어 줄게, 리퍼."

자칼이 나로부터 멀어진다.

"벌써부터 나를 대체하려는 거야?"

세브로는 그가 떠나가는 모습을 지켜보며 코웃음을 친다.

"그는 손이 한쪽만 있고 너는 눈이 한쪽만 있지. 내 취향이 그런가 봐."

의식은 계속된다. 200명의 골드들이 무릎을 꿇고 있는 동안 화이트들은 그들의 횡렬대열을 따라 그들 사이로 돌아다닌다. 나는 이것을 멍청하고도 엄숙한 행사라 여겨 보려고 노력한다. 이 모든 남자와 여자들이 거만한 침묵과 전통을 중시하는 태도란. 하지만 이것은 인류의 역사가 만들어지고 있는 과정 그 자체다. 그리고 이 순간 나름의 고결함이 존재한다.

갑옷들이 인공 불빛을 반사시키며 번뜩인다. 천상의 존재 같은 화이트들이 횡렬대열을 따라 그들을 돌고 있다. 화이트들은 순결한 처녀들로 맨발에 눈처럼 하얀 망토를 썼으며 강철로 된 단검과 금으로 된 월계관을 지녔다. 화이트 아이들은 금색 삼각형 표식을 들고 다닌다. 홀 하나, 검 하나, 월계관으로 묶인 문서 두루마리 하나로 구성된 표식을. 손들이 내 어깨에 올라오는 감촉이 느껴진다.

그 손들의 무게가 느껴진다.

옛 정복자들이 전투에 나가던 방식이 이랬다고들 한다. 화이트 숫처녀들이 강철로 그들에게 상처를 입혔단다. 화이트들은 월계관으로 우리의 눈썹을 건드리고 강철로 우리의 왼쪽 손바닥을 그으며 우리의 귀에 대고 부드럽게 속삭인다.

"나의 아들이여, 나의 딸이여, 이제 네가 피를 흘렸나니 두려움도 패배도 경험하지 않고 오직 승리만을 알게 되리라. 너의 비겁은 너로부터 배어나올 것이며 너의 분노는 밝게 타오를 것이다. 일어나라, 골드의 전사여. 그리고 떠나는 길에 네 컬러의 힘도 가지고 갈지니."

그 후 각각의 전사가 피를 묻힌 손바닥으로 얼굴 전면과 악마의 얼굴 형상의 투구 윗부분을 찍는다. 한 명씩 차례대로 우리는 침묵 속에서 일어선다. 각각의 골드는 열 부대씩을 대표한다. 이것이 금속의 빗발침 속에서 화성에 내리게 될 폭풍이다. 수백 명의 골드들, 그레이들, 그리고 옵시디언들.

"우리는 행성과 싸우는 게 아니다. 남자와 여자들과 싸우는 것이다. 그들의 머리를 베어내고 그들의 군대가 무너지는 모습을 보거라."

론이 우리 모두에게 상기시킨다.

전사들로 이루어진 집회가 일어선다. 이제 얼굴에 피를 바른 상태로 우리는 함께 우리의 주요 적들의 이름을 읊는다.

"카르누스 오 벨로나. 아자 오 그리무스. 티베리우스 오 벨로나 최고 사령관, 시피아 오 팔스, 옥타비아 오 룬, 아그리피나 오 줄리, 그리고 카시우스 오 벨로나. 이들이 우리가 원하는 생명들이다."

내 적군의 홀에서는 내 이름과 내 친구들의 이름들이 읊어질 것이다. 리퍼를 죽인 자는 포상금과 명성을 얻을 것이다. 개별적 사냥꾼들과 암살단들이 나를 찾기 위해 우리의 컴 시그널을 스캔할 것이다. 그리고 여러 무리가 내려올 것이다. 몇몇은 나와 일 대 일로 싸우려고 할 것이며 다른 몇몇은 저격수의 총알로 나를 비열하게 죽이려 할 것이다. 몇몇은 아예 화성을 위한 전투에 참여조차 안 할 것이다. 그들은 그레이 용병들, 자유를 얻은 옵시디언 포상금 사냥꾼들, 그리고 오로지 내 머리만을 가져가기 위해 여기까지 온 금성과 수성의 기사들이다. 그 기사들은 자신들의 가문 자산,

가문 병사들을 이용해서 내 뒤를 개인적으로 몰래 밟고 자신들만의 영예를 이루려는 것이다. 자칼은 올림픽 나이트 세 명이 이곳에 왔다는 공식 발표를 엿들었다. 그들 모두가 나를 지켜보며 내 녹화 영상들, 내 승리들, 내 패배들을 연구했을 것이다. 그리고 그들은 내 성향과 내 하울러들의 성향을 알 것이다. 하지만 나는 그들을 모른다.

그들이 직접 와서 자신들을 소개하라지.

나는 그들보다 카시우스와 만날 일에 더 관심이 간다. 최소한 론에게는 그렇게 말했다. 하지만 그는 그것이 사실이 아님을 알고 있다. 내가 카시우스의 가족들을 향해 괴물처럼 소리쳤던 일에 대한 깊은 수치심이 내 안에서 타고 있다. 나는 그를 정당하게 이겼다. 하지만 그 일을 하면서 그렇게까지 좋아할 필요는 없었다. 때때로 나는 그가 레드로 키워졌고 내가 골드로 키워졌다면 그가 지금의 나보다 더 나은 사람이 되고 나는 그가 절대 흉내조차 낼 수 없을 정도로 나쁜 사람이 되지 않았을까 생각하고는 한다.

어떤 이유에서인지 나는 굉장한 악행을 저지를 수 있었을 것이라고 생각한다. 어쩌면 그 이유는 죄책감일지도 모르겠다. 또는 내가 이오를 절대 모르고 살았을 삶에 대한 두려움일지도 모른다. 나도 모르겠다. 어쩌면 내가 얼마나 쉽게 자만심에 빠지는지 알기에 그것이 두려워 그런 생각이 드는 것일지도 모르겠다.

내 전사들은 도로 자신들의 가문 전함으로 해산한다. 나는 선창 밖을 바라본다. 우리가 집합시킨 거대한 함대를 향해 50대의 셔틀들이 쭉 날아가고 있다. 우리의 적은 지금 우리가 여기에 왔다는 것을 알고 있다. 하지만 그들은 우리가 화성에 이렇게 빨리 도착할 것이라고 예상하지 못하고 있었다.

나는 남아 있는 내 지휘관들을 향해 관심을 돌린다. 오리온은 팍스 함선을 이끌 것이며 로크는 빅트라와 함께 함대를 이끌 것이다. 나는 그들의 계획을 승인한다. 격납고로 직행한 머스탱을 제외하고는 내 나머지 측근들이 계속 나와 함께 머물러 있다.

나는 텔레마누스 부자 둘 모두의 어깨를 친근하게 치기 위해 팔을 위로 살짝 뻗친다.

"오늘 팍스가 자리했다면 그는 눈부셨을 겁니다."

소포클스가 카박스의 발목을 휘감는다.

"내 동생은 언제나 눈부셨지. 바보 같고, 고함이나 치고, 아버지처럼 되려고 했어. 하지만 그럼에도 눈부셨지. 우리가 티베리우스 오 벨로나를 죽일게. 너는 걱정 붙들어 매."

닥소가 따뜻하게 말한다.

"제가 걱정하는 것처럼 보이나요?"

두 타이탄 모두 그들의 거대한 고개를 끄덕인다. 카박스는 전투 중에 말이 없어지는 모드로 돌입했다. 그는 중얼거리는 것 외에는 말을 할 수 없다. 그래서 닥소가 계속 그의 대신에 말을 한다.

"네 몸 잘 챙겨, 리퍼."

그가 뒤쪽의 자칼을 힐긋 본다.

"우리도 필요에 의한 결혼이라는 것은 아는데 그를 믿지는 마."

"안 믿는 것 아시잖아요."

"그를 믿지 마."

닥소가 자신의 말을 되풀이한다.

"저는 오직 친구들만을 신뢰합니다."

우리는 서로 작별인사를 한다.

오리온의 눈썹이 생각에 잠겨 일그러져 있다. 그녀가 스캐너 디스플레이 위로 몸을 기대는 동안 나는 그녀에게 무슨 문제가 있냐고 묻는다. 그녀는 싱크로로 적군의 배치 상황을 분석하고 있다.

"그들은 우리가 궤도 안으로 들어온 것을 한 시간 전에 알았습니다. 우리가 진입하는 상황에서는 취약한 상태였는데도 불구하고 그들은 아게아 방어 대형을 유지했네요."

로크가 동의한다.

"그게 이상하기는 해. 그들은 싸워 보지도 않고 대부분의 행성을 양도하고 있어. 어쩌면 네 낙하지점을 남쪽으로 바꾸는 것이……."

"나는 아게아를 원해."

나는 차갑게 말한다.

"형제여, 그렇게 되면 너를 적군이 두텁게 포진한 곳으로 쏘아 보내게 될 거야. 수도는 나중으로 미뤄도 돼. 다른 도시들을 쟁취하면 수도도 공격 없이 차지할 수 있어. 왜 그렇게 미친 듯이 급하게 구는 거야?"

"우리가 수도를 차지하면 다른 도시들도 무너질 거야."

"그리고 많은 사람들이 죽겠지."

"이건 전쟁이야, 로크. 이 일은 나에게 맡겨."

"이건 네 전쟁이지."

로크가 나에게 경례를 한다. 빅트라로부터 눈총을 받은 후 그는 나를 자신 가까이로 당긴다.

"그대에게 무사히 안녕을 고하노라, 프라이무스."

그는 내 볼 양쪽에 모두 입을 맞춘다. 그 행동에 나는 놀란다.

"기나긴 여행이었지."

내가 조심스럽게 말한다.

"그리고 우리가 잠들기 전까지 아직도 갈 길이 멀었지."

"나의 형제여."

나는 로크의 목덜미를 움켜쥐고 그의 이마를 끌어와 내 이마에 댄다.

"미안해. 너무 미안해."

나는 고개를 젓는다.

"퀸에 대해. 레아에 대해. 갈라에 대해. 너를 수천 번씩 무시했던 일에 대해. 너는 내 가장 소중한 친구였어."

나는 뒤로 물러서며 그의 시선을 피한다.

"이것을 전에 말했어야 했는데 겁이 나서 못했어."

"어떤 세계에 있더라도 네가 나를 무서워할 필요가 있을까?"

로크가 묻는다.

나는 고개를 젓는다.

"나를 용서해 줘. 모든 것에 대해."

"화해는 나중에 하자. 최상의 행운을."

로크가 내 어깨를 친근하게 친다.

나는 그를 떠난다. 론과 나는 교량 바로 밖, 우리의 길이 서로 다른 통로로 갈리는 곳에서 만난다. 그는 전투 준비로 수염을 깎았으며 그의 옛 레이지 나이트 갑옷을 착용하고 있다. 그는 훌륭해 보이지만 그의 체취는 끔찍하다. 이 옛 기사들은 하울러들 같다. 미신을 믿고 이때까지 자신들의 생명을 유지시켜 준 행운이 무엇이든 간에 그것이 씻겨 나갈까 봐 두려워 장비 세척을 거부한다.

"수많은 옛 동료들로부터 공식 성명을 받았다. 그들은 벨로나 편에 설 것이란다."

론이 말한다.

"모든 나이든 남자와 여자들이요?"

론의 눈빛이 반짝인다.

"늙은이들은 젊은이들의 여러 악천후 계절을 버텨냈단다. 하지만 그들이 너에 대해 나에게 물어보긴 하더구나. 이 소년 장군의 키가 정말 4미터나 되냐고. 늑대 떼가 정말로 그의 뒤를 따르냐고. 그가 세계를 깨뜨릴 자냐고."

"그래서 어떻게 대답하셨어요?"

"나는 네 키가 5미터고 네 뒤로는 난쟁이 하나와 거인 하나가 따라다니며 네가 네 불알로 유리를 씹어 먹는다고 대답했지."

우리는 함께 웃는다.

"네가 나를 이곳으로 데려온 것이 마음에 들지는 않는다. 그리고 네가 원하는 상의 인간으로 살고 있다고 믿기지도 않는다. 이번 일에서 네가 살아남고 내가 죽는다면 자신의 친구를 속인 자보다는 나은 사람이 되려무나."

내 눈 뒤로 뻑뻑한 통증이 밀려온다. 론은 간청하고 있다. 내가 죄책감을 느끼라고 하는 것이 아니라 그가 정말로 나에게 마음을 주고 있기 때문에 하는 것이다. 내가 더 나은 사람이 돼야 한다. 나도 그러고 싶다. 결국에 가서는 더 나은 사람이 되는 길이다. 하지만 그 끝에 도달하기 위한 내가 의지하는 방도들을 고려한다면…… 나도 다른 길 잃은 영혼들과 다를 것이 없나? 나도 그냥 또한 명의 하모니인가? 또 한 명의 타이투스인가?

"약속할게요."

나는 대답한다. 그 말은 진심이다. 그에게 다시, 그리고 또다시 상처를 주려고 하면서도…….

"좋군. 좋아."

론은 자신의 가죽 같은 목의 뼈에서 으드득 소리를 낸다.

"그럼 아게아 쟁취 후 너는 북반구로 가고 나는 남반구로 가기다. 그리고 우리는 다시 이곳에서 만나 위스키를 마시자꾸나. 약속하나, 나의 굿맨?"

나는 고개를 끄덕인다. 하지만 그는 여전히 떠나지 않는다.

론은 잠시 나를 빤히 쳐다보더니 시선을 바닥으로 돌리며 내 눈을 피한다. 그의 목소리에서 감성이 과하게 묻어난다.

"매번 내 아내에게 돌아갈 때마다 나는 그녀에게 아들들이 좋은 죽음을 맞이했다고 말했단다."

그는 자신의 반지를 만지작거린다.

"좋은 죽음 따위는 존재하지 않아."

"아킬레스는 좋은 죽음을 맞이했잖아요."

"아니야. 아킬레스는 자부심과 분노가 자신을 집어삼키도록 내버려 둔 것이었다. 그리고 결국에는 발에 픽시가 쏜 화살을 맞았지. 이것 말고도 많은 것들을 위해 살 수 있단다. 너도 충분히 나이가 들어 아킬레스가 지독한 바보였다는 것을 깨달을 날이 오기를 바라마. 그리고 그가 호메로스의 영웅이 아니었다는 것을 깨닫지 못하는 우리는 더욱이나 바보인 것이지. 그는 경고였어. 한때는 사람들이 그것을 알았을 것 같다는 생각이 드는구나."

그의 손가락이 자신의 레이저를 두드린다.

"이건 순환 고리야. 죽음이 죽음을 낳고 또 죽음을 낳고. 그것이 내 인생이었어. 내…… 내 생각에 내가 그 소년을 죽이지 말았어야 했다 싶다. 네 친구 말이다."

"왜 그런 말을 하시나요?"

"왜냐하면 나머지 사람들이 너를 어떻게 바라보는지가 보이더구나. 그들은 네가 그들을 믿어 준다는 이유만으로 너를 위해 뭐든 할 것 같은 생각이 들더구나."

나는 레드들이 아버지들과 삼촌들에게 하듯이 갑자기 움직여 세상풍파를 겪은 론의 뺨에 입을 맞추려고 몸을 숙인다.

"택터스는 스승님을 탓하지 않았을 것입니다. 그리고 저도 스승님을 탓하지 않습니다. 스승님에게는 키워야 할 손자가 한 명 더 있죠. 어쩌면 스승님께서 저에게 가르치지 못했던 평화를 그에게는 가르치실 수도 있겠네요. 그러니 제발 부탁입니다, 어르신. 절대 죽지 마십시오."

"하."

반백이 된 지도자가 처음에는 가짜로 웃음을 터뜨린다. 그러더니 그가 뒤로 돌면서 그 웃음소리가 더 커진다.

"하! 그들이 이 늙은 스톤사이드를 죽일 수 있는 인간을 만들려면 아직도 멀었어!"

험준한 바위 같은 남자와 여자들로 이루어진 늙은 기사들이 그의 양옆을 지킨다. 그들 중 어느 한 명도 나이를 70살보다 덜 먹지는 못했으나 나는 역사 속의 '위성의 반란'과 다른 대전쟁들에 등장했던 그들의 얼굴들을 모두 알아볼 수 있다. 그들의 친구들과 전 동료들이 화성에서 우리를 기다리고 있다.

나는 빠르게 빅트라에게 작별을 고하고 격납고로 향한다. 그녀는 나를 다시 부른다. 로크가 우리를 지켜보는 느낌이 든다. 그녀는 뭔가 말하려고 하는 듯한 표정이다. 그녀의 검은 갑옷에 새겨진 붉은 태양이 피눈물을 흘리고 있다. 그녀는 얼굴에 전투를 위한 화장을 했다. 검은색 선이 얼굴 위로 가로질러 그어져 있다. 화장한 얼굴 중에서도 눈은 활활 타고 있다. 그럼에도 불구하고 그녀가 느끼는 종류의 감정을 나도 혹시 느끼는지 살피느라 내 눈을 들여다보는 그녀의 눈빛만큼은 연약하고 부드럽다.

"오늘 이후로 줄리라는 이름은 자금줄 이상의 명성을 얻게 될 거야."

나는 말한다. 빅트라의 계획은 이 우주 전쟁의 흐름을 뒤엎을 것이다.

"그것은 신경도 안 쓰여."

그녀의 손가락이 내 흉갑을 건드린다. 그리고 나는 그녀의 입술이 특유의 사악한 미소로 날렵하게 휘는 것을 확인한다.

"네가 죽을 때 마지막에 드는 생각이 아카데미 개인 전용실에서 그 많은 밤들을 다 홀로 지냈던 것이 얼마나 큰 실수였는지에 대한 후회이기를 바라."

그녀는 내 갑옷을 손가락으로 가볍게 튕겨 핑 소리를 낸다.

"우리가 서로를 얼마나 아름답게 엉망으로 만들어 줄 수 있었을까."

통로에서 나를 기다리던 시오도라가 나를 의미심장하게 한 번 본다.

"에이, 입 닥쳐."

"그녀는 당신을 먹어치운 후 뱉어냈을 것입니다, 도미너스."

"왜 당신은 안전하게 개인 전용실에 머무르질 않는 거지?"

"어디서든 안전하지 않습니다."

시오도라는 나보고 고개를 숙이라는 몸짓을 보낸다. 그녀는 어린 소녀가 하고 다닐 만한 작고 붉은 꽃핀 하나를 내 머리에 꽂아 준다.

"모든 기사들에게는 나름의 행운의 증표가 필요하죠."

그녀는 눈물을 흘리기 시작하며 말한다.

"너무 영웅 행세를 하지는 마세요. 당신은 바보 같은 전투에서 죽기에 너무 영리합니다."

그녀는 떠난다. 그녀가 지나가면서 라그날의 팔뚝을 꼭 쥔다. 나는 그들이 서로를 알고 있었는지 몰랐다. 나와 세브로가 격납고로 가는 길에 얘기를 나누는 동안 라그날은 마치 머뭇거리는 그림자처럼 우리 뒤를 따른다.

"그럼 이제 다 된 건가?"

내가 세브로에게 묻는다.

그가 어깨를 으쓱한다.

"그걸 보냈어."

"'그'와 얘기를 했어?"

"홀로넷 드롭캐시야. 내가 메시지를 보내고 그들이 그것을 받는 것이지. 바라건대."

"그 말인즉슨 너도 그들이 메시지를 받았는지 아닌지 모른다는 거야?"

"내가 어떻게 알겠어? 내가 그것을 보냈다고 했잖아. 프로토콜을 따른 거야."

나는 조용히 욕을 한다. 세브로는 플라이니에게 불러 줬던 그 빌어먹을 노래를 휘파람으로 분다. 나는 그를 툭 때린다. 우리는 구석을 돈 후 72명의 그레이 특수작전 기병들을 지나친다. 그들은 조깅하며 튜브들로 향하고 있다. 그들의 뒤로는 6명의 옵시디언들이 따르며 나와 라그날을 향해 경의를 표하는 의미로 손바닥을 내보인다.

"저들이 착용하고 있던 것 봤어? 갑옷에 슬링블레이드들이 있었어. 유행이 퍼지고 있네."

세브로가 나를 향해 능글맞게 웃는다.

"네 아버지께서 저 밑에 계신다면 일이 어떻게 될지 생각해 본 적 있어?"

나는 묻는다.

"아니."

그는 말한다. 그의 미소가 사라진다.

"아니, 생각해 본 적 없어."

제37장

# 전쟁

　함선의 앞쪽 격납고는 어마무시하다. 그것은 내 함선의 뱃속에 난 동굴로 모든 컬러들의 남자와 여자들이 그곳에 바글거리고 있다. 그 길이는 600미터에 달한다. 그 왼편을 따라 수백 개의 스핏 튜브들이 있다. 각 열마다 크나큰 방죽길이 망을 이루며 연결되어 있다. 그것을 이용해 스타셸을 입은 사람들이 걸어 다닐 수 있다. 수천 명이 부대에 따라 무리를 지은 채 흩어질 채비를 마치며 서 있다.

　전투 스테이션들을 위한 경종의 노래가 함선 전역으로 퍼져나간다. 오리온의 목소리가 인터컴을 통해 거칠게 흘러나온다. 선체 너머에서는 최근 100년간을 통틀어 가장 젊은 최고 사령관인 로크가 우리의 거대 함대를 소함대로 나누며 화성의 하늘에서 벨로나 세력과 붙을 것이다. 립윙과 와스프로 이루어진 소함대들이 앞으로 흘러나온다. 자신의 죽음을 향해 날아가고 있는 블루들이다. 그들 사이로 골드 부대장들도 드문드문 존재한다. 모두 리치크래프트가 적의 선체를 뚫고 들어갈 수 있을 만큼 충분히 큰 구멍을 내기 위해서 비행하는 것이다. 몇몇 집정관들은 자신들의 함선에 올라타기까지 성공하는 적군 무리들과 대적할 목적으로 수하 군사들의 일부를 데리고 있다. 다른 집정관들은 총공격을 가한다. 어느 선택을 하든 도박인 것은 마찬가지다. 그것에 대해 생각할 겨를이 없다. 그런 것을 따질 책임은 빅트라, 로크, 그리고 오리온에게 주어졌다. 내게는 임무가 따로 있다.

나는 멈칫하며 격납고 밖을 바라본다.

"아레스가 진짜가 아니면 어쩌지?"

내가 세브로에게 조용히 묻는다.

"대체 무슨 미친 소리를 하는 거야?"

세브로가 묻는다.

"이게 그냥 어떤 골드의 장난이면 어떻게? 소사이어티가 자신이 원하는 방향으로 흘러갈 수 있도록 줄을 당기고 있는 누군가라면? 이 모든 것이 거짓말이라면 어쩌지?"

세브로가 나를 한동안 오래토록 바라본다. 그 후 그는 난간 위에 가볍게 뛰어올라 목청 터지도록 큰 소리로 아래의 격납고를 향해 울부짖는다.

격납고에서도 그에 대한 답으로 울부짖는 소리가 들려온다.

그 소리는 그레이들이 낸 것이다. 옵시디언들이, 오렌지들이 낸 것이다. 튜브 작업을 하고 있는 레드들이 낸 것이다. 그리고 내 함선으로 이전하기를 요청했던 골드들이 낸 것이다.

"저것은 거짓말이 아니야."

그리고 그 순간에서야 나는 각 부대들의 상징기들이 내려지고 다른 새로운 것으로 대체된 모습을 확인한다. 소사이어티의 피라미드 형상은 사라졌다. 월계관과 홀과 검의 모습은 사라졌다. 아우구스투스의 사자 상징도 사라졌다. 대신 부대들이 전장에 나서며 들고 있는 높은 금색 깃발들의 끝에는 늑대들과 슬링블레이드들이 그려져 있다.

이 부대들은 나의 것들이다.

주변 사람들로부터 무언가가 윙윙거리는 것이 느껴진다. 일종의 육체적인 광신주의다. 나는 골드들을 이렇게까지 들썩이게 만들지 못했다. 골드들은 내가 가져다주는 승리와 영예 때문에 나를 사랑한다. 이 다른 컬러들은 훨씬 다른 무언가, 훨씬 강력한 무언가 때문에 나를 사랑하고 있다. 다른 지배자 골드였다면 함선 전체를 우주로 비웠을 것이다. 하지만 나는 그러지 않았다. 왜냐하면 그들이 한때 자신들의 주인들이었던 골드들 대신에 나를 선택했기 때문이다. 그리고 내가 그들에게 그 선택권을 줬다.

세브로가 내 팔을 쥔다.

"오늘만큼은 넌 평상시와 다르게 싸워야 해. 알겠어?"

"알겠어, 세브로."

나는 그의 손을 뿌리쳐보려고 한다.

"너는 모르고 있어."

세브로는 내가 자신을 바라보도록 나를 당기더니 라그날에게 뒤로 물러서도록 만든다.

"오늘 네가 하는 모든 움직임 하나하나가 녹화되어 태양계의 전역으로 방송될 거야. 이 전투는 함대를 네 소유로 만들기 위한 것이라고."

그의 말투가 거친 속삭임으로 바뀐다.

"아레스의 아들들이 그것을 퍼뜨릴 거야. 자칼이 그것을 퍼뜨릴 거야. 아우구스투스 가문이 그것을 퍼뜨릴 거야. 신처럼 행동하고 신처럼 따름을 받으라고. 알겠어?"

"이기든 지든, 이것은 그래도 아우구스투스의 함대야."

"그가 죽으면 상황이 달라지지."

나는 대총독이 포로로 잡혀 있는 아게아 시타델로 침투하라고 세브로에게 지시했다. 하지만 그에게 아우구스투스를 죽이라고 말한 적은 없다.

나는 권위적으로 말한다.

"너는 아우구스투스를 죽이지 않을 거야. 내가 그것을 금한다. 그것은……."

"필요에 의한 것이야. 너는 그의 '정당성'이 필요가 없어. 너는 아직도 우리 컬러가 파악이 안 된 거야? 여기서는 그 정당한 소유와 상관없이 가져가는 자가 임자라고."

세브로는 바닥에 침을 뱉는다.

"너는 20살이야. 대로우, 네가 화성을 쟁취한다면 너는 살아 있는 신이 되는 거야. 그리고 네가 진짜로 어떤 존재인지 밝히는 순간…… 너는 컬러를 초월하게 되는 거야. 내 말을 알아듣겠어?"

세브로는 우리가 처음 만났던 순간에 비해 훨씬 현명해졌다. 그것은 의심할 여지가 없다. 하지만 그가 나를 너무 크게 생각하는 것 같아 걱정스럽다. 아폴로는 자신이 신이라고 생각했다. 아우구스투스도 자신이 신이라고 생각한다. 내가 되어야 할 존재는 신이 아니다. 신은 섬겨야 하는 대상, 숭배할 대상이다. 나는 그런 것을 바란 적이 한 번도 없었다. 이오도 그런 것을 원한 적이 없다. 세브로가 배워 나아가야 할 것이다. 이 일은 자유에 대한 것이다. 그럼에도 불구하고 모두들 단순히 누군가를 따르기만 하려는 것 같다.

머스탱이 오늘 군사 작전의 전반을 확인하고 있다. 우리가 기관에서 입양한 말 형상 얼굴의 골드, 밀리아와 함께 그녀는 허공을 떠다니고 있다. 내 쪽으로 더 가까이에서 느린 걸음의 무자비한 골드가 하릴 없이 걸어오고 있다. 그 골드의 얼굴이 낯익다. 나는 웃음을 터뜨리고 그를 손가락으로 가리켜 세브로에게 보여 준다. 세브로는 통렬하게 욕설을 내뱉는다.

"주피터 프록터?"

나는 그 남자를 향해 외친다.

"맙소사, 정말 당신이란 말이야?"

"그럼 누구겠어, 이 건방진 새끼야?"

주피터가 내 앞에 선다. 그는 키가 크다. 부주의한 눈빛을 보인다. 머리카락은 꽁꽁 묶었다. 나보다 15센티미터 가량 더 큰 그는 좌악시되는 쾌락주의적 짐승으로 그의 오만한 성향을 1킬로미터 반경으로 풍기고 있다. 게다가 그와 라그날은 서로 두 번이라도 오해를 했다가는 상대의 배를 갈라 열어 버리려 할 것이 뻔해 보인다. 주피터는 내 팔뚝에 감겨 있는 레이저를 눈여겨본다. 그리고 나는 그도 자신의 레이저를 최신 유행에 따라 나처럼 착용하고 있는 것을 확인한다.

그가 자신의 팔을 들어 보인다.

"네가 이 새 스타일을 시작한 놈이라고 들었는데. 내 맘에 쏙 들어. 개미소굴에서 벌거벗고 있는 멍청이만큼이나 대담하다고."

"아직도 한쪽 다리 저나?"

세브로가 묻는다.

"입 닥쳐, 고블린."

주피터가 비웃는다.

"우리 사랑하는 아버지께서 레이지 나이트 자리를 얻기 위해 여기 있는 주피터 프록터와 살짝 결투를 벌였거든. 그 영감탱이는 내가 이 친구를 베었던 곳을 똑같이 다시 베었더라고. 궁둥이에 직방으로."

세브로가 미소를 짓는다.

주피터가 마지못해 고개를 끄덕인다.

"그 약삭빠른 색정광, 피치너는…… 교묘하단 말이야. 매우, 매우 교묘하다고. 나는 이 아가씨를 도와주고 있었어."

주피터가 손짓으로 머스탱을 가리키며 연이어 주절거린다.

"어떻게 돕는다는 거지?"

내가 묻는다.

"대부분의 아우구스투스 도시들은 통신 차단이 되어 있지. 말이 안팎으로 전달이 안 돼. 나는 아직 충성을 맹세하는 자들의 사절이야. 몰래 들어가고 몰래 나오지. 그 일을 지금까지 몇 주간 해 왔어. 외딴 드롭캐시와 다른 충성하는 도시들로 메시지를 전달하기도 하고. 머스탱과 그녀의 오빠의 세력들이 여기에서 전쟁을 제대로 벌이고 있는 동안 네가 밖에서 함대 하나를 짜깁기하고 있었던 거라고. 상황이 꽤나 끔찍했어, 굿맨."

"그럼 당신은 나에게 무슨 정보를 줄 수 있는 거지?"

나는 묻는다.

"글쎄다. 아빠 벨로나가 그 가문의 함대를 지휘하며 네 친구들과 대치하고 있지. 카시우스와 카르누스는 아게아 지역 내에서 벌일 지상 작전에 배치됐고. 나는 네가 그들을 찾아서 죽이는 일을 도와줄 거야."

주피터는 자신의 거대한 눈썹을 들어올린다. 우리에게 그 일이 얼마나 귀찮게 느껴지는지 알리는 것 같다.

"그게 핵심이야…… 벨로나 가문 구성원들을 죽이면 그들의 모든 동맹군들은 갑자기 자신들이 왜 싸우고 있는지 의문을 품겠지…… 그렇지?"

그는 세브로를 향해 윙크를 날린다.

"차선으로 가장 좋은 방법은 그 루나 태생 군주의 머리를 내리쳐서 그걸 그녀의 몸속에 박아 주는 거지."

"모든 벨로나 가문 사람들이 아게아에 있는 게 확실해?"

주피터가 마지못해 고개를 끄덕인다.

"우리가 마지막으로 확인했을 때는 그랬어. 그런데 그게 며칠 전이긴 해. 그들이 아우구스투스를 사슬로 묶은 채 데리고 온 후였어."

그는 대수롭지 않다는 듯 손가락 하나를 쳐든다.

"그리고 지난밤에 무거운 셔틀들이 이상하게 연속으로 착륙했던 사건이 있었지."

나는 한 손을 휘저으며 셔틀 이야기는 무시한다. 주피터가 나를 향해 눈살을 찌푸리지만 나는 머스탱과 그녀의 수행단을 만나러 가면서 그에게 입 닥치고 내 뒤로 서라고 말한다.

"모든 게 다 준비됐어. 우리는 발사 지시를 기다리고 있어."

머스탱이 말한다. 그녀가 마치 무슨 악취를 맡은 듯이 코를 찡긋거린다.

"세브로, 주피터 좀 본받아 봐. 그는 자신이 식사하는 곳에서 똥 싸 버릇하잖아."

주피터가 하품을 한다.

"나도 너와 일하게 돼서 정말 기쁘단다."

"밀리아, 네 말끔한 모습을 보니 좋구나."

내가 말한다.

"리퍼."

밀리아가 고개를 끄덕이며 미소를 짓는다. 그 미소는 그녀의 얼굴을 더 못나 보이게 만든다.

"아직도 낫 가지고 노나 봐? 마음속이 다 따뜻해지네."

"너에게도 마음이 있기는 하단 말이야?"

세브로가 낄낄거린다.

밀리아는 세브로의 키를 눈여겨본다.

"아주 제대로 큰 놈이네."

그녀가 말을 멈춘다.

"그런데 바로 어제, 반대편에서 폴룩스를 봤어. 그는 여기 있는 주피터와 함께 몰래 들락날락 했던데. 네 덕에 우리가 다 함께 소규모 모임을 가질 수 있게 됐군. 택터스에 대해서는 들었어. 그는 개자식이었지."

사실에 충분히 가까운 말이다. 나는 내 데이터패드를 확인한다. 우리는 5분 후 발사 지점들에 도착할 것이다. 내 조가 해산한다. 머스탱은 남았다. 그녀는 생각에 잠긴 표정을 짓고 있다.

"무슨 일이야? 벌써부터 나를 걱정하는 거야?"

내가 묻는다.

"조금은."

그녀가 털어놓는다. 그녀는 내가 그녀의 체취를 맡을 수 있을 정도로 충분히 가까이 다가온다.

"하지만 우리 아버지에 대한 거야. 우리가 지면에 첫 착륙을 하기도 전에 그들이 아버지를 죽이면 어쩌지?"

"그들은 그를 죽이지 않을 거야. 그들은 협상 카드로써 네 아버지가 필요해. 또는 그를 살려두면서 그들이 패배하더라도 우리가 모든 벨로나 가문 구성원들에게 같은 대우를 해 주기를 바랄 거야. 그와 같이 중요한 인물들을 죽이는 일은 없어."

나는 위로 차 머스탱의 손을 잡으려 한다. 하지만 그녀는 자신의 손을 내빼며 나로부터 돌아선다.

"우리에게는 침략할 행성이 있어."

나는 머스탱이 부하들을 향해 명령을 외치며 가는 뒷모습을 바라본다.

제38장

# 아이언 레인

내 눈앞에 보이는 것은 금속뿐이다. 스핏튜브들로 이루어진 벌집 안에 수천 명이 포진하고 있으며 나도 그들 중 하나다. 금속 튜브 너머에는 전투가 격렬하게 벌어지고 있다. 아무것도 느껴지지 않는다. 팍스 함선의 전율이 안 느껴진다. 조용한 죽음을 가져오기 위해 그들이 우주 사정거리로 발사하는 미사일들도 안 느껴진다. 오직 내 심장의 두근거림만이 느껴진다. 미키가 나에게 말했기를 이 심장이 그가 레드의 몸에서 봤던 것 중 가장 강하단다. 내가 어렸을 때 내 혈관을 타고 돌았던 살무사 독의 덕이다. 지금은 이것이 내 가슴 속에서 뜀박질을 하여 내 손까지 떨린다. 내 안에서 두려움이 몰려오고 있다. 너무나 많은 것들에 대한 두려움. 내 친구들을 실망시킬지도 모른다는 두려움, 그들을 잃을지도 모른다는 두려움. 또 내가 정체를 진짜로 친구들에게 밝힐 때에 대한 두려움. 내 앞에 놓인 임무를 다해 낼 능력이 부족할지도 모른다는 두려움. 나에 대해, 그리고 반란을 위한 내 계획에 대해 의심을 품으며 생기는 두려움. 죽음에 대한 두려움. 선체 너머로 우주의 어둠 속에서 길을 잃을지도 모른다는 두려움. 이오를, 내 종족을, 내 자신을 실망시킬지도 모른다는 두려움. 그리고 그 무엇보다도 뜨거운 금속에 대한 두려움이 엄습한다.

컴 너머로 재잘거리는 소리가 들려온다. 형식적인 인사다. 전략은 개시됐으며 나는 이제 그것의 톱니 하나일 뿐이다. 전투는 내가 그 모든 것의 일부가 되기에 너무나 거대하다. 나는 교량에서 팍스 함선을 이끌어서 내 함대에 의해 적군의 함선들이 쓰러지는 모습을 보고 싶었다. 그러나 우주에서는 오리온과 로크가 나보다 낫다.

나는 리치크래프트 안에서 적군 선체에 난 구멍을 통해 승선 부대를 이끌고 싶었다. 교량들을 급습하고, 내 함선으로부터 침략자들을 격퇴하며, 구축함에서 드레드노트 전함으로 갈아타며 그것들을 내 소유로 만들고 싶었다. 그러나 나는 벨로나 최고 사령관을 포획하지 않을 것이다. 타이탄 같은 텔레마누스 부자들이 그 일을 할 것이다. 결국, 내가 어디로 향할지는 내 적들이 결정한다. 나는 최고의 포상을 쫓는다.

그 포상은 내가 루나를 떠났을 때부터 언제나 내 표적이었다.

내 진짜 페가수스 펜던트가 가슴에 닿는 감촉이 차다. 이오의 머리카락이 그 안에 남겨 있다. 그것에 집중하라. 그녀의 머리카락이 움직이던 방식을. 심부 광산의 바람을 따라 흩날리던 것을. 거기에 집중하라. 그녀를 생각하니 죄책감이 나를 괴롭힌다. 나는 이 삶이 좋다. 내 아무리 골드인 척하기를 꺼린다 하더라도, 내 아무리 비통한 핑계거리를 댄다 하더라도, 내 일부는 그들과 같다. 어쩌면 나는 두 가지 컬러가 되기를 타고났나 보다.

그 생각은 취소하자. 인간은 어떤 컬러가 되려고 태어나지 않는다. 지배자들이 우리를 컬러로 통제하기로 결정한 것이다. 그리고 그들의 방식은 틀렸다.

"아우덴테스 포르투나 주바트, 얘들아."

세브로가 개인 컴 통신선 너머로 말한다. 나는 그 라틴어에 웃음을 터뜨린다.

"'행운은 용감한 자를 더 좋아한다'는 쓰레기나 더 지껄이게? 왜 그냥 '카르페 디엠'이라고 하지 않고?"

"왜냐하면 관례적으로 그렇게 말하는 것이⋯⋯."

"네놈들은 언제나 전투 직전에 이렇게 서로를 향해 추파를 던지곤 하니? 귀여운데."

빅트라가 말한다.

"기관에서 쟤네들이 어땠는지를 네가 봤어야 해. 처음 울부짖자마자 서로 반한 꼴이라니까."

머스탱이 웃는다.

"나도 그 녹화 클립들을 봤어! 어쩜 이렇게 어여쁜 커플이 있을까 했지."

머스탱의 말투에서 그녀의 미소가 느껴진다.

"쟤네들은 커플룩까지 갖춰 입었었다니까. 참 세련미 넘쳤었어, 그렇지, 로크? 그리고 냄새도 났고."

"난 그런 줄 전혀 몰랐는데."

"어떻게 몰랐던 거야?"

"세브로만 보면 오줌을 지릴 정도로 무서웠거든. 나는 걔가 무슨 옷을 입고 있는지도 보지 못했어."

로크의 대답에 다른 사람들이 웃음을 터뜨린다.

"나는 세브로 다람쥐에 물려서 어쩌다 광견병에 걸렸다고 생각했지."

"로크?"

세브로가 달콤하게 그를 부른다.

"세브로."

"안녕."

"안녕이라고?"

"다음번에 너를 보게 되면 너를 물 거야."

"나 가야겠다. 주요 적군 세력과 대치하기 시작했어."

로크의 가벼운 웃음소리가 사그라진다.

"그걸 네가 어쩌려고? 가볍게 시나 읽어 줘서 지루해 죽게 만들려고?"

세브로가 다시 응답한다.

212

"너 참 개자식이야. 복수의 여신들이 너희들의 검을 이끌고 운명의 여신들이 너희들을 집으로 인도하기를. 그때까지는 너희 모두에게 내 사랑을 보내마."

로크가 장난스럽게 선포한다.

사랑에 대한 선포가 골드들을 당황시킨다. 로크의 컴이 딸각 소리를 내며 끊기고 주요 주파수에서 그가 적군의 구축함 하나를 공격하라고 명령하는 소리가 우리에게 들려온다.

"이런 픽시 놈."

세브로가 웅얼거린다. 하지만 어린아이라도 그 떨리는 말투를 감지했을 것이다. 그는 두려워하고 있다.

나는 내 친구들에게 말한다.

"힉 순트 레오네스. 용감하라. 용감하라. 그리고 나는 저 반대편에서 너희들을 다시 보게 될 것이다."

"힉 순트 레오네스."

그들은 내 말을 따라한다. 아우구스투스를 위해서가 아니라 우리가 사자만큼 용감하기를 바라기 때문이다.

한 명씩 차례대로 우리는 작별을 고한다. 내 자신을 억제할 수 있기도 전에 나는 머스탱의 개인 주파수를 불러온다. 그녀가 대답하기까지 20초가 걸린다.

"무슨 일이야?"

그녀의 말투에 머뭇거림이 묻어난다.

"살아남아."

내가 말한다.

잠시 말이 없다. 감정이 북받치나? 짜증이 나나?

"너도."

머스탱은 컴 연결선을 끊는다. 곧 장비들이 빙빙 돌고 딸각거리기 시작한다. 내가 튜브의 발사 장치 안으로 실리고 있는 것이다.

나는 여태껏 앞으로 무슨 일이 벌어질지 아는 것처럼 행동했다. 마치 내가 아이언 레인이 뭔지 아는 것처럼. 하지만 그것은 무슨 침 흘리는 어두운 짐승처럼 어렴풋이 내 앞에 모습을 드러내고 있다. 내가 그 얼굴을 본 적이 있음에도 불구하고 그것은 나에게 수수께끼다. 나는 가상현실 경험 프로그램과 홀로캠 녹화 클립들을 통해 그것을 봤다. 새가 나는 모습을 보며 아이가 난다는 개념을 깨우치듯 듯 나도 이것을 그렇게 아는 것일 뿐이다.

"배치 지점 도달 완료. 아이언 레인의 공격 투하를 시작하라."

함대 소속 모든 골드들의 귀로 로크의 목소리가 전달된다.

튜브 내의 자기량이 웡 거리는 소리가 나를 채운다. 나는 미끄러지며 앞으로 이송된 후 공실 안에 안착한 채 내 목이 부러지지 않도록 고개를 숙이고 준비 자세를 취한다. 그런 후 그것이 발사된다. 그리고 가속과 저항이 나를 지배하는 동안 내 위장은 목구멍에 담즙을 채운다. 나는 자기장 줄기를 따라 함선의 튜브 밖으로 빠르게 날아 득실거리는 혼돈 안으로 투하된다.

불과 번개가 우주를 지배한다. 금속의 거대한 짐승들이 앞뒤로 미사일을 토해 내며 인류의 모든 무기들을 총동원하여 서로를 조용히 때리고 있다. 그 고요함은 너무나 음산하고 너무나 기이하다. 대공 사격이 이루는 거대한 막들이 함선 주위에서 폭파해 그것들을 격노 속으로 숨겨 버린다. 이는 바람에 생 목화를 던진 듯한 형상과 거의 흡사하다. 립윙과 와스프들이 서로를 향해 윙윙거리며 발포 줄기를 쏟아낸다. 그것들은 금속 껍질들을 깨물고 베어가며 빽빽하고 거대한 구름 속에서 싸운다. 작은 무리들을 이룬 상태로 그것들을 자신들의 정신없는 싸움으로부터 슬쩍 벗어난 후 조용히 리치크래프트 무리들을 향해 나선형으로 날아간다. 그동안 구축함들과 수송선들은 강약을 조절하며 자신들의 수송 부대들을 우주 저편으로 발사한다. 이것은 승선 부대들로 이루어진 게임이다. 대공 사격 암막의 위로, 밑으로, 그리고 그것을 관통하며 리치크래프트들은 이동한다. 그것들은 기어오를 선체를 모색해서 자신들의 치명적인 화물을 중대한 함선들의 뱃속으로 퍼 넣으려는 것이다. 마치 파리들이 벌어진 상처 안으로 유충들을 떨어뜨려 놓는 것과 같다. 그 모든 리치크래프트들은 이것만을 하기 위해 키워진 블루들에 의해 조종된다. 벨로나의 리치크래프트가 아우구스투스의 리치크래프트들을 지나치면서 그 파장들이 서로 중첩되어 서로를 부서뜨린다.

이 모든 것이 침묵 속에서 이루어진다.

미사일들이 리치크래프트들을 향해 뛰어올라 폭파하며 선체들을 과격하게 괴롭힌다. 함선에서 구멍 난 곳들 중 어느 한 군데 불이 안 붙은 곳이 없다. 파손 부위에서는 옛 지구에서 작살에 맞은 고래들로부터 피가 쏟아져 나오듯 산소 불꽃들이 샌다. 레일건에서 발사된 총알들이 우주를 쭉 가로지르며 수어 대의 리치크래프트들과 작은 전투기들을 동시에 찢어 발겨 함선들의 횡렬대열에 구멍들을 낸다. 더 나아가 함선들은 남자와 여자들을 파열시킨다. 양쪽 함선들이 서로를 파괴하기보다는 서로의 운행에 문제를 야기해 포획하기를 바라면서 서로의 엔진을 겨냥하다 보니 그렇게 된 것이다. 파란색과 은색이 혼재된 적군의 함대 중에는 거대한 '워챠일드' 함선이 콜베트함들과 토치함선들을 와장창 부서뜨린다. 그 모습은 흡사 외눈박이 거인이 양떼 사이를 헤치며 걸어가는 형상이다. 몽둥이를 대롱대롱 천천히 흔들고 다니면서 말이다.

다른 두 대의 구축함에 의해 실드 처리 된 빅트라의 구축함이 워챠일드를 향해 슬며시 이동하는 동안 나는 숨을 죽인다. 빅트라는 레일건의 폭격을 받고 있으며 상대편 군함들이 미사일 불꽃으로 그녀를 장식해 주고 있다. 벨로나 세력은 그녀의 함선을 포획하기에는 그것이 이미 너무 가까이 왔다고 판단했나 보다. 왜냐하면 그들은 그 함선의 배 부분이 벌써 쇠약해졌는데도 불구하고 그곳으로 또 한 번의 기습 공격을 가하기 때문이다. 그래도 아랑곳 않고 빅트라의 콜베트함은 자신을 괴롭히는 그 불판 속에서 필사적으로 40대의 리치크래프트들을 분출해 낸다. 그것은 평상시에 그 함선이 내보내는 보완 세력의 10배에 달한다. 우리는 그 추가적인 부대 이송용 함선들을 그 함선 안에 채워 넣기 위해 빈 공간을 더 파냈었다. 그 추가 세력은 텔레마누스 가문의 전투 부대다.

빅트라의 함선은 워챠일드로부터 날카롭게 틀며 떨어져 벨로나 함선들의 대열에 무모하게 뛰어든다. 그 대열에는 그녀의 어머니 소함대 함선들이 피 흘리는 태양 문양을 단 채 벨로나 독수리들을 원조하고 있다. 빅트라는 두 번째 기습 공격을 벌인다.

빅트라의 어머니가 편을 바꿔 벨로나 가문을 배신한다. 빅트라가 나와 자칼에게 약속했던 바다. 그녀의 어머니의 함선들은 벨로나 함대의 핵심부 중앙에 200대 이상의 리치크래프트들을 방출한다. 그것은 혼돈이다.

나의 텔레마누스 타이탄들은 적군의 기함 선체에 올라탄다. 그리고 곧 워챠일드는 리치크래프트 거머리들로 온통 장식된다. 행운을 빈다, 타이탄들이여.

벨로나 측 리치크래프트가 가던 방향을 워챠일드 쪽으로 다시 바꿔 그 선체를 연기와 핏자국으로 어수선하게 만들어 버릴 전투를 원조하러 온다. 립윙들은 쌩 하고 지나가며 착륙한 리치크래프트들을 쏜다. 그것들이 워챠일드의 몸 안으로 병사들을 쏟아내기 전에 떨쳐내려고 노력하는 것이다. 그것은 행동에 반응으로, 또 반응으로, 그리고 또 반응으로 이어지는 우아한 춤사위다.

나는 내 궤적을 따라 계속 날아간다. 나로서는 그것을 변경할 방법은 없다. 내 좌우로 수천 명의 골드들과 옵시디언들이 갑옷 차림의 스타셸들 속에서 쭉 쏘아지고 있다. 그레이들도 12명씩 벌집 포드를 이룬 채 쏘아졌다. 인간과 금속의 비가 내리는 것이다. 우리의 기류 중에는 더 많은 옵시디언들과 그레이들로 채워진 거대한 황새 함선도 날아가고 있다. 일단 우리가 처음 땅에 착지해 상륙 거점을 확보하면 밀집하고 있던 부대들이 상륙용 소함선 위에 안착한 드레드노트 함선들과 수송함선들 밖으로 스르륵 나와 우리 뒤에서 쏟아질 것이다.

벨로나 가문과 그들의 동맹군들이 어떻게 생각하든 간에 그들은 우리가 사람들을 착륙시키는 것을 막지 못할 것이다. 행성 주위의 궤도가 너무 크기 때문이다. 그렇기 때문에 도시들을 확보하는 일이 그렇게 중요한 것이다. 그 도시들은 섬 요새다. 그것들을 장악하는 유일한 현실적 방법은 하늘로부터 착륙한 후 도시들의 디스크 모양 방패와 지면 사이에 있는 200미터 높이의 틈새로 슬쩍 들어가는 것이다. 이 일은 지상에 병사들을 배치할 필요가 있다. 수백만 병사들이 조직화된 공격을 펴야 한다.

우리는 100개의 상륙 거점들을 확보할 것이다. 그리고 나서부터 우리의 전투는 진정으로 시작될 것이다. 혼돈 속에서 미사일들이 우리의 스타셀들을 향해 빠르게 날아온다. 우호적인 주력함들은 우리 뒤로 대공포의 막을 쳐 주며 와스프들이 우리의 양 측면을 가려 준다. 적군 와스프들도 측면에서 급하강하며 들어와 우리를 맹폭격한다. 내 주위로 빗속에서 수십 명이 죽어 간다. 그들의 갑옷들은 타 버리는 종잇장처럼 뒤로 휘어진다. 나는 이것이 너무나 싫다. 비명을 지르고 싶다. 몇 명은 실제로 그렇게 해서 그들의 컴 선을 끊어야 한다.

내가 할 수 있는 것은 없다. 내가 죽지 않기를 빈다. 내 친구들이 죽지 않기를 빈다. 하지만 무엇을 향해 기도한단 말인가? 골드 들에게는 신이 없다. 우리 레드들에게는 사후 세계의 계곡에 사는 '노인' 신이 존재한다. 하지만 그 신은 우리가 살아 있는 동안 도와 주지 않는다. 그는 단지 우리를 다음 생으로 인도하고 수호해 주기 위해 기다릴 뿐이다.

심장이 가슴 속에서 달그락거린다. 과호흡 중이다. 심장이 피부를 찢고 밖으로 튀어나올 것 같다. 스스로가 어린애같이 느껴진다. 나는 고향이 주는 안식을 원한다. 어머니의 수프, 어머니의 단호한 손길, 내가 어머니의 미소를 받는 일에 성공할 때마다 내 마음 속에서 피어나던 사랑. 이오가 나를 사랑한다는 것을 깨달았을 때의 기쁨을 느끼기 위해서라면 뭐든 하겠다. 나는 사랑을 나누기 직전, 오로지 욕망과 굶주림을 느끼던 때의 차갑고 조용한 밤 시간이 그립다. 그 시간에 우리는 마치 결국에는 정말로 함께 둥지를 만들지도 모른다고 생각하는 두 마리의 작은 새들처럼 파닥거리는 심장을 느끼며 비밀리에 키스를 나눴다. 삶은 원래 그런 것이었어야 했다. 가족. 첫사랑. 네 몸속을 뜨거운 금속으로 채운 후 친구들을 죽이러 가는 일 외에 관심도 없는 살인자들의 땅으로 대기를 뚫고 떨어지는 것이 아니라…….

몸이 행동하고 있음에도 불구하고 내 정신은 딴 곳에 팔린다.

행성이 점점 커지더니 부어오른 거상이 되어 시야를 온통 차지한다. 누가 죽었고 누가 살아남았는지 모르겠다. 디스플레이가 너무 바쁘게 돌아간다. 우리가 대기권과 충돌하자 대기가 우리를 향해 으르렁 거린다. 온갖 빛깔들의 후광이 내 진동하는 형체를 감싼다. 내 좌우로 보이는 병사들은 어떤 조각가의 환상 속에서 튀어나온 번개 벌레들이 격노하는 형상이다. 나는 내 왼쪽에 있는 병사를 감탄하며 바라본다. 그가 떨어지는 동안 구릿빛 태양이 그의 뒤에서 빛나며 실루엣을 부각시켜 그 짧은 순간 동안 그를 불멸의 존재로 만든다. 그 순간을 절대 잊지 못할 것이다. 그는 밀턴의 시 속에 등장하는 격노와 영예를 안고 떨어지는 천사 같다. 그의 외골격은 마찰용 갑옷을 탈피한다. 흡사 루시퍼가 천국의 족쇄를 벗어던지는 모습 같다. 그로부터 불꽃의 깃털들이 떨어져 나가 그의 뒤로 펄럭인다. 그 후 미사일 하나가 하늘을 가르며 첨단 폭발물들이 그에게 다시금 죽음을 세례한다.

우리가 창공을 벗어나자마자 지면의 총들이 위를 겨냥하며 비명을 지르듯 쏘아대 벌떼처럼 하늘에서 떨어지는 우리들 사이로 구멍들을 조각한다. 나뭇가지에 맞은 벌집처럼 우리는 그래브부츠들을 가동시키고 1000개의 각기 다른 유격대로 분산된다. 모두들 각자 자신의 배위를 따르려는 것이다. 적군 립윙들이 창공으로 우리를 따라온다. 하지만 여기에서는 우리의 기동성이 더 좋으므로 우리는 그 거대한 전투기들을 쉽게 파괴한다. 내 뒤를 하울러들이 바짝 쫓는다. 나는 전투기 중 한 대에 올라 타 그것을 레이저로 갈라 버린다. 전투기가 나선형으로 구름을 뚫고 아래의 바다로 떨어지는 동안 나는 그것으로부터 떨어져 날아간다.

대공 폭격이 비명을 지르며 구름을 뚫고 우리를 겨눠 내 오른쪽에 있는 골드를 죽인다…… 하울러들 중 한 명이었다. 하지만 나는 그들 중 누구인지 데이터패드를 확인할 때까지 모른다. '하피(그리스로마신화에 등장하는 괴물로 여자의 머리와 몸에 새의 날개와 발을 지님. 잔인한 여자라는 뜻으로도 사용됨—옮긴이)'라는 애칭을 쓰던 다리아가 죽었다. 그냥 그렇게 죽어 버렸다. 다른 이를 살리기 위한 희생이 아니었다. 마지막에는 격노의 울부짖음도 없었다. 고결한 행위도 아니었다. 감정적이지도 않았다. 기관에서 두피로 만든 벨트를 착용하며, 자신의 기이한 장치로 롯백과 스크루페이스를 노예로 붙잡고 있던 그 충실한 소녀가 가 버렸다.

찌릿한 아픔이 마음을 관통하는 동안 나는 부대의 나머지 선두주자들과 함께 구름 사이로 다이빙해 내려간다. 우리는 바다 위로 낮게 쭉 날아간다. 거기에서 두 대의 수중 함선들이 불을 내뿜는다. 세브로가 매끄럽게 날아가는 미사일 두 대를 허공에 발사한다. 그것들이 폭발하며 12대의 마이크로 미사일로 변하고, 그것들도 폭발하며 다시 각각 12대의 마이크로 미사일로 변한다. 미사일은 불 위에 올린 옥수수 알맹이들처럼 폭발한다.

전쟁은 혼돈이다. 언제나 그래왔다. 하지만 과학 기술은 그것을 더욱 악화시킨다. 그것은 두려움의 수위를 달리 만든다. 기관에서 나는 사람들을 두려워했다. 나는 타이투스와 자칼이 나에게 어떻게 할지를 두려워했다. 거기에서는 죽음이 다가오는 것을 확인할 수 있으며 최소한 그것에 대항하며 몸부림이라도 칠 수 있다. 여기에서는 그런 호사가 허락되지 않는다. 현대 전쟁은 대기를, 그림

221

자를 두려워하고 고요함을 무서워하는 것이다. 죽음은 다가올 것이며 나는 그것이 오는 것을 보지도 못할 것이다.

나는 눈으로 덮인 산에 쿵 하고 착지한다. 붉게 달아오른 나의 핫수트 열기가 흰 바탕에 구멍을 녹여 만들면서 증기 구름들이 인다. 내 나머지 부대들도 지상 피난장소를 모색하며 내 주위로 착지한다. 금속 괴물들로부터 나와 우르릉 거리며 내려오는 유성 인간들. 쿵. 쿵. 쿵. 그렇게 전쟁의 안개가 인다.

"지상 첫 착지."

내가 으르렁거린다.

세브로가 무릎 한쪽을 꿇고 주저앉아, 자신의 투구를 팍 열어젖히고 눈밭에 토한다. 다른 이들도 그의 행동을 따른다. 못생긴 스크루페이스가 슬픔에 숨을 헐떡거린다. 롯백이 그의 어깨를 잡아준다. 클라운이 뒤에 서서 그들을 보호한다. 붉게 칠해 세워 놓은 모호크 머리스타일이 옆으로 쓰러져 있다. 하피가 더 이상 존재하지 않는다. 이런 식일 줄 몰랐다. 나는 내가 끔찍함을 아는 줄 알았다. 하지만 아니었다. 지난 1분처럼 이렇게 많은 사람들이 한꺼번에 죽은 것은 처음이었다. 전쟁을 향한 론의 두려움이 이제야 와 닿으면서 내 마음도 요동을 친다.

이것이 전쟁이다. 혼돈. 운. 죽음.

세브로가 자신의 토 묻은 입을 닦고 나를 향해 고개를 끄덕인다. 주피터는 그가 일어서는 것을 도와준다. 이상하게도 세브로는 그의 도움을 받아들인다. 나는 투구의 데이터패드에서 머스탱의 표식을 찾아본다. 그녀는 내 세력의 주요 부대와 함께 살아 있다. 하지만 우리는 헤어진 상황이다. 나는 고급 군사장비로 특수훈련을 받은 골드 12명 및 옵시디언 40명과 함께하고 있다.

"엑소스, 가라. 오메가, 주변을 감시해."

나는 옵시디언들을 향해 짖는다.

우리가 투박한 발열 갑옷을 벗자 그 밑에 착용한 더 민첩한 가동성을 지닌 스타셸이 노출된다. 나는 투구들을 올려 쓰라고 명령한다. 금속 악마와 동물의 얼굴들이 친구들의 얼굴을 대체한다.

하지만 이 순간만의 아름다움은 존재한다. 이 반 초간, 골드들과 옵시디언들이 과업을 착수하기 직전에 서로를 향해 고개를 끄덕이며 위로를 보내고 업무와 동료애라는 틀 속에서 위안을 찾는다. 내가 광산에서 그랬듯이……

나는 하울러들과 세브로를 함께 데리고 간다. 자신의 부대와 동떨어져 있는 라그날은 내 그림자 속에 서 있다. 우리는 행성에서 해가 든 쪽에 착지했다. 두 번째 스타셸 무리들이 파문을 일으키며 대기권을 뚫고 불에 덴 파란 하늘을 지나며 검은 연기 자취를 남기는 모습이 유성우 같다. 수백 대의 지상 대포들은 여전히 지평선을 따라 이쪽 끝에서 저쪽 끝으로 퍼져 있는 우리 떼를 향해 쏘고 있다. 하지만 대포들이 우주에서 겨냥되거나 지상에서 우리와 같은 부대에 의해 제거가 되면서 그 총알들의 흐름도 서서히 줄어든다. 내 부대는 우리가 있어야 하는 곳으로부터 300킬로미터 떨어져 있다. 어떻게 일이 이렇게 됐을까? 나는 컴 너머로 머스탱을 부른다. 그녀는 지정된 낙하 지역 기준으로 우리보다 50킬로미터 더 가까운 다른 이름 모를 산자락에 있다. 그녀의 세력은 거의 400명에 달한다.

"보아하니 우리가 멍청이들이었네."

세브로가 말한다.

우리는 산자락을 따라 내려간다. 날아가지 않는다. 대신 깡충깡충 뛰어다닌다. 우리는 아카데미에서 이 동작을 물수제비뜨듯이 하라고 배웠다. 그래브부츠를 신고 날아갈 수도 있지만 그랬다가는 미사일이나 적군의 항공기의 표적이 될 수 있다. 적군을 사냥하는 부대들의 눈에 띄는 것은 말할 것도 없다. 그러므로 우리는 공중으로 50미터를 뛰어오른 후 그래브부츠를 작동시켜 다시 우리 몸을 지면으로 끌어내린다.

인근의 산꼭대기에서 미사일이 발사된다. 세브로와 그의 부대가 1000미터 계곡들을 뛰어넘고 가파른 돌의 측면을 타고 올라가 그것을 처리한다. 그동안 라그날과 나는 계속 전진한다. 세브로의 일행이 우리를 위해 미사일 포탑을 제거하면서 묵직한 쿵 소리가 산맥 전체로 울려 퍼진다. 하울러들은 산맥의 끝자락에서 우리 뒤로 다시 합류한다. 우리는 절벽 측면에 걸터앉는다. 그곳으로 낮은 구름들이 모여든다. 좌측에는 약 20킬로미터 떨어진 곳에 회반죽을 바른 테살로니카 지역의 첨탑들이 솟아 있다. 그 지역은 맑은 서미카 바다의 험준한 해안선 가장자리에 위치한다. 택터스의 고향이다. 슬픔이 내 마음을 강타한다.

우리는 계속 북쪽으로 전진한다. 나는 첨탑들이 이상하리만큼 정적인 바다의 해안선과 대조되면서 번쩍이는 금속으로밖에 안 보일 때까지 그것이 시야에서 사라져가는 모습을 지켜본다. 갑옷을 착용한 내 어깨 위로 손 하나의 무게가 느껴진다.

"우리가 올림푸스를 차지한 직후와 똑같네."

세브로가 새로운 산 정수리에서 우리 앞으로 펼쳐진 땅을 바라보며 활짝 웃는다.

"여기에서는 모두들 그래브부츠를 갖고 있다는 점만 빼고."

나는 내 투구의 HUD상에 나타난 우리 좌표 위치를 확인한다. 우리 위로는 침략이 계속되고 있다. 지금은 더 드물어진 적군의 무장 함선들이 하늘을 쌩하고 가로지른다. 그중 하나가 우리를 표적으로 삼는다. 그것은 으르렁거리며 구름을 뚫은 후 기관총들로 지면을 질겅질겅 씹어 버린다. 우리는 협곡 사이로 숨는다. 눈은 우리 주위로 더욱 거세게 내려온다. 그러더니 미사일 하나가 스르륵 나타나 폭파하면서 내 다리 위에 바위를 떨어뜨려 나를 움직이지 못하게 만든다. 페블과 클라운이 내 몸을 덮으며 서서 나를 보호해 준다.

"라그날! 죽여!"

나는 외친다.

라그날이 무엇을 했는지는 보이지 않지만 소리가 엄청나다. 무장 함선에서 연기가 나면서 그것이 허공에서 빙글빙글 돌며 지면을 향해 불안정하게 낙하하다 파편의 구름들 사이로 사라지는 소리다.

"네 다리는?"

세브로가 급히 묻는다.

그들이 내 위에 떨어진 바위들을 치운다. 장비들이 신음소리를 내며 전기 부품들이 윙 하는 소리를 낸다.

"아직 움직여져."

우리는 눈 쌓인 산맥을 따라 바위투성이의 화성 평야로 내려온다. 우리의 왼쪽에는 우리와 같은 묵직한 보병대가 움직이고 있다. 그들의 응답기들로 볼때 그들은 우리 편이다. 하지만 저 멀리 우측으로, 즉, 약 30킬로미터 떨어져서 땅이 부풀어 아열대 기후 산악 지대로 이어지는 곳에서, 벨로나 종대 하나가 앞으로 풀쩍풀쩍 뛰어온다. 어쩌면 그들은 각기 다른 부대들 300개일지도 모른다.

"우리의 컴 시그널 하나를 해독했습니다."

우주에서 그린 통신 책임자가 새로운 시그널을 우리에게 전달한다.

"그들은 당신을 사냥하고 있습니다, 이카루스."

나를 부르는 두 번째 신호명이다.

"지금이라면 누가 천국 전투를 이기고 있는지 알아볼 수 있겠군."

나는 말한다. 세브로가 적군의 부대에 추적 레이저를 부착한다. 그들도 우리에게 마찬가지로 부착했다. 그들의 것은 황급한 날파리처럼 바닥에서 고개를 끄떡끄떡하고 있다. 우리는 뿔뿔이 흩어진다. 세브로와 나는 함께 멀리 날아간다. 그리고 그 후 불바다가

두 경로를 통해 우리 적 위로 떨어진다. 같은 순간, 세브로는 우리를 향해 집단 미사일을 배치하고 있는 드론을 발견한다. 그는 그것에 꼬리표를 달아놓는다. 그리고 인근의 테살로니카에서 온 레일건 총이 수평선을 따라 파란 불줄기를 남기는 발사체를 발사한다. 그 드론은 시뻘건 꽃송이 속으로 사라진다. 이런 식으로 고급 기술 전쟁은 사람을 다방면으로 미치게 만든다.

우리는 머스탱의 좌표 위치를 향해 전진한다. 센서들과 우리의 눈은 산 속에 죽어 있는 자들을 열심히 살핀다. 그 시선은 평야를 집요하게 치근댄다. 그 시선은 우뚝 솟은 신나무들의 숲 속에, 그리고 신생 바닷물 속에 자취를 감춘다.

우리의 왼쪽으로 거대한 호수가 늘어져 있다. 그리고 우리 오른쪽에서 홀로 생각에 잠겨 있는 휴지기 화산은 그 경사면이 너무나 점진적이라 눈 덮인 오르막길보다 아주 살짝 더 가파르게 보인다. 나는 우리가 가로지르는 산맥의 뼈대를 따라 더 높이 날아올라 주위환경에서 유리한 입지를 확보한다. 드론들이 데이터를 방영하는 주기적인 지형학적 데이터가 내 데이터패드에서 번뜩인다. 그 데이터는 하늘에서 찍힌 후 기존 것을 대체한다.

내 슈트 안은 조용하다. 이렇게나 고지에 있는데도 불구하고 주위로 부는 바람의 휘파람 소리도 들리지 않는다. 화성의 드라마틱한 소나기 구름들 중 한 종류인 먹구름 하나가 저 멀리에 있는 호수에서부터 이쪽으로 흘러온다. 그것이 산 밑에 위치한 숲을 치자 비가 내리고 번개가 하늘을 가른다. 험준한 산 정수리 위에서는 눈이 소용돌이를 치면서 내 슈트에 닿아 녹아 버린다.

나는 인근의 정상 부근에서 움직임 하나를 포착한다. 그리고 무기를 발사하려다가 그것이 벨로나 세력이 아니라 조각된 짐승인 것을 확인하고는 동작을 멈춘다. 시야경을 확대시켜 보니 산 정수리 부근 좁은 바위골짜기에 만들어진 거대한 둥지 가장자리에 그리핀 한 마리가 매달려 있다. 그놈은 자신의 계곡 밑으로 날아가는 군사들을 신기하게 바라보고 있다. 이 골드들이 창조한 세계가 이렇게나 대단하다.

수하들이 다음 정상에서 나와 다시 합류하여 스타셸의 파워셸들을 점검하느라 잠시 머무른다. 이 스타셸들은 오늘이 끝나기 전에 꺼질 것이다. 머스탱의 무리가 우리 주위로 쿵 하고 착지하자 눈이 흩날린다. 400명의 스타셸을 착용한 살인자들이 우리에게 힘을 보태는 것이다. 그녀는 나와 주먹을 부딪친다.

"이카루스?"

내 귓가로 목소리 하나가 들려온다.

"이카루스, 내 말이 들리나?"

"로크, 들린다. 무슨 일이야?"

"이카루스…… 급한…… 해…… 내 말이 들리나?"

번개가 우리 머리 위를 가르면서 로크의 신호가 깨진다. 양측의 전파 교란 장치들이 벌써부터 전파들을 괴롭히고 있다.

"대…… 들리…… 내…… 아게아에……."

"로크? 로크?"

나는 위에서 벌어지는 전투의 계획을 알고 있다. 하지만 로크의 말투를 들으니 걱정이 된다.

"컴 신호들이 모두 흩어졌어."

내가 머스탱에게 알린다.

"지역 주파수들은 멀쩡해. 전파 교란 장치들과 폭풍 때문에 그런 거야."

비가 머스탱의 갑옷 위로 떨어져 튀고 있다.

세브로가 위를 가리킨다.

"네 궁둥이를 저 위로 끌고 올라가야지나 그게 들리겠는데."

위에서는 함선 한 대가 번개에 맞는다. 일시적으로 시스템이 정지되어 자유낙하하다 다시 시스템이 켜지지만 지나가던 립윙과 충돌하고 만다.

"오, 젠장 지독하게."

나는 라그날과 주피터에게 산맥을 따라 전진하고 그레이 부대들로 이루어진 우리 주세력을 위해 북쪽 골짜기를 확보하라고 명령한다. 우리가 벨로나 세력의 시선을 돌리기 위해 다른 도시들을 괴롭히는 동안에도 내 관심은 오로지 아게아로만 향한다. 100만 명의 군사들이 그 도시의 외벽을 무너뜨리려 할 것이다. 문신이 새겨진 자는 경례의 표시로 자신의 양손바닥을 나에게 내보인 후 주피터 및 100명의 옵시디언 전사들과 함께 산 정상에서 뛰어내린다.

머스탱과 세브로는 아래에서 나를 기다리고 있다. 나는 내 친위

대 몇 명과 함께 번개로 레이스장식이 된 구름들 사이로 쌩 하고
지나간다. 구름들을 지나서야 나는 상대적으로 평화로운 하늘에
떠서 로크와 열렬히 연락을 취한다.

"이카루스!"

로크가 컴에 대고 소리친다.

"그녀가 여기에 있어. 그녀는 루나나 소사이어티 주력 함대에
있지 않아! 우리도 방금 알았어. 카박스의 수하들이 워챠일드 함
선에 타고 있는 집정관들을 발견했어…… 그녀가 여기에 있다고!
그녀는 함대도 없이 비밀리에 이곳으로 왔어. 우리가 그녀를 잡은
거야."

"로크. 천천히 말해. 너 뭐라고 하는 거야?"

"대로우, 군주가 화성에 있어. 그녀의 셔틀이 아게아 보호벽 뒤
에 묶여 있어. 그녀는 갇혀 있다고."

"로크. 나는 이미 알고 있었어. 그녀 때문에 아게아를 차지하고
싶었던 거야."

제39장

# 외벽 앞에서

로크는 내가 어떻게 그것을 알았는지 묻지 않는다. 나중에 나는 그에게 알려 줄 것이다. 내 폭탄의 방사선 흔적을 따라 아자를 추적해 군주의 위치를 알아내려고 아자를 유로파에서 놔준 것이었다고. 그녀는 옥타비아가 개인적으로 부리는 살인자다. 그러니 당연히 옥타비아의 옆으로 돌아갈 것이다. 나는 머스탱, 자칼, 그리고 세브로 외에는 아무에게도 이 내용을 알리지 않았다. 이것이 밖으로 샐지도 모를 위험을 감수할 수는 없었다. 특히나 근래 로크의 태도를 고려한다면 더더욱 그랬다.

로크는 한 마디도 더 하지 않고 컴을 끊는다. 그의 마음이 상한 것이 역력하다.

내 세력의 선봉주자들인 라그날의 수하들이 우리 앞에 있는 골짜기로 쏟아져 착지를 한다. 뚱뚱한 함선들이 내려오더니 땅 속으로 사라지는 모습이 보인다. 땅 밑에는 마리너 계곡이 수 킬로미터씩 뻗어 있다. 우리는 우주에 있는 블루들에게 아게아 자체를 향해 무기를 발사하라고 지시한다. 쇄도하는 공격이 도시 방어벽을 뜨겁게 달궈 벽이 불투명하게 박동하도록 만든다. 우리는 지상 고도에서 100킬로미터 넓이의 협곡 바닥을 따라 남북으로 그 도시를 공격할 것이다. 그리고 방어벽이 유발시킬지도 모를 지진 피해를 예방할 차원으로 벽과 지면 사이에 설계해 놓은 200미터 높이의 틈새로 그 도시에 침입할 것이다.

나는 친위대 맨 앞에 서서 산꼭대기에서 뛰어내린다. 그 이후 세브로와 머스탱이 나와 함께한다. 우리는 다른 산정수리로 점프한 후 상대적으로 낮은 언덕들 사이로 깡충깡충 뛰어다니며 화력 공격들을 받아낸다.

군주가 이 전쟁의 열쇠, 즉 이 소사이어티를 부서뜨려 아레스의 아들들이 일어설 수 있게 만들어 줄 열쇠다. 그녀를 포로로 잡으면 소사이어티 자체가 왕자에 앉을 옥타비아 없이 존재할 수 있을지 혼란스러워질 것이다. 상원의원들과 총독들은 권력을 차지하려고 할 것이다. 열댓 개의 지역 전쟁이 벌어져서 인력과 결속력을 깨뜨릴 것이다.

내 아래로는 드넓은 협곡 바닥을 따라 풍요로운 세계가 펼쳐져 있다. 호수들과 개울들, 허리까지 오는 풀밭들, 꽃을 피우는 나무들, 그리고 가파른 경사에도 불구하고 수 킬로미터 높이의 협곡 벽면에서 기이한 각도로 자라나는 측백나무들이 있다. 그리고 이 모든 풍경 위로 공중에 떠 있는 거대한 산, 올림푸스가 아래 것들을 다스리고 있다. 나는 고요한 성들과 화성의 계곡에서 뛰어다니고 있는 사슴을 본다. 하지만 큰 강을 따라 아이들, 즉 갑옷 입은 소년과 소녀들이 보이지 않는다. 오직 추억들과 진흙으로 변한 땅뿐이다. 그들이 학생들을 이미 데리고 간 것이다. 그 경험이 얼마나 이상했을까? 중세시대 무기들을 들고 목숨 걸고 싸우다가 침입자들이 우주에서 내려오면서 드롭십 안으로 퍼 담겨지는 것이…….

우리는 떠 있는 올림푸스의 하얀 나탑들 중 하나 위에서 주피터와 라그날을 만난다. 통로에도, 산기슭에도 죽은 자들이 있다.

주피터가 명랑하게 말한다.

"그들이 이곳을 기지로 사용하고 있었어. 너의 문신이 새겨진 자가 그들의 건방진 태도를 참지 못했지. 나는 그 짐승이 마음에 들어!"

우리의 군사들이 기관에서 활용할 수 있도록 남겨졌던 마리너 계곡 지역을 확보한 상태다. 그곳은 거대한 협곡의 상지에 위치한 아게아로부터 한참 동쪽에 있다. 나는 선창 밖을 본다. 우리 편인 수백 대의 드롭십들이 중심 지역에 착륙하며 30분 내로 300명 이상의 사람들을 내려놓는다. 함선에서 내려진 경사로마다 골드가 한 명씩 뛰어나온다. 언제나 적군의 흙을 먼저 밟는 것은 골드다.

"저항이 없다."

나는 조용히 말한다. 내 스타셸 투구가 팍 소리를 내며 열린다. 나는 불편한 기색으로 머스탱을 바라본다.

그녀는 자신의 눈으로부터 금발을 치운다.

"우리가 이 속에 오래 파묻혀 있을수록 그들이 우리를 제거하기가 더 어려워질 텐데. 왜 그들은 기다리고 있는 거지?"

"우리를 포도송이처럼 한데 모아놓은 뒤에 짓밟으려고 하나? 원자력 무기를 쓰려는 건가?"

세브로가 추측한다.

주피터가 죽은 군인 한 명의 주머니를 뒤진다.

"멍청한 애들 같으니라고. 그래서 우리가 그레이들을 데리고 있는 거잖아. 그들이 대신 짓밟히라고. 그들의 희생으로 우리가 갈 길이 더 수월해지겠지."

"원자력 무기는 아니야. 그거였다면 센서들이 100번을 클릭해야 파악할 거리에서도 감지했을 거야."

머스탱이 말한다. 그녀는 저 먼 곳까지 지형을 살핀다.

"그들은 우리가 계곡을 지나는 것을 막을 정도로 군사력이 충분하지 않기 때문에 대기하고 있을 거야. 아니면 그들이 무방비한 상태인데 우리가 나타났거나. 아니, 이건 아마 아니겠지. 어쩌면 그들이 론의 진군을 막기 위해 너무 많은 군사들을 보냈거나, 계곡에 요충들을 만들어 놨거나, 군사들을 시타델 주위로 모아 놨거나, 우리 앞에 덫을 놓았거나."

머스탱의 머리는 기계처럼 돌아간다. 그녀가 잠시 후에 말한다.

"덫이 있을 거야. 하지만 그들은 자신들이 군사와 무기들을 재배치하는 동안 그것이 우리의 발을 붙잡을 것이라고 과하게 확신하고 있어."

그녀는 경멸조로 코웃음을 친다.

"엄청난 기동 지원이 뒷받침 해 주지 않는 정적 수비는 2차 대전 때의 마지노선 이래로 효과가 있었던 적이 없었는데."

"하지만 그들은 우리가 도시나 시민들을 소모시키고 싶어 하지 않는다는 것도 알고 있어."

내가 말한다.

"그들도 그 점을 알고 있지. 그래서 우리의 전략 변경 폭이 좁아졌어."

머스탱이 자신의 데이터패드를 조정하며 그 상에 뜨는 지도를 분석한다. 그 사이 주피터가 투덜거린다.

"전면전이 더 쉬워. 그레이들에게 우리 앞길을 닦아 놓으라고 한 후 도시 보호벽 밑의 벽면에 폭탄을 터뜨리자고. 그럼 출입구 형성 완료잖아."

"도시를 파괴하는 데는 하루가 걸리지만 다시 세우는 데에는 50년이 걸려. 당신이 그 복구 현장을 감독하는 일에 직접 지원할 텐가?"

머스탱이 쏘아붙인다.

"내가 건설을 할 놈처럼 보이니?"

주피터가 묻는다.

"아게아로 들어가는 길은 평균 80킬로미터가 넓고 그 양쪽으로 7킬로미터 높이의 외벽이 세워져 있어. 그 길은 모두 도시를 위한 농경지야. 벨로나 세력은 그곳에 지뢰를 거의 뿌려놨을 거야. 그들에게 그럴 시간이 있었다면. 엄밀히 말해 우리가 오고 있다는 것을 그들에게 알리지는 않았잖아."

그들에게 시간이 있었을까?

머스탱이 나를 보며 옆으로 나오라고 몸짓을 보낸다.

나는 그녀와 함께 걸으며 내 나머지 지휘대로부터 멀어진다. 그들은 서로를 향해 눈을 굴리고 있다. 널찍한 궁전 통로들을 보면 지난 승리가 생각날 법도 하건만 이곳에 있으니 오로지 급격한 구슬픔만이 느껴진다. 너무나 많은 기억들이 있다. 친구들도 너무나 많이 죽어 버렸다. 내가 이런 생각을 하는 동안 눈앞에서는 나와 팍스가 한때 결투를 벌였던 미네르바 성 근처에서 그레이들이 착지하고 있다.

"여기에서부터 외벽까지 80킬로미터야. 우리가 계획했던 대로 거기까지 질주해도 될 거야. 적군이 우리의 착륙을 저지하지 않았다고 해서 우리 앞에 뭔가 불길한 것이 도사리고 있다는 법도 없잖아."

그녀가 말한다. 그녀는 내 눈빛으로부터 내가 주저한다는 것을 읽는다.

"우리는 군주를 잡기 위해 여기에 온 것만큼이나 우리 아버지를 위해 여기에 온 것이기도 해. 그러니 신속히 움직여야 해."

"너는 론 님이 먼저 남쪽 도시벽을 뚫고 지나가시면 그분이 네 아버지를 죽이실까 봐 걱정하는구나. 그렇지?"

내가 추론한다.

"너도 그들의 과거를 알잖아."

"알지."

"그럼 너는 론 님이 옛 원한을 풀지 않으실 거라고 장담할 수 있 겠어?"

"론 스승님께서는 살인자가 아니셔."

"아니시지. 그분은 당해도 마땅한 사람들만을 공격하시지. 택터 스처럼 말이야. 우리 아버지께서도 다른 어떤 사람만큼이나 당해 도 마땅하신 분이야. 그러니 우리는 빨리 가야 해. 그리고 너도 나 머지 사람들에게 군주에 대해 알려야 하고."

"로크는 알게 됐어. 워챠일드에 승선한 집정관들 때문에."

우리가 다시 걸어 돌아간 후 나는 내 작은 의회를 불러 모은다.

"모두들 우리가 아우구스투스 대총독님을 구출하기 위해 이곳 에 온 것을 알고 있을 거야. 하지만 우리가 아게아를 공격하기를 계속 고집하는 두 번째 이유가 있다. 군주가 여기에 있어."

"뺑 아니지?"

클라운이 중얼거린다.

롯백이 머리를 긁적인다.

"젠장 지독하게."

"시타델 안에?"

페블이 묻는다. 그녀는 흥분한 상태로 걱정스러워하는 위드를 자신의 무릎으로 쿡 찌른다.

"십중팔구는 그럴 거야. 우리는 아자를 이곳까지 추적했다. 우리가 유로파에서 아자에게 폭격했던 폭탄 덕분에 잔재 방사 원소가 남았고, 그걸 쫓아 온 거야. 다른 공격들은 인력을 아게아 밖으로 옮기기 위한 것이었고. 그래서 애시 로드가 군주의 함대 전력을 이끌고 도착하기 전에 우리가 도시 외벽을 뚫고 지나 옥타비아를 포획하기 위한 것이었다."

그리고 만약 아레스가 약속한 대로 아레스의 아들들이 자신들의 맡은 바를 수행했다면 우리는 10만 명의 갑옷 입은 남자와 여자들과 싸우지 않고도 도시 안으로 들어갈 수 있을 것이다.

"카시우스도 도시 안에 있어?"

세브로가 묻는다.

머스탱이 고개를 끄덕인다.

"우리는 그렇다고 추측하고 있어."

세브로가 미소를 짓는다.

"카시우스를 보게 된다면 그와는 싸우지 마. 카르누스나 아자도 마찬가지고."

내 말에 클라운이 모욕을 당했다는 투로 묻는다.

"그럼 우리가 그들로부터 도망치기를 바라는 거야?"

"나는 너희가 살기를 바라는 거야. 목표는 군주다. 복수나 자만으로 눈을 돌리지 마. 나의 친구들이여, 우리가 군주를 잡으면 우리가 태양계의 새로운 권력자가 될 것이다."

하울러들이 서로 늑대 같은 웃음을 주고받는다. 세브로가 자신의 어깨를 편다.

"그러니 우리 똥꼬는 그만 후벼 파자고."

"내가 하고 싶은 말을 다 해 줬군."

우리 편인 립윙들이 하늘에서 우르릉거리며 우리 앞길을 따라 있는 적군 세력을 헤치워 준다.

모든 세력을 결집시킨 상태로 우리는 초록이 무성한 협곡 사이를 지난다. 돌기둥 뒤에서 슬금슬금 거리지 않는다. 우리는 빠르게 움직인다. 스피더바이크들이 스타셸들보다 가동 속도가 높다. 스피더바이크를 탄 그레이들과 스파이더를 탄 군사들은 빠르게 우리 선두에서 질주한다. 그들은 립윙들과 외벽에 보다 가까이 군사들을 내려놓을 중무장한 드롭십들의 뒤를 쫓는다. 앞에서 번쩍거리는 빛들은 그들이 광산들을 폭파시켰거나 광산의 살인자들이 자신들의 맡은 임무를 완수했음을 의미한다. 그중 어느 쪽이 벌어졌는지는 알 길이 없다. 협곡은 여기서부터 좁아진다. 파릇파릇한 협곡 벽면들이 저 멀리까지 길 양쪽에 높이 서 있다. 그것들은 거대하고 비현실적이다. 마치 인간보다 우월하고 더 많은 종족들이 사는 지형 같다. 이렇게나 드넓은 곳에서 내 세력들의 위치를 모두 확인할 수는 없다. 오직 전장의 선두주자들만이 포착된다. 우리는 빠르게 이동하는 그레이들 바로 뒤에서 가고 있다. 우리가 이루는 대열은 검은 스타셸을 입고 껑충껑충 뛰는 끔찍한 기사 집단이다. 폭우가 더욱 거세진다. 우리 뒤로는 호버 소함선들을 탄 보병대열과 탱크들이 굴러오고 있다. 호버 소함선들은 가볍게 무장한 운송수단들로 트레일러에 100명의 군사들을 태우고 갈 수 있다. 그것들은 그 군사들을 외벽으로부터 1킬로미터 떨어진 지점에 내려놓을 것이다. 남쪽에서 벌어질 론의 공격 양상도 이와 매우 흡사할 것이다.

"드론들이다!"

세브로가 컴 너머로 소리친다. 금속 떼가 구름을 이루며 동쪽 협곡벽에 위치한 작은 정류장에서 날아올라 우리 쪽으로 온다. 하울러들이 위협을 따라 쌩하고 달려가며 총을 난사해 하늘에 구멍들을 낸다. 그럼에도 드론들의 공격에 날아가는 옵시디언 부대 하나가 무너진다. 그들은 땅으로 곤두박질친다. 그들의 몸뚱이들은 알아볼 수 없는 상태가 된다. 우리는 이제 건물들 위를 스치듯 지나간다. 작은 마을들. 휴양지들. 사유지들. 곡물 창고들. 어느덧 호수 위로 날고 있는 우리 자신들을 발견한다. 번개가 위에서 치자 우리의 실루엣을 따라 그림자가 지는 모습이 보인다.

이제 내 앞에 방어벽이 보인다. 그것이 쇠로 된 커튼처럼 지평선 위로 펼쳐져 있다. 현재 협곡의 형성 단계를 기준으로 가로로 거의 90킬로미터에 달하며 높이가 거의 200미터에 달하는 벽은 보호막의 아래쪽 가장자리와 살짝 맞물려 있다. 호수들과 강들은 여기서 끝나지 않고 대신 벽면 밑으로 내구성이 강화되어 함선의 선체만큼이나 강도 높은 강철 가로장들 사이로 흐른다. 저 가로장들을 뚫고 지나가려면 100명의 사람들이 10시간 동안이나 드릴을 돌려야 한다.

대부분의 도시들에는 저렇게 거대한 외벽이 없다. 이런 외벽을 설치하는 비용이 너무 비싸다. 아게아와 코린스가 유일하게 방어 시스템의 질을 높여 놓은 도시들이다. 우리는 화성의 뱃속을 구불거리며 모든 도시들을 그 소속 광산과 연결시키는 터널들을 통해 도시로 들어갈 수도 있었다. 하지만 내가 그러고 싶지 않았다. 내게는 남겨 놔야 할 전략들이 있다. 그리고 남겨야 할 선례도 있다.

이런 공격들은 장시간 질질 끌며 이루어지는 것들이 아니다. 나는 역사를 뒤져 봤다. 이런 것들은 야성적이고 미친 듯이 벌어진다. 포위군의 결의가 사라지지만 않는다면 과학 기술은 언제나 정체된 물체들과 겨뤄 승리한다. 옛날 옛적에 유능한 주둔군을 배치시킨 후 성을 직접 공격해서 차지하는 일이란 과도한 희생 없이는 거의 불가능했다. 그래서 야전군들은 성을 포위한 후 성의 수비자들을 굶겨 그들의 항복을 이끌어 냈다. 이제는 그런 인내력을 갖고 있는 사람은 아무도 없다.

아게아는 1200만 명의 영혼들이 사는 도시다. 하지만 그들 중 과연 얼마나 많은 사람들이 오늘 누가 승리하는지에 신경이나 쓰겠는가? 벨로나의 통치나 아우구스투스의 통치나 별 차이가 없다. 코퍼들과 실버들은 신경을 쓸 것이다. 하지만 레드들, 브라운들, 그리고 핑크들은 그냥 다른 주인이 사슬을 가져가는 모습을 지켜볼 것이다.

이제 그들은 함선들이 하늘을 가득 매우는 모습, 폭탄들이 허공을 갈겨 버리는 모습을 볼 것이다. 그리고 그들은 자신들의 공영 다세대 주택 안에 옹송그리며 모인 채 얼굴 없는 약탈자들을 두려워할 것이다. 인류 역사의 시초부터 도시를 쟁취하는 일에는 강간, 도둑질, 그리고 음주 후 벌이는 끔찍한 일들이 뒤따랐다. 흉터 입은 비할 데 없는 자들은 그런 야만적 일에 참여하지 않는다. 그런 일은 수익이 따르는 것도 아니며 그들의 취향에 맞지도 않는다. 하지만 골드들은 누군가가 도시를 강제로 쟁탈할 때면 그 도시와 그 안에 사는 모든 이들이 그 후 정복자의 소유가 된다고 믿는다. 충분한 힘을 가진 자라면 그 전리품들을 가질 권한이 생기는 것이다. 어떤 이들은 전리품들을 놓아 준다. 또 어떤 이들은 그들은 늑대들에게 내준다. 그렇게 피를 흘린 것에 대한 보상으로 그들의 옵시디언과 그레이 군대에게 도시들을 먹이거리로 주는 것이다.

내가 이 도시, 아게아를 보호할 수만 있다면……. 더 나은 종류의 인간이 존재한다는 것을 이 도시 사람들에게 보여 줄 수 있다면……. 그렇다면 정말 어쩌면 내가 아게아의 마음을 얻을 수 있을지도 모르겠다. 도시를 쟁취하고 보호하여 내 군사들이 나를 사랑하듯 그 안에서 거주하는 자들로부터도 같은 감정을 이끌어낼 수 있을지도 모르겠다. 하지만 먼저 이 도시를 깨서 열어야 한다.

드넓은 방어벽을 따라 발사된 불이 금속 위로 물결을 이룬다. 마치 미세한 꽃들이 90킬로미터 넓이의 순전한 회색 벽면에 빠르게 피어나고 있는 형상이다. 내 좌우로 두 번의 페인트 공격이 펼쳐진다. 양쪽에서 립윙들이 레일건을 발사하고 외벽을 향해 탄약들을 투하하며 비스듬히 선체를 기울여 미끄러져 날아간다. 외벽의 포탑들로부터 날아오는 대응 공격 덕분에 내 고막이 진동하고 울린다. 나는 머스탱의 손을 꼭 잡고 싶다. 그녀가 나를 향해 고개를 한 번 끄덕이자 내 안의 공포심이 잠재워진다. 하지만 그것도 가까스로 안정된 것뿐이다.

전투 갑옷을 입은 그레이들이 너무나 많은 개미군단처럼 앞으로 질주해 다가온다. 로켓팀들이 투입되면서 곧 도시의 수비자들에게 스르륵 말끔히 죽음을 선사한다. 이 상황은 받아들이기에 너무 과분하다. 위에서 벌어지고 있는 우주 전쟁과 마찬가지로 행동 및 그에 대한 대응이 층층이 실행되고 있다. 단, 여기서의 상황에는 소리가 동반된다.

지뢰들이 내 세력에 구멍들을 낸다. 벨로나 암살단이 100미터 위, 외벽 뒤에서 쓱 나온다. 그들은 영예롭게 날아 나오고 있다. 깃발을 휘날리며 금빛을 번쩍이고 있다. 그들이 무기 발사에 의해 양분되는 동안 그들의 방패가 반짝반짝한다. 나는 벨로나 세력 중간에서 독수리기를 발견하고는 그것이 카시우스일 것이라고 생각한다. 내가 그것을 향해 공격하려고 준비하지만 머스탱이 내 팔을 붙잡는다.

"계획 기억해!"

머스탱이 나를 상기시켜 주며 강 쪽을 가리킨다.

"우리 모두 저 외벽에 기대어 죽은 척 하기로 했잖아. 계획대로."

기억하기가 힘들다. 적군의 시선을 돌리기 위해 이 모든 혼돈을 유발시켰다는 것이 기억이 잘 안 난다. 중요한 것은 강과 밤중에 아레스의 아들들이 해 놓은 일이다. 그들이 그것을 완수했다면 말이다. 그 강은 외벽 밑으로 매끄럽게 흘러간다. 그 폭이 100미터며 그보다도 더 깊은 그 강은 벌써 시체들을 도시 쪽으로 운반해 가고 있다.

나는 물속으로 잠수한다. 강물의 흐름이 느려지는 동안 그 긴장감을 느낀 후 내 갈 길을 재촉한다. 우리 앞으로 물고기들이 흩어진다. 냉기가 느껴지지 않는 것이 이상하다. 하울러들은 내 옆에서 어뢰처럼 움직인다. 그 뒤로 라그날이 자신의 옵시디언 무리를 이끌고 우리와 함께 가고 있다. 주피터도 있다. 모두들 물속에서 첨벙거리고 있다. 머스탱이 나와 제일 가까이 있다. 나는 우리가 일으킨 흙탕물 너머로 강 속을 수색하다 마침내 아레스의 선물을 발견한다.

저기. 100미터 깊은 곳에 그것이 보인다. 레드들이 잘하는 일이 한 가지가 있다면 그것은 드릴질이다. 그리고 아레스의 아들들은 우리에게 도시로 들어설 통로를 마련해 주기 위해 밤을 샜다. 내 군사들은 어떤 엘리트 러쳐 부대가 이곳으로 함대보다 먼저 보내졌다고 여길 것이다. 그들은 저 거대한 쇠살대들이 어떻게 잘라졌는지, 또는 쇠살대의 손상을 감지하도록 설치된 센서들을 우리가 어떻게 속였는지 묻지 않을 것이다.

"한 차례 더 솔직하지 못했네."

나는 마치 로크, 빅트라, 또는 택터스가 내 말을 들을 수 있는 것처럼 웅얼거린다. 그리고 내 그래브부츠를 가동시킨 후 전진한다.

통로는 좁으며 강바닥 가까이에서 외벽 밑으로 구부러져 지나간다. 우리는 두 명씩 나란히 이동한다. 그러므로 나는 최고의 전사, 라그날을 함께 데리고 간다. 우리 둘은 그 수중 통로를 먼저 지난다. 내 컴이 위에서 벌어지고 있는 전투 상황을 보고하느라 지지직거린다. 우리는 외벽 앞에서 지고 있다.

라그날과 나는 함께 터널을 지난다. 나는 벨로나 세력이 매복하다 습격할 것을 반쯤 기대하지만 아무런 공격도 받지 않는다. 아레스의 아들들은 자신들의 임무를 매우 잘 완수했다. 우리는 외벽의 반대편에서 여전히 100미터 밑, 강바닥 아래에서 잠수한 채로 대기한다. 내 나머지 간부단은 라그날과 나를 따른다. 머스탱, 세브로, 그리고 남아 있는 하울러들. 거기에 추가로 50명의 골드들과 그의 세 배로 많은 옵시디언들과 그레이들이 쫓아온다.

나는 우리 모두가 강바닥에 모이자 내 컴에 대고 말한다.

"받은 명령을 잘 알고 있을 것이다."

세브로는 나와 함께 갑옷을 착용한 주먹끼리 친다. 머스탱도 똑같이 한다. 라그날은 자신의 주먹 쥔 손을 가슴에 대고 경례를 표한다. 주피터는 컴에 대고 하품한다. 클라운, 페블, 그리고 위드는 강바닥에서 토사를 휘저으며 하울러들을 흥분시킨다. 중요한 몇 초가 똑딱하고 지난다. 내 레이저는 팔에 감겨 있다. 왼손에는 펄스피스트를 쥐고 있다. 내 심장이 박동하는 기분과 내 가슴에 닿

은 펜던트의 냉기가 느껴진다. 바깥의 혼돈이 지지직거리는 소리
가 들린다. 내 헬다이버 양손을 주먹으로 만다. 내 눈을 감는다. 세
브로는 강가가 안전한지 확인하기 위해 위로 프로브를 보낸다.

나는 군주를 찾기로 했다.

라그날은 대문을 열기로 했다.

머스탱은 로크가 우리에게 보조 세력을 보내 줘서 우리가 단번
에 도시를 쟁탈할 수 있도록 방패막을 낮추기로 했다. 나는 그녀
가 내 곁은 떠나지 않았으면 한다. 하지만 다른 어느 누구에게도
그 일을 믿고 맡길 수 없다.

믿음. 나는 머스탱이 살아남을 것이라고 믿어야 한다. 그녀의 옵
시디언들이 그녀를 보호해 주리라고, 그리고 그녀가 자신을 보호
하리라고 믿어야 한다. 내 심장을 짓누르는 무게가 있다. 그녀가
돌아오지 않을지도 모른다는 두려움이다. 그녀가 이미 어둠속으
로 떨어지고 있는 것 같은 기분이다. 만약 그녀가 죽는다면 그녀
는 거짓말을 믿으며 세상을 떠나는 셈이 된다. 나는 내 자신과 약
속한다. 우리가 이 상황에서 살아남으면 그녀에게 사실을 털어놓
기로. 그녀에게 그 정도의 대우는 해 줄 만 하다.

살아 있어라. 살아 있어라. 너희 모두, 살아 있어라.

머스탱이 떠난다. 강을 따라 아래로 더 전진한다. 그녀는 그렇게
수 킬로미터를 가더니 발생기들 근처의 공원에 도달한다. 나는 그
녀가 가면서 뭔가를 붙잡기 위해, 누군가에게 기도하기 위해 허우
적거리는 모습을 지켜본다. 우리 아버지께서 나와 함께하고 있다.

이오도 마찬가지다. 내 심장 박동에서 그들이 느껴진다.

나는 눈을 감는다.

세브로는 자신이 위로 보냈던 프로브들을 다시 모은 후 우리 앞 길이 안전하다고 나에게 전한다. 그냥 소녀 한 명이 우리 위의 진흙에서 놀고 있다고 한다.

"서로를 위해 싸워라."

나는 컴 너머로 강바닥에서 내 옆을 지키는 이들에게 말한다.

"또는 나를 위해 싸워라."

우리는 그래브부츠를 가동시킨 후 물 속에서 쑥 올라가 수면을 깨뜨리며 나온다. 마치 새까만 괴물들 같다. 우리가 강바닥 위로 날아오르자 우리의 검은 스타셸들로부터 물이 뚝뚝 떨어진다. 도시를 보호할 목적으로 보호막이 올라가기 전에 비가 내린 덕분에 강바닥은 진흙탕이다. 우리 밑으로는 단 한 명의 무장하지 않은 브라운 소녀가 서 있다. 그녀는 발목까지 진흙 속에 잠겨 있다. 나는 내 끔찍한 검은 투구 뒤에서 그녀를 응시한다. 그녀는 포위당한 도시 거리에 있을 것이 아니라 자신의 가족들과 함께 숨고 있어야 마땅하다. 뭔가 잘못됐다.

그녀가 우리를 보자 바구니에서 작은 구형의 장치를 얼른 꺼내든다. 번개가 하늘을 가른다. 그녀의 가장 번듯한 원피스는 끝자락에 진흙이 고이면서 더더욱 깊은 갈색 빛으로 물든다.

"그녀를 쏴!"

세브로가 으르렁거린다.

나는 세브로의 손을 옆으로 친다. 그녀 대신에 나무 하나가 폭발한다. 그리고 외벽 저 위에, 세브로가 올려 보낸 프로브의 감지거리를 훨씬 벗어났으며 이 소녀가 가지고 있는 구형 전자기펄스의 영향 범주를 훨씬 넘어선 곳을 나는 올려다본다. 그곳에는 벨로나 기사들과 그들의 옵시디언 수행원들이 걸터앉아 있다. 때를 기다리며…….

소녀가 구형 장치의 버튼 하나를 누른다.

그리고 그때부터 우리는 죽어 나가기 시작한다.

4부

# 멸망

너무 높이 오르면 진흙탕에 쓰러지기 마련이다.

— 카르누스 오 벨로나

## 제40장

# 진흙탕

전자기 펄스가 폭발한다. 거인 아이가 바늘에 찔려 헐떡거리는 소리 같다. 우리의 전자기가 죽어 버린다. 우리의 그래브부츠들도 털털거린다. 스타셀 시냅스들이 정지해 그 거대한 금속 슈트들이 중력에 붙잡힌다. 우리는 곤두박질친다. 대부분은 강변의 진흙탕에 떨어진다. 나는 물속으로 풍덩 빠진다. 가라앉는다. 가라앉는다. 귀에서 터지는 느낌이 든다. 밑으로 밑으로 내려가던 나는 강바닥의 진흙 속에 안착한다. 바닥과 세게 부딪힌다. 양다리는 내 스타셀의 무게 밑에서 휜다. 등을 바닥에 댄 자세로 떨어졌다. 내 군사들이 안 보인다. 내가 떨어지는 동안에는 수면 위에서 움직이는 형체들만이 확인될 뿐이다. 이제는 너무 깊이 내려온 나머지 강이 피에 물들어 얼마나 어두워지는지만 보인다. 간헐적으로 치는 번개가 빠르게 가라앉는 시체들의 형상을 비춰 준다.

나는 움직일 수 없다. 스타셸이 너무 무겁다. 나는 거북이처럼 누워 있다. 몸의 반은 강바닥의 진흙에 박혀있다. 혼란스럽다. 두려움이 빠르게 엄습한다. 이 모든 일이 너무나 빠르게 벌어졌다. 누가 나와 함께 있는지 좌우를 살필 새도 없었다. 내 컴은 죽었다. 그렇지 않았다면 아마 비명소리들과 욕설들이 들려왔을 것이다.

이 스타셸은 나를 우주에서 지상으로 데리고 왔다. 전장 중에서 구명 뗏목이자 개인 요새였다. 이제 이것은 나의 무덤관이다.

심장이 두근거린다. 비명을 지르고 싶다.

과호흡을 한다. 공포심이 가슴 속에 갇혀 있다. 그것은 내가 긴장한 채 공기를 삼키게 만든다. 마치 공기가 나에게 움직일 수 있도록 힘을 줄 것처럼 그것을 먹는다. 차분해져라. 차분해져라. 생각하라. 생각하라고! 두 구의 시체가 근처로 가라앉는다. 갑옷을 입어 무거운 그들은 강바닥에 있는 다른 이들과 합류하러 빠르게 내려간다. 죽는 순간에는 우아함 없이 피 흘리며 가는 그들이다. 살인자들이 강변의 진흙탕에 박혀 있는 자들을 모두 해치우면 그들은 이 밑에 있는 우리들을 처리하러 올 것이다. 하지만 그들에게는 그럴 필요가 없다. 나는 숨 쉬는 속도를 늦춘다. 슈트에 남은 산소량은 유한하다. 산소 재활용기가 끊긴 상태다.

카시우스는 내 계획을 알고 있었다. 그가 이 사태의 주범일 수밖에 없다. 아니면 배신을 당한 것일까? 나는 아레스의 아들들, 세브로, 그리고 머스탱을 제외하고는 아무에게도 계획을 말하지 않왔다. 그들 중 어느 누구도 적군에게 고자질하지는 않았을 것이다. 카시우스는 그냥 알고 있었다. 그 우라질 개자식. 항복을 할 수 있었다면 했을 것이다. 그렇게 해서 나와 함께하고 있는 자들의 생명을 구했을 것이다. 하지만 나에게는 컴이 없다.

몸을 이리저리 획획 뒤척여 본다. 등을 대고 누워 있는 이 자세에서 벗어나 보려는 것이다. 하지만 너무 진흙 속에 많이 빠져 있으며 슈트는 금속 1톤보다도 더 나간다. 그 무게에서 벗어날 수가 없다. 스타셸을 벗어던질 수가 없다. 그러기 위해서는 전자기들이 필요하다. 양팔로 위를 밀어 본다. 아무 일도 안 일어난다. 진흙이 나를 삼켜 버린다. 머스탱은 도망친 것 같다. 그랬기를 발한다. 그녀는 우리가 이 밑에 있다는 것을 알까?

나는 세브로를, 라그날을, 하울러들을 찾아본다. 내 주변에 어두운 형체들이 있다. 나는 어지럽다. 그놈의 우라질 숨 쉬는 속도를 늦추자. 늦추자. 생각하라. 그들은 나를 죽이러 일부러 오지도 않을 것이다. 나는 강바닥에서 위의 수면을 멍하니 바라보며 죽을 것이다. 그동안 한 명씩 차례대로 내 친구들도 떨어져 내려와 나와 함께할 것이다. 너무나 외로이 있다. 세브로. 라그날. 페블. 위드. 클라운. 그들은 죽었다. 죽어가고 있다. 나와 같은 장면을 지켜보며……. 아니면 그들이 강변에 있는데 벨로나 세력이 그곳에서 그 마비된 갑옷의 사람들 사이로 돌아다니며 마음 내키는 대로 그들을 죽여 버리고 있는지도 모르겠다. 나는 내 무능력함에 울고 싶은 심정이다.

멈춰. 뭔가를 해. 움직이라고.

"너무 높이 오르면 진흙탕에 쓰러지기 마련이란다."

그 말이 내 기억 속에서 맴돈다.

그들이 나를 진흙 땅바닥에서 죽어가도록 내버려 둔 것이 이번으로 세 번째다. 나는 어금니의 에나멜이 부서져 나오는 것이 느껴질 때까지 이를 꽉 물면서 온 힘을 다해 오른팔을 움직여보려고 한다. 천천히, 너무나 천천히 그것은 진흙의 빨아들이는 압력으로부터 탈출한다. 하지만 자유로워진 것은 그 오른팔뿐이다. 등을 대고 누운 자세에서 벗어날 수가 없다. 너무 깊이 파묻혀 있다. 스타셸을 입고 있어 너무 무겁다. 그런 와중에 녀석이 눈에 들어온다. 전자기펄스 폭탄이 폭발했을 때 전자기 시냅스들은 모두 꺼졌다. 고로 슈트는 가동을 멈췄지만 레이저는 여전히 사용 가능하다는 것을 의미한다. 그리고 녀석이 거기에, 하얀 비단뱀처럼 내 팔을 감고 있다.

'이놈이 네 사지 중 하나를 가져가는 대가로 네 생명을 구해 줄 것이다.' 내가 어렸을 때 어른들이 내 손에 슬링블레이드를 쥐어주면서 나에게 했던 말이다. 구원은 희생이다. 레이저를 가동하게 만드는 자극은 화학적이다. 스위치가 내 몸과 반응해서 켜질 것이다. 아마도 쭉 펴겠지. 하지만 내 팔에 감긴 채로……. 재빨리 움직여야 할 것이다.

한숨을 들이키며 나는 눈을 감는다. 슈트의 엄지손가락 부위에 막대 스위치가 만져진다. 날름거리는 불길보다도 빨리 움직여야 한다. 살무사보다도 빨라야 한다. 나는 스위치를 획 켠다.

레이저가 퍼지면서 조여 온다. 놈은 마치 칼로 푸딩을 가르듯 금속을 잘라 버린다.

스위치를 획 끈다. 레이저가 근육을 물었지만 아직 뼈까지 관통하지는 않은 상태로 멈추었다. 팔뚝에서 느껴지는 끔찍한 고통에 나는 비명을 지른다. 찢겨진 팔의 살 안으로 물이 급히 흘러들어오면서 화끈거리는 상처를 식혀 준다.

그 후 나는 공포를 겪는다. 물이다. 나는 방금 슈트 안으로 물이 들어오게 만들었다. 멍청이. 곧 이 안에 물이 찰 것이다. 슈트 안쪽에서 물이 내 목까지 스멀스멀 올라오는 것이 벌써 느껴진다. 몇 분 안으로, 2분이나 3분쯤 후, 나는 익사할 것이다. 나는 피투성이 팔뚝을 찢겨진 금속 껍질에서 빼낸 후 느슨해진 레이저를 스륵 벗어 버린다. 그것은 촉수처럼 물속을 떠다닌다. 그 후 나는 그것을 다시 가동시킨다. 놈은 치명적인 물음표 모양으로 변한다. 나는 그것으로 다른 쪽 갑옷 장갑을 겨눈다.

슈트는 이제 몸통까지 물이 찼다. 공기는 희박하다. 매 숨을 쉴 때마다 눈 뒤로 별이 더 많이 뜬다. 팔의 상처에서 피가 새어나오면서 붕 뜬 기분이 든다. 처음부터 숨을 참았다면 그대로 오랫동안 살 수 있었다. 하지만 과호흡을 했기에 이제 이산화탄소를 빨아들이고 있다. 그래도 다른 쪽 손이 슈트 장갑으로부터 자유로워졌다. 이 기이하고도 어두운 불빛 아래에서 보이는 맨손은 창백하다. 상처에서 흘러나온 피가 부드러운 구름을 형성하며 뭉게뭉게 흘러나온다.

내가 헬다이버로 만들어지지 않았다면 나는 이 강바닥에서 죽었을 것이다. 헬다이버이기에 나는 몸에 딱 붙어 있는 스타셸과 그 밑의 갑옷까지 벗어 버린다. 손재주가 나를 살린 것이다. 투구의 무게 때문에 머리를 움직일 수 없다. 어디를 자르는지 보지 못한다. 피부와 상처에서 느껴지는 통증이 눈 역할을 한다. 조금씩 서서히 나는 스타셸로부터 몸을 꺼낸다. 조금씩 서서히 그 치명적인 칼날로 몸을 따라 긋는다. 피와 스타셸을 물 속에 버린다. 외골격과 떨어진다. 나는 죽은 껍질에서 빠져나오는 메뚜기 같다. 매우 섬세히, 나는 스타셸의 목 부분을 자르며 투구를 제거한다. 숨을 멈춘다. 그리고 가까스로 목에 칼자국만 내고 끝낸다.

가볍게 베였다. 경정맥에 너무나 가까운 곳에······.

다리는 스타셸에서 마지막으로 꺼낸다. 내가 앉자 슈트의 깨진 조각들이 피부를 긁는다. 그 상태에서 나는 오른다리를 절단된 금속 밖으로 훅 뺀다. 나는 이 차갑고 어두운 강 속에서 상처 입은 채 살아 있다. 투구는 벗은 상태다. 시야 전역에 반점들이 피어나는 내내 숨을 참고 있다. 이제야 나는 내 주위로 군사들이 가라앉은 강바닥 벌판을 확인할 수 있다. 가장 체구가 큰 군사 가까이로 수영해 가니 스타셸 안면판 뒤로 감겨 있는 라그날의 눈이 보인다. 그는 눈물을 흘리고 있다. 그의 폐는 크지만 저 슈트 안에 산소가 별로 안 남아 있을 것이다. 그는 힘이 세기에 나보다 더 잘 움직일 수 있다. 하지만 어느 갑옷 입은 군사도 이 물 속에서 수영할 수는 없다.

나는 라그날이 울 수 있으리라고는 생각지도 못했다. 그럼에도 지금 그는 흐느끼고 있다. 소리 없이. 크고 드라마틱한 울음이 아니다. 이는 다르다. 차분하다. 그리고 그가 눈을 뜨자 나는 그로부터 뭔가 다른 것을 발견한다. 잠자고 있던 그의 영혼의 일부가 깨어난다. 그는 죽어 있었다. 운명을 받아들이고 있었다. 그런데 여기 내가 물속을 떠다니고 있다. 찢어진 전술용 검은 옷차림에 피투성이로 완전히 정신 나간 것처럼 보이지만 내 스타셸에서 벗어난 상태다. 나는 그의 어두운 희망이다. 나는 폐가 비명을 지르고 있음에도 불구하고 자르기 시작한다. 그가 필요하다. 세브로를 찾으러 갈 수는 없다. 시간이 없다. 그리고 아직 수면 밖으로 고개를 내밀자마자 적군에게 발각되어 죽을 수는 없다.

나는 제대로 실력을 갖춘 조각가처럼 라그날에게 시술을 한다. 그러자 그는 몸을 확 비틀어 자신의 외골격을 떼어낸다. 다른 이들도 우리가 무엇을 하고 있는지 봤다. 하지만 우리는 아직 그들까지 도울 수 없다. 그들은 참고 기다려야 할 것이다.

라그날과 나는 거친 물살을 뚫고 발길질을 하며 수면을 향해 올라간다. 폐는 산소를 고파한다. 라그날의 창백하고 문신이 새겨진 몸은 내가 범접할 수 없는 우아함으로 물속을 움직인다. 나는 옵시디언들이 이렇게 수영을 잘하는 사람들이라는 것을 몰랐다. 그들이 부빙 근처에서 태어난다는 것을 생각하면 납득이 되는 사항이다.

우리가 거의 수면에 도달했는데 내 정신이 몸에게 진다. 수면으로부터 거의 3미터 떨어진 지점에서 나는 물을 들이마신다.

어둠.

손가락 사이로 진흙이 느껴진다. 뭔가가 가슴 속에서 움직인다. 물이다. 나는 그것을 토한다. 단숨에 욱 하고 내뱉은 그것은 거친 손 안으로 흘러들어간다. 손으로 입가를 쥔 자세로 나는 소리를 내지 않으려 애를 쓴다. 나는 계속해서 손가락들 사이로 토를 한다. 그 후 드디어 공기를 들이마시면서 폭발적인 환희를 느낀다. 아름다운 공기다. 손으로 여전히 입을 가리고 있다. 그리고 잠시 동안 아무것도 없다. 오로지 폐로 생명이 흘러들어가면서 느껴지는 순수한 오르가즘뿐이다. 비어서 고통스러워하는 장기로 산소가 가득히 빠르게 흘러들어가는 기분. 그 후 갑자기 저 멀리로부터 전쟁 소리가 점점 충만해진다. 그리고 사람들의 신음 소리도. 우리는 시체들로 이루어진 벌판에 있다. 외벽은 우리 위로 높이 솟아 있다. 강은 우리 발밑에서 빠르게 흐른다. 전자기펄스가 터진 지 몇 분 안 지났지만 우리를 뒤로 남긴 채 하루가 지나가 버린 기분이다.

라그날은 죽은 옵시디언 두 명 사이의 진흙바닥으로 나를 끌고 왔다. 어두운 강변을 따라 두 명의 벨로나 골드들, 여섯 명의 옵시디언들, 그리고 여섯 명의 그레이들이 걸어가며 무력하게 쓰러져 있는 자들을 해치워 버리고 있다. 나머지들이 외벽에서의 싸움으로 복귀하기 위해 살육을 그만둔 것은 우리에게 있어 행운이다.

258

카시우스가 그들을 이끌고 갔을 것이다. 그 말인즉슨 그는 여기에 있는 사람이 나라는 것을 몰랐지만 최소한 아레스의 아들들에 의해 만들어진 구멍에 대해서는 알고 있었다는 것이다. 나라는 것을 알았다면 그는 여기에 남았을 것이다. 클라운과 위드가 나를 위해 만들어 준 기를 가지고 다니지 않은 것이 다행이다. 내가 그들에게 늑대 망토를 입지 못하게 한 것은 더더욱 다행이다.

이 진흙탕은 묘지다. 내 군사들은 반쯤 묻혀 있다. 몇몇은 무겁게 죽어 있는 갑옷을 입은 채 일어서 보려고 하지만 다시 진흙탕으로 미끄러져 넘어지거나 골드들에 의해 발길질을 당하고 무자비하게 도살당할 뿐이다. 대부분은 조용히 누워 있다. 여기는 붉은 액체가 새어나오는 갑옷의 딱정벌레 벌판이다.

그레이들은 서로서로 농담 따먹기를 하며 조직적으로 자신들의 임무를 실행한다. 그들은 등이 땅에 붙어 버린 옵시디언 한 명에게 특히 시간을 들이며 포스파이크 창을 이용해 그의 두꺼운 스타셸을 뚫고 그를 바닥에 꽂는다. 마치 남자애들이 묶여 있는 게 한 마리를 고문하는 모습 같다. 그들은 결국 라이플총으로 갑옷을 뚫는 총알인 '디거'를 쏘아 그를 끝내 버린다.

라그날은 진흙을 향해 손짓한다. 반쯤 벌거벗은 상태로 그와 나는 어둡고 묵직한 진흙으로 우리 몸을 뒤덮는다. 진흙은 내 몸을 따라 난 열상들을 식혀 주고 그의 몸의 문신들을 가려준다. 나는 골드들 중 한 명의 투구를 향해 손짓을 한 후 우리 편 생존자들의 산소가 고갈되어 가고 있다는 것을 소리 없이 몸짓으로 표현한다.

라그날이 고개를 끄덕인다. 나는 죽은 골드의 시체 한 구로부터 레이저를 꺼내든다. 그가 누구인지는 알아볼 수 없다. 그리고 그것을 라그날에게 전달한다. 그것은 오로지 골드들의 손에서만 볼 수 있었던 물건이다. 어느 집정관도, 옵시디언도, 심지어 군주 자신으로부터 직접 배지들을 하사받은 자들까지도 '어둠의 반란' 이래로 이 무기를 건드려 본 적이 없다. 이것을 건드리기란 굶주림을 통한 사형선고를 의미한다. 사후세계인 바할라에 도달할 가능성은 없어진다. 오직 굶주림과 차가움, 그리고 끝이다. 하지만 우리의 적군들은 펄스실드들을 가지고 있을 것이다. 다른 무기로는 그것에 대응할 수 없다.

라그날은 그 무기가 마치 불로 만들어진 것인 양 떨어뜨려 버린다. 나는 그것을 다시 그의 떨리는 손에 쥐어 준다.

"그들은 신이 아니야."

마치 삼도천에서 끌려나온 그림자들처럼 우리는 앞으로 미끄러지며 묘지를 통과한다. 우리의 적들은 자신들의 전투 무리 체제로 복귀하지 않았다. 쉬운 표적들이다. 나는 무슨 끔찍한 거미처럼 팔다리를 모두 바닥에 대고 거의 지면으로부터 일어나지 않은 채 앞으로 재빨리 기어간다. 그 후 두 명의 옵시디언들이 돌아보기도 전에 그들을 죽인다. 라그날은 다른 한 명의 목을 꺾은 후 또 다른 한 명을 반으로 쪼갠다. 그 바람에 반동플레이트 갑옷이 벗겨져 나갔다. 바닥에서 손을 떼고 일어선 채 나는 옵시디언들 중 가장 큰 놈을 향해 질주한 후 뛰어올라 내 칼을 그의 몸에 묻는다. 나는 다친 팔 쪽으로 잘못 착지한다. 그럼에도 통증조차 느껴지지 않는다. 너무 아드레날린이 넘친다. 그레이 무리가 고개를 돌리는 모습을 포착한다. 그래서 나는 옵시디언의 시체와 함께 넘어진 후 진흙에서 구른 후 다른 시체들과 그림자와 오물 사이에 눕는다. 그들의 반동 라이플총들과 펄스 무기들은 갑옷과 방패가 없는 나를 리본만큼 가늘게 잘기잘기 찢을 것이다. 라그날의 갑옷과 방패도 사라졌다. 그것들이 어디로 갔는지 모르겠다.

시간이 흘러간다. 생존자들에게 얼마만큼의 산소가 남아 있을까? 우리를 사냥하고 있는 그레이들이 고스트클록에 대해 뭐라고 외친다. 남은 옵시디언들이 두 명의 골드들과 무리를 이룬다. 그레이들이 시체들을 다시 살피며 남아 있는 내 군사들을 해치워 버린다. 그들은 골드들과 옵시디언들을 위해 시체들 사이에서 라그날과 나를 찾아내려고 하는 것이다. 레아가 이렇게 죽었다. 이렇게 진흙 속에서. 나는 그러지 않을 것이다. 다시는 그럴 일은 없을 것이다.

나는 비명 대신 울부짖는 소리를 내지르며 일어선다. 조용히. 내가 그레이들에게 접근하는 모습을 그들이 볼 수 있게 하자. 나는 빠르다. 그리고 그들이 발사를 시작할 때쯤에는 이미 그들에게 거의 도달한 상태다. 나는 그들을 향해 쏜살같이 다가가 풀어진 풍선처럼 공격을 피하며 몸을 좌우로 움직인다. 내 움직임에는 아름다움이 없다. 그냥 미친 듯한 공포감만 있을 뿐이다. 나는 총알들을 볼 수 없다. 그저 그것들의 가까움을 느낄 뿐이다. 그것들이 내 곁을 지날 때 발생하는 열기를 감지한다. 내 팔뚝에 맞은 펀치를 인지한다. 몸 전체로 쇼크가 지나간다. 피부가 찢기면서 총알이 살, 인대, 근육, 그리고 반대편으로 나오며 뼈를 가까스로 피한다. 나는 끙 소리를 낸다. 그 후 나는 그들을 올라타고 그들은 찍 소리도 못 낸다.

그들은 자신들의 타이밍을 놓쳤다.

12명의 적군이 론의 크라바트 가르침 아래로 쓰러진다. 12명의 남자와 여자들이…….

이제 골드들과 옵시디언이 나에게 다가온다. 골드들은 자신들의 그래브부츠를 사용한다. 라그날이 진흙에서 일어서 자신의 레이저를 창처럼 허공에 날린다. 거대한 옵시디언이 진흙탕에 쓰러짐과 동시에 라그날은 두 명의 골드들을 향해 돌진하며 바닥에서 다른 레이저를 또 집어 든다.

나는 라그날의 힘에 감탄한다. 그는 골드들이 허공을 지나는 사이에 그들 중 한 명의 발을 낚아챈다. 펄스실드 방패가 그를 감전시켜 그의 몸 전체로 찌릿한 통증을 보낸다. 하지만 그는 단지 으르렁거리며 쥐고 있던 손을 놓지 않는다. 그 후 목구멍이 아닌 영혼에서 나오는 괴성과 함께 그는 마치 장작을 패듯 그 골드를 바닥에 내팽개친다. 그는 어떻게 해서인지 그 골드의 부츠를 벗겨버렸다. 마르고 길쭉한 골드가 몸을 굴려 도망가며 자신의 친구들에게 외친다.

"문신이 새겨진 자다!"

그의 친구들은 그를 도우러 와 다함께 라그날과 붙는다.

나는 라그날을 도우러 달려간다.

"리퍼!"

골드들 중 한 명이 자신의 투구를 갑옷 안으로 흡수시킨 후 비할 데 없는 자의 오만한 얼굴을 내보인다. 그는 자신의 지위에, 자신의 혈통에, 자신의 자리에 확신을 가지고 있다. 그의 표정은 즐거움 그 자체다. 그 후 그가 라그날의 레이저를 확인하며 얼굴을 일그러뜨린다.

"너는 네 조상님들의 칼을 짐승에게 내주었단 말이냐?"

그는 라그날을 증오의 눈빛으로 노려본다. 그 후 밑의 레이저를 노려본다. 그는 격분하며 혼란스러워한다.

"너에게는 명예도 없단 말이냐?"

나는 대답하지 않기로 한다.

더 나이가 든 골드가 격렬히 외친다.

"네가 상대하는 자가 누구인지 알거라, 안드로메두스. 나는 카르시 씨족의 가이우스 오 카르수스다. 우리는 금성의 기둥들을 세웠다. 또 '림' 가장자리 지역의 안쪽과 바깥쪽 사이의 틈을 가장 먼저 항해했으며 '헬사 클러스터'에서 채굴 작업을 했다."

"지금 '일리아드'를 찍는 중인 줄 아시나. 라그날, 이 멍청이를 죽여. 우리에게는 저 그래브부츠가 필요해."

그 골드가 침을 뱉는다.

"너는 개를 보고 네 싸움을 대신하라고 하느냐?"

263

"나는 사람이다!"

라그날이 지나가는 함선 엔진의 비명 소리보다도 큰 소리로 으르렁거린다. 침을 튀기는 그의 얼굴은 격분하여 넝마가 됐다. 그의 목에는 혈관들이 섰다. 그는 내가 칼을 들 새도 주지 않고 울부짖으며 앞으로 돌진한다. 그리고 쓰러진 옵시디언의 시체를 들어 올려 그것으로 적군의 레이저들을 막는다. 그는 가이우스를 친다. 무기는 쓰지 않았다. 오로지 그의 주먹만 사용했다. 그가 가이우스의 펄스실드 방패를 너무나 세게 친 나머지 놈이 뒤로 쓰러진다. 그후 라그날은 다른 골드를 죽인다. 그 골드의 방어 동작을 향해 분노하며 칼을 미친 듯이 마구 휘둘러 그를 반으로 가른 것이다. 라그날은 시체의 윗부분을 발로 차서 옆으로 치운 후 가이우스에게 난타를 한다. 가이우스는 라그날이 전진하며 때리는 바람에 어두운 진흙 속으로 가라앉는다. 라그날의 근육은 펄스실드 방패를 건드려서 씰룩거리고 있다. 그는 레이저로 그 골드 남자의 목을 겨냥하고 있다.

"나에게 항복하고 살아라."

라그날이 우르릉 거린다.

가이우스가 침을 뱉으며 라그날의 무릎 높이까지 일어선다.

"한 남자가 다른 남자에게 항복하듯 나에게 항복하라."

"절대 그럴 일 없다."

가이우스의 입술이 불쾌하게 휜다. 그는 양심과 용기를 품고 자신의 마지막 말을 크고 명확하게 뱉었다. 이 비상한 종족들의 모든 선과 모든 악이 드러나는 순간이다.

"나는 비할 데 없는 특사 가이우스 오 카르수스다. 나는 인류의 요가 모아진 존재다. 그러니 항복하는 일은 있을 수 없다. 왜냐하면 사람은 개에게 항복할 수 없기 때문이다."

"그럼 흙이 되어라."

라그날이 칼을 가이우스의 몸에 쑥 밀어 넣는다.

우리는 강바닥으로부터 우리 군사들을 날라 올린다. 훔친 그래브부츠를 이용해 최대한 빨리 작업하고 있지만 충분히 속도를 못내고 있다. 세브로는 죽지 않았다. 하지만 거의 죽을 뻔 했다. 나는 강기슭에 머리부터 진흙 속에 박고 있던 그를 발견한다. 내가 클라운과 페블의 도움을 받으며 그를 스타셸로부터 꺼내자 그는 욕설을 내뱉으며 침을 뱉는다.

"죽은 사람들은? 하울러들은?"

세브로가 조용히 묻는다.

"너무 많이 죽었어."

클라운이 겨우 대답한다.

"머스탱은 잘 지나갔나?"

그들은 모두 나를 바라본다.

내가 대답한다.

"그런 것 같아. 하지만 어떤 컴으로도 그녀가 연락이 안 되더라고. 상황이 어찌됐든 우리는 빨리 가야 해. 머스탱이 생존해서 우리 보조 세력이 착지할 수 있도록 발생기들을 폭파하면 방패막이 꺼질 것이고 군주에게는 도망칠 문이 활짝 열릴 거야. 지금으로서는 군주가 갇힌 상태니까."

세브로가 고개를 끄덕인다. 작은 페블이 그에게 손을 건네 그를 일으켜 세운다. 라그날의 명치까지 오지도 않는 조그만 시슬은 라그날이 레이저를 손에 쥐고 다른 옵시디언을 죽은 스타셀로부터 해방시키는 모습을 포착한다.

"레이저에서 손 떼."

그녀가 쏘아붙인다.

라그날이 레이저를 떨어뜨린 후 이상하게 당황하며 나를 바라본다. 나는 그에게 기다리라고 손짓을 한다.

강변에 쓰러진 자들의 슈트들을 다 처리한 후 우리는 총 사망자 수를 알게 된다. 그리고 그것은 너무나 충격적이기에 세브로가 자리를 피한다. 위드가 죽었다. 롯백이 죽었다. 하피는 우리가 땅에 떨어지기도 전에 죽었다. 그리고 신입들 중 다수도 죽었다. 오로지 시슬, 클라운, 스크루페이스, 그리고 페블만 남았다. 원래 50명이었던 옵시디언들 중에는 11명만 남았다.

페블과 클라운이 위드의 얼굴을 건드린다. 비가 우리 모두를 흠뻑 적시는 바람에 그들이 똑같이 세웠던 모하크 머리스타일들이 모두 머리에 딱 달라붙어 있다. 페블이 양손으로 돌아가며 위드의 가슴을 친다. 그녀의 작은 손이 그의 심장을 때리고 있다. 마치 그러면 그가 다시 살아 돌아올 것처럼…… 시슬이 다가가 그녀를 위드로부터 떼어내는 동안 클라운은 진흙을 이용해 자신과 똑같이 맞췄던 그의 모하크 머리를 세워 주며 죽은 그의 모습을 정돈한다. 세브로는 지켜보지 못한다. 나는 세브로의 옆에 가서 선다.

세브로가 말한다.

"내가 전쟁에 대해 잘못 알고 있었어."

"나는 너 없이 이걸 못해."

잠시 절망스러워하다 나는 묻는다.

"나와 함께 할 거야? 세브로?"

세브로는 뒤로 물러서며 자신의 코로부터 콧물을 닦아 낸다. 그 바람에 그의 얼굴은 진흙범벅이 된다. 눈물이 그의 진흙 묻은 얼굴 위에 줄을 만든다. 그가 나를 올려다본다. 그의 목소리가 어린아이의 것처럼 깨진다.

"언제나 함께 하지, 대로우. 언제나."

제41장

# 아킬레스

애도할 시간이 없다. 내 세력이 대량으로 죽었다. 그럼에도 우리는 앞으로 무리를 더 나눠야 한다. 도시 밖의 내 군대는 난공불락의 외벽을 향해 자신을 던지며 안쪽에서 도움의 손길이 나오기를 기다리고 있다. 그들은 아무런 도움도 못 받았다. 내 특사들은 내 연락망으로 계속 연락을 보내며 내가 죽었는지 궁금해 하고 있을 것이다. 그런 소문은 전투의 패배로 이어질 수 있다.

나는 라그날을 남은 옵시디언들과 함께 보내며 내 특사들을 위해 외벽의 문들 중 하나를 열라고 지시한다. 내 특사들은 수천 명의 그레이와 옵시디언들을 비축한 채 대기하고 있다.

"너에게 골드들은 배정하지 않겠다. 그게 무슨 의미인지 아느냐?"

나는 라그날에게 말한다.

"압니다."

"이것은 시작이 될 수 있다."

나는 조용히 말한다. 나는 허리를 숙인 후 빨아들이는 진흙 속에서 버려진 레이저 하나를 든다.

"자신의 운명을 선택하는 것은 사람의 의무다. 네 운명을 선택하거라."

나는 그 레이저를 라그날에게 건넨다.

라그날이 뒤에 있는 옵시디언들을 본다. 그들의 갑옷은 스타셸 슈트로부터 분리되는 과정에서 많이 해졌다. 그리고 그들은 진흙으로 덮여 있다. 자신보다 작다. 몇몇은 유연하고 조용하다. 다른 거대한 이들은 한쪽 발에서 다른 쪽 발로 왔다갔다 무게중심을 이동하며 의욕을 보인다. 모두 그 특유의 검은 눈과 하얀 머리를 하고 있다. 그들은 내가 죽인 그레이들과 옵시디언들로부터 훔친 무기들로 자신들을 무장한다. 그 무기들은 모두를 무장시키기에 충분하지도 않을 뿐더러 이들이 골드들과 맞닥뜨리기라도 한다면 별반 소용이 없을 것이다.

라그날이 선택을 한다. 그는 자신의 손을 건넨다. 하울러들이 내 뒤에서 공격할 준비를 한다. 시슬이 그를 악의적으로 눈여겨본다.

"저는 당신을 따르기로 선택합니다. 그리고 저는 저들을 이끌기로 선택합니다."

나는 라그날의 손에 그 레이저를 쥐어 준다.

시슬이 숨을 헉 하고 쉰다.

"대로우! 너 뭐하는 거야?"

"입 닥쳐."

세브로가 쏘아붙인다.

"쟤, 저러면 안 돼!"

시슬이 앞으로 쿵쿵거리며 나와 레이저를 라그날의 손에서 빼앗아보려고 한다. 라그날은 그것을 놓지 않는다.

"그걸 놔라. 노예야. 나에게 칼을 주라고. 나에게 칼을 주지 않으며 내가 그걸 쥐고 있는 네 손을 잘라 버리겠다."

그녀는 자신의 레이저를 꺼내든다.

"그럼 내가 너를 잘라 버릴 거야, 시슬."

세브로가 비아냥거린다.

"세브로?"

세슬이 뒤돌아 세브로를 본다. 그녀의 눈이 커졌다. 그녀가 나를 바라본다. 그리고 다른 하울러들을 바라본다. 그들은 조용히 서서 방금 무슨 일이 벌어졌는지 혼란스러워하고 있다. "너 미쳤어? 그건 그의 권리가 아니야. 우리의 권리라고. 그에게는 그럴 자격이……."

"자격이 없다고? 네가 뭔데 그걸 결정해?"

세브로가 묻자 그녀가 소리친다.

"나는 골드라고! 클라운, 페블……."

페블은 계속 말을 아낀다. 클라운은 고개를 갸우뚱한다.

"대로우, 이게 무슨 상황이야?"

내가 말한다.

"이건 내 군대다. 기관에서의 일을 기억하겠지. 나를 따르는 자들을 위해 내가 피를 흘린다는 것을 기억할 것이다. 내가 노예들로부터 충성의 맹세를 받지 않는다는 것도 알 것이다. 그럼 왜 이상황에 놀라워하는 거지? 이게 현실이라 그런가?"

"그냥 좀 아슬아슬한 결정이라 그러지. 심지어 이런 상황에서도 아슬아슬하다고."

클라운이 우리 주위의 전투상황을 둘러본다.

"네 말이 맞아. 아슬아슬해."

나는 허리를 숙여 진흙에 버려진 다른 레이저를 발견한다. 이것은 옵시디언들 중 다른 사람, 흉측한 외모에 내 반만 한 체구를 보유한 여자에게 던져 준다. 그녀는 레이저가 마치 뱀인 것처럼 그것을 쥐고서 두려운 눈으로 나를 바라본다. 그들은 우리가 신이라고 믿도록 키워졌다. 토르의 망치를 받는 상황이란…… 나라면 그것을 어떻게 들었을까? 세브로가 시체들 사이로 걸어 다니며 레이저를 몇 개 더 발견한다. 세브로는 그것들을 옵시디언들에게 던져준다.

"그걸로 너희 자신들을 베지는 말라고."

세브로가 말한다.

"너희들을 믿는다. 가라."

나는 그들에게 말한다. 그들은 사라진다. 거대한 외벽의 뒤쪽에서 부풀어 오르는 어둠을 향해 그들은 전력질주 한다. 나는 하울러들을 향한다.

"문제 있나?"

시슬을 제외하고는 그들이 모두 고개를 젓는다.

"시슬?"

세브로가 묻는다.

클라운이 그녀를 쿡 찌른다. 그러자 그녀도 마지못해 고개를 젓는다.

"문제없어."

문제는 있다. 이 일 이후로 시슬은 나를 따르지 않을 것이다. 벌써부터 나는 내 친구들이 나에게 등을 돌리는 것이 느껴진다. 그들은 아직 진실의 미세한 일부조차도 모르고 있는데도 말이다. 그것은 다른 날로 미룰 문제다.

우리는 재빨리 움직여야 한다. 하지만 우리에게는 작동하는 그래브부츠가 오직 한 쌍밖에 없다. 나는 그것을 세브로에게 준다. 우리는 내가 올림푸스에서 하울러들을 들어 올렸던 것처럼 세브로도 우리를 끌어올릴 수 있을지 본다. 하지만 우리가 그 부츠에 하중을 가하자 그것이 펑펑거리며 불꽃을 튀긴다. 이 부츠는 오직 세브로의 무게만큼만 감당할 수 있다. 싸우고 구출하는 상황 속에서 어떻게든 망가졌나 보다. 이런 우라질.

곧 발로 직접 이동해야 할 것이다. 그리고 우리는 느려져서는 안 된다.

나는 몇몇의 반동플레이트 갑옷을 가리킨다. 스타셸을 잘라내고 나서 그들에게 이것이 남아 있는 것도 행운이다.

"갑옷 벗어."

"뭐라고?"

시슬이 말을 더듬는다.

"갑옷. 벗어. 풍뎅이스킨 갑옷만 빼고."

"무장하지 않은 채로 집정관들을 상대하라고? 우리 모두가 죽기를 바라는 거야?"

시슬이 울부짖는다.

"우리는 빨리 움직여야 해. 만일 우리가 시타델에 도달하기도 전에 방패막이 내려진다면 군주는 빠져나갈 거야. 우리가 그녀를 포획하지 못한다면 그녀는 세력을 재정비할 기회를 얻을 것이고. 그녀는 애시 로드와 합류하겠지. 또 소사이어티의 모든 이들을 불러들일 것이고 그들은 우리 수의 열 배를 이끌고 이곳에 돌아와 우리를 짓밟을 거야. 우리는 전투에서는 승리하고도 전쟁에서는 패하는 셈이 되겠지."

"그러나 우리가 군주를 포획한다면……."

세브로가 내 옆으로 다가오며 으르렁거린다.

"우리 지금 군주에 대해 얘기하고 있는 거지? 그녀에게는 집정관 올림픽 나이트들……."

클라운이 말하자 세브로가 묻는다.

"그래서? 우리에게는 우리들이 있잖아."

"우리 6명."

우리가 모두 클라운을 쳐다보자 그는 쑥스러운 듯 어깨를 으쓱한다.

"그냥 누군가가 그 점을 지적해 줘야 할 것 같았거든."

"발로 걸어야 할 거리가 15킬로미터야."

내가 말한다. 그들이 끄덕인다.

"내 걸음속도로."

그들은 서로 걱정스러운 눈빛을 주고받으며 자신들의 갑옷을 벗기 시작한다.

"만일 뒤처지게 되면 숨을 곳을 찾아라."

지구 중력의 1/3인 환경. 최상의 조건을 유지하고 있는 신체들. 그럼에도 이 상황은 힘들 것이다. 특히나 내가 직접 레이저로 내 팔을 엉망으로 만들었으니 더욱 그럴 것이다.

세브로가 나에게 바짝 다가오는 동안 하울러들이 자신들의 갑옷을 벗는다. 무기들이 땡그랑 거리는 소리와 그들이 떨리는 손으로 갑옷들을 제거하는 모습에서 그들의 공포심이 들린다. 그들이 자신들의 모습을 까맣게 만들기 위해 광분한 손길로 얼굴에 진흙을 칠하는 모습에서 그들의 두려움이 보인다.

"저들은 초창기부터 너와 함께했어, 대로우."

세브로가 폭풍이 몰아닥치는 공원을 두리번거리며 저 멀리에 있는 시타델과 지나가는 함선들의 번뜩이는 불빛을 바라본다.

"우리는 벌써 네가 루나에서 데려온 사람 수의 절반밖에 안 돼.

네가 팍스는 라그날로 대체할 수 있었을지 몰라도 저들은 대체할 수 없어. 나도 마찬가지고."

"너는 나와 함께하는 줄 알았는데."

"나는 네 양심이야. 네 뒤꽁무니라면 어디든 따라다닌다고. 그러니 똥대가리 같이 굴지 말라고."

"병사들, 내 신호에 움직인다!"

내가 외친다.

갑옷을 벗은 채 우리는 조용히 출발한다. 오직 우리의 레이저만 들고 풍뎅이스킨 갑옷만 착용한 상태다. 그래브부츠 대신 고무바닥으로 된 속신발을 신고 있다. 우리는 외벽을 뒤로 하며 강을 따라 간다. 그리고 외벽을 도시와 분리시키는 수천 평방미터의 숲들과 잔디 무성한 공원들을 전력으로 통과한다. 그동안 저 멀리에서 기계화된 전쟁이 격렬히 벌어지고 있다. 함선들이 으르렁거리며 지나가는 바람에 나뭇가지들이 떨고 잎사귀들이 떨어진다. 지상 전차들이 우리 오른쪽, 저 끝에서 번쩍이며 군사들을 전선으로 이송시킨다. 우리로부터 조금 떨어진 곳에서는 폭발들이 연기 기둥들을 이루고 있다. 연기 구름들이 도시를 감싸고 있는 거대한 방어막 너머의 하늘을 삼켜 버렸다. 구름 속 폭발들 때문에 섬광이 지나간다.

머스탱은 이제 방어막 발생기에 가까워지고 있을 것이다. 그녀가 살아 있다는 전제하에…….

이것은 격렬한 걸음 속도다. 전력질주로 15킬로미터를 가고 있다. 옆구리에서 찌르는 듯한 통증이 느껴진다. 근육들은 산소를 고파한다. 그리고 오른팔은 상완에 총알을 맞아 생긴 피투성이 상처와 팔뚝 및 손목을 따라 베여 피가 흐르는 자상들 때문에 아프다. 나는 이 팔을 쓸 수 있도록 각성 흥분제 반 팩을 흡입했다. 통증은 판단력을 흐리게 만들지 않는다. 오히려 나를 집중하게 만든다. 내가 죽은 자들에 연연하지 않도록 도와준다.

우리는 숲의 가장자리에 도달해도 멈춰서 쉬지 않는다. 오히려 상업 지구의 포장된 길을 따라 질주하며 하늘을 향해 1킬로미터 치솟은 건물들 사이로 휙 지나간다. 우리는 사람들에게 버림받은 로우 디스트릭트 지구들, 즉 구불구불한 통로들이 거친 거리들과 그라피티가 그려진 벽면들로 이어지는 상점가를 빠르게 통과한다. 가끔씩 브라운이나 핑크나 레드가 우리 앞길을 얼른 피해 주거나 창 너머, 또는 골목에서 우리를 살핀다. 심지어 그들의 주요 삶의 터전인 이곳에서도 이오의 죽음을 그린 그라피티가 발견된다. 그녀의 머리칼은 공격으로 파손되어 아게아의 투명 방어막 너머의 하늘을 쭉 가로지르는 전투기들처럼 불타고 있다. 누군가가 내 뒤에서 토를 한다. 그들은 멈추지 않는다. 담즙의 악취는 우리와 함께 이동한다.

세브로가 우리에게 다시 날아와 내 옆에 착지한다.

"그레이 소대가 앞에 있어. 피하려면 남쪽으로 한 블록 갔다 뒤로 돌아가."

그 후 그는 다시 사라진다. 우리는 그의 지시를 따른다.

갑자기 하늘에 움직임이 있다. 그래서 우리는 그것을 관찰하기 위해 속도를 늦춰 조깅하며 간다. 이 기회에 페블은 보도 위에 드러누우며 숨을 헐떡인다. 저 위에, 하지만 여전히 보호막 안인 곳에서 함선 무리가 상대적으로 적은 수의 군사들이 싸우고 있는 남쪽 벽, 즉 론의 전투지에서부터 라그날과 그의 옵시디언들이 향한 북쪽 벽 쪽으로 군사들을 이송시키고 있다. 예비군들로 가득한 수십여 대의 함선들은 도킹하고 있던 격납고와 우주정거장에서 벗어난다. 그 우주정거장은 7킬로미터 높이의 마리너 계곡 암벽을 따라 동서로 이어진다. 하이레드들이 노예처럼 군비들과 상용 소모품들을 만들어 대는 공장들과 함께 대부분의 막사들이 그곳에 있다. 우리는 그 비행체로부터 숨는다. 북쪽 벽에서 무슨 일이 벌어졌나 보다. 우리는 다시 출발한다. 페블이 신음소리를 낸다. 시슬이 그녀를 일으켜 세워 그녀가 뒤처지지 않게 챙긴다.

몇 분 후 세브로가 우리와 다시 합류한다. 그의 왼팔은 옆구리 부근에서 맥없이 늘어져 있다. 나는 그것을 눈여겨본다. 그는 내가 걱정하는 것을 무시한다.

그의 입이 미소로 째진다.

"라그날이 지독한 대문들을 열었어. 외벽 입구에 12명이 있는데 우리 애들이 물 밀리듯 들어가고 있어. 그리고……."

그가 그 자리에 서서 활짝 웃는다.

"그리고 뭐?"

"그리고 라그날이 윈드 나이트를 죽이고 카시우스를 거의 베어 버릴 뻔했어."

"올림픽 나이트를?"

클라운이 숨을 헉 하고 쉰다.

·"군대 전체 앞에서 그를 두 동강 냈지. 우리 부대의 옵시디언들이 완전 흥분했어."

그러더니 세브로가 다시 떠나고 우리는 전진한다. 그레이 경찰 부대 하나가 우리의 앞길을 막는다. 우리는 그들이 발사한 총알들이 보도에 구멍들을 내는 동안 몸을 숨긴 후 그들을 피하기 위해 골목길로 방향을 바꾼다.

목적지까지 4킬로미터가 남았다.

기침하고 숨을 헐떡거리며 우리는 시타델 구내의 외곽 지역 안으로 우연히 굴러들어간다. 우리는 무슨 누추한 꼴의 추방당한 악마 무리처럼 숲속에 숨는다. 얕은 잡목림을 통과하고 높은 벽을 지나 시타델이 서 있다. 그곳은 첨탑들로 이루어진 네트워크다. 금색 대신 흰색 바탕에 빨간 테두리가 그려졌으며 여전히 아우구스투스 가문의 사자 조각상들로 장식되어 있다. 그러나 벨로나의 파란색과 은색 깃발들이 사자 풍향계 위에서 바람을 따라 나부낀다. 그들의 은색 독수리는 높은 긍지를 뽐내고 있었으나 세브로가 풍향계에서 밑에 있는 우리를 향해 손을 흔들더니 깃발들 중 하나의 줄을 잘라 그것을 풀어 버린다. 그들은 이렇게 깊은 곳까지 누군가가 침투하리라고는 생각지도 못했다.

그 아름다움과는 별개로 시타델은 또한 요새이기도 하다. 그것

278

도 내가 별로 얽히고 싶어 하지 않는 요새다. 우리는 그곳에 군사들이 완전히 철수되지는 않았을 것이라고 추측하며 방에서 방으로 이동하며 감탄을 금치 못한다. 비싼 북가시나무 벽면들을 보며 그 자리에 얼어 버리고 대리석 바닥을 보며 그 자리에 쓰러져 버린다. 이곳은 방어막에 싸여 있지는 않지만 그 밑으로 한참 내려가면 벙커들로 네트워크가 짜여 있다. 나는 그곳에 군주가 몸을 숨기고 있을까 봐 걱정했다. 그녀가 그곳에 계속 있을 거라면 우리는 그녀를 포위할 수밖에 없다. 그녀를 그곳에서 끄집어내기까지 며칠이 걸릴 것이다. 그것도 그곳에서 그녀를 꺼낼 가능성이 있다는 전제하에 그렇다. 그러므로 나는 그녀에게 도망칠 기로를 터 준다. 그 짐은 머스탱이 지었다. 방어막을 적절한 시기에 내려야 한다. 군주를 여기서 쫓아내는 것이다.

장식용 벽이, 그것도 평상시에 그래브부츠를 신고 있었다면 한 번 폴짝 뛰어넘을 거리밖에 안 됐을 것이 우리를 고요한 시타델 구역으로부터 차단한다. 우리 주위로 온통 공원이다. 나무들. 분수들. 지금은 비어 있지만 골드들과 실버들이 애프터눈 티를 즐겼을 하얀 광장들. 이곳은 폭풍전야로 너무나 고요하다. 세브로가 날아 내려와 나와 합류한다.

"우리를 들어서 벽 너머로 옮겨줄 수 있겠어?"

내가 묻는다.

"이 부츠는 밥통이 거의 다 비었는데. 해 보자고."

세브로가 툴툴거린다.

서로를 부둥켜안은 채 그가 나를 하늘로 들어올린다. 그 과정에서 그는 왼팔의 통증에 움찔하고 최대한 그 팔을 아낀다. 부츠가 펑펑 거리더니 불꽃들을 털어낸다. 우리는 두 차례 밑으로 떨어진다. 그런 후 벽 위에 올라서 있다. 나는 세브로를 놓고 내린다. 그리고 그는 다음 하울러를 데려오기 위해 밑으로 쑥 내려간다. 조금 있다 그의 머리가 벽 위로 잠시 나타나더니 사라지면서 그의 그래브부츠가 불꽃과 신음을 토한다. 마지막으로 기계적인 펑 소리를 한 차례 내면서 그 부츠가 정지한다. 그리고 세브로와 그 하울러는 땅으로 10미터를 곤두박질친다.

거대한 쿵 소리가 도시 반대편에서부터 울려 퍼진다. 저 멀리 연기가 인다.

머스탱이 해낸 것이다.

위로, 이 세계를 함선들의 세계와 분리시켰던 그 반투명 막이 풀어진다. 그것은 낭창하게 흔들리더니 손상된 거울처럼 도시의 불길들과 하늘의 번개들을 일그러뜨리며 프리즘 무지개 빛 안개로 산산조각이 난다. 아니, 방어막의 1/8만 산산조각 난다. 막혀 있던 커다란 물줄기가 도시의 그쪽 지역으로 거대한 회색 층을 이루며 쏟아져 내린다.

"계획이 실패했어!"

페블이 벽 반대편에서 외친다.

하지만 계획은 성공한 것이다. 하나씩 차례대로 방어막을 치는 결합부들에 과부하가 걸린다. 폭풍에 의한 거대한 물줄기들 같은 연쇄 반응이 드디어 아게아를 장악한다. 로크는 이기고 있다면 증강 병력을 위에서 쏘아 줄 것이다. 도시는 거의 쟁취됐다고 볼 수 있다. 그리고 지금 이 순간에도 군주는 그녀가 잃어버린 행성으로부터 도망치기 위해 경호원들에 의해 벙커에서 이끌려 나오고 있을 것이다. 하지만 셔틀 정거장들은 아직 시타델 구역 저편으로 2킬로미터나 떨어져 있다. 이 모든 것은 지금과 다르게 돌아갔어야 했다. 나는 내 갑옷을 입고 있어야 했으며 뒤로 100명의 옵시디언들과 함께 가장 능력 있는 골드들 열두 명을 이끌고 있었어야 했다. 대신, 나는 내 친구 무리를 고기 분쇄기 속으로 이끌고 있다. 나는 패러다임을 바꿔야 한다. 하지만 그들을 잃을지도 모를 위험을 감수하지는 않을 것이다. 나는 세브로를 향해 벽밑을 내려다본다. 그는 즉시 내 특유의 눈빛을 알아본다.

"안 돼, 대로우. 네 임무를 생각해!"

세브로가 말한다. 내가 뒤로 돌아서는 동안 그는 나에게 애걸하며 올라오려고 뛰어도 보고 벽면을 긁어도 본다.

"하지 마, 대로우. 기다려! 그들은 너를 죽일 거야!"

나는 벽면의 반대편인 시타델의 정원 안으로 착지한다.

어떤 사람들은 생명줄이 너무나 강해 그 주위의 생명줄들을 닳고 끊어지게 만든다. 내 전쟁을 위해 충분히 많은 친구들이 대가를 치렀다. 이번 건은 내 몫이다.

"대로우! 멈춰!"

세브로가 필사적으로 끔찍한 비명을 지른다.

나는 내 평생을 통틀어 최고의 속도보다도 더 빠르게 질주한다. 군주는 나에게서 도망치지 못할 것이다. 나는 그녀를 잡기 위해 이 모든 것을 했다. 그녀를 잡고 소사이어티를 무너뜨리기 위해. 그녀를 잡으면 무대는 완성된다. 우리는 일어설 것이다. 우리는 승리할 수 있다. 나는 관목숲을 몇 줄씩 뛰어넘고 분수 주위로 전력 질주하며 장미 덤불들을 헤치고 지나간다. 팔을 따라 피가 흘러내린다. 몸의 감각이 느껴지지 않는다. 나는 흙 위로 날아다닌다. 슬링블레이드를 손에 쥔 채.

저기.

나는 시타델의 모서리를 돈다. 장미 정원을 지나 원래는 흰색이나 개인 요트 엔진들에 의해 까맣게 그을려진 안뜰이 있다. 네 대의 외로운 함선들이 100대를 댈 수 있는 정거장에 앉아 있다. 모든 셔틀들은 검은색으로 넓은 샤시에 거대한 금색 초승달이 그려져 있다. 하지만 그들 중 가장 두껍게 만들어진 셔틀, 즉 상대적으로 더 큰 엔진과 보강된 선체를 보유한 것은 군주의 전용 함선이다. 다른 것들은 유인용 셔틀들이다. 전용 셔틀만큼 거의 두꺼우며 거의 무장됐다. 하늘에서는 그것들을 구분할 수 없을 정도다.

나는 센서에 감지가 됐을 것이다. 그것은 의심할 여지가 없다. 그레이 러쳐들이 나를 잡으러 오고 있을 것이다. 옵시디언 경호원들이 나를 죽이기 위해 어떤 숨겨진 병영에서 풀려나왔을 것이다. 내가 멈춰야만 그들이 나를 잡을 수 있다. 그리고 나는 셔틀 정거장을 분석하는 동안에도 가던 속도를 늦추지 않고 있다. 오렌지들이 검은 셔틀들 주위로 바삐 움직인다. 그것들을 발사시킬 준비를 하는 것이다. 너무 늦지는 않게 왔다. 하지만 셔틀까지는 시타델에서 나오는 문이 나보다 훨씬 가깝다.

그들은 서둘러 나온다. 나는 군주를 발견하지 못한다. 오직 비바람 속에서 휘날리는 보라색 망토들만 보인다. 그들은 강풍 속에서 고개를 숙인 채 하늘을 올려다본다. 저 위에는 아이언 레인의 진입 자국들, 즉 우리 군사들이 발사되면서 하늘에 남긴 흔적들이 폭풍 뒤에서 빛을 발하고 있다. 그 덕에 어두운 구름들이 대장간에서 천천히 달궈지는 강철처럼 보인다. 나의 타이탄들이 오고 있다.

집정관들이 바삐 움직이며 군주를 모시고 긴 경사로를 따라 셔틀의 뱃속으로 달려 들어간다. 나는 군주가 함선의 뱃속으로 고개를 숙이며 들어가는 모습을 포착한다. 그녀의 수행단 중에는 아자도 있다. 그리고 카르누스도 있다. 또 피치너도 있다. 저 못생긴 반역자 개새끼 같으니라고. 나는 더 빨리 달린다. 다리가 피로로 무디다. 폐가 아파 온다. 나는 내 모든 전력을 이 순간에 쏟아 붓는다. 광산에서의 삶, 하모니와 보냈던 고통스러운 시간들, 기관에서의 끔찍함들. 내가 얻어내고, 잃어버린 모든 사랑. 아직도 그 모든 사랑을 위해 살고 싶은 마음. 나는 그 모두를 내 속에서 불태워 버린다.

수행단의 반이 보도 위에서 기다린다. 그들은 셔틀의 등들이 빛을 발하고 엔진들이 최적의 상태로 가동되는 모습을 지켜보도록 남겨진 것이다. 유인용 함선들도 그것의 움직임을 따라한다. 내가 가까이 다가서는 동안 벨로나측 골드 한 명이 돌아본다. 그의 눈이 번쩍거리며 커진다. 그가 반쯤 비명을 지르는 사이에 나는 달려가며 동시에 그를 베어 버린다. 더 많은 이들이 고개를 돌린다…… 여자들, 남자들, 전사들, 정치인들, 골드들과 실버들. 내가 아우구스투스의 옆에 서 있던 시절에 익혔던 얼굴들이다.

파도가 들이치듯 그들은 나의 존재를 깨닫는다. 적군은 외벽의 대문 앞에 있지 그들 사이에 있으면 안 될 존재다. 그러므로 그들은 나를 확인하자 움찔한다. 그리고 그들이 자신들의 정신을 차릴 때쯤 나는 이미 그들의 무기 든 손을 지나친 상태다. 나는 그레이 한 명의 쭉 뻗친 손아귀를 피하며 그의 허리춤에서 작은 군수품 주머니를 뺏어간다. 그리고 뒤로 칼을 휘둘러 살을 가른다.

고함들. 레이저를 찾아 더듬거리는 손들. 총알들, 펄스블래스트 폭탄들이 내 머리를 쌩하고 지나친다. 셔틀이 떠오르기 시작하면서 그 출입구 경사로가 쓱 들어간다.

나는 내가 가지고 있는 모든 힘을 동원해 괴성을 지르며 뛰어오른다. 부상당한 오른팔의 손이 경사로의 가장자리를 쥔다. 손가락에서 느껴지는 압박감과 통증에 눈이 머리에서 튀어나올 것 같다. 함선은 여전히 떠오르고 있다. 엔진의 으르렁 소리가 내 귀를 가득 매우며 심장이 갈비뼈를 뒤흔든다. 경사로는 계속해서 닫힌다. 나는 필사적으로 끙 소리를 낸 후 스스로를 위로 휙 끌어올린다. 이상한 각도로 힘을 줘서 부자연스러웠지만 낮은 중력이기에 가능한 일이었다. 나는 겹납고 안으로 굴러들어간 후 양 무릎을 꿇고 숨을 헐떡인다. 슬링블레이드는 바닥에 대고 있다. 문이 닫히며 여압을 유지시키는 동안 엔진 소리가 서서히 사라진다. 들리는 것은 오직 내 거친 숨소리와 이 치명적인 셔틀이 도주하며 내는 우르릉 소리뿐이다.

나는 위를 쳐다본다.

제42장

# 골드 한 명의 죽음

갑옷을 완전히 장착한 여섯 명의 집정관들이 나를 지켜본다. 그들 중에는 카르누스도 있다. 그리고 아자도 있다. 또 다부진 체격의 피치너도 있다. 그의 눈은 나를 보자 커진다. 군주는 그녀의 집정관들 앞에 서 있다. 그녀의 키는 크지만 그들의 어깨에 닿을락 말락 한다.

이런 우라질. 나는 그들이 아직 다함께 격납고에 있으리라고는 생각지도 못했다.

"대로우?"

피치너가 신음에 가까운 소리를 낸다.

"뭐?"

카르누스는 웃음을 터뜨리며 다른 사람들도 방금 이렇게 터무니

없는 선물이 무릎 위에 떨어진 것을 알아차렸는지 두리번거린다.

"뭐라고? ……안드로메두스, 아니, 너는 대체 어디서 나타난 거냐? 마치 주피터 신이 방금 똥과 함께 너까지 싸 버린 것 같은 모습이잖아."

나는 계속 무릎을 꿇고 있다. 숨을 헐떡이며 피와 빗물과 땀과 진흙을 흘리고 있다.

"이놈을 인질로 삼으면 협상할 때 쓸 수 있을 겁니다."

함선이 하늘로 올라가는 동안 피치너가 재빨리 말한다.

"아니. 아킬레스는 절대 붙잡혔다고 몸값이 요구될 수 있는 대상이 아니다. 그러면 그가 아킬레스인 이유를 잃어버리게 된다."

군주가 대답한다. 그녀는 나를 잠시 냉정하게 평가한다. 나는 바닥에 가래를 뱉는다.

"아자, 그의 머리를 베어라."

아자가 나를 향해 빠르게 걸어온다.

"멍청한 애송이. 친구도 없고, 군대도 없으니, 희망도 없구나."

나는 어둡게 쿡쿡 웃는다.

"펄스수류탄이 있는데 왜 희망이 필요하겠어?"

나는 아까 그레이의 벨트에서 뜯어냈던 군수품을 들어올린다. 그들은 뒤로 물러선다.

"안드로메두스, 원하는 게 뭔가?"

군주가 천천히 묻는다.

"당신이 무적이 아니라는 것을 증명하기를 원합니다. 이 함선을 착륙시키십시오."

옥타비아가 미소를 지으며 컴에 대고 말한다.

"조종사, 셔틀을 굴려라."

조종사는 연속 횡전을 한다. 그래브부츠 없이 나는 발 디딜 자리를 잃어버린 채 천장에 쾅 부딪힌 후 다시 갑판으로 떨어지며 수류탄을 놓친다. 내 적들은 제자리에 꼭 붙어 있다. 아자가 열린 승강구 밖으로 그 펄스수류탄을 차 버린다. 그것은 한참 밑에서 폭발한다.

나는 방금 내 계획이 사라져 버린 밤하늘 저 먼 곳을 쳐다본다.

"자만심이라. 그것은 우리 모두를 바보로 만들고는 하지."

옥타비아가 미소를 짓는다.

나는 시간을 충분히 끈 후 군주를 다시 쳐다본다. 모든 변수를 조절할 수 있을 것이라고 생각했던 내 자신이 얼마나 멍청했는지를 깨닫고 있다. 그리고 이제 나는 실수를 저질렀다.

"당신은 도주하지 못할 것입니다."

내가 말한다.

"너도 내가 도주에 성공할 것을 알고 있잖니. 안 그랬다면 왜 네가 내 셔틀에 뛰어오르는 위험을 감수했겠어?"

그녀는 올림픽 나이트들 중 한 명을 향해 고개를 끄덕인다. 그러자 기이하고도 높은 음의 재잘거림이 허공을 타고 두 번을 울려 퍼진 후에야 그친다. 고스트클록이다. 함선 전체를 가릴 수 있는 것으로 말도 못하게 비싼 것이다. 내 친구들은 나를 구하러 오지 못할 것이다.

옥타비아가 피치너를 향한다.

"레이지 나이트여, 나노 카메라를 갖고 있나?"

피치너는 고개를 끄덕이며 반지 하나를 내보인다.

"아자가 리퍼를 죽이는 장면을 녹화해라."

피치너는 얼굴이 핼쑥해진다.

"제가 저놈을 죽일 수 있게 해 주십시오. 나의 군주님이여, 제 가족을 위해 제가 저놈을 죽일 수 있게 해주십시오. 이는 제 권리입니다."

카르누스가 간청하자 군주가 놀라워하며 묻는다.

"너의 권리라고? 네 가족 때문에 나는 화성을 잃었다. 너에게는 권리가 없다."

피치너가 군주를 향해 한 발 다가선다.

"저놈은 죄수로서 훨씬 값어치가 있을 텐데요. 제가 대로우와 얘기를 나눌 수 있게 해 주십시오. 저놈은 제 학생입니다. 한때 당신은 녀석을 수하로 두고자 했었습니다, 옥타비아. 대로우가 자신의 입장을 철회하고 다시 그럴 수 있도록 허락하십시오. 그 행동으로 당신의 힘이 얼마나 위대한지 전해질 것입니다. 당신은 이런 조그만 버러지도 이렇게 용서할 수 있다는 것이 보일 것입니다."

군주는 천천히 고개를 돌려 피치너를 바라보며 그를 분석한다. 그러자 그는 자신이 실수를 했다는 것을 깨닫는다.

"아자, 기다려라."

그녀가 미소를 짓는다.

"나는 피치너가 저놈을 죽이기를 원한다."

그 못생긴 남자는 마냥 입만 벌리고 있다. 이렇게 할 말을 잃은 그의 모습을 본 것은 내 손가락 안에 꼽힌다.

"네 학생을 죽여라. 아니면 나에게 충성하지 않는다는 말이냐?"

군주가 말한다.

"당연히 저는 당신께 충성하지요. 그것은 제가 이미 증명한 바입니다."

"그럼 그것을 다시 증명하라. 나에게 저놈의 머리를 가져와라."

"다른 방법이 있을 것입니다."

"그는 네 아들을 너와 대치시켰다. 그리고 너는 내가 신뢰하지 못하는 존재들을 가까이에 두지 않는다는 것을 알고 있을 터이다. 그러니 그를 죽여라."

옥타비아가 말한다.

"알겠습니다, 나의 군왕님."

피치너의 표정은 집중하느라 일그러진다. 그의 구릿빛 눈동자에서 이상하게도 소용돌이치는 슬픔이 보인다. 그의 애제자가 죽는 모습을 보는 것이 그렇게나 끔찍할까? 아니면 내가 세브로의 친구라서 그가 그러는 것일까? 아니면 세브로에 대한 걱정 때문에 그가 그러는 것일까?

"세브로는 살아 있어요. 그는 아이언 레인에서 살아남았어요."

내가 피치너에게 전한다.

피치너는 고맙다는 표시로 고개를 끄덕인 후 자신의 레이저를 건드린다. 그러다 그는 옆으로 굴러 넘어진다. 카르누스가 그를 옆으로 밀친 것이다. 그 거대한 벨로나 가문 인간이 나를 향해 돌진한다. 입은 증오로 휘었으며 거대한 어깨는 벨로나 가문의 위대함을 전시할 수 있는 갑옷으로 덮여 있다. 그가 우렁차게 내 이름을 부른다.

카르누스는 내 위를 공격하는 척하면서 나를 향해 레이저를 비스듬히 휘두른다. 그는 뱀처럼 빠르다. 나는 몸을 옆으로 뒤집으며 앞으로 이동한다. 그가 칼을 휘두르는 반경 안쪽에서 대부분 움직인다. 그리고 내 레이저로 그의 뱃속을 관통한다. 나는 칼을 놓는다. 그리고 그가 양 무릎을 꿇는 자세로 쓰러지는 사이에 그를 돌아 그의 뒤에 선다.

"너무 높이 오르면 진흙탕에 쓰러지기 마련이다."

나는 속삭이며 그의 등 뒤에서 칼의 뾰족한 끝을 쥐고 그것을 뽑아낸다. 그리고 그의 머리를 베어 버린다.

집정관 한 명이 나를 향해 돌진한다. 나는 내 레이저를 그에게 던진다. 그는 그것을 가슴에 맞고 바닥에 쓰러진다. 나는 그의 가슴으로부터 내 칼을 뽑아들고는 허둥거리며 지켜보는 집정관들로부터 뒤로 물러선다.

"멍청이들."

군주가 투덜거린다.

"이걸 계속 녹화할까요?"

피치너가 자신의 머리를 긁적인다.

함선이 다시 진동한 후 가파른 횡경사로 나르다 다시 평정을 찾는다. 무릎을 꿇는 자세로 넘어지자 시야가 흔들린다. 손은 갑판에 대고 있다. 몸의 균형을 잡는다. 내 등과 배에서 새로운 따뜻함이 쏟아지는 것이 느껴진다. 나는 무릎을 꿇지 않을 것이다. 그녀에게는, 독재자에게는 그렇지 않을 것이다. 나는 불안정하게 일어선다. 카르누스는 내 몸의 대부분을 그대로 남겨 줬다. 하지만 다 남겨준 것은 아니다. 내 목과 왼쪽 어깨 사이에서 피가 세차게 흘러나온다. 그의 레이저가 그곳을 성공적으로 겨냥한 것이다. 그것은 내 쇄골을 절단해 버렸다. 몸이 축 늘어진다.

"참 대단한 것이네."

옥타비아 오 룬의 차가운 눈이 내 목에 생긴 부상을 살핀다.

"이 애가 우리 가문에서 빚어졌다면 어떤 모습이 되었을지 상상해 보렴, 아자."

군주는 고개를 저으며 나를 전혀 이해하지 못한 채 뚫어지게 바라본다. 그녀는 내 다른 부상들도 확인한다. 피. 탈진. 젊음. 그럼에도 불구하고 내가 이 모든 것을 해냈다. 두 구의 시체가 내 발 옆에 있다. 내 뒤로 도시 하나가 마구 날뛰고 있다. 화성 전역으로 더 많은 도시들이 쟁취되고 있다. 내 함대가 벨로나의 함대를 부서뜨리고 있다. 소사이어티는 무너질 준비가 되어 있다. 그녀는 이해하지 못한다. 그리고 앞으로도 절대 이해하지 못할 것이다. 하지만 피치너는 아는 듯하다. 그의 눈빛은 촉촉하며 손은 꽉 쥐고 있다.

"당신은 저를 빚지 못합니다."

내가 중얼거린다. 오직 레드들만이 그것을 할 수 있다. 오로지 가족이, 오로지 사랑이 나에게 이 힘을 줬다. 하지만 그 힘은 이제 사라지고 있다. 그때에서야 아자가 앞으로 급히 나온다. 우리가 세 번의 대결동작을 나눈 후 그녀가 내 칼을 옆으로 쳐내고 주먹으로 내 가슴을 너무나 세게 친 나머지 나는 내가 죽었다고 착각한다. 그녀는 나를 헝겊 인형처럼 천장에 꽉 박아 버린다. 그리고 일을 끝낸 후 군주 옆으로 돌아간다. 나는 고통 속에서 신음하고 주저앉는다.

"나에게 그의 머리를 가져와라, 피치너."

군주가 명령한다.

피치너가 나를 무력하게 쳐다보며 군주를 거의 건드릴 정도로 손 하나를 내보인다.

"우리는 홀로캠을 위해 저놈의 처형을 녹화시켜야 합니다. 선전이지요. 완전한 교수형. 국영의 사형 집행."

"피치너……."

군주의 눈썹이 올라가자 피치너가 자신의 손을 거둬들인다.

"이제 그만."

그녀가 생각하는 동안 그녀의 턱 근육이 움직인다.

"나는 그가 없어지기를 바란다. 더 이상의 변수는 없다. 당장. 그 머리는 창끝에 매다는 용도로 남겨라. 우리는 그것을 녹화하면 된다."

피치너의 구슬 같은 눈이 슬픔에 잠긴다. 골드들 중 가장 낮은 자리에서 태어난 그가 오로지 능력 하나로 꼭대기까지 올라갔다. 대단한 사람이다. 내가 그를 약하다고 여겼던 순간이 존재하다니!

이곳의 일이 끝나갈 무렵이면, 우리는 화성을 쟁탈했을 것이다. 아우구스투스는 풀려날 것이다. 전쟁은 계속될 것이다. 골드는 약해질 것이다. 그리고 레드는 반란을 일으킬 것이다. 어쩌면, 정말 어쩌면 그들이 일어서서 자유를 찾을지도 모르겠다. 나는 아레스가 요구한 것을 했다. 나는 혼돈을 만들었다. 나머지 일들은 다른 남자와 여자들에게 넘어갈 것이다. 이오는 기뻐할 것이다.

나는 부드럽게 미소를 짓는다. 다리에 힘이 부친다. 나는 지쳤다. 무릎을 꿇고 있다. 내가 언제 이 자세로 다시 있게 됐지? 신경도 안 쓰인다. 다른 이들이 이오의 꿈을 이어 나아가는 동안 나는 계곡에서 쉬고 있으면 얼마나 좋을까. 단지 끝이 나기 전에 머스탱을 봤다면 좋았을 것이다. 그녀에게 내가 무슨 존재인지 알려 드디어 그녀가 나를 이해할 수 있게 해 줬다면 좋았을 텐데.

"네 아이는 밝게, 그리고 빠르게 타올랐다. 머리는 남겨. 하지만 그 몸은 화성인의 방식대로 흙에 버려도 돼."

아자가 내 시야의 그림자 속에서 피치너에게 말한다.

아자가 드롭식 출입구 경사로를 다시 연다. 금속이 신음 소리를 낸다. 계곡의 바람이 얼굴에서 느껴진다. 안개의 한기도 든다. 비의 냄새가 난다. 나는 잠이 든다. 곧 나는 이오 옆에서 깰 것이다. 우리의 따뜻한 침대에서 깨어날 것이다. 내 손은 그녀의 엉킨

머리카락 속에 있을 것이다. 나는 사랑을 맞이하며 깨어날 것이며 이전 세계에서 내 최선을 다했음을 확신할 것이다.

그래도 네가 보고 싶을 것이다, 머스탱. 이제까지 내가 인정했던 것보다 훨씬 더…….

안개와 그림자들이 내 시야다. 잠시 동안 녹 냄새에 나는 광산에 있다고 생각하게 된다. 내가 잠을 자고 있나? 금속 부츠 소리가 들린다. 남자 하나가 안개 속을 걷고 있다. 그의 얼굴은 안 보인다. 하지만 내 안의 뭔가가 동요한다. 아버지? 아니다, 아버지는 아니다. 나는 눈을 찌푸린다.

"나롤 삼촌."

"아니. 피치너다, 꼬마야."

그의 목소리는 내 정신을 다시 함선의 화물실로 격하게 끌어온다. 마치 실크를 자연스럽지 않은 방향으로 찢고 있는 낚시 바늘 같다.

"아. 당신이라 기쁘네요."

나는 조용히 말하며 내 무거운 머리를 조금 더 들어 그의 눈을 바라볼 정도로 충분한 힘을 찾는다. 그의 눈에는 눈물이 차오른다. 그는 기침으로 웃음소리를 토해낸다. 내 뒤로 바람이 휘파람을 분다. 계곡이 아니다. 그냥 화성이다. 안개가 아니다. 그냥 구름들이다. 그들이 내 몸을 밖으로 밀어낼 수 있도록 출입구 경사로는 내려져 있다. 나는 회색 머리를 가질 운명이 절대 아니라고 아르코스에게 말했었다.

머리가 앞으로 고꾸라진다. 나는 입안에 있던 피를 어느 정도 뱉어낸다. 속이 미식거리며 정신이 흐려지고 있다.

"머스탱에게…… 이오에게…… 내가 그들을 사랑한다고 전해 줘요."

나는 너무나 깊게 하품을 한다.

"이 우라질 멍청아. 내가 다 알아서 하고 있었다고."

피치너가 낮은 속삭임으로 말하며 자신의 고개를 젓는다.

"나는 그게……."

나는 안개 속에서 눈을 껌뻑인다.

"뭐라고요?"

"나야. 언제나 나였다고, 얘야."

안개가 사라진다. 나는 그를 올려다본다. 내가 아레스를 올려다 보는 동안 그는 자신의 레이지 나이트 투구를 착용하고 집정관들을 향해 자신의 펄스주먹을 발사하여 그들이 빠르게 흩어지게 만든다. 그는 음성 수류탄을 뒤로 툭 던진다.

"피치너! 배신자!"

군주가 포효한다.

폭발이다. 뭔가 내 가슴을 쳤으며 나는 떨어지고 있다. 회전하며 떨어진다. 날고 있나? 차가움이 느껴진다. 거친 바람이 나를 문다. 위장은 목구멍까지 올라왔다. 빙글빙글 돈다. 그러더니 딱딱한 팔 하나가 내 팔 밑으로 들어온다. 일어선다. 바람이 내 귓가를 지나 간다. 하지만 어둠이 나를 먹어 삼키기 전에 다른 소리가 들려온다. 피치너……. 아레스…… 지하 세계의 테러리스트 우두머리가 늑대처럼 울부짖으며 나를 피난처로 데리고 간다.

제43장

# 바다

깨어나니 바다 냄새가 나를 반긴다. 소금물과 해초의 향이 상쾌한 가을바람을 타고 전해진다. 갈매기들이 운다. 한 마리가 잠수했다 나와 열린 창문의 백색 석조 창틀에 앉는다. 그것은 나를 향해 고개를 내빼더니 아침 햇살 속으로 날아간다. 구름들은 저 멀리서 수평선을 따라 움직이며 이른 새벽이슬이 천장에 열려 있는 채광창 안으로 뚝뚝 떨어지고 있음에도 비가 더 올 것을 예고한다.

그녀가 내 옆에서 살짝 움직인다. 그녀의 호리호리한 몸이 이불 위에서 내 망가진 몸의 형체를 감고 있다. 그녀는 옷을 입은 상태다. 나는 셔츠를 벗은 상태다. 내 몸에는 새로이 피부 이식을 한 자국들이 남아 있다. 반들반들한 그 부위들은 분홍빛을 띠고 있다. 만지자 예민한 반응이 온다. 머스탱이 한 차례 더 움직인다. 그녀의 움직임에 내 정신이 몸으로 다시 돌아간다. 고통과 통증들이 느껴지는 동시에 그녀가 가까이에 있어 안락하다. 눈꺼풀이 스스로 감기도록 내버려두고 크게 한숨을 내쉬며 인간이기에 느낄 수 있는 부드러운 즐거움 속으로 풍덩 빠져든다. 목에 닿는 그녀의 숨결. 늑골에서 느껴지는 다른 심장의 두근거림. 시원한 바람에 그녀의 금발이 내 얼굴 쪽으로 불어오며 코를 간질인다. 아침 공기가 젊다, 활력이 넘친다.

나는 그것을 깊이 들이마시며 다시 스르륵 잠이 든다.

금속에 대한 기억들이 평화를 산산조각 낸다.

암흑 속에서 비명 소리들이 울려 퍼진다. 친구들이 죽는다.

내 눈이 빛을 찾아 번쩍 떠진다. 내가 어디에 있는지 필사적으로 기억해 내려는 것이다. 내 자신에게 안전하다고 알려준다. 따뜻하다. 여기에는 금속이 없다. 오직 목화 천 이불들, 침대 하나, 따뜻한 여자애 한 명만이 있다. 그럼에도 불구하고 그 기억들이 너무나 생생하다. 내가 어떻게 살아남았지?

나는 피치너와 함께 하늘에서 떨어졌다.

아레스……. 언제나 그래왔던 사실이겠지만 나로서는 그것이 너무나 새롭게 느껴져 이해하기조차 어렵다. 옐로우의 기구 하나가 내 가슴 속에서 심박을 다시 회복시키고 있는 상태에서 한 번 깼었다. 그 후 피부에 조각가의 메스가 닿은 상태로 다시 깼었다. 나와 침대를 함께 쓰는 친구들은 극도의 고통과 메스꺼움이었다. 시야의 조류가 밀려 들어왔다 흘러나갔다. 방문객들이 왔다 갔다.

지금의 상황 속에서 깨는 것이 훨씬 낫다.

다시 눈을 감는 것이 두렵다. 눈을 감았을 때 무엇을 볼지도, 다시 깼을 때 무엇을 발견할지도 무섭다. 레드 아이였을 때, 나는 작은 유아 침대를 키어런 형과 함께 썼다. 매일 아침마다 나는 형보다 일찍 깨서 그 자리에 조용히 누워 있었다. 그러면 우리 부모님이 하루를 시작하면서 조용히 대화하는 소리가 엉성한 문 밑으로 스며들어 왔다. 아버지가 발을 서성이는 소리가 들려왔다. 아침마다 아버지가 얼굴에서 잠결을 씻어내며 목청을 가다듬던 소리. 어머니는 아버지를 위해 커피 큐브를 갈아 커피를 만들곤 했다. 어머니가 살무사 알이나 직물 공장에서 훔쳐온 실크 롤들을 그레이들과 물물교환해서 얻어온 커피 큐브들이었다.

매일 아침마다, 같은 시간에 나를 깨우는 것이 그 소리였다면 얼마나 좋을까. 커피를 가는 소리, 그 향내. 그것들이 내 몸에게 이제 일어날 때라는 것을 알려 줬다고 말하고 싶다. 하지만 나를 깨운 것은 커피나 어머니의 차의 향이 아니었다. 배관 속에서 흘러다니는 물의 아침 탄식 소리도 아니었다. 그리고 라이코스 거주구 야간 근무 순번자들이 광산과 직물 공장에서 집으로 돌아오는 길에 관절염에 걸린 듯 한 밧줄 사다리를 오를 때 나던 삐걱 소리도 아니었다. 또 주간 근무자들이 집에서 일터로 향하며 피곤하게 투덜거리던 소리도 아니었다.

나를 깨운 것은 문이 닫힐지도 모른다는 두려움이었다.

매일 아침이 똑같이 끝났다. 먼저 토기 접시들이 금속 싱크대

안에서 달그락거렸다. 그 다음에는 아버지의 플라스틱 의자가 돌바닥을 긁었다. 부모님은 문 앞에 함께 서서 속삭였다. 침묵이 흘렀다. 나는 언제나 그 순간에 우리 부모님이 긴 키스를 나누고 있을 것이라고 상상했다. 그리고 마지막으로 작별이 이루어졌다. 현관문이 열린 채 녹슨 문의 경첩들이 삐거덕거렸다. 그리고 마침내 내 모든 기도에도 불구하고 그것이 닫혔다.

나는 머스탱에게 몸을 가까이 기울여 그녀의 이마에 입을 맞춘다. 내가 의도했던 것보다 더 세게 했다. 그녀는 섬세하게 깬다. 마치 여름 낮잠을 자다 깨면서 기지개를 쭉 펴는 고양이 같다. 그녀는 눈을 뜨지 않지만 내 옆구리 쪽으로 파고든다.

"너 깼구나."

머스탱이 중얼거린다. 그녀는 속눈썹을 깜빡이더니 갑자기 바로 일어나 앉아 나로부터 떨어진다.

"미안해. 잠이 들었나 봐."

그녀는 자신이 앉아 있던 의자를 바라본다.

"침대에서."

"괜찮아. 여기 있어. 부탁이야."

나는 우리가 서로에게 냉담한 태도를 보여야 한다는 것도 잊어버렸다.

"얼마나 오래 됐어?"

"공격한 지 말이야? 일주일."

그녀는 머리카락이 흘러내려와 눈을 가리자 빗어 넘긴다.

"네가 우리에게 다시 돌아와서 기뻐."

"우리가 잃은 사람들은 누구누구야?"

내가 조심스럽게 묻는다.

"잃은 사람들?"

그녀는 양손을 어색하게 꼼지락거리며 사망자들을 읊어나간다. 침묵의 시간이 길게 자리한다. 사망자 수가 침대에 누워 있는 나를 짓누른다. 나는 숨을 쉬어야 한다는 것을 기억한다.

"군주는?"

"도주했어. 그래도 피치너의 작품으로 흥한 부상을 입고 가기는 했지."

"네 아버지는?"

내가 묻는다.

"너 몰라서 물어?"

머스탱은 어색하게 미소를 지은 후 지나치게 아무 일 없다는 듯이 한숨을 내쉬며 자신의 긴장을 풀어 보려고 한다. 그녀는 앉은 자세에서 침대 가까이로 더 다가온다. 그 와중에도 여전히 나를 건드리지 않으려고 신경을 쓴다.

"너에게 그간의 소식들을 다 알려 주는 것도 꽤나 따분하겠네."

"그래도 너는 충분히 잘해 내리라 믿어."

"아버지는 살아 계셔. 방어막이 무너졌을 때 이미 시타델 안에 있던 몇몇 골드들이 러처 부대를 이끌고 아버지를 구출했어. 알고 보니 우리 오빠의 영향력이 꽤나 멀리까지 도달하더라고. 그래서 올림픽 나이트들은 아버지를 옥타비아와 함께 데리고 가려고 했지만 빈손으로 떠나야했지.

홀로컴 방송 채널들은 로크를 '환생한 넬슨'이라고 칭하고 있어. 그는 벨로나 함대의 80퍼센트 이상을 포획했어."

머스탱의 말투가 어두워진다.

"그 말인즉슨 로크는 그 전투의 수장으로서 그 함선들의 30퍼센트 이상에 대한 소유권을 주장할 수 있으며 그 나머지는 아우구스투스 가문에 돌아가게 된다는 거야."

"즉, 엄밀히 말해 그가 나보다 함대를 더 많이 갖게 되었다는 뜻이로구나."

"전문가들은 이제 상황이 그렇게 돌아가니 로크가 얼마나 더 충성을 바칠지 궁금해 하고 있지……."

"자칼이 자신의 게임을 계속 하고 있군."

내가 웃음을 터뜨리며 그녀의 말을 방해한다.

"오빠는 절대 멈추지 않아."

"나는 로크가 무기를 들고 나에게 대항할 것이라고 생각하지 않아. 너는 어때?"

머스탱이 어깨를 으쓱한다.

"힘은 기회를 만들어. 그와의 관계를 회복하라고 내가 너에게 말했잖아."

"로크는 우리의 동료야. 그 녀석은 언제나 그럴 것이고. 너도 걔를 알잖아."

머스탱이 천천히 미소를 짓는다.

"로크도 세브로만큼이나 이곳에 왔었어. 지난밤에는 이곳에서 잠들기까지 했고. 내가 좀 전에 로크를 내쫓았어. 하지만 우리에게 로크가 잠재적인 위협이 되지 않는다고 치부해 버린다면 내가 내 일을 제대로 안 하고 있는 셈이 되지."

'우리에게'라. 나는 그 단어에 주목한다.

"네 일이라고? 무슨 일……?"

내가 묻는다.

"내 자신을 네 최고 정치고문으로 등용시켰지."

"그렇게 하셨어?"

"그랬지. 조정에서의 게임은 못되고도 이중적인 일이야. 너는 그걸 하기엔 너무 진실돼. 마치 자신에게 경의를 표하며 연회를 열어 주는 늑대들의 초대에 그것도 영예라고 받아들이는 한 마리의 양 같다고."

"내가 조심해야 할 대상이 너라면 어쩔 건데?"

머스탱의 왼쪽 눈썹이 휘어 올라간다.

"글쎄. 그럼 너는 이미 패한 거라고 봐야겠네."

나는 웃으며 세브로에 대해 묻는다.

그녀는 주위를 둘러보는 척 한다.

"걔가 네 침대 발치에 잠들어 있지 않단 말이니? 자기 아버지와 함께 어디로 간 것 같아. 나도 어젯밤 궤도에서 카박스를 보고 방금 돌아왔어. 그런데 세브로가 저녁 먹고 얼마 안 돼서 피치너와 함께 떠났다고 시오도라가 알려 주더라고. 걔가 자기 아버지를 정말 싫어하는 줄 알았는데."

"정말 싫어해."

"뭐가 달라진 건데?"

나는 어깨를 으쓱하고는 세브로가 자신의 아버지의 진짜 정체를 언제부터 알고 있었을까 궁금해 한다. 그가 나만큼이나 전혀 모르고 있었다는 것은 말이 안 된다. 여느 때와 달리 누군가가 나에게 거짓말을 하고 있었단 말인가?

"그리고 론 스승님은?"

내가 묻는다.

"그분은 그 하피 계집 빅트라와 함께 있어."

"빅트라는 또 뭐가 문제인데?"

"그녀가 움직이는 것이라면 뭐든 거기에다 추파를 던진다는 사실만 제외한다면? 문제는 없지."

"잠깐. 빅트라가 너에게 추파를 던진다고? 그거야 말로 더 자세히 알고 싶은 내용인데."

"입 닥쳐."

머스탱이 나를 가볍게 찰싹 때린다. 하지만 그녀의 미소는 그녀가 손을 뒤로 거두는 속도만큼이나 빠르게 사라진다.

"론 님께서 빅트라를 제자로 삼으셨어. 그분은 자신의 가문이 줄리 가와 동맹을 맺는 것이 불편하지 않으신가 봐. 빅트라의 어머니께서도 그 협정에 동의하셨고. 화성에서 가장 강력한 가문 세

개가 우리 가족 밑에서 하나가 됐어. 삼두정치 대 군주 꼴이지. 가상 거대 혹성의 지배자들은 회담에 참여하기 위해 아게아로 향하고 있어. 개혁가들도 마찬가지고. 네 말이 맞았어. 우리가 화성을 쟁취하면 옥타비아에 대항해서 이길 가능성이 있어. 이건 더이상 단순한 전투가 아니야. 내전이지. 그것도 의미 없는 것은 아닌 모양이야. 아버지께서 탁상에서 개혁가들에게도 기회를 주겠다는 말을 퍼뜨리고 계셔. 그것은…… 이것은 어떤 의미 있는 일이야."

나는 내가 그 남자와 나눴던 대화를 떠올린다.

"그럼 너는 네 아버지를 믿어?"

머스탱은 희망에 찬 미소를 보인다.

"대로우, 나는 믿어. 지난 오랜 세월을 통틀어 처음으로 진심으로 아버지를 믿어."

나는 그렇게 확신이 안 선다.

"저기…… 어떻게……."

내 질문에 머스탱이 조용히 추측한다.

"카시우스 말이야? 그의 아버지가 텔레마누스 사람들의 손에 죽었어. 그리고 그는 외벽에서 라그날과 싸웠고. 그의 모든 남매들은 죽었다고 보고됐어. 하지만 그와 그의 어머니만은 실종된 상태야."

나는 머스탱의 침묵을 눈여겨본다.

"그가 죽었을까 봐 걱정돼?"

그녀가 무미건조하게 말한다.

"그는 우리의 적이야. 그의 안녕은 내가 걱정할 거리가 아니지."

그녀는 내 눈을 가까이에서 살핀다.

"너는 걱정돼?"

"잘 모르겠어."

내가 고민한다.

"지랄 맞게 지독하네. 너는 어떤 때 보면 너무 물러 터졌어. 그의 팔을 베어 버렸던 것도 후회되니?"

"줄리언을 죽인 일은 후회되지."

머스탱이 숙고하며 대꾸한다.

"우리 모두가 과거의 일에 의해 얼룩이 졌지. 너는 나도 통로에서 누군가를 죽여야 했다는 사실을 잊고 있어. 네가 만났던 모든 흉터를 입은 비할 데 없는 자들…… 론 님, 세브로, 페블, 택터스, 옥타비아, 닥소…… 우리 모두가 거기에서 시작해야 했어. 나는 가끔씩 후회할 일이 너무나 많다는 생각이 들더라."

머스탱은 우리에 대해 말하는 것일까? 내가 후회할 거리일까?

나는 천천히 말한다.

"나도 카시우스를 증오하고 싶어. 정말 그래. 하지만 그 녀석에 대해 생각하기만 해도 뭔가를 으스러뜨리고 싶은 심정이야. 창문을 깬다든지. 그놈의 못생기고도 의기양양한 얼굴뼈를 부러뜨릴 수 있다면 더 좋고."

"못생겼다고?"

그녀는 회의적으로 묻는다.

"너무 예쁘장해서 못생겼다고."

머스탱은 그 말에 웃는다. 그녀가 묻는다.

"하지만 그 증오심을 계속 유지해 나아가는 것도 어렵지?"

나는 고개를 끄덕인다. 카시우스의 가족이 아우구스투스의 가족을 향해 자신들의 몸을 던지게 만든 원동력이 증오심이다. 그것이 그들에게 어떤 결과를 가져 왔는지 보라.

"나는 그 녀석이 측은해. 걔가 어디에 있든지 간에."

"전에 내가 너에게 우리 오빠를 믿지 말라고 말했었지."

머스탱이 대화의 방향을 돌리며 말한다.

"그 말은 진심이었어. 네가 우리 오빠와의 동맹을 지속했다는 것을 알고 있어. 오빠의 회사들은 너를 신격화시키고 있지. 하지만 그건 이제 끝내야 해. 너는 오빠에게 아무것도 빚지지 않았어. 오빠에게 다정하게 대해. 예의를 갖춰서. 대중 앞에서 오빠에게 무례하게 굴지 마. 하지만 더 이상 둘이 회의하는 것은 금지야. 더 이상 약속도 하지 말고. 오빠를 잘라내. 너는 오빠가 더 이상 필요하지 않아. 너에게는 내가 있으니까."

이 소녀란. 내가 머스탱을 어머니에게, 키어런 형과 여동생 리애나에게 소개할 수만 있었다면…… 가족들은 머스탱의 화끈함을 좋아했을 것이다. 목구멍이 천천히 조여 온다. 이오도 머스탱을 좋아했을 것이다.

"나에게는 네가 없어."

내가 말한다.

"대로우······."

뭔가 이상한 것이 내 속에서 뒤틀린다. 마치 꽉 묶여 있던 감정의 용수철이 드디어 풀리는 기분이다.

"내가 강바닥에 있었을 때······ 너를 다시는 못 볼 줄 알았어."

머스탱은 머뭇거린다. 그녀는 나를 향해 손을 뻗고 싶어 하지만 우리가 전에 나눴던 모든 말들 때문에 참고 있다. 대신 그녀는 농담을 한다.

"나는 네가 죽어도 된다고 허락한 적 없어. 그건 너도 알고 있잖아. 어쨌든 네가 죽으려고 시도한다면 세브로와 하울러들이 너를 절대 용서하지 않을 거야. 그들 중 아무도 너를 용서하지 못하겠지. 너에게는 너무나 많은 친구들이 있어, 대로우. 너를 위해서라면 불길 속도 달려 지나갈 사람들이 너무나 많다고."

그래서 불에 탄 사람들이 너무나 많다. 몸서리치며 나는 길게 숨을 쉰 후 눈을 감는다. 죄책감이 나를 집어삼키지 않도록 노력하는 것이다. 눈물은 조용히 찾아온다. 그것이 내 눈가에서 조금씩 흘러나온다.

"대로우, 울지 마."

머스탱이 속삭인다. 그녀는 이제 나를 향해 손을 뻗고 있다. 그녀가 앉고 있는 의자를 엉덩이로 더 가까이 끌고 와서 나를 끌어안는다.

"괜찮아. 다 끝났어. 우리는 안전해."

울음이 찾아와 내 가슴을 뒤흔든다.

머스탱은 틀렸다. 아직 끝나지 않았다. 내 눈꺼풀 뒤로 보이는 것은 오로지 전쟁으로 이루어진 세상이다. 나를 위한, 또 우리를 위한 다른 미래는 없다. 그럼에도 나는 대체 몇 번이나 산산조각 났다가 다시 이어 붙여져야 하는 건가? 이 이음새들이 얼마나 더 오래 버텨줄 수 있을까? 마지막에는 내가 조각으로라도 남아 있을까? 울음을 멈출 수 없다. 숨을 가다듬을 수도 없다. 심장이 천둥친다. 손이 떨린다. 그 모든 것이 속에서 터져 나온다. 머스탱이, 내 체중의 반도 안 되는 그녀가 부드러운 팔로 나를 안는다. 내가 지쳐서 침대 속으로 다시 가라앉는 것 외에는 아무것도 할 수 없을 때까지 나를 안아 준다. 시간이 흐르자 내 심박이 늦춰져 그녀의 심박과 같은 속도로 규칙적으로 두근거린다.

우리는 그대로 한 시간쯤 되는 시간 동안 앉아 있다. 결국에는 그녀의 입술이 내 어깨에, 내 목에, 박동하는 내 경정맥을 따라 잠시 멈췄다 나의 입술에 닿는다. 나는 양손을 움직여 그녀를 밀쳐 내려고 한다. 하지만 그녀는 내 손을 옆으로 밀어내더니 한 손으로 내 얼굴을 감싼다.

"나에게 마음을 열어 줘."

나는 양손이 침대에 떨어지게 내버려둔다. 그녀의 입이 따뜻한 길을 그려가며 내 입으로 향한다. 그렇게 그녀의 윗입술이 내 입술 사이로 미끄러져 들어오고 그녀의 혀가 내 입안에 온기를 전하며 우리는 내 눈물을 함께 맛본다. 그녀의 손도 내 목을 따라 미끄러져 올라오면서 손톱이 피부를 스친다. 그 손은 결국 원하던 대로 내 머리에 도달해 엉킨 머리카락을 살짝 잡아당긴다. 전율이 내 몸을 찌른다.

저항의 기미는 모두 사라졌다. 내가 머스탱을 가지며 이오를 배신하지 못하게 나를 막아 주던 죄책감은 모두 내 안의 혼돈 속으로 휩쓸려 가 버렸다. 머스탱은 골드며 나는 레드라는 사실을 알기에 느꼈던 양심의 가책도 모두 사라진다. 나는 남자고 그녀는 내가 원하는 여자다.

내 손은 머스탱을 찾아 그녀의 몸을 내 품으로 바짝 끌어당긴다. 내 몸은 그녀의 긴 다리에서부터 허리의 굴곡까지 그림자를 드리운다. 내 속에서 오랫동안 억제됐던 굶주림이 깨어난다. 내 안이 열기로 그득해진다. 아리다. 그녀를 갖고 싶어서. 그녀의 전부를. 내 자제심은 잊자. 내 슬픔도 잊자. 나는 이것만 있으면 된다. 도망치지 않을 것이다. 이번만큼은 안 된다. 그녀를 다시는 못 볼 상황을 내가 얼마나 가까스로 피했는지 알기에 그럴 수 없다.

나는 느린 움직임으로 그녀의 옷을 벗긴다. 내 손바닥에서는 그 천이 마치 젖은 종이 같다. 그녀의 피부는 매끈하다. 햇볕에 데워진 뜨거운 대리석이다. 그녀가 등을 뒤로 휘면서 피부 밑의 근육들이 수축하고 긴장한다. 그녀의 몸은 움직이고, 조롱하고, 내 몸을 휘감기 위해 창조됐다. 내 손가락들이 그녀의 등 아래의 굴곡을 따라 그린다. 그녀는 내 품안으로 자신을 밀어붙인다. 숨결로 박동하며 그녀의 골반이 나를 침대 속으로 짓이긴다.

그녀에게는 내가 잠들어 있던 시간이 일주일이었을지 모르지만 나에게는 몇 분, 몇 초였다. 그 짧은 시간 전에 나는 내 피로 데워진 차가운 금속에 무릎을 꿇고 사람들이 머리를 베어 가기를 기다리고 있었다. 이것은 내가 떨리는 손으로 이오의 무덤을 파면서 다시는 경험할 수 없을 것이라고 생각했던 순간이다. 내가 원하고 사랑하는 여자와 함께하는 순간. 그리고 이 차디찬 세상이 유일하게 내주는 따뜻함으로부터 내가 도망친다면 여기서 살아남을 우라질 이유가 대체 무엇이란 말인가?

제44장

# 시인

나는 석조 복도를 머스탱과 함께 천천히 걸어간다. 창밖에는 보초들이 사유지를 순찰하고 있다. 그들은 우리를 보호하기 위해서 만큼이나 잡아 두기 위해서 이곳에 배치된 것이다. 비가 가볍게 내린다. 열린 문으로부터 웃음소리와 함께 커피와 베이컨 냄새가 흘러나온다.

"내가 웃기지 못한다는 게 무슨 말이야?"

로크가 마음 상해하며 묻는다.

"그냥 그렇다고. 네가 웃기려고 시도는 해 볼 수 있겠지만 너는 너무…… 학구적이야."

닥소가 능청스럽게 말한다.

"좋아요, 그럼 첫 번째 건축가가 누구였게요?"

"이거 농담이야?"

닥소가 묻는다.

"그런 의도죠."

"나사렛의 예수……? 이거 역사 유머지, 그렇지?"

닥소가 추측한다.

"노아?"

페블도 시도한다. 머스탱과 나는 문밖에서 멈춰서며 서로를 향해 미소를 짓는다.

로크가 웃는다.

"나사렛의 예수라고? 그것보다는 잘 맞힐 수 있잖아."

"내가 답을 알았다면 추측한다고 놀림을 받았겠지. 그러니 추측하지 않았겠지."

"팍스는 당신이 형제들 중 똑똑한 놈이라고 했는데. 실망이에요, 닥소 형. 실망이라고요."

시슬이 말한다.

"글쎄, 상대적으로 팍스가 아마……."

클라운이 말을 시작하는데 페블이 그의 머리를 밑에서 위로 탁 친다.

"아야!"

페블이 쏘아붙인다.

"팍스에 대해 나쁜 말 하지 마. 그 덩치 큰 놈이 얼마나 순둥이 였는데."

로크가 노랫조로 묻는다.

"답을 궁금해 하는 사람은 아무도 없는 거야? 알았어. 알았다고. 나도 이해해. 너희 모두가 나를 지루한 놈이라고 생각하지."

"우리 모두 궁금해 죽겠다. 꼭 좀 알려줘라."

시슬이 쏘아붙이자 로크가 다시 묻는다.

"세상의 첫 번째 건축가 누구였게?"

"다시 처음부터 시작할 필요는 없잖아!"

페블이 짜증을 낸다.

로크가 한숨을 쉰다.

"그게 그렇게 해야 제일 웃기거든. 이브야."

"이브?"

닥소가 묻는다.

"왜냐하면……."

로크가 주의를 계속 끈다.

"그녀가 아담의 아랫도리를 세웠으니까?"

단체로 신음을 낸다.

페블이 탄식을 하며 말한다.

"그건 그냥 창피한 수준이다. 내가 택터스를 그리워하게 될 줄은 꿈에도 몰랐네."

그 후 닥소로부터 높은 음의 끽끽 대는 웃음소리가 터져 나온다. 팍스가 웃을 때와 똑같이.

"이브! 쟤가 이브래. 아랫도리를 세운데. 아아."

마치 이 거인들 속에는 마냥 튀어나와 낄낄 거리려고 대기 중인 웃긴 꼬마 요정들이 있는 것 같다. 그 요정들이 나오려면 자극이 좀 많이 필요할 뿐이다.

"로크가 닥소 오빠를 망가뜨린 것 같은데."

페블이 킥킥거린다.

"저게 무슨 냄새인지 아는 사람?"

클라운이 묻는다.

"베이컨 냄새가 나는데?"

닥소가 시도한다. 그가 한 조각을 물어뜯으면서 바스락 소리가 난다.

"아니. 자살 충동을 느낀 어느 미친놈이 행성을 정복하고 자기 친구들을 버린 다음 모자란 멍청이처럼 우라질 리본 두께로 갈기 갈기 잘린 후 죽었다 방금 살아 돌아온 냄새잖아."

클라운이 말하자 닥소가 코를 쿵쿵거린다.

"그건 꽤나 독특한 냄새인데."

"어이, 우리 대로우야. 문 뒤에 숨어 있는 거냐?"

클라운이 외친다.

머스탱이 어색하게 나를 밖으로 밀어낸다.

"이 엿듣는 픽시 놈 같으니라고! 얼굴 보니 반갑네, 친구야."

닥소가 매끄러운 동작으로 일어선 후 나를 끌어당겨 놀라울 정도로 상냥하게 안아 준다. 그의 대머리에 새겨진 금빛 천사들이 아침 햇살에 반짝인다.

그들이 모두 차례차례 나를 반겨 준다. 이제껏 골드들이 나를 안아 줬던 가장 많은 횟수보다도 더 많이 안겼다. 로크는 나를 기계적으로 포옹한다. 형식적인 행위다. 우리 관계는 아직 회복되어야 하는 상태다.

나는 친구들이 농담을 주고받는 동안 아침 식사를 잔뜩 먹는다. 우리는 하루 종일 이 건물에서 대화와 게임으로 시간을 보낸다. 나는 두 가지 모두를 한 지가 너무 오래돼서 그것들을 어떻게 해야 하는지 기억이 아예 전무하다. 머스탱이 내 귓가에 뽀뽀를 하며 나에게 긴장 풀라고 말하기를 세 번이나 한 후에야 나는 그 말을 실천한다. 우리가 도서관에서 음악을 듣고 있는데 그녀는 창 너머로 로크가 잔디밭에 있는 것을 발견한다. 그녀는 나를 떠민다.

"가 봐."

로크는 늙은 느릅나무 밑에 있는 사료함으로부터 먹이를 먹는 사슴 한 쌍을 지켜보고 있다. 내가 옆걸음으로 그의 옆에 다가가도 그는 나를 보러 고개를 돌리지 않는다. 방금 깎은 잔디 같은 냄새가 난다. 언덕 너머 어딘가에는 바다가 있다.

"머스탱이 이곳에서 자라났다는 것이 납득이 가. 이곳은 야생적이면서도 동시에 고요해."

내가 말한다.

"나는 원래 도시에서 자라나기로 되어 있었어. 그래도 우리 어머니께서 나가실 때마다 나는 내 선생님들과 함께 시골로 몰래 떠났지. 그것도 꽤 빈번하게. 어머니께서는 이 야생에 가치 있는 것이 없다고 생각하시는 듯했어. 도시 일들이 이런 것보다 더 중요하다고 생각하셨지. 하지만 우리가 싸우는 이유는 이것 때문이야, 그렇지?"

로크가 말한다.

"땅을 위해서?"

내가 묻는다.

"평화를 위해서. 우리가 그것을 구하는 방식이 어떻든 간에. 너도 그래서 싸우는 것 아니야?"

로크가 나를 향해 고개를 돌린다.

나는 사슴과 땅을 향해 손짓을 하며 말한다.

"어떤 사람들은 이런 평화를 갖고 태어나지 못했어. 나는 자라면서 이런 것들을 누리지 못했어. 내가 지금 갖고 있는 것이나 미래에 가지려는 모든 것들은 내가 직접 얻어야 해. 하지만 네 말이 맞아. 그래서 나는 싸우는 거야. 나와 내가 사랑하는 사람들에게 이것을 마련하기 위해서야."

로크의 눈이 내 표정을 살핀다.

"꽤 합리적인 대답이네."

"로크, 너에게 사과하고 싶어."

"또?"

"아카데미 이후로 나는 너로부터 약간의 거리를 뒀어. 너를 당연시 여겼고. 내가 그러면 안 됐어. 네가 언제나 나에게 그렇게 상냥하게 대해 줬는데도 말이야."

그는 나와 시선을 마주하지 않는다.

"나는 언제나 뭐든 네 중심으로 돌아가는 것에 대해 신경도 안 썼어, 대로우. 그게 택터스를 화나게 했던 점이지만 나는 아니었어. 나는 머스탱처럼 너와 사랑에 빠지지 않았어. 세브로와 하울러들처럼 너를 숭배하지도 않고. 나는 너에게 진실한 친구였어. 나는 네 밝음과 어둠을 모두 보고도 비판이나 숨은 의도 없이 둘 다 그대로 받아들인 사람이었어. 그런데 너는 나에게 어떻게 했지? 너는 사람이 말을 부리듯이 나를 이용했어. 나는 그것보다 나은 대우를 받아 마땅해. 퀸도 그것보다 나은 대우를 받아 마땅했고."

"우리의 우정을 유지하기에 네가 아깝다고 생각해?"

나는 조용히 물으며 그의 대답을 두려워한다.

"나는 내가 너보다 낫다고 생각해."

로크가 말한다. 나는 뒤로 물러선다. 상처받았다. 그는 사료함의 곡식알을 야금야금 먹고 있는 사슴을 바라본다.

"올해에 나는 친구가 누워 있는 침상 옆을 세 번이나 지켰어. 퀸, 택터스, 그리고 네 침상이었지. 매번 나는 너희들 중 어느 누구와도 기쁘게 입장을 바꾸겠다고 생각했어. 너라면 똑같이 바랐을 것 같아?"

"그 녀석들을 다시 살릴 수 있다면 내 생명이라도 내어 주겠어."

나는 이 말이 거짓이라는 것을 알면서도 한다. 내가 이 골드들을 사랑하지만 나에게는 더 큰 책임이 지워졌다. 이 일이 끝나기 전까지 내 생명은 내 마음대로 내어 줄 수 있는 것이 아니다.

로크는 나를 보기 위해 사슴으로부터 고개를 돌린다. 그의 눈빛은 따뜻하고 슬프며 그가 언제고 부담해야 할 것보다 훨씬 더 많은 무게를 짊어지고 있다. 그는 나나 카시우스와 다르다. 우리는 그를 형제라고 불렀지만 그는 우리 둘 모두에게 과분할 정도로 더 나은 사람이었다.

"너는 내가 어쩌다 마르스 하우스에 배정됐는지 궁금한 적 없었어? 나는 거기에 전형적으로 뽑히는 타입이 아니잖아. 대부분의 사람들은 나를 아폴로나 주노 하우스에 배정시켰겠지."

"퀸에게서는 언제나 그 경쟁심의 피가 흐르고 있었지. 하지만 너는…… 그래, 궁금했어."

"대로우."

뒤로 돌자 우리 뒤에 유니폼을 입은 채 세브로가 서 있다.

"위급한 사안이야."

"세브로, 있다가 말해."

"리퍼, 내가 괜히 너를 들볶는 게 아니야."

그가 말한다.

나는 다시 로크를 쳐다본다.

"가."

로크가 말한 후 사슴을 향해 걸어가며 주머니에서 과일 열매를 꺼낸다.

"로크."

나는 그를 구슬프게 부른다.

"우정은 만들어지는 데에는 수분이, 깨지는 데에는 순간이, 그리고 다시 복구하는 데에는 수년이 걸려."

그가 자신의 어깨너머로 돌아보며 말한다.

"조만간 다시 얘기하자고."

나는 로크가 가는 모습을 바라본다. 실낱같은 희망이 내 마음을 따뜻하게 해 준다. 나는 세브로를 향한 후 그의 등을 툭 친다.

"만나서 반가워. 아까는 미안……."

"저리 꺼져. 나는 저 시인처럼 징징거리는 조그만 개새끼가 아니라고. 아레스 일이야. 네 친구들 있잖아. 그 레드랑 핑크랑 바이올렛. 그들이 붙잡혔어."

"누구에게?"

"누구겠어? 자칼이지."

제45장

# 선물들

내 함선은 아티카의 이른 아침 강설 속에서 착륙한다. 그곳은 일곱 개의 산봉우리에 세워진 남쪽 산악 도시다. 삐죽삐죽한 금속과 유리 건물들이 얼음 가시 왕관처럼 산봉우리들을 장식하며 지금은 그 위로 눈이 갓 뿌려진 상태다. 붉은 아침 태양이 동쪽 산맥위로 떠오른다. 일곱 봉우리들은 다리들로 연결됐으며 도시의 상대적으로 적은 건물들은 산의 기저 주변에 늘어져 있다. 내 셔틀이 그것들 위로 날아가고 있다. 쟁기들이 파동을 내는 주황빛 칼날로 눈을 녹여 길을 내고 있다. 곧, 중간계층인 미드컬러들의 지면용 차량들이 도로들을 따라 달릴 것이다. 그리고 하이컬러용 셔틀들은 실버와 골드들을 그들의 산꼭대기 사무실로 이송시킬 것이다. 외진 곳이지만 그 은행 업무로 명성이 자자한 아티카는 권력에 대한 최상의 자리다. 이곳은 이제 자칼의 소유다.

립윙들이 엄중히 감시하는 가운데, 나는 사철나무들로 둘러싸인 플랫폼 위에 착지한다. 몇몇 러쳐들이 하얀 전술 장비를 착용한 채 그곳에서 대기하고 있다. 골드 한 명도 홀로 그들과 함께 서 있다. 빅트라가 나를 꼭 안아 준다. 흰 털가죽이 그녀의 어깨를 폭 감싸고 있다. 그레이들이 내 함선의 외관을 점검하는 동안 그녀의 옥 귀걸이가 바람에 짤그랑거린다.

"빅트라."

나는 그녀를 보기 위해 나로부터 떼어내며 말한다. 그녀는 사악하게 활짝 웃고는 내 뺨에 키스를 남기며 동시에 내 엉덩이를 꽉 쥔다. 나는 놀라 펄쩍 뛴다. 그녀는 명랑하게 웃음을 터뜨린다.

"그냥 네 몸뚱이가 제대로 다 붙어 있나 확인했어. 얘, 너 때문에 우리 다들 걱정했다고. 내가 론과 함께 있는 동안 로크가 나에게 상황을 계속 알려 줬어."

"네가 또 하나의 동맹을 중계한다고 들었는데."

"평화조정자 빅트라 오 줄리라니. 내가 이렇게 될 줄 누가 알았겠어."

그레이들이 내 함선을 수색할 명령을 받았다고 나에게 알린다.

"라그날."

내가 부른다. 그가 함선의 국한된 공간에서 나온다. 그는 가장 큰 그레이보다 거의 두 배가 크다.

"생쥐들이 함선을 수색하도록 허락해. 그들이 찾는 것은……."

323

그 그레이가 라그날을 힐끗 쳐다본 후 침을 삼킨다.

"폭탄들입니다, 도미너스."

빅트라가 나를 자칼의 새 집 안으로 안내한다. 그곳은 아티카의 산봉우리들 중 가장 높은 곳 위에 있는 요새 성채다. 도시는 우리 밑으로 저 멀리까지 펼쳐져 있다. 나무들이 착륙 패드부터 시타델까지의 길 외곽선을 따라 심어져 있다.

"마지막 벨로나 함선이 퇴각하자마자 아드리우스가 이곳을 차지했어. 1000명의 러쳐들과 함께 여기로 쳐들어와 이곳을 소유하던 벨로나 협력자들을 쫓아냈지. 그들이 갖고 있던 것을 모두 빼앗았어. 그들의 은행 계좌를 비웠고. 제대로 도둑질한 거지. 하지만 그게 전쟁이잖아."

그녀가 고개로 서쪽을 가리킨다.

"몇 번만 부츠를 클릭해 나가면 아름다운 비탈길들을 볼 수 있어. 이 모든 일이 안정되면 거기서 며칠 쉬자고. 너는 버지니아를 데려오고 나도 애인 하나 찾아올게."

나와 키가 거의 같은 그녀는 옆으로 눈을 돌려 나를 본다.

"너 스키 탈 줄 알기는 하지?"

나는 콧방귀를 끼며 웃음을 터뜨린다.

"그럴 시간이 한 번도 없었는데."


우리는 자칼을 그의 거실에서 발견한다. 벽과 바닥은 유리로 되어 있다. 바닥 밑에서는 불이 회오리를 치고 있으며 창가에서는 불꽃들이 기둥 형태로 혀를 날름거린다. 금속과 가죽으로 된 몇 개의 미니멀리스트 의자들이 털 깔개들 위로 놓여 있다. 자칼은 홀로디스플레이 위로 허리를 수그린 채 누군가에게 빠르게 말하고 있다. 그는 우리에게 앉으라는 시늉을 보인다. 나는 홀로상으로 어두운 방 안에서 그레이들에게 둘러싸여 있는 하모니의 모습을 슬쩍 확인한다. 그들 중 한 명이 그녀 위로 허리를 굽힌 채 내가 정확하게 보지 못하는 어떤 장치로 무언가를 하고 있다.

우리는 불 옆에 앉지만 그 어떤 불도 떨쳐 버릴 수 없을 한기가 내 안을 지나간다.

자칼이 통화를 끝내며 선화가 나가기 전에 그녀에게 데이터스트립을 준다. 그는 우리와 함께 앉은 후 자신의 뒷목을 문지른다.

그가 움찔한다.

"움직이는 부분들이 너무나 많아. 제길, 식품 수송을 준비하는 일만 해도 100명의 코퍼들이 필요해. 그리고 그 조그맣고 혐오스러운 똥싸개들은 함선의 주방에 그라놀라와 무슬리 중 어느 것을 비치할지를 가지고 온종일 옥신각신한다고. 둘 다 선택안이라고. 둘 다! 그게 어려워 봤자 얼마나 어렵다고 그래, 정말? 마치 그들이 스프레드시트들과 바쁜 업무를 즐기는 것 같아. 도저히 이해할 수 없다니까."

"나는 계속 얘한테 효율적으로 일을 위임할 필요가 있다고 말하고 있어."

빅트라가 말한다. 그렇다면 그들끼리 얘기를 나눴었다는 의미다. 내가 뒤처졌다.

"나는 일을 위임하는 것이 정말 싫어."

자칼이 대답한다. 그가 자신의 머리를 긁적인다.

"최소한 숫자와 상세사항들에 대해서는 그렇지. 너희 둘이서 원하는 대로 모든 지독한 행성들을 다 정복해도 돼. 제발 그냥 내 관료만 남겨 주길 바라."

내가 웃으며 앞으로 기댄다.

"참 고맙기도 하여라. 식품 주문 요청들만 내게로 가져와 주지 않았으면 한다. 2주면 함대가 코어 지역으로 떠날 준비가 완료된다는 소리를 들었어. 그런데 말이지, 네 새 집이 아주 멋지네."

자칼이 한숨을 쉰다.

"내 마음에는 들어. 아버지께서는 물론 내가 직접 이곳을 가졌다고 몹시 화가 나셨지. 그는 가스상 거대 혹성의 지배자들 중 한 명에게 이곳을 선물로 주고 싶어 하셨거든."

"나는 네가 이곳을 가질 자격이 충분하다고 생각해. 이곳을 포함해 더 가져가도 마땅하지."

내가 말한다.

자칼이 자신의 유일한 손으로 피곤하다는 시늉을 한다.

"내 말이 그 말이야. 나는 어렸을 때 어머니와 이곳에 스키를 타러 왔었어. 언제나 이 위를 쳐다보며 이곳이 내 소유가 될 것이라고 했었지. 아버지께서는 원하는 것을 모두 가질 수는 없다고 하셨어."

"그리고 너는 왜 안 되나요 하고 물었지?"

빅트라가 말한다. 그녀는 이 이야기를 이미 들은 적이 있다.

"왜 안 되나요?"

자칼이 애정을 담아 그 말을 반복한다.

"그러니 아버지께서 이곳을 돌려받고 싶으시면 그의 식품 주문 요청들은 스스로 하셔야 할 거야."

자칼이 시간을 할애하는 일이 식품 주문 요청하기는 아니다. 그 것은 우리 모두가 아는 바다. 그가 그 일만을 단독으로 하고 있지 는 않다.

나는 핑크로부터 차 한 잔을 받아든다. 조촐한 아침 상차림이 내 앞에 펼쳐진다. 내 몸은 이 지역의 표준시간대로부터 7시간이 뒤쳐져 있다. 하지만 내가 얼마나 불안해하고 있는지 드러낼 수는 없는 일이다.

자칼은 내가 멜론을 포크로 찍는 모습을 지켜본다. 저 추잡한 금빛 눈 뒤로 그가 무슨 생각을 하는지 누가 알겠는가?

"그래, 대로우, 대전투를 위해 때맞춰 치유되고 회복됐나 보네."

"회복 중이지. 네 미디어에는 전혀 고맙지 않게도. 홀로컴 쇼들 은 다 하나같이 카르누스가 내 배를 열어 버린 이래로 내가 불사 신이 되어 버렸다더군."

내가 말한다.

"다 게임의 일부야, 굿맨. 인지, 기만, 그리고 미디어!"

자칼이 자신의 손으로 허벅지를 찰싹 친다. 하지만 그의 눈빛까지 그 유쾌한 행동을 공유하지는 않는다.

"나에게 말만 하면 네 활력이 개선되었다고 방송을 내보낼게. 우리는 기자회견을 잡을 거야. 너에게 갑옷을 입히고. 내 바이올렛들이 너만을 위한 제대로 된 슈트를 만들고 있어. 그들이 너에게 폼과 기술력 부문 모두에서 감탄을 자아낼 만한 것을 만들어 주기 위해 그린들과 은밀히 머리를 맞대고 있지."

"내가 카메라를 정말 싫어하는 것을 너도 알잖아."

"에이, 그만 징징거려라. 우리 협력자들의 절반은 그것들 때문에 생겼어. 그리고 그래서 군주의 협력자들이 얼음 위의 거미처럼 허둥지둥 거리고 있는 것이고. 그녀의 연합은…… 스트레스를 받고 있지."

"그럼 그 방송 오늘 녹화하자. 평화로운 한순간을 누리고 싶었지만……."

내가 말한다. 나는 창밖을 바라보며 로크의 말을 기억한다. 그들은 나를 따라 눈이 내리는 모습과 저 밑에 있는 도시를 바라본다.

"우리가 그것을 얻으려면 아직 더 있어야겠지. 그래서 말인데 내가 이 회의를 잡은 이유를 설명할게."

"그게 궁금했다는 것을 인정하지."

자칼이 말한다.

"쟨 궁금해 죽으려 했어."

빅트라가 그의 말을 정정한다.

나는 빅트라와 나를 이 방 안으로 따라 들어온 라그날을 향해 고개를 끄덕인다. 그는 내 함선에서 가지고 내린 상자 두 개를 들고 앞으로 나온다.

"나는 너희 둘 모두에게 선물을 주고 싶었어. 우리의 동맹은 꽤나…… 흥미진진하게 시작됐지. 하지만 내가 이 동맹뿐만 아니라 너희들 각각에게도 얼마나 헌신적인지를 둘 다 알아줬으면 해. 너희가 이것을 내 신뢰의 상징으로 받아들였으면 좋겠어."

"언제나 문신이 새겨진 자가 주는 선물은 믿을 만하지. 젠장, 지독하게. 저쪽으로 가, 라그날. 너는 빛을 가리는 나무 같단 말이야."

빅트라가 라그날을 올려다보며 깔깔거린다.

"라그날, 밖에서 기다려."

내가 말한다.

자칼은 라그날을 쳐다보지도 않는다. 그는 육체적인 힘에 별 관심이 없다.

손가락으로 딱 소리를 내서 내가 다시 그녀에게 집중하도록 한 후, 빅트라가 자신의 상자를 풀고 발견한 것은 작은 크리스털 병이다. 그것은 화성을 포위하기 전에 팍스 함선에서 내가 시오도라를 시켜 조각가들에게 주문한 것이다.

"건기 후에 내리는 첫 비 냄새야."

빅트라가 병을 여는 동안 내가 설명한다. 비가 내리기 전에 돌에서 나는 향내가 온 방을 가득 채운다. 그녀는 흉터 난 손을 내 팔뚝에 올리며 나에게 감사를 표하고 그 병을 자신의 가슴 가까이로 가져간다.

"아무도 그런 것까지 기억해 두지 않아. 고마워, 대로우."

그녀가 그 자리에 잠시 앉아 있다가 재빨리 일어서서 내 입술에 키스를 한다. 볼에 해 줬으면 더 좋았을 것을.

"내 차례다."

자칼이 하나 남은 손으로 자신의 상자를 푼다. 활짝 웃는 얼굴로 포장 종이를 찢어내고 있다. 그는 그 속의 가죽 상자를 열더니 아주 긴 시간 동안 침묵한다.

"대로우, 무슨 이런 것까지……."

고음의 알람이 벽면으로부터 비명을 지르면서 자칼의 말이 중간에 끊긴다.

그레이 러쳐 한 명이 무기를 꺼내 든 채 방 안으로 불쑥 들어온다. 다른 네 명이 그녀와 동행한다.

"도미너스, 밑의 층에 침입자가 들이닥쳤습니다. 우리가 당신을 더 안전한 방으로 데리고 가야겠습니다."

"누구야?"

자칼이 쉰 소리로 말한다. 빅트라와 나는 우리의 레이저를 꺼내 든다. 그 그레이가 대답하려던 찰나에 알람이 짧게 끊긴 대신 스피커 너머로 유머 없는 웃음소리가 점점 크게 들려온다. 그 소리는 이곳의 등이 모두 꺼졌음에도 불구하고 방 안에서 울린다. 우리는 급히 문으로 이동한다. 작은 금속 거미가 창문에 찰칵하고 붙는다. 유리가 녹는다. 내 시각과 청각이 상실된다. 대신 떼 지어 울부짖는 고음이 들려온다. 나는 발을 헛디딘다. 섬광탄에 맞아 잠

330

시 마비된 것이다.

어두운 형체들이 방 안으로 날아 들어온다. 깜빡거리자 악귀 가면들이 힐끗 보인다. 끔찍한 얼굴들로부터 눈들이 빨갛게 빛나고 있다. 아레스의 아들들이 온 것이다. 그들은 그레이들을 쏜 후 우리를 발로 차 바닥에 쓰러뜨린다. 라그날이 통로에서 폭풍처럼 들어와 자신의 가슴을 겨냥한 스턴피스트 마취총 공격을 세 발이나 맞는다. 그는 벌채된 나무처럼 쓰러진다. 가면을 쓴 침입자 한 명이 자칼 위로 허리를 굽힌다. 내 청각이 돌아오면서 그가 이 시설의 중앙 컴퓨터 암호를 뱉어 내라고 고함치는 소리가 간신히 들려온다. 그는 그의 스코처 총구를 자칼의 입안으로 밀어 넣는다. 자칼은 결국 암호를 내어 준다.

"꽤나 잘난 골드시네."

왜곡된 목소리가 쌕쌕거린다.

가면 뒤의 세브로는 무엇보다도 그 방아쇠를 당기고 싶어 할 것을 나는 잘 알고 있다. 그리고 아주 잠시나마 나는 그가 그럴 것이라고 생각한다. 하지만 그는 하기로 했던 대로 나를 기다려 준다. 그리고 마침 때맞추어 나는 느릿느릿하게 일어서 섬광탄의 잔해들을 털어 버리고 침입자들 중 한 명의 무기를 잡아 내가 차지한다. 나는 그들을 향해 총을 쏜다. 그들도 나를 향해 총을 쏜다. 우리 각자 일부러 서로를 빗나가게 겨냥한다. 그런 후 그들은 모두 사라진다. 다시 창밖으로 나갔다. 그레이들은 죽은 채 바닥에 쓰러져 있다. 빅트라는 머리에 얕은 상처를 입고 피를 흘리며 일어선다. 자칼도 일어서 보려고 한다. 그의 코에서 피가 뚝뚝 떨어진다.

말없이 우리는 방의 문들을 열어 본다. 모두 잠겨 있다. 아레스의 아들들이 이제 중앙 컴퓨터의 통제권을 갖고 있다. 자칼은 자신의 머리를 문에 기댄다. 그러고는 그 부위를 뒤로 당겼다가 금속에 쾅 들이받는다. 다시, 다시, 또 다시. 마침내 그의 얼굴로 피가 쏟아져 내린다. 나는 그가 자신의 두개골을 쪼개기 전에 그를 문에서 떼어 내야 한다. 그는 잠시 음흉하게 웃더니 자신의 몸을 턴다.

"두 번째야. 그들이 나를 범한 것이 두 번째야."

자칼이 냉소적으로 말한다. 동물적인 전율이 그의 몸을 강타한다.

"내가 그들을 무너뜨리고 있었어. 하루만 더, 어쩌면 이틀 더 있었다면 그들이 입을 열었을 텐데."

"누가?"

빅트라가 묻는다.

그는 대답을 안 한다. 나는 그 질문을 민다.

"아드리우스, 누가 그랬다는 거야? 대체 저게 누구였어?"

자칼이 조급하게 말한다.

"테러리스트들. 붙잡힌 아레스의 아들들을 구하러 왔던 거지. 한 명은 우리를 루나에서 죽이려고 하던 그 핑크 개년이었어, 대로우. 결국 알아보니 그 일은 플라이니가 주범이 아니었어. 아레스의 아들들이었지. 또 한 명은 아레스의 오른손이었어. 그들은 그녀를 하모니라고 부르더군. 바이올렛 한 명도 그들과 함께 하고 있었어. 그들을 위해 조각된 군사들로 이루어진 군대를 만들어 주고 있더군."

"네가 여기에 아레스의 아들들을 붙잡아 놓고 있었다고? 그 얘기는 언제 우리에게 할 참이었는데?"

빅트라가 죽은 그레이의 맥박을 확인하다 일어서서 으르렁거린다.

"안 하려고 했었지. 아레스가 누구인지 내가 알 때까지는."

"또 어떤 일들을 우리로부터 감추고 있는 거야? 우리는 동업자야."

내가 성을 낸다. 나는 탁자 하나를 발로 차서 넘어뜨린다.

"너를 이런 일들로부터 보호해 달라고 할 게 아니라면 왜 젠장 지독하게 '나'를 데리고 있는 건데?"

"내 실수야. 내 실수."

자칼이 말한다. 그는 자신의 입안의 피를 삼킨 후 유리가 비어 있는 창문 창구를 향해 걸어가며 중간에 내 어깨를 꽉 쥔다. 바람이 울부짖으며 들어온다.

"너는 나를 보호했어. 다시금. 고마워."

나는 인상을 쓰고 그의 말을 곱씹는 척하며 출중한 연기를 펼친다.

"그들은 레드들일 리가 없어. 아레스의 아들들일 리가 없다고. 아레스의 아들들은 절대 저러지를 못했을 거야. 아니, 저럴 수가 없었을 거야. 나에게도, 라그날에게도."

내가 격하게 말한다. 나는 문신이 새겨진 자가 바닥에서 일어나는 것을 도와준다.

"그들은 너무 조직적이었어. 그들에게 그래브부츠들도 있었고."

"나의 친구여, 너는 그들을 과소평가하고 있다네. 그들도 방아쇠를 당길 수 있어. 그리고 네가 그들을 막지 않았다면 그들은 총구를 우리의 머리에 대고 방아쇠를 당겼을 거야."

자칼이 말한다.

"그들이 대체 젠장, 지독하게도 어떻게 네 보안 시스템을 통과한 거야? 거기에 추적 장치들이 있었나? 신호 마비 기구들? 그래브부츠 흔적들?"

빅트라가 묻는다.

"나도 모르겠어."

자칼이 대답한다.

왜냐하면 아레스의 아들들이 고스트클록 망토를 두른 채 작은 따개비들처럼 내 투구를 꼭 붙잡고 있었기 때문이다.

"또 누가 왔다 갔는데?"

내가 묻는다.

자칼은 내가 바라던 대로 주위를 두리번거린다. 그는 책상에 있는 컴을 통해 자신의 수하들을 불러 모은다. 잠시 후, 그가 다시 우리를 처다본다.

"선화. 그녀의 수하들이 죽었고 그녀는 바람처럼 사라졌어. 그녀는 지난번 공격에서도 살아남았었지."

그가 속삭인다. 그러더니 그가 웃는다.

"그녀가 나를 배신했네."

그리고 그가 선화의 계좌로 이체된 자금을 확인하는 순간, 자신의 보안 과장에게 이 일의 책임을 지우기 위한 모든 보강 증거들을 발견할 수 있을 것이다. 단지 문제는 선화가 개처럼 충성스럽고 대갈못처럼 완전히 죽어 있다는 점이다. 그녀는 내 셔틀의 화물 적재실 안에 있다. 그리고 그 셔틀은 지금 피치너, 세브로, 그리고 한때 붙잡혀 있던 나의 친구들을 데리고 자칼의 겨울 성채로부터 쌩하니 날아가고 있다.

나는 빅트라가 문을 다시 열어 보는 동안 자칼 옆으로 다가간다. 우리는 함께 그 셔틀 함선이 산 너머로 사라지는 모습을 지켜본다. 그리고 나는 낮고 위협적인 목소리로 말한다.

"우리가 저 쥐새끼들을 함께 죽인다. 내가 약속해. 저들 모두를 죽인다."

"군주 다음에."

자칼이 내 등을 토닥이며 말한다.

"군주 다음에."

제46장

# 의형제 조직

    내가 댄서를 너무 세게 안은 나머지 그의 등에서 두둑 소리가 난다. 그는 당황하며 나를 톡톡 두드린다. 나는 사과를 한 후 그로부터 떨어진다. 그의 옆에 서니 내가 텔레마누스만큼이나 크게 느껴진다. 차고를 개조해 임시변통으로 쓰이는 사무실 밖에서 아레스의 아들들의 창고가 산업을 벌이며 덜그럭 거린다. 그들은 나를 옆문으로 데리고 들어왔으며 낡은 엔진과 녹슨 비행체 날개부분들 사이에서 댄서를 기다리게 했다.

    댄서가 나로부터 떨어지더니 고개를 들어 나를 본다. 그의 녹슨 빛깔의 눈은 눈물로 반짝인다. 내가 한때 그를 잘생긴 남자로 여겼다는 사실이 놀랍다. 그는 40대에 접어들었다. 레드치고는 나이가 든 것이다. 머리에는 회색 가닥들이 보인다. 얼굴은 나이와 고

생으로 주름이 졌다. 그의 오른팔은 여전히 힘없이 늘어져 있다. 발은 여전히 끌고 있다. 그리고 그가 여전히 충분히 활짝 찢어지는 미소를 보이자 고르지 않고 불완전한 치아가 드러난다.

"우리 아들, 우리 우라지게 아름다운 아들새끼. 너 정말 우라지게 웅장해 보이는구나!"

댄서가 그의 왼손으로 내 어깨를 쥐며 말한다. 그 손은 그의 나머지 신체 부위들이 힘을 다 합친 것보다 세다. 그는 담배 냄새가 난다. 손톱은 노랗다. 그는 웃고 또 웃으며 자신의 고개를 젓는다.

"표현할 말이 없네. 너에게 연락을 취하지 못해서 미안하구나. 하모니가 너를 그렇게 이용하도록 내버려 둬서 미안하고. 할 말이 너무나 많아, 대로우."

"멈춰요."

내가 그의 뒷목을 잡는다.

"우리는 의형제에요. 사과할 필요가 없어요. 우리는 피와 과거로 묶여 있어요. 하지만 제발, 제발 그런 일이 다시 벌어지게 하지는 마요."

그가 고개를 끄덕인다.

"제 가족들은 어떻게 지내나요? 혹시 알아요?"

댄서가 대답한다.

"살아 있지. 아직 광산에 있고. 나도 알아. 나도 안다고. 하지만 이 전쟁이 펼쳐지는 동안 그곳이 그들에게는 가장 안전한 장소야. 아무도 화성의 산업을 폭파하고 싶어 하지는 않거든. 납득했어?"

댄서는 나에게 앉으라고 손을 흔든다.

"내가 아는 골드들은 별로 없지만 그 세브로 놈은 꽤나 몹쓸 새끼더구나. 내가 림 지역에서 그의 아버지의 지시사항들을 그에게 전달했을 당시에는 그가 나를 아가리부터 똥구멍 주름까지 베어 버릴 줄 알았지. 그런 애는 난생 처음 만났어."

그가 담배에 불을 붙인 후 나에게 윙크를 한다.

"걘 더없이 충직해요. 당신처럼요."

내가 말한다.

"아니! 나는 그가 어느 우라질 레드 놈보다도 욕을 더 잘한다는 의미였어."

"세브로가 욕을 해요? 난 그의 욕에 익숙해졌나 보네요. 그런데 걔가 이제 '우라질'이라는 표현을 진짜 많이 쓰기는 하더라고요."

내가 미소를 짓는다.

"그것은 훌륭한 단어야. 혀에서 굴러 나오잖아. 조사 좀 했어."

댄서가 자신의 가슴을 부풀린다.

"그게 1세대 조상들의 시절부터 쭉 우리와 함께한 단어였던 것 알았나? 첫 번째 골드들, 즉 정상적인 눈과 금빛 제복을 입던 놈들이 초기 신병들의 대부분을 아일랜드 섬 출신의 불쌍한 녀석들로부터 모집했어. 런던에서 나온 방사선이 그 섬들을 불모지로 만들어 버린 후의 일이야. 골드들은 고급 기술을 보유한 이동성 노동자들을 데려다가 그들을 첫 번째 개척자들로 모집했던 거지. 그들의 은어가 조금 뒤죽박죽인 상태로라도 그냥 그렇게 남아 있었던 거야. 역사는 매력적이야, 그렇지?"

"하모니는 자신만의 역사를 지어내고 있던데요."

내가 말한다.

"그래, 맞아. 나는 죽었지!"

댄서가 자신의 고개를 절레절레 흔들며 또 한 대의 담배에 불을 붙인다. 지난 번 것은 바닥에 가볍게 던진 상태다. 나는 그것을 주워 쓰레기통에 넣는다.

"그녀는 네가 떠나고 1년 후, 자신만의 길을 갔어. 우리는 몇몇 상원 의원들이 고르곤 바다로 휴가를 떠날 것이라는 사실을 알게 됐어. 그래서 우리는 그곳에 나타나 그들의 별장을 도청했어. 비밀을 좀 캐볼 수 있을까 했던 거지. 비밀은 알아내지 못했어. 그냥…… 타락한 쓰레기 정보들만 잔뜩 있었지. 그리고 그걸로 끝났다고 우리는 생각했어. 하지만 하모니는 아니었어. 마지막 날 밤, 그녀는 그 안으로 걸어 들어가 그 상원 의원들과 그들의 손님들을 죽였어. 그 후 우리를 떠났지."

"그럼 당신의 본부를 습격한 러쳐 부대는 애초부터 없었던 것이네요?"

댄서는 고개를 젓는다.

"그들은 하모니 때문에 찾아왔어. 대략 40명의 '아들들'을 죽였지. 하지만 그녀는 벌써 루나를 향해 떠난 상태였어. 아레스가 우리를 구했지. 옵시디언과 그레이들이 뒤섞인 부대를 이끌고 격하게 밀고 들어왔어. 그 러쳐들을 초토화시킨 후 보조 세력이 찾아오기 전에 사라졌어. 그가 그들을 모두 죽인 건 행운이었어. 그 일이 벌어진 후 그가 골드라는 것을 그들이 모를 리가 없었거든. 우리는 그날 처음으로 서로의 얼굴을 확인했어. 그 인간은 우라지게도 무시무시하더라."

"나라면 그렇게 표현하지는 않을 것 같네요."

하지만 아레스가 나를 얼마나 잘 속였는지를 생각하면 그 표현이 정확할지도 모르겠다.

"그가 골드라는 것이 신경이 쓰이지는 않아요?"

"우리가 레드라는 것에 대해 그도 신경을 안 쓰잖니. 아레스는 우리의 저항을 위해 죽을 사람이야, 대로우. 젠장. 그가 그것을 시작했어. 그가 왜 그랬는지 너는 알고 있니?"

나는 고개를 젓는다.

댄서가 살무사에게 물린 목의 상처들을 따라 손을 움직인다.

"그건 그의 이야기야. 사람에게는 자신의 이야기를 직접 전할 권리가 있어. 하지만 그의 이야기가 즐겁지는 않단다. 네 것만큼이나 슬프고 내 것만큼이나 슬프지. 한 사람으로부터 그가 사랑하는 것을 빼앗으면 뭐가 남을까? 오로지 증오심, 오로지 분노만 있겠지. 하지만 그는 그 이상의 무엇이 있을 수 있다는 것을 처음으로 자각한 사람이야. 그가 나를 발견했어. 그가 너를 발견했고. 우리가 대체 우라지게 누구라고 그를 의심하겠어?"

문이 갑자기 열린다. 우리 둘 모두가 고개를 돌리고 미키가 절뚝거리며 들어온다. 그는 반쯤 죽은 것처럼 보이며 갈대만큼 말랐고 전보다 더 창백하다. 말없이 그는 절뚝이는 발걸음으로 나에게 다가와 입에 제대로 키스를 해 준다. 그의 애정표현은 절박하고도 진실하다. 그 후 그는 아이처럼 흐느끼기 시작한다. 댄서와 나는 어찌 해야 할지 모른다. 그래서 나는 그냥 그의 몸에 팔을 두른 후 그가 울게 내버려둔다. 그는 나에게 열댓 번 정도 "고마워"라고 속삭인다.

그들이 미키에게 무슨 짓을 한 것일까? 아니다. 나는 그레이들이 정보를 캐낼 수 있도록 어떻게 훈련을 받는지 알고 있다. 미키는 그들에게 아무것도 안 알려 줬다고 한다. 그럼에도 나는 자칼이 이번 일을 통해 무슨 정보를 얻었는지 알아내야 한다. 그가 미키의 실험실을 발견하면서 무슨 추론을 했는지를 확인해야 한다.

미키의 머리 너머로 보니 피치너가 슬프게 미소 지으며 거기에서 있다. 긴 시간이 지나자 미키가 나로부터 떨어진다. 그가 사과하는 뉘앙스로 설명한다.

"나는 네가 루나에서 우리를 찾아왔을 때 너에게 주의를 주려고 하기는 했어. 도망치라고 말하고 싶었지. 하지만 내가 그 이상 말했다가는 그녀가 나를 죽였을 거야. 나는 네가 나보다 그녀의 말을 더 믿을까 봐 두려웠어."

"나는 당신 말을 믿었을 거예요, 미키."

"그래? 나는 네가 나를 구하러 올 줄 알았어. 나는 우리 이쁜이가 미키를 잊기에는 너무 착하다고 말했지. 하지만 그녀는 나에게 침을 뱉었어. 내가 노예상인이라고 말했어."

미키가 코를 훌쩍인다. 그가 자신의 고개를 축 늘어뜨리며 코를 훌쩍이는 모습은 너무나 연약하다. 자칼의 고문실에서 그에게 가해졌을 행위들 때문에 진이 빠지고 정신도 거의 나간 상태다.

"그녀의 말이 맞았어. 나는 그래. 나는 사악해. 여자애들과 남자애들을 아프게 하지. 나는 그들을 사랑할 때조차도 팔아 버렸어. 당연히 그녀의 말이 맞아. 왜 네가 오겠어? 네가 대체 무슨 이유로 이 사악한 미키 놈을 위해 움직이겠어?"

"왜냐하면 당신이 내 친구이기 때문이죠."

나는 그의 손을 내 입술로 가져와 거기에 상냥하게 입을 맞춰 준다. 미키는 희망어린 눈빛으로 나를 올려다본다.

"당신이 그리 이상해도, 당신이 그리 사악했어도, 나는 당신이 더 나은 사람이 되고 싶어 한다는 것을 알고 있어요. 당신은 더 많은 것을 위해 살고 싶어 하죠. 우리 모두가 그래요. 그리고 누가 내 친구들 중 한 명을 어디로 데려가든 내가 그를 버릴 일은 없을 거예요."

진실을 말하니 기분이 좋다.

"고마워, 나의 왕자님."

미키가 조용히 말한다. 그는 그 이후 자신의 용의를 바로 한다. 이제 몸을 돌려 사무실 밖으로 걸어 나갈 수 있을 만큼 힘이 생겼다. 피치녀가 문을 닫는다.

"그래, 참 감성적인 순간이더군."

나는 고개를 끄덕인다. 나는 오히려 이런 사람이 되고 싶다. 언제나 하던 경계를 풀고. 잇새로 내뱉던 거짓말들을 멈추고. 이 이전까지는 내가 얼마나 미키에게 마음을 주고 있는지도 깨닫지 못하고 있었던 것 같다. 그것은 그가 나를 만드는 과정을 도왔기 때문이 아니다. 그가 언제나 나를 너무나 사랑해 줬기 때문이다. 그것이 기이한 종류의 사랑이었을지라도 진짜였다. 그리고 그는 내가 존중할 만한 사람이 되고 싶어 한다는 것을 나는 진심으로 믿고 있다. 내가 이오와 머스탱이 존중할 만한 사람이 되고 싶어 하는 것처럼. 그러니 그것은 좋은 종류의 사랑이다.

"우리 얘기 좀 해야 해요, 피치너."

내가 말한다. 아까는 우리에게 그럴 기회가 없었다. 세브로가 댄서의 계획을 듣고 나에게 찾아왔다. 회의를 소집하고, 아레스의 아들들을 내 함선에 소속시켜 그들이 건물을 침투할 수 있게 하자는 계획이었다. 내가 한 것이라고는 그들에게 선화를 희생양으로 삼아 책임을 전가시키자고 제의하고 빅트라는 해하면 안 된다는 것을 알렸을 뿐이다.

"너희 둘이서 얘기 할 수 있게 나갈게."

댄서가 말하며 자신의 금속 의자를 뒤로 뺀다.

"아니에요, 여기 있으면 좋겠어요. 난 너무 많은 사람들로부터 너무 많은 비밀들을 간직하고 있어요. 우리 셋 사이에는 더 이상 감추는 것이 없었으면 해요."

"숫자세기 좀 배워라, 똥대가리야."

세브로가 녹슨 엔진 덩어리를 돌아 나오며 말한다. 바깥으로 이어지는 그 값싼 금속 문이 그의 뒤에서 쾅 하고 닫힌다. 기름때가 묻은 아게아의 공업지에서도 가을 냄새가 난다. 세브로는 낡은 전투기의 녹슨 섀시 위로 뛰어올라 다리를 달랑거리며 앉는다.

"어이, 봐봐, 오랜만에 호구들끼리 다 모였다. 성차별주의적인 농담이나 하자고."

나는 쿡쿡 웃으며 피치너를 돌아본다.

"당신이 아레스였군요."

"이놈이 혼수상태였다 깨어나니 천재가 됐네!"

피치너가 짖는다. 그가 손뼉을 치는 와중에도 그의 눈빛은 정말 진지한 상태 그대로다.

"대부분은 나를 브론즈 놈이라고 부르지. 학생들은 나를 프록터라고 하고. 어떤 사람들은 나를 레이지 나이트라고 부르고, 또 군주는 나를 배신자라고 하지. 내 아들은 나를 똥대가리라고 하고……."

"당신은 똥대가리가 맞아."

세브로가 끼어든다.

"……내 아내는 나를 피치너라고 불렀지. 하지만 골드들이 나를 아레스로 만들었어."

예전이었다면 나는 그 말이 무슨 의미인지 몰랐을 것이다. 그는 골드다. 골드들이 어떻게 그에게 무슨 짓을 저지르겠는가? 하지만 이제 나는 커튼 뒤를 슬쩍 확인한 상태다.

"왜 나에게 처음부터 당신이 누구인지 말하지 않았어요?"

피치너는 낄낄거린다.

"그러고 나서 내 생명줄을 청소년의 연기력에 맡기라고? 그러지 않는 게 낫다고 생각해. 네가 발각되고 그들이 너를 고문한다면…… 상황은 안 좋아지지. 예비 계획도 세워놨었어. 다른 쇠들도 불 속에 달궈놨다고. 너는 그냥 그들 중 내가 제일 좋아하는 대상이었을 뿐이지. 하지만 그렇다고 해서 우리가 편견을 가지면 안 되지."

"아내 분은 누구셨나요?"

나는 이미 그 대답을 예상하면서 묻는다.

"이야기를 길게 할까, 짧게 할까?"

"길게요."

피치너가 무뚝뚝하게 이야기를 시작한다.

"나는 트리톤에 있는 테라포밍 회사를 섭외하는 중이었어. 너처럼 화려한 직업도 갖고 있지 않았어. 레이저도 없었고 갑옷도 없었고. 그냥 건설 사업 관리만 했지. 계약은 실버 한 명에 의해 임대됐었어. 나는 그들의 북극에서 마지막으로 남은 러브록 엔진들 중 하나를 운전하고 있었는데 그 위성의 망할 간헐온천에서 폭발이 일어나면서 지진이 발생한 거야. 그래서 얼음 표층이 깨졌어. 그리고 엔진 전체가 지중의 바다 속으로 쏟아졌고. 3000명의 영혼들이 익사했지.

그들은 나를 바다 속에서 건져냈어. 그래서 나는 그로부터 몇 달을 북극 병원에서 회복하며 지냈지. 나는 하이컬러 병동에 있었어. 우리는 상대적으로 좋은 음식, 나은 샤워시설, 더 새로운 침대들을 누렸어. 하지만 로우컬러들에게는 북극광을 바라보는 창문이 있었어. 그리고 그녀는 그 창가에 있는 침대에 있었고."

피치너는 세브로를 올려다본다.

"그녀는 내가 만난 가장 아름다운 여자였어. 또 보기에도 예뻤고. 그녀는 그 사고 속에서 다리 한 쪽을 잃었어. 그리고 그들은 그녀에게 새 다리를 만들어 줄 계획이 없었지. 할 수는 있었어. 그것은 간단한 생명공학적 문제였거든. 비용 대비 효율적이지 않다고 코퍼들이 말했지. 걔들은 창조된 컬러들 중 가장 형편없는 놈들이야. 나는 단언컨대……."

세브로가 목청을 가다듬는다.

"우리도 알아요."

피치너가 세브로를 향해 쓰레기 한 조각을 던진 후 말을 이어간다.

"내가 퇴원하면서 그녀를 함께 데리고 갔어. 트리톤을 떠날 수 있을 정도로 돈도 모아놨고. 코어 지역에서는 살 수 없었지. 거기는 너무 비싸니까. 그래서 나는 화성을 선택했어. 우리는 1년간 신테베 도시 바로 밖에서 살았어. 무엇보다도 아이를 원했지. 하지만 우리의 DNA가 서로 적합하지 않았어. 그래서 우리는 마법을 좀 부릴 수 없을까 하는 마음에 조각가 하나를 찾아갔어. 우리는 성공했지. 내가 갖고 있던 전 재산을 다 털어야 했지만 9달 후, 이 조그만 고블린이 꼼지락거리며 나왔어."

세브로는 앉은 자리에서 쓰레기들 중 먹을 만한 것이 혹시 있나 확인하며 손을 흔든다.

"2년 후, 품질 통제 위원회가 그 조각가를 잡아들였어. 그가 어떤 옵시디언 검투사를 대상으로 무슨 시술을 한 것이 걸렸던 거지. 그는 감형을 간청하기 위해 우리를 고발했어. 그것도 신속하게. 그들은 우리 집으로 찾아왔는데 나는 세브로와 함께 떠나 있었던 거야. 그들이 내 아내를 발견하고는 그녀를 심문하러 데려갔어. 그들의 의사들은 그녀의 나팔관들이 변형돼 골드 아이를 잉태하기에 적합하도록 만들어진 것을 발견했지. 그 후 그들은 그녀를 처리했어. 기록에도 딱 그렇게 표현됐더군. '처리됨.' 그녀를 아클리스-9 독가스로 죽인 후 오븐 안에 넣은 뒤 그녀의 재를 바다로 펌프질해 내보냈대. 그들은 그녀를 이름으로 부르지도 않았어. 오직 죄수 번호만을 내렸지. 그녀가 도둑이거나 살인자거나 어떤 남자나 여자의 권리를 침해했기 때문이 아니라 골드를 감히 사랑한 레드였기 때문이었어. 내 이기적인 사랑이 그녀를 죽인 거야.

네 아내 같은 상황이 아니었어, 대로우. 나는 내 아내가 죽는 순간을 보지 못했어. 골드들이 내 세계로 들어와 그것을 망가뜨리는 것도 보지 못했고. 대신 나는 이 시스템의 차가움이 내가 유일하게 삶의 의미로 여기는 대상을 삼켜 버리는 것을 느꼈지. 버튼을 누르며 스프레드시트를 채워나가는 코퍼. 가스를 내보내기 위해 손잡이 하나를 돌리는 브라운. 그들이 내 아내를 죽였어. 하지만 그들은 절대 그렇게 생각하지 않을 거야. 그녀는 그들의 머릿속에 남을 기억의 대상이 아니야. 통계 대상이지. 마치 그녀가 한 번도 존재하지 않았던 것처럼 된 거야. 내가 사랑했지만 다른 이들은 아무도 보지 못한 어떤 유령처럼. 소사이어티는 그런 짓을 하는 거야. 책임을 전가해 악한을 없애 버리지. 그래서 정의를 찾기 위해 악한을 찾기 시작하는 것부터가 헛된 일이야. 이건 그냥 기계, 과정들일 뿐이야. 그리고 이건 한 세대 전체가 봉기해 자신들을 그 장비에 투척할 때까지는 거침없이 우르릉 거리며 계속 돌아갈 거야."

"아내분의 성함이 어떻게 됐나요?"

"그녀의 이름? 그게 무슨 상관이야?"

그가 조심스럽게 묻는다.

"그녀를 기억하고 싶어서요."

"브린. 우리 엄마 이름은 브린이었어. 그들이 엄마를 죽였을 때 엄마는 22살이었어."

세브로가 위에서 말한다. 지금 내 나이보다 한 살밖에 더 안 살았던 것이다.

"브린."

내가 그 이름을 반복하자 피처녀는 양발 좌우로 무게중심을 옮기며 미세하게 흔들거린다. 가쁜 숨을 쉬며.

"그럼 너는 반 레드인 거네."

내가 세브로에게 말한다.

세브로가 고개를 끄덕인다.

"며칠 전에 알았어. 완전 엽기지, 안 그래?"

"완전 엽기네. 너는 러스터로도 꽤 괜찮았을 거야."

"나는 차라리 내가 멸종위기에 처한 종이라고 생각하고 싶어."

댄서는 성냥 하나를 손가락 사이에 굴린다.

"우리 모두가 그렇지."

"당신은 타이투스에 대해 알고 있었죠."

내가 피치너에게 말한다.

"하지만 댄서는 몰랐어. 그에게 그놈의 일을 탓하지는 마. 나는 너희들이 기관에서 의형제가 될 줄 알았어. 네 자신의 종족에 대한 자연스러운 애착이 발동할 줄 알았지. 하지만 그놈이 어둠의 길로 막나가기 시작했고 걜 다시 바른 길로 인도할 방법이 없었어. 그놈이랑도 만났어. 전파 방해기, 고스트클록…… 너를 만날 때와 똑같이. 하지만 그놈의 멘탈은 압박감에 무너졌지. 나는 너까지 무너지는 것을 보고 싶지 않았어."

나는 세브로와 댄서 쪽을 쳐다본다.

"나도 무너졌었어요. 나는 단지 자신을 다시 일으켜 세워 줄 친구들이 있었을 뿐이에요. 왜 타이투스와 나에게 서로에 대해 얘기해 주지 않았어요?"

"그럼 그놈의 실수가 네 것이 되고 네 실수도 그놈의 것이 됐겠지. 폭풍 속에서는 배 두 대를 같이 묶는 것이 아니야. 그럼 둘 다 서로의 발목을 잡게 돼."

피치너는 목청을 가다듬는다.

"나는 언제나 골드가 이 반란을 이끌 수는 없을 것을 알고 있었어. 꼬마야, 이 일은 밑바닥에서부터 위로 퍼져야 하는 거야. 레드는 가족 중심적이야. 다른 그 어떤 컬러보다도 레드는 우리 세상의 모든 끔찍함 속에서도 사랑 중심으로 돌아가지. 만약 레드가 일어선다면 그들에게는 세계들을 한 데 통합시킬 가능성이 있어. 미드컬러들은 안 할 거야. 핑크들과 브라운들은 못하고. 옵시디언들은 전에도 실패한 적이 있어. 그리고 그들은 홀로 성공한다 해도 세상들을 해방시키는 것이 아니라 부서뜨릴 거야."

내가 묻는다.

"그래서 계획이 뭐에요? 당신의 군주 옆자리는 내가 망쳐놨잖아요."

"대로우, 너는 조종하기 힘든 놈이야. 그러니 그냥 대놓고 말할게. 아우구스투스는 너를 입양할거야. 너는 놀라지 않는구나……."

"그게 말이 되니까요. 그는 내 운명을 자신의 가족과 묶어 놓고 싶어 해요. 아마 내가 머스탱과 결혼하게 만들 거예요. 하지만 내가 후계자가 돼 버리면 자칼과 내 동맹은 깨지겠죠."

세브로가 묻는다.

"자칼이 그것에 대해 신경을 쓰기는 해? 언젠가 인정받을 희망 따위는 버린 것 같아 보이던데. 그 우라질 개새끼는 자신만의 제국을 만들고 있잖아."

"두고 봐야지."

내가 말한다.

피치너가 말을 잇는다.

"자칼을 버리든 계획의 일부로 삼든 상관없다. 아우구스투스는 너를 그의 후계자로 입양할 거야. 그리고 너를 자신의 함대의 집정관으로 쓰겠지. 또 네가 군주를 물리친다면 그도 화성의 왕이 되는 것에 만족하지 않을 거야. 자신이 직접 군주가 되기를 원하겠지. 그렇게 되도록 그를 도와. 그리고 그의 치세 하에 1년이 지나면 세브로가 그를 죽인 후 그 죄목을 경쟁자에게 덮어씌울 거야. 어쩌면 자칼에게 덮어씌울……."

이번에는 내가 양발 좌우로 무게중심을 옮겨가며 흔들거릴 차례다.

"내가 제국을 상속받기를 원하는 거군요. 소사이어티 전체를요."

나는 얼이 빠진 채 피치너를 본다. 댄서도 본다. 저들은 어째서 저리 진지해 보인단 말인가?

피치너가 말한다.

"그래. 아우구스투스가 죽고 나면 모두가 가장 강한 자에게 의지할 거야. 가장 강한 자가 되어라. 상속의 게임에서 이기면 너는 군주가 될 수 있다. 네가 프라이머스였던 것처럼. 또 집정관이었던 것처럼. 다 게임이야. 단, 이번에는 네가 반칙을 할 수 있도록 우리가 너를 돕는 거지. 우리는 너에게 정보를 제공하고 암살 시도들로부터 너를 보호할 거야. 내가 네 편에 있으므로 해서 너는 자칼과 군주조차도 필적할 수 없을 정도의 스파이 네트워크를 갖게 될 거야. 우리는 뇌물을 줘야 할 사람들에게 뇌물을 주고 죽여야 할

351

사람들을 죽일 거야."

나는 앉은 채 사색하며 내 손을 처다본다.

"난 거짓말들이 거의 다 끝나가는 줄 알았어요. 나는 내 정체를 알리고 싶어요. 전쟁을 선포하고 싶다고요."

"아직은 그럴 수 없어. 그건 너도 알잖아."

나도 안다. 하지만 나는 이 사람들을 떠나고 싶지 않다.

"다시는 아무것도 모르는 채 있지 않을 거예요. 우리는 함께 연락할 겁니다. 함께 계획하고요. 더 이상 회색지대는 없어요. 이해해요? 지난번처럼 나 홀로 있을 수는 없다고요."

"알겠다고 그래, 피치너. 안 그러면 나도 안 간다."

세브로가 말한다.

"네가 원한다면 매일 연락하마. 나는 너와 함께 가지는 못한다. 지금 벌어지고 있는 유령 전쟁을 내가 처리해야 하거든. 하지만 내 대신, 내 가장 출중한 요원들 몇 명을 보내 줄게. 너에게는 네가 믿을 수 있는 도당이 생길 거야. 첩자들. 암살자들. 매춘부들. 해커들. 모두 완벽히 위장한 채 사슬을 끊기 위해 죽을 각오로 임할 거야. 너는 더 이상 홀로가 아니야."

나는 안도감이 차오른다. 하지만 내가 할 수 없을 무언가가 있다는 것을 알고 있다.

"돌아가야겠어요."

내 말에 피치너가 동의한다.

"그래. 그들도 네가 어디에 있는지 궁금해 하고 있을 거야."

"아니요. 난 집에 가야겠어요."

내가 말한다.

"집에? 라이코스에?"

댄서가 묻는다.

"왜? 거기에 너를 위해 뭐가 남았는데?"

피치너가 묻는다.

"내 가족이요. 4년이 지났어요. 이걸 시작하기 전에 그들을 봐야 해요."

나는 각 남자들의 눈을 돌아가며 직시한다. 각자 자신만의 방식으로 너무나 상처를 입고 심히 아파하고 있다.

"그건 이해해 줘야 해요. 상황은 우리가 예측하지 못할 방향들로 뒤틀려 무너지기 일보직전이에요. 우리는 우리가 무엇을 하고 있는지 아는 척하면서 이 골드들이 전쟁을 벌이도록 몰아붙이고 우리 나름의 전쟁을 계획하죠. 마치 우리가 그것을 통제할 수 있는 것처럼. 하지만 그것은 통제가 안 돼요. 우리는 단순히 판도라의 상자를 여는 유한한 삶의 인간들일뿐이라고요. 그리고 모든 것이 거꾸로 뒤집히기 전에 나는 내가 무엇을 위해 싸우는지 기억해야 한다고요. 나는 그것이 그럴 만한 가치가 있는지 알아야 해요."

"너는 그들의 축복을 원하는구나. 그녀의 축복을."

댄서가 말한다. 그는 피치너보다 내 마음을 잘 안다. 아우구스투스가 나를 입양하도록 허하려면 나는 먼저 집에 들려야 한다.

"그들에게 네가 네 정체를 알려서는 안 돼. 그들은 이해하지 못할 거야. 너도 그걸 알잖아."

피치너가 앞으로 한발 다가온다. 갑자기 내 성질을 조심하는 것이다.

"당신과 내가 처음부터 쭉 이 일을 함께 꾸며 왔다면 이 모든 상황이 얼마나 더 쉬웠겠어요? 거짓말은 거짓말을 낳죠. 우리는 믿어야 해요."

나는 세브로를 바라본다.

"나는 그녀를 라이코스로 데려갈 거야."

"그녀?"

댄서가 묻는다.

"머스탱."

세브로가 중얼거린다.

"안 돼. 절대 안 돼. 안 되는 일이야. 그 위험을 감수할 만한 가치가 없어. 너는 이제 준비 완료 상태야. 그 애는 너를 사랑한다고! 양심의 가책 때문에 그 유리한 입지를 놓치지 마."

피치너가 거의 고함치다시피 한다.

"나도 그녀를 사랑한다면요?"

피치너가 욕을 한다.

"젠장. 젠장. 젠장. 젠장. 너 진짜야? 나는 그게 네 지독한 게임의 일부라고 생각했는데. 젠장. 꼬마야, 네가 모든 것을 망칠 거야. 지독한 멍청아. 젠장."

"이것 자체가 모든 것에요. 그녀는 날 사랑해요. 난 더 이상 그

354

녀를 이용하지 않을 거예요. 그녀를 협상카드로 쓰지 않을 거고요. 내가 그녀를 믿지 못한다면 골드는 바뀌지 못해요. 그리고 타이투스와 하모니의 말이 맞았던 거죠. 제길, 소사이어티가 맞았던 거예요. 당신도 나도 이것이 우리 컬러에 관한 일이 아니라는 것을 알잖아요. 우리의 마음에 관한 일이죠. 이제 그것을 시험대에 올려놔 보자고요."

"그리고 네가 틀렸다면? 머스탱이 그들을 위해 너를 거부한다면?"

나는 할 말이 없다.

세브로가 자신의 앉은 자리에서 가볍게 뛰어내린다.

"그럼 내가 걔 머리에 총알을 박아야지."

제47장

# 자유

'솥단지'는 똥통이다. 300미터 깊이의 금속과 콘크리트 둥지로 구정물과 세척액의 악취 때문에 습하다. 한때는 이곳이 무슨 고귀한 성이라도 되는 양 저 위에서 라이코스의 공유지를 내려다보는 것 같았다. 하지만 내 함선이 내려가는 동안 보니 그것은 그냥 화성 남부 타이가에 있는 따분한 금속 물집일 뿐이다. 그리고 옥타비아 오 룬을 상대로 벌이는 거대한 싸움을 위해 사람들이 모여드는 거대한 도시들로부터 멀리 떨어져 있다.

그 안에 있는 그레이들은 레드들에게 겁박을 주는 일 말고는 밥벌이 할 만한 일을 못 찾을 놈들이다. 한때는 어글리 댄과 같은 그레이들이 부대를 격파하리라고 생각했던 적이 있었는데…… 내 젊은 시절의 악마들이 실제로는 얼마나 약하고 하찮은지 깨닫는 것도 슬픈 일이다. 마치 내가 무슨 허망한 상상속의 과거를 겪은 듯한 기분이다.

그들은 내 함선이 오리라는 것을 몰랐다. 그들은 내가 왜 여기에 있는지 모르며 나도 그들에게 그것을 알려서는 안 된다. 그들이 마냥 말파리들처럼 흩어지는 동안 나는 경사로 출입구를 통해 함선으로부터 성큼성큼 내려 엔진에 그을려진 착륙장에 선다. 옵시디언 경호원들이 내 앞으로 쏟아져 나온다. 내가 삐걱거리는 금속 통로를 활보하는 동안 키가 큰 라그날이 내 뒤를 가려 준다. 이 그레이들 중 아무나 잡아서 물어도 내가 가려고 하는 곳을 어떻게 가는지 알 것이다. 하지만 나는 낯익은 얼굴을 찾고 있다.

"댄. 그는 어디에 있지?"

내가 브라운 관리인들 중 한 명에게 묻는다.

나는 그들의 휴게실들 중 하나로 난입한다. 거기에는 열두 명의 그레이들이 카드놀이를 하며 담배를 피우고 있다. 한 여자가 홀로컴을 보다가 고개를 돌리고 나를 확인한다. 홀로컴에서는 몇 개의 말하는 머리들, 즉 실버 하나, 바이올렛 하나, 그리고 두 명의 그린이 내 업적에 대한 그림 자료를 들고 화성의 정복이 정치적으로 미치는 파급 효과에 대한 논쟁을 벌이고 있었다. 그녀의 담배가 입 밖으로 떨어진다. 그 옆에 앉아 있던 남자는 담배가 자신의 바짓가랑이에 떨어지면서 옷에 불이 붙자 손으로 그것을 탁 친다.

"칼리, 이 멍청한 고깃덩어리야."

그는 탁자로부터 자신의 몸을 확 밀쳐낸다.

"빌어먹을. 대체 뭐가 문……."

어글리 댄이 획 돌아서서 나를 4년만에 처음 본다. 그의 피부털이 일어서면서 그의 태만한 몸에 은둔해 있던 규율 태세가 용수철처럼 확 살아나는 것이 느껴진다. 그의 눈은 나를 알아보지도, 두려워하지도 않는다. 오로지 복종의 눈빛만이 있다.

이것은 나에게 아무런 카타르시스도 주지 않는다. 댄의 입술은 무례한 비웃음을 띠고 모습에는 못된 하이에나의 형상이 드리워져 있어야 한다. 하지만 둘 다 그렇지 않다. 댄은 길들여져 있다. 순종적이다. 얼굴은 어린 시절 여드름으로 여기저기 패여 있다. 로란과 내가 그의 뒤에서 흉을 보던 그의 기름진 머리는 이제 없다. 대머리라는 분화구가 그 자리를 대신하며 그 언저리도 시들어 버린 잿빛 싹들로 장식됐다. 그는 물에 젖은 개만큼 무섭다. 이오를 죽이는데도 내가 건드리지 못했던 사람이 바로 이 남자다.

어째서 내가 그를 막지 못했단 말인가? 내가 그렇게나 약해빠졌었단 말인가?

"버블 정원."

내가 댄에게 말한다. 내 음성이 금속 휴게실을 가득 메운다.

"나를 그곳에 데려가 줘."

나는 벌써 발뒤꿈치를 축으로 삼아 뒤로 돈 상태다. 라그날이 그의 허벅지를 토닥인다.

"개야, 이리 온."

내가 이곳에 마지막으로 선 지 벌써 4년이 지났다. 밤이 자신의 모자를 뒤집어쓰면서 하늘의 잿빛 속에서는 별들이 빤짝인다. 정원은 내 기억보다 작다. 색채도, 소리도 덜 풍부하다. 내가 갔던 곳들, 내가 봤던 것들을 고려하고 그러리라는 것을 예상했어야 했다. 쓰레기는 더 많다. 그레이들이 이곳을 음주와 섹스 용도로 쓴 흔적들도 더 많다. 나는 신발 끝으로 비어 있는 맥주 캔 하나를 건드린다. 이오와 내가 마지막으로 함께 누워 있었던 자리는 캔디바 껍질로 표시되어 있다.

나는 부드러운 잔디 침대로 그곳을 기억한다. 하지만 이제는 잡초들이 있다. 어쩌면 그때도 잡초들이 있었는데 단지 내가 그것들을 못 본 것일지도 모르겠다. 꽃들은 시들시들하고 보잘것없는 존재들이다. 나는 한 송이를 손가락으로 건드린다. 그리고 버블천장 너머의 하늘에 별똥별이 지나가는 것을 보며 슬픔이 나를 끌어당기는 기분에 젖는다. 나는 코웃음을 친다. 한때 그것들은 별이었을지도 모르겠다. 내가 어렸을 때에는 그것들을 별이라고 생각했다. 하지만 이제 나는 그것들이 루나 공격을 준비하는 전함들이라는 것을 안다. 내가 뭘 기대했는지 모르겠다. 이곳에는 아무런 마법도 남아 있지 않다.

이곳을 기억 속에서 완벽한 상태로 내버려 뒀어야 했다. 나는 이오도 그쪽에 있는 것이, 내 눈앞에 없는 것이 차라리 안전할까 생각한다. 내가 지금 그녀를 본다면, 내가 이곳에 돌아온다면, 그래도 그녀를 그렇게까지 사랑할까? 그녀가 그렇게 완벽한 존재처럼 느껴질까?

나는 정원을 거닐며 통과한다. 그곳은 정말 팍스 함선에 있는 내 스위트룸들보다 겨우 더 큰 정도다. 내가 이 내가 밑으로 지나가는 나무들보다도 두껍다. 나무들의 기저부 가까이에서 그 뿌리들이 땅 위로 솟아오른 곳에는 풀들이 허전해진다.

나는 내가 목적한 곳을 발견한다. 혜만서스 꽃들이 이오의 무덤 위에서 자라고 있다. 수십 송이다. 내가 그녀와 함께 그 무덤 안에 놓았던 꽃송이를 기억하지 못했다면 기적일 것이다. 그녀는 더 이상 저기에 없다. 나는 그것을 알고 있다. 그레이들은 나를 매단 다음, 그녀를 파 올린 후 공유지에 매달아 썩게 내버려뒀을 것이다.

여기에는 침울한 모순이 있다. 나는 그것을 이제야 막 깨달았다. 나는 그녀로부터 축복을 받기 위해 이곳에 왔는데 그녀는 여기에 없는 것이다. 그녀는 이 우리에서 달아나 계곡으로 가 버렸다.

그래서 나는 일출을 기다리던 자리에서 다리를 꼬고 앉아 일몰을 기다린다. 해가 지자 사그라지는 오늘의 빛이 버블 정원을 핏빛으로 메운다. 그 후 해는 지평선에 항복하고 밤이 별 박힌 장막을 화성 위로 펼친다.

나는 내 자신을 비웃는다.

라그날은 자신의 자리인 문가로부터 슬쩍 벗어난다.

"나 괜찮아. 그녀는 내가 이곳에 왔다고 비웃었을 거야."

나는 그를 돌아보지도 않은 채 말한다.

"웃음은 선물입니다."

"어떤 때는 그렇지."

나는 일어서서 바지를 털며 이곳을 마지막으로 한 번 둘러본다.

정원은 기억에서처럼 완벽하지 않다. 그리고 그녀도 그것은 마찬가지였다. 그녀는 성급했다. 사소한 이유로도 앙심을 품을 수 있었다. 하지만 그녀는 소녀였다. 17살도 안 됐었다. 그리고 그녀는 자신이 내줄 수 있는 것을 최대로 내주었으며 갖고 있는 것으로 최선을 다했다. 그랬기에 나는 언제나 그녀를 사랑할 것이다. 그리고 그렇기 때문에 내가 가서 할 일을 그녀가 축복해 줄지의 여부를 알 수 있는 것이다. 내 마음은 그녀 자신이 도망친 이 우리에 머물러 있으면 안 된다. 나도 앞으로 나아가야 한다.

## 제48장

# 치안 판사

광산 치안판사 티모니 오 폿지누스가 양 옆에 그레이 광산 경비원 무리를 끼고 나를 기다리고 있다. 지금은 그 경비원들이 자신들의 가장 밝고 좋은 제복을 입고 있다. 한 명은 접시 하나를 들고 있다. 거기에는 치즈, 대추야자, 그리고 폿지누스의 최고의 음식이자 아마도 유일할, 캐비아가 담겨 있다. 어글리 댄은 사라졌다.

"안드로메두스 경 맞으시지요?"

폿지누스는 건방진 코퍼들이 좋아하는 거만한 억양으로 지저귄다. 그는 살이 더 쪘다. 머리는 더 빠졌다. 그리고 더위 타는 돼지처럼 땀 흘리는 와중에 과하게 반지 낀 손가락들을 활짝 편 채 허리 숙여 인사하며 나에게 잘 보이려 한다. 홀로컴 정치 드라마 속에서 유행인 이상야릇한 인사 방식이다.

"저는 광석 압축 시설들을 점검하고 있었습니다."

시설이 아니라 타이가 끝자락에 위치한 요크턴 근처 사창굴일 것이다.

"그때 귀하께서 저를 방문하셨다는 소식을 전해 들었죠. 저는 제 최선을 다해 최대한 빠른 속도로 되돌아왔지만 그래도 귀하의 용서를 구합니다. 그 와중에도 저는 궁금했답니다. 제가 감히 귀하의 방문 목적을 물어봐도 되겠습니까?"

그래서 그는 그 정보를 플라이니 같은 사람들에게 팔려는 것이다. 코퍼들은 자신들이 하는 말을 모두 진심으로 하는 경우가 드물다.

"점검시일은 아직 한참 남았……."

"예의바른 사회에서는 네 자신을 소개하지 않은 것이 무례로 통한다, 코퍼."

나는 그가 그렇게 적극적으로 모방하는 픽시들의 말투가 아닌 비할 데 없는 자들의 말투로 말한다.

"사죄드립니다!"

폿지누스는 불안해하며 말을 더듬는다. 그는 허리를 휙 숙여 인사를 한다. 그가 너무나 깊이 숙이는 바람에 그의 상당한 내장 쿠션이 가로막지 않았다면 코가 바닥에 닿지 않았을까 걱정이 든다.

"저는 귀하의 미천한 하인, 광산 치안 판사 티모니 오 폿지누스입니다. 그리고 제가 또 감히 말씀드리지만……."

그는 여전히 허리를 굽히고 있다.

"귀하의 모습은 제가 진심으로 예상했던 것보다 훨씬 장려하네요! 귀하께서 장대하고 키가 크지 않을 것이라고 생각했던 것은 아니랍니다. 자연히 대총독님께서는 오로지 최고 중에서도 최고만을 수하로 데리고 계시니까요. 하지만 홀로컴에서보다도 훨씬 외모가 출중하십니다."

"그만 인사해도 된다."

폿지누스는 내 시선을 의식하며 자신의 몸을 편 후 내 뒤에 있는 정원을 힐끗 본다. 왜 나 같은 사람이 그의 광산으로 예고도 없이 찾아왔는지 교묘히 살피는 중이다.

"물론 다른 이들로부터 이미 들으셨겠지만 치안 판사들은 우리 행성이 벨로나의 통제로부터 해방됐다는 소식을 듣고 매우 기뻐했습니다. 전쟁에 대해서라면 그분들이 아셨을지도 모르겠지만 채굴 작업에 대해서는요? 에잇, 아마추어들이죠."

"보아하니 그들은 전쟁에 대해서도 잘 모르는 것 같더구나."

침을 삼키며, 그는 다시 내 레이저를 바라본 후 정원으로 시선을 돌린다.

폿지누스가 묻는다.

"아름다운 공간이지요, 그렇지 않습니까? 저곳을 보고 있으면 제가 파이루스 강에서 보내던 시절이 떠오르더군요. 저기 있는 튤립 송이들은…… 오, 그 빛깔이란! 귀하도 분명 아시겠지만 저런 것은 절대 없답니다. 그리고 나무들은 또 어떻고요. 올림푸스몬스 화의 스텝 지대를 따라 늘어져 있는 자작나무들과 너무나 흡사하지 않나요? 저는 그곳의 샤또 르 브로 성에서 묵었었죠."

그는 양손을 이상하게 활짝 벌린 자세를 취한다.

"저도 압니다, 안다마다요. 하지만 때때로 자기 자신에게 대접을 할 필요는 있잖아요. 사실 제가 가장 특별한 소토세네르 치즈를 발견한 곳이 거기였습지요."

그는 자랑스럽게 미소를 짓는다.

"그들은 저를 마르코 폴로라고 부르죠. 제 친구들 말입니다. 제가 여행을 즐기기 때문이에요. 제가 보고 싶어 하는 것은 그 문화에요. 귀하도 물론 예상하셨겠지만 정제된 회사를 이 주변에서 찾기란 하늘에서 별 따기거든요……."

나는 내가 폿지누스의 수하들의 제일 좋은 제복들을, 그 후 그의 제일 좋은 반지들을 쳐다본 후 인상을 찌푸리지 않았다면 그가 얼마나 더 오래 동안 나를 감명시켜보려 했을지 모르겠다.

"무슨 문제가 있으십니까?"

폿지누스가 묻는다.

"네 말이 맞다."

내가 말한다.

폿지누스의 구슬 같은 눈동자들이 자신의 제일 능력 있는 그레이들 사이로 왔다 갔다 하며 내가 못마땅해 하는 것의 흔적을 찾는다. 그가 나를 저렇게 필사적으로 만족시키려는 태도가 역겹다. 이 남자는 내 가족에게 절도를 저질렀다. 그는 내가 채찍질을 당하게 만들었다. 이오가 죽임을 당하는 모습을 지켜봤다. 우리 아버지를 목매달았다. 그는 사악하지 않다. 단지 탐욕에 빠진 한심한 인간일 뿐이다.

"저의 어떤 말이 맞는다는 말씀이신 건가요?"

폿지누스는 나를 향해 눈을 깜빡이며 묻는다.

"이런 곳에서 정제된 회사를 발견하기란 불가능하다는 것 말이다."

내 시선이 그에게 너무 심하게 중압감을 남긴 나머지, 나는 그가 울음을 터뜨릴까 봐 두렵다. 그를 봐도, 댄을 봐도 오로지 동떨어진 이질감만이 내 마음속에 차오를 뿐, 그 외에는 아무런 감정도 들지 않는다. 나는 그들이 끔찍하고 흉물스러운 괴물들이기를 바랐다. 하지만 그들은 그렇지 않다. 사람들의 삶을 망치고도 그것을 인지하지도 못하는 옹졸한 남자들일뿐이다. 또 얼마나 많은 이들이 저들과 같을까?

당황하며, 폿지누스는 치즈 접시를 향해 손짓을 한다.

"소토세네르입니다, 각하시여. 이태리에서 수입해 온 것으로서 감초 소량에 육두구가 조금, 고수가 살짝 들어가고 정향이 톡톡 뿌려진 것에 장난스러우면서도 신비로울 정도로 계피와 펜넬이 껍질에 살짝 덮여 있지요. 그것이 귀하의 입맛에 분명……."

"나는 이곳에 치즈를 먹으러 온 것이 아니다."

폿지누스는 불안한 태도로 주위를 두리번거린다.

"아니죠, 아니죠. 물론 그렇죠. 제가 감히 간청하건데, 무엇 때문에 이곳을 찾아오셨습니까, 각하시여?"

나는 걷기 시작한다. 폿지누스는 뒤처지지 않으려고 발걸음을 재촉한다.

"라그날."

나는 그 타이탄을 향해 고개를 끄덕인다. 그러자 그는 자신의 주머니에서 작은 데이터패드를 꺼낸다. 페블이 그에게 저것을 사용하는 방법을 가르치기까지 한 시간도 안 걸렸다.

"당신의 헬륨-3 생산량이 지난 사분기 동안 14퍼센트가 감소했습니다. 당신의 추정치에 따르면 현재 회계 사분기 동안 1만 3500킬로미터 반경에서 부족량 발생이 예상되고 있습니다. 안드로메두스 집정관은 당신이 이를 해명하기를 바랍니다."

폿지누스는 어찌할 바를 모른다. 그의 시선은 나, 이 옵시디언, 그리고 그 데이터패드를 돌아가며 본다. 그는 말을 더듬으며 대답한다.

"저…… 저…… 우리 서민들 사이에서 떠오르는 사안들이 있었습니다. 그라피티, 불법 팸플릿들."

그는 나를 부른다.

"저희가 페르세포네 운동의 핵이었다는 것은 귀하께서도 아셨지요……."

라그날이 그의 어깨를 묵직하게 툭툭 건드린다.

"안드로메두스 집정관께서는 바쁘시다."

"저…… 저……."

폿지누스는 우왕좌왕 한다. 그가 이해하지 못하며 탈출할 수도 없는 악몽에 시달리는 중이다.

"제가 무슨 말을 하고 있었는지 잊어버렸…….."

"당신은 변명을 하고 있었습니다."

"'변명을 하고 있었다고'라. '변명을 하고 있었다고'? 어찌 감히 나에게!"

폿지누스는 자신의 어깨를 네모나게 편다.

"반란의 흐름이 화성 전역을 통과하고 있습니다. 불화가 퍼지지 않은 광산은 없습니다. 제 광산도 예외는 아니었죠. 살인 사건들, 방해 공작들도 있었습니다. 그것도 아레스의 아들들만 저지르는 게 아니었어요. 광부 자신들이 그러더라니까요!"

폿지누스는 나를 다시 돌아본다. 자신의 종말을 절박하게 감지하고 있는 그는 우리의 큰 보폭을 따라잡느라 발을 열심히 구르며 빠르게 쫓아오고 있다.

"각하시여, 저는 제 직무 범위를 넘어서도록 에너지부에서 발행한 '광산 관리 안내서' 3부, 제 A항에 명시되어 있는 적절한 저항 진압법을 충실히 따랐습니다. 그들의 배급량을 비축해 두고, 법적 위반에 대한 집행은 엄중 단속하고, 그들을 이끄는 사상가들을 동성애와 연계시켜 신뢰를 떨어뜨렸어요. 저는 '반란 진압에 대해'에서 제안되는 시나리오들도 도입했지요. 지난 6년간 저는 '질병과 치료', '반란과 억제', '자연 재해', '살무사의 이동'을 실행했으며 '태양계 밖의 정부 대변동 패키지'까지 써 볼까 고민했답니다!"

숨을 헐떡이는 그는 손을 흔들어 나에게 멈춰 달라고 애원한다.

"어느 누구도 저보다 더 잘하지는 못했을 겁니다."

"네 자리가 위태로운 상황은 아니다."

내가 말한다.

폿지누스는 안도감에 전율한다. 갑자기 그는 고개를 다시 획 든다.

"각하께서 설마……. 각하께서는 격리조치를 고려하시는군요! 그렇죠?"

그는 앞으로 기대온다.

"내가 이 광산을 격리시키지 말아야 할 이유라도 있나?"

나는 복도를 따라 계속 내려간다. 내 함선이 대기하고 있는 착륙장에 도달한다. 거기에서 나는 멈춘다.

"네가 말했다시피 이 서민들은 에너지부와 품질 통제 위원회에서 보증하는 전략들에 따라 긍정적으로 반응하기를 실패했다. 그냥 공기에 아클리스-9 독가스를 가득 펌프질해서 제멋대로 구는 이곳 레드들을 적도 더 가까이에 있는 고분고분한 광산 씨족들로 대체하면 되는 것 아닌가?"

"안 됩니다!"

폿지누스는 정말로 나를 꽉 잡는다. 라그날은 그 뚱뚱한 남자를 일부러 위협할 생각도 안 한다.

"말을 조심히 선별해서 해라."

내가 말하자 그의 탐욕스럽고 전전긍긍하는 눈에 눈물이 빤짝 인다.

"각하, 하지 마십시오. 제 광산 수익은 감소했지만 그 사업은 아직 살릴 가치가 있습니다. 아직 실용적이라고요. 그것은 난국을 타개하는 방법에 대한 모델입니다."

"네가 그 구원자라도 되나보구나."

나는 그를 조롱하는 투로 말한다.

"이곳에 있는 레드들은 좋은 광부들입니다. 전 세계에서 가장 좋은 놈들이에요. 그래서 그들이 야성적인 것입니다. 하지만 이제는 잠잠해졌어요. 제가 그들의 알코올 배급량을 늘리고 공기 단위마다 호르몬 순환률을 높였습니다. 그들은 토끼들처럼 번식하고 있어요. 또한 제 감마 공장들에서 그들의 기계부품들과 지도들을 조작시켰어요. 그들은 광산 자원이 말라가고 있다고 생각해요. 할당량에 도달하지 못할까 봐 가시방석에 앉아 있을 거고요. 그런 후 우리가 그 기계들을 고쳐 주면 그들은 새로이 목적의식을 가지게 될 것입니다. 제가 그들에게 테라포밍이 완료됐으며 10년 안에 이주가 시작될 것이고 지구는 이민자들을 보내오기 시작했다고 알릴 수도 있어요. 아직 격리조치를 실행하기 전에 시도해 볼 수 있는 선택안들이 너무나 많습니다."

나는 이 남자가 씩씩거리며 말을 마치고 옷걸이에 걸린 축축한 셔츠마냥 죽은 듯이 바닥에 축 늘어지는 모습을 지켜본다. 이 모든 것이 다 그 자신의 허영을 위한 것일까? 아니면 그가 레드들에게 진심으로 마음을 주고 있는 것일까? 이것은 그것을 확인하기 위한 시험이었다. 이제 나는 그것을 분별하기가 어려워졌다. 그는 정말로 어떤 이상한 방식으로 그들을 아끼고 있는지도 모르겠다. 내 과거 속에 존재하던 또 하나의 괴물이 소사이어티의 채찍에 의해 사람으로 변했다.

"당장은 네 광산을 그대로 둘 것이다. 네 노동 인구를 유지해라. 오늘 밤부터 배급량을 늘려라. 나는 즐거운 일꾼들과 그득한 금고들을 원한다. 내 함선 안에 보면 공급물품들을 발견할 것이다. 음식과 신주들이다. 레드들에게 잔치를 열어 줘라."

"각하시여…… 잔치라니요? 왜요?"

"내가 하라고 했으니까."


나는 열람실에서 홀로 앉아 내 발 밑의 유리 너머로 축제가 벌어지는 것을 지켜본다. 수천 명의 레드들이 먹고 마시는 동안 어린 애들은 "노인 히코리의 발라드"에 따라 교수대 주위에서 춤추고 있다. 식탁들은 이 레드들이 한 번도 먹어 보지 못했던 음식들과 그들이 절대 마셔 보지 못한 음료들로 가득하다. 그리고 그들이 웃음에도 불구하고, 또 춤을 춤에도 불구하고 내 안에서는 그 어떤 즐거움도 느껴지지 않는다. 그들은 끔찍함 속에서 살고 있지만 그 끔찍함은 그들이 익숙한 것이다. 이 끔찍함은 그들이 도피할 줄 아는 것이다. 아레스의 아들들이 그 엄청난 거짓말을 폭로했을 때에도 그들에게 도피할 곳이 남아 있을까? 그것은 그들의 삶의 방식을 산산조각 낼 것이다. 그들은 세상의 방대함 속에서 길을 잃을 것이다. 그리고 그들은 저들에 의해 오염될 것이다. 나

371

처럼.

그들을 거의 다 알아볼 수 있다. 내가 함께 놀던 소년들은 이제 자랐다. 한때 키스한 여자애들에게는 이제 아이들이 있다. 조카들. 심지어 키 어런 형도 있다. 나는 누가 보기 전에 얼른 내 눈의 눈물을 훔친다.

남자애 한 명이 여자애 한 명의 볼에 뽀뽀를 한 후 함께 춤추러 획 이끌고 간다. 내가 다시 저 남자애와 같아질 수는 없을 것이다. 내 순수함은 사라졌다. 그리고 레드들은 절대 나를 그들 중 한 명으로 받아들이지 않을 것이다. 내가 그들에게 어떠한 미래를 가져다주든 그것은 마찬가지다. 나는 정복자 영웅이 아니다. 오히려 필요악이다. 이곳에는 내가 있을 자리가 없다. 하지만 이곳을 떠나지도 못한다. 내가 전해야 할 말들이 있다. 폭로해야 할 비밀들이 있다.

"여전히 추종자들을 만들어 보려는 거야?"

그녀가 문가에서 나에게 묻는다. 나는 고개를 돌려 머스탱을 확인한다. 그녀는 말총머리를 하고 금속 문틀에 기대어 있다. 그녀의 하이칼라가 달린 정치인 제복은 격식에 대한 구애 없이 목 부위가 열려 있다.

"다음번에는 내 동상들을 주문해야겠지?"

내가 묻는다.

"라그날은 시골 그레이들을 겁주고 있어."

"잘됐네."

372

"너는 그레이들에게 못되게 굴더라. 그들에 대해 뭔가 마음에 안 드는 것이라도 있어?"

머스탱이 웃음을 터뜨린다. 그녀는 한 손으로 내 머리를 빗어 넘기며 내 의자의 팔걸이에 와서 앉는다.

"그들은 너무 순종적이야."

"아, 그래서 네가 나를 좋아하는구나."

그녀는 장난스럽게 손톱으로 내 두피를 살짝 누른다.

"동상에 대한 생각은 별로야. 훼손하기 너무 쉬워. 공공기물 파손자들이 재미삼아 네 동상에 콧수염이나 젖가슴을 달아 줄 수도 있어. 위태로운 사안이야, 젖가슴이라."

"더 심할지도 모르지."

"글쎄, 콧수염보다 더 심한 것은 없지. 닥소 형은 하나를 기르려고 해. 빈정대는 의미로 그러는 것 같던데? 나도 확실치는 않아. 그의 여동생들이 그 문제는 해결해 주겠지."

머스탱이 가볍게 웃으며 내 옆에 있는 금속 의자에 안착한다.

머스탱은 광산과 '캔' 지역을 둘러본다.

"여기는 역겨운 곳이야. 이 모든 일이 끝난 후에 개혁가들이 입법화시킬 법안 하나를 썼어. 그것은 에너지부를 내부서부터 파괴하고 품질 통제 위원회를 구조조정 시키며……."

그녀는 '솥단지'를 둘러본다.

"이 푸줏간이 돌아가는 방법을 바꿔놓을 거야. 이곳의 물품 창고들은 봤어? 7년간 먹어도 충분할 만큼의 음식이 있어. 그럼에도 그들은 계속 자신들의 식품 주문 요청 양을 최대로 하고 있어. 내가 그들의 파일을 한번 살펴봤어. 치안 판사가 위에서 조금씩 갉아먹고 있더라고. 아마도 그 물품들을 암시장에 다시 내다 팔겠지. 거짓말쟁이 코퍼는 우리가 못 알아차릴 거라고 생각했나 보더라고. 그것도 아마 어떤 골드나 실버가 그것에 대해 절대 아무도 트집 잡지 않도록 제대로 증회해 놨다고 그에게 말해 놨기 때문일 거야. 그동안 쭉 그는 주민들을 영양실조에 걸리게 만들었어. 어디에나 부패가 있어."

머스탱은 코를 찡긋거린 후 그녀의 의자 표면에 들떠있는 페인트 조각을 가볍게 쳐낸다.

"우리가 여기에 온 이유가 뭐야? 우리 오빠에게 무슨 일이 생긴 거야?"

그녀가 묻는다.

"이 광산은 그 소녀가 금지된 노래를 불렀던 곳이야."

잠시 후에 내가 대답한다. 머스탱의 눈이 커진다. 그녀는 밑의 무리를 살핀다.

"이런 불쌍한 사람들 같으니라고."

그녀는 나를 바라본다. 내 할 말을 기대하며 기다리고 있는 것이다. 하지만 나는 더 이상 할 말이 안 남았다. 오직 보여 줄 그 무엇만이 있다. 나는 그녀의 손을 잡고 일어선다.

"나와 같이 가자."

제49장

# 우리가 노래하는 이유

나는 절대 이런 식의 공포를 느껴 본 적이 없다.

라이코스는 밤에 어둡다. 모든 불들이 꺼진다. 레드들이 영원한 대낮에 미쳐 버리지 않게 하기 위해서다. 어딘가에서 야간 근무조가 실크를 짜고 땅을 채굴한다. 하지만 여기, 이 넓은 터널 속에서는 아무런 움직임도 없으며 홀로컴들이 옛 테라포밍 과정을 홀로로 보이며 웅얼거리는 소리와 저 멀리서 기계들이 웅웅거리는 소리 외에는 들리는 것도 없다. 이곳은 시원하다. 그럼에도 불구하고 나는 땀을 흘린다.

내 옆의 머스탱은 조용하다. 그녀는 우리가 그래브부츠를 신고 공유지 지면으로 내려온 이후로 쭉 말이 없었다. 고스트클록 덕분에 우리는 술에 취해 식탁 위로 널브러져 있거나 교수대들의 계단에서 곤히 잠들어 있는 자들의 눈에 거의 보이지 않는다. 그녀의 침묵으로부터 긴장감이 들려온다. 그녀가 무슨 생각을 하고 있는 지 궁금하다.

내 심장은 가슴 속에서 미친 듯이 달린다. 너무나 크게 박동한 나머지 우리가 람다 거주구, 즉 내가 소년에서 성인 남자로 자라난 곳에 들어서는 동안 머스탱이 그 소리를 들어야 한다. 이곳은 더 작아진 듯하다. 천장이 더 낮다. 밧줄 다리들과 도르래 시스템들은 애들 장난감 같다. 옥타비아 오 룬의 얼굴로 한때 빛을 발했던 홀로컴은 이제 화소가 모자란 고대의 유물이 돼 버렸다. 머스탱은 망토를 끈 상태로 주위를 둘러본다. 그녀의 시선은 마치 뭔가 환상적인 것을 보고 있는 것처럼 이 다리에서 저 다리로, 그리고 또 집으로 춤추며 넘나든다. 나는 골드가 이런 단순한 곳에 흥미를 느낄 날이 오리라고는 한 번도 생각하지 못했다.

돌계단은 다리로 이어지고 그것은 다시 내 옛날 집으로 이어진다. 나는 그 돌계단을 어렸을 때 했듯이 기어오른다. 단, 이제 내 사지가 너무 크다. 나는 나에게 그래브부츠가 있다는 것을 잊어버렸다. 머스탱도 자신의 것을 사용하지 않는다. 그녀는 내 뒤를 쫓아오다 착지한 후 자신의 손에서 흙을 털어낸다. 그녀가 착지한 곳은 내 옛날 가족 집의 벽면을 자른 후 얇은 금속 출입문을 설치한 자리다.

"대로우. 너는 어떻게 어디로 향하고 있는지 아는 거야?"

그녀가 너무나 조용히 말한다.

내 손이 떨린다.

"나보고 너에게 마음을 완전히 열어 달라고 했었잖아."

나는 그녀를 내려다본다.

"그랬지, 하지만……."

"얼마만큼 깊이 들어오고 싶은 거야?"

머스탱은 곧 뭐가 닥쳐올지 예감하고 있다는 것을 나는 안다. 그녀가 그것을 얼마나 오랫동안 느꼈을지 궁금하다. 나의 이질적인 면들을, 기이한 버릇들을, 외딴 영혼을…….

그녀는 양손을 내려다본다. 그것들은 돌계단의 티끌로 붉게 물들었다.

"끝까지."

나는 머스탱에게 홀로큐브를 준다.

"그 말이 진심이라면 재생을 눌러. 그리고 그것을 다 본 후, 안으로 들어와. 네가 떠나더라도 이해할게."

"대로우……."

나는 그녀에게 마지막으로 진하게 키스를 한다. 그녀는 내 머리를 꽉 쥔다. 우리가 떨어졌을 때에는 무언가가 달라져 있을 것을 감지하는 것이다. 나는 그녀로부터 물러서는 내 자신을 발견한다. 내 손이 그녀의 얼굴을 감싼다. 그녀의 감긴 눈이 파르르 떨리며 열리기 시작하는 찰나에 나는 뒤로 물러나 문을 향해 돌아선다.

나는 그것을 밀어서 연다.

그 안으로 들어서기 위해 나는 고개를 숙여야 한다. 집은 비좁다. 고요하다. 1층은 내 기억 속의 모습과 똑같다. 작은 금속 식탁은 변하지 않았다. 플라스틱 의자들도, 작은 싱크대도, 말리는 중인 토기 접시들도, 어머니가 가장 아끼는 찻주전자가 난로 위에서 데워지는 모습도 마찬가지다. 새로운 깔개가 바닥을 덮고 있다. 그것은 초보자의 솜씨다. 계단 맨 아래에는 다른 부츠가 놓여 있다. 그 자리는 아버지께서 당신의 부츠를 두셨던 곳이며 나도 내 부츠를 뒀던 곳이다. 잠깐. 저 부츠는 내 것이 맞다. 하지만 내가 그것을 신고 다니던 시절보다 더 낡고 해진 상태다. 내 발이 정말 저렇게 작았단 말인가?

침묵이 집 안에서 보초를 선다. 어머니만을 제외하고는 모두가 잠들어 있다.

물이 팔팔 끓기 시작하면서 찻주전자가 쉬익 소리를 낸다. 곧 그 소리는 숨소리가 섞인 속삭임으로 변한다. 돌계단 위로 발이 스쳐지나간다. 나는 방 밖으로 달려 나갈 뻔 한다. 하지만 어머니가 다가오는 동안 공포감이 나를 자리에 박아둔다. 점점 더 다가오는 어머니는 내가 있는 방에 도착한다. 마지막 계단에서 멈칫한다. 어머니의 한쪽 발은 허공에 떠 있는 상태로 잊힌다. 어머니의 눈이 내 눈을 발견한다. 어머니는 시선을 절대 돌리지 않는다. 내 나머지 골드 형체를 절대 보지 않는다. 어머니가 아무런 말도 안 하자 나는 당황한다. 숨 한 번. 세 번. 열 번. 어머니는 나를 모른다. 나는 어머니의 집에 들어온 살인자다. 여기에 오는 것이 아니었다. 어머니는 나를 알아보지 못한다. 나는 호기심에 고개를 기웃거리고 있는 길 잃은 골드다. 나는 여기를 떠나도 된다. 지금이라도 도망가도 된다. 우리 어머니는 자신의 아들이 무슨 존재로 변했는지 절대 몰라도 된다.

그 후 어머니는 허공에 떠 있던 발을 내려놓고 나에게 다가오신다. 미끄러지듯이. 4년이 지났다. 20년은 더 나이 들어 보인다. 입술은 얇고, 느슨한 피부에는 거미줄 같은 주름들이 패였고, 머리는 그을음 같은 잿빛으로 다 셌으며, 양손은 오크나무처럼 거칠고 생강뿌리처럼 울퉁불퉁하다. 어머니가 내 얼굴을 향해 오른손을 뻗자 나는 무릎을 꿇어야 한다. 어머니의 눈은 여전히 내 눈을 떠나지 않았다. 이제 그 눈에서 눈물이 나온다. 찻주전자가 난로 위에서 비명을 지른다. 어머니는 다른 손도 내 얼굴로 가져오지만 그쪽은 오른손처럼 펴지지 않아 나를 만지지 못한다. 그 손은 비틀린 채 주먹을 쥔 상태 그대로다. 내 마음처럼…….

"너구나."

어머니는 마치 자신이 그 말을 너무 크게 하면 내가 오밤중의 환영처럼 사라질새라 부드럽게 속삭인다.

"너구나."

어머니의 말투가 다르다. 명료하지 못하다.

"저를 아시나요?"

내가 자포자기하며 입을 연다.

"내가 너를 어떻게 모르겠니?"

어머니의 미소가 비틀렸으며 왼쪽 눈꺼풀은 부진하다. 삶은 나보다 어머니에게 덜 친절했나보다. 어머니는 뇌졸중에 걸렸다. 어머니의 신체가 퇴화하는 모습을 보니 내 마음이 무너진다. 어머니가 나를 필요로 할 때 내가 여기 없었다는 것을 알기에. 어머니의 가슴이 찢어졌다는 것을 알기에.

"나는 너를…… 어디서 보더라도 알아볼 수 있다."

어머니가 내 이마에 입을 맞추신다.

"내 아들. 너는 우리 대로우잖니."

눈물이 내 뺨에 따뜻한 길을 내며 흘러내린다. 나는 그것을 그대로 남긴다.

"어머니."

여전히 무릎을 꿇은 자세로 나는 양팔을 어머니에게 두르며 소리 없이 눈물이 흐르게 내버려둔다. 우리는 너무나 오랫동안 아무 말도 안 한다. 어머니의 냄새는 윤활기름, 녹, 그리고 퀴퀴하게 톡 쏘는 헤만서스의 향이다. 어머니의 입술은 전에 하던 대로 내 머리에 입을 맞춘다. 양손은 내 등을 긁는다. 마치 어머니는 내 등이 지금과 같이 넓고 지금과 같이 강했다고 기억하듯이…….

"나는 주전자를 내려야 한다. 누군가가 깨서 네 이런 모습을 보기 전에…….."

"물론이죠."

"네가 나를 놔줘야지."

"죄송해요."

나는 그렇게 하면서 자조한다.

"어떻게……?"

어머니는 나에게 묻는다. 그 자리에 선 어머니는 내 손에 새겨진 상징을 보며 고개를 젓는다.

"어떻게 이럴 수가 있지? 너는…… 네 억양이…… 모든 것이?"

"저는 조각됐어요. 나롤 삼촌이 저를 구했죠. 제가 설명해 드릴게요."

어머니는 고개를 젓는다. 너무나 살며시 몸을 떠는 어머니는 내가 그 모습을 보지 못한다고 생각하는 모양이다. 주전자가 더 크게 소리를 지른다.

"앉아라."

어머니는 나에게 등을 돌린 후 난로에서 주전자를 내린다. 그리고 또 하나의 머그잔을 꺼낸다. 높은 선반에 있던 것이다. 내 기억에 그것은 우리 아버지의 것이었다. 먼지가 그 형상화된 점토를 덮고 있다. 어머니는 멈춰 서서 아무 말 없이 그 잔을 꼭 안으며 내가 관여하면 안 될 혼자만의 순간 속으로 빠져든다. 우리 부모님이 하루의 시작을 함께 준비하던 아침들을 추억하는 것이다. 길게 한숨을 쉬면서 그녀는 주전자 안으로 찻잎을 떨어뜨린 후 뜨거운 물을 붓는다.

"또 뭐 먹고 싶은 것은 없니? 네가 좋아하던 그 비스킷도 있는데."

"괜찮아요. 감사해요."

"나도 오늘 밤에 열린 잔치에서 내 몫을 챙겼단다. 고급 골드 음식이더구나. 네가 한 일이니?"

"저는 골드가 아니에요."

"콩도 있단다. 리오라의 밭에서 갓 따온 거야. 그 여자 기억나니?"

나는 짬을 내어 내 데이터패드를 확인한다. 머스탱이 가 버렸다. 그녀는 홀로큐브를 본 후 함선으로 돌아가는 길이다. 나는 이 상황이 이렇게 될까 봐 두려웠다. 세브로로부터 온 메시지를 읽는다.

"그녀를 멈춰?"

그가 묻는다. 선택안은 두 가지다. 하나는 세브로와 라그날이 그녀를 붙잡아서 내가 그녀와 다시 얘기를 할 수 있을 때까지 가둬 놓으라고 하는 것이다. 또 하나는 그녀가 스스로 결정을 내릴 수 있도록 그녀를 믿어 주는 것이다. 하지만 내가 그녀를 믿으면 그녀는 떠나 버린 후 자신의 아버지에게 내 정체를 폭로하고 모든 것을 끝내 버릴 수도 있다. 그렇지만 그녀에게 단지 시간이 필요한 것일지도 모른다. 나는 그녀에게 한꺼번에 소화시키기 너무나 많은 정보를 줬다. 만약 라그날과 세브로가 그녀를 너무 일찍 잡아들인다면 그로 인해 그녀가 나와 대치할지도 모른다. 아니면 그들도 자신들의 마음대로 그녀를 죽일지도 모른다.

소리 없이 욕하며 나는 빠른 답변을 입력한다.

"저는 모두를 기억해요."

내가 다시 고개를 들며 우리 어머니에게 말한다.

"저는 여전히 저인걸요."

어머니는 그 말에 멈칫한다. 여전히 난로를 바라보고 있다. 어머니가 뒤로 돌았을 때에는 삐뚤어진 미소가 풍에 맞아 피폐해진 얼굴을 가로지르고 있다. 어머니의 손이 머그잔들 중 하나를 더듬거리지만 금방 회복한다.

"너 의자에 무슨 원한이라도 있니?"

어머니가 날카롭게 묻는다. 내가 서툰 어머니의 손 움직임을 본 것을 알고 그러신다.

"불행하게도 반대로 된 것 같네요……."

내가 의자를 들어올린다. 그것은 섰을 때 2미터가 조금 넘으며 아무 레드나 세 명을 합쳐놓은 것보다도 체중이 더 나가는 흉터 입은 비할 데 없는 자보다는 골드 어린이에게 더 적합한 모양이다. 어머니는 독특하고 음흉한 웃음을 짓는다. 어렸을 때부터 나는 언제나 그 웃음을 볼 때면 어머니가 뭔가 특히 사악한 짓을 했나 싶었다. 어머니는 우아하게 다리를 굽히고 바닥에 앉는다. 나도 어머니를 따라하지만 여기서는 내 자신이 멀쑥하고 어설프게 느껴진다. 어머니는 김이 모락모락 나는 잔들을 우리 사이에 놓는다.

"저를 보시고도 그렇게 많이 놀라신 것 같지는 않네요."

내가 말한다.

"너 이제 웃기게 말하는구나."

어머니는 너무나 오래 말을 멈춰서 나는 어머니가 말을 이어갈지 궁금해진다.

"네 삼촌이 네가 살아 있다는 것을 나에게 알려 줬어. 하지만 네가 가서 금에 몸을 담갔다는 말은 안 하던걸.”

그녀는 차 한 모금을 마신다.

“너도 분명 묻고 싶은 것들이 많겠지.”

나는 웃음을 터뜨린다.

“저는 어머니께서 물으실 것이 더 많을 줄 알았는걸요.”

“더 많아. 하지만 나는 내 아들을 알지. 나는 더 참을성이 있단다. 어서 물어보거라.”

그녀는 내 상징을 눈여겨본다.

“나롤…… 삼촌은……?”

“죽었냐고? 오냐. 죽었다.”

숨이 멎는다.

“얼마나 오래됐어요?”

“2년 전이었어. 수직 갱도에서 로란과 함께 떨어졌지. 시체들은 발견되지 않았어.”

어머니는 싱긋 웃는다.

“대체 왜 웃으시는 거예요?”

“네 아버지의 남동생은 언제나 무리 속의 말썽꾼이었단다.”

어머니는 차를 홀짝 마신다. 차는 내가 마시기에 여전히 너무 뜨겁다.

“너희 삼촌을 죽이는 것은 바퀴벌레를 죽이는 것만큼 어렵다고 보는 것이 맞을 거야. 그러니 네 삼촌을 계곡에서 보게 되면 그때 가서 그가 정말 죽은 것을 믿으련다. 음흉한 놈.”

그녀는 대부분의 레드들처럼 천천히 말한다. 뇌졸중으로 인한 혀짤배기소리는 희미하지만 계속 들린다.

"내 생각에는 너희 삼촌이 이곳을 떠났는데 로란을 같이 데리고 간 것 같아."

어머니가 말하는 방식으로 미루어 보니 그녀는 광산 너머로 더 많은 비밀이 숨겨져 있다는 것을 이해하고 계신다. 어머니는 진실 전체를 모르고 있을 수는 있다. 하지만 일부는 알고 있다. 어쩌면 내 삼촌과 사촌이 죽지 않았을지도 모르겠다. 어쩌면 그들은 아레 스의 아들들과 함께 하기 위해 떠났을지도 모르겠다.

"키어런 형은 어떻게 됐어요? 리애나는요? 디오는요?"

"네 여동생은 재혼했다. 감마 거주구에서 남편과 함께 그의 가 족 집에서 살고 있지."

"감마요?"

내가 비꼬아 말한다.

"걔가 그렇게 하도록 내버려……."

우리 어머니의 입 표정이 새로이 비틀리는 모습을 보자마자 나 는 말을 멈춘다. 내가 비록 골드의 외형을 입고 있을지언정 어머 니의 딸에 대해서는 이 주둥이를 쳐 닫아야 할 것이다.

"네 동생은 딸 둘을 낳았어. 그 애들은 리애나나 내가 본 다른 어떤 감마보다 너를 더 닮았어. 그리고 키어런은 잘 있다."

어머니는 혼자 미소를 짓는다.

"너도 형을 보면 아주 기특할 거야. 네가 기억할지는 모르겠지만 더 이상 배당된 집안일을 망치고 잠꼬대하던 그 칭얼거리는 아이가 아니야. 한 집의 가장이지. 네 삼촌이 미끄러져 떨어진 후 크루의 '헤드토크'가 됐어. 하지만 네 형수 코라는 출산 중에 죽었지. 그래서 몇 달 전에 새 아내를 맞이했어."

우리 불쌍한 형.

"그리고 디오는 어떻게 됐나요? 이오의 부모님은요?"

"바깥 사돈은 죽었어. 네가 자살을 시도한 지 얼마 안 지나 그이도 똑같이 했지."

나는 고개를 떨어뜨린다.

"죽음이 너무 많아요."

어머니는 내 무릎을 건드린다.

"원래 그런 거란다."

"그렇다고 그게 옳은 건 아니잖아요."

"너와 이오가 우리를 떠난 후에는 힘겨운 시간을 보냈지. 하지만 디오는 잘 있어. 사실, 그녀는 위층에 있어."

"위층이요? 무슨 말씀이…… 처형이 형과 결혼했나요?"

"오냐. 게다가 임신도 했어. 나는 딸이었으면 하지만 내 운빨을 생각하면 아마 평생 살무사들과 증기 화상이나 피해 다니고 싶어 하는 아들일 거다. 개한테 그럴 선택권이 있다는 전제하에 말이지만."

"그게 무슨 말씀이신가요?"

"상황이 힘들어. 바뀌었어. 광산이 헬륨-3을 공급해 줘야 하는 만큼 제대로 내주지 않아. 광부들 중 몇몇은 이 세계에서 이쪽 구석은 다 소모됐다고 속삭이고 있지. 그리고 그에 그들은 두려워하기 시작하고…… 더 이상 채굴할 것이 남아 있지 않으면 광부들은 어떻게 될까? 그들은 우리가 보관해 놓은 헬륨-3까지 꺼내 써야 하기 전에 테라포밍 작업에 속도가 붙기를 바라고 있어."

"어머니에게 아무런 일도 안 일어날 거예요. 제가 이 광산을 보호하겠다고 약속드릴게요. 무슨 일이 있더라도 그럴게요."

"어떻게?"

"제가 그냥 그렇게 할게요."

"내 차례다."

어머니는 찻잔 너머로 나를 눈여겨본다.

"애야, 어디 있었던 거냐?"

"저는…… 저는 어디서부터 이야기를 시작해야할지도 모르겠네요."

"이오의 죽음부터 시작하면 될 것 같구나."

나는 움찔한다. 우리 어머니는 언제나 직설적이었다. 그래서 형은 어린 시절 내내 울보로 지냈다. 하지만 그 직설적인 면은 물집으로부터 굳은살을 만들어 준다. 그러니 나도 똑같이 단도직입적으로 어머니에게 대답할 의무가 있다. 나는 어머니에게 모든 것을 얘기한다. 이야기는 이오의 죽음 직후부터 시작해서 내가 대총독에게 한 약속으로 끝난다.

내 이야기가 끝났을 때는 우리의 차가 없어진 지 한참이 지난 후다.

"꽤나 엄청난 이야기구나."

어머니가 말한다.

"이야기요? 이게 사실이에요."

"그들은 너를 믿지 않을 거야. 나머지 사람들 말이야."

"그래도 어머니께서는 믿으시죠?"

"나는 네 어미잖니."

어머니는 내 손을 잡은 후 그녀의 구부러진 손가락으로 내 손등에서부터 팔뚝까지 이어지는 상징을 쓰다듬는다. 어머니의 손가락이 내 팔뚝 바깥쪽에 새겨진 금속 날개에 도달하자 어머니는 히죽 웃더니 조용히 말씀하신다.

"나는 언제나 이오가 싫었어."

나는 고개를 비틀어 들어 어머니를 바라본다.

"너에게 어울리지 않았어. 그 애는 교묘하게 사람을 조정할 때가 있었어. 너로부터 몇 가지 사안들을 숨기기도 했고……."

"저도 아이에 대해서는 알고 있어요. 교수대에서 그녀가 디오에게 뭐라고 했는지 알아요."

어머니는 앉은 채로 엉덩이를 끌어 내 곁으로 더 다가오신다. 어머니는 내 손을 꼭 쥔 후 입술에 내 손가락 마디뼈를 댄다. 어머니는 전에도 별로 위안을 준 적이 없다. 지금도 그 행위가 어색하다. 하지만 나는 개의치 않는다. 아버지는 나와 같은 이유로 어머니를 사랑했다. 어머니가 하는 모든 행동은 진심이다. 어머니에게는 거짓이란 없다. 속임수도 없다. 그러니 어머니가 나에게 사랑한다고 말할 때는 그것이 온몸에서 우러나오는 진심이라는 것을 나는 안다.

"이오가 잔인한 여자애는 아니었어. 너도 그건 알잖니."

어머니가 말한다. 그녀는 내 눈을 바라볼 수 있도록 뒤로 물러난다.

"이오는 자신이 가진 모든 것으로 너를 사랑했어. 그래서 나도 그런 그 애를 사랑했고. 하지만 그 애가 자신의 싸움을 너보고 대신 싸우라고 할까 봐 나는 언제나 걱정했단다. 그리고 싸우기를 너무나 좋아하던 그 애의 성향이 항상 불안했고."

그것은 내가 기억하는 이오와 사뭇 다르다. 하지만 나는 우리 어머니의 말에 트집을 잡지 않는다. 그럴 수가 없다. 모두가 자신만의 방식으로 세상을 바라보는 것이니까.

"하지만 어머니, 결국에는 이 일에 대한 이오의 말이 맞았어요. 골드에 대해서 말이에요."

"나는 네 어미다. 뭐가 맞는지는 관심도 없어. 아가, 나는 네가 걱정되는 거란다."

"누군가가 이 모든 것을 고쳐야 해요. 누군가가 사슬을 끊어야 한다고요."

"그리고 그 누군가가 너냐?"

어머니는 왜 나를 못미더워할까?

"네, 그래요. 제가 바보같이 구는 게 아니에요. 저는 우리를 이

끌어 이곳을 벗어나게 해 줄 수 있어요. 노예상태에서 벗어나게끔 말이에요."

"어디로 말이냐? 지면으로?"

어머니는 그것을 익숙하게 언급한다. 마치 어머니는 화성의 진실에 대해 몇 분이 아니라 몇 년 동안 알고 있었던 것 같다. 어쩌면 그런지도 모르겠다.

"거기서 우리가 무엇을 하겠니? 우리가 할 줄 아는 것이라고는 채굴하기밖에 없어. 땅을 파고 비단실을 수확하는 방법밖에 모른다고. 네가 한 말이 사실이며 화성에 수억 명의 레드들이 있다 치면 우리를 위한 집들이 어떻게 저 위에 충분히 있단 말이니? 충분한 일거리도 있을지 만무하잖니? 대부분의 레드들은 사실을 알더라도 광산을 떠나지 않을 거야. 너도 두고 보렴. 그들은 그냥 광부로 남을 거야. 그리고 그들의 자식도 광부가 될 거고. 그들의 손자들도 마찬가지일 거야. 단, 그 일의 숭고함은 사라질 거야. 이런 것들에 대해 생각은 하고 있는 거니?"

"물론 하죠."

"그리고 해답은 구했고?"

"아니요."

"남자들이란."

어머니는 자신의 오른쪽 관자놀이를 문지른다.

"네 아버지도 앞뒤 가리지 않고 뛰어드는 사람이었지."

어머니의 표정으로 나는 어머니가 아버지의 그런 성향에 대해 어떻게 생각하는지 알 수 있다.

"헬다이버들은 모두 자신들이 클랜을 위해 자급을 한다고 생각하더구나. 아니란다. 그건 여자들이 하는 거야. 네가 보는 모든 것은 다 여자들이 만든 거야. 그래도 너는 세상을 어떻게 빚어야 할지 알지? 그렇지? 세상이 어떤 모습이어야 하는지도 알고."

어머니는 손짓으로 주위를 가리킨다.

"아니요, 몰라요. 해답을 갖고 있는 사람은 제가 아니에요."

그것은 머스탱이다. 이오였다. 어머니다.

"어느 남자나 여자도 모든 해답을 갖고 있지는 않아요. 어머니께서 저에게 물으신 질문들에 대한 해답을 구하기 위해서는 수천, 수만 명의 똑똑한 사람들이 고민을 해야 한다고요. 그게 이 일의 핵심이에요. 제가 할 수 있는 것, 제가 잘하는 일은 그런 사람들의 정신을 묶어놓을 남자와 여자들을 끌어내리는 일이에요. 그래서 제가 여기에 있는 거예요. 그래서 제가 존재한다고요."

"너 변했구나."

어머니가 말한다.

"저도 알아요."

나는 바닥에서 티끌을 집어든 후 그것을 양 손바닥 사이에 놓고 비빈다. 이 손에서는 그 티끌이 이상해 보인다.

"어머니는…… 두 사람을 한꺼번에 사랑하는 일이 가능하다고 생각하세요?"

어머니가 대답할 새가 있기도 전에 두 발이 계단을 터벅터벅 내려온다.

우리 어머니는 누군지 확인하기 위해 고개를 돌린다.

"할머니?"

작은 목소리 하나가 졸린 듯이 묻는다.

"할머니, 던로우가 침대에 없어요."

작은 아이 한 명이 계단에 서 있다. 아이의 잠옷이 바닥을 스친다. 내 조카들 중 한 명이다. 그 아이는 세 살, 어쩌면 네 살쯤 됐다. 내가 떠난 직후에 태어난 것이다. 아이의 얼굴은 하트모양이다. 붉은 머리는 내 아내의 것처럼 숱이 많고 녹슨 빛이다. 어머니는 아이에게 내 존재를 어떻게 설명해야 할지 걱정하며 내 쪽을 돌아본다. 하지만 나는 그 기척을 듣자마자 고스트클록을 가동시켰다.

"아, 걘 아마 문제나 일으키려고 몰래 침대에서 빠져나간 것이겠지."

우리 어머니가 말한다.

나는 방에서 문으로 다시 미끄러져 가기 전에 어머니의 손을 꼭 쥔다. 이곳에서의 내 시간은 끝이 났지만 그럼에도 나는 머물러 있다. 그 작은 소녀는 한발씩 차례대로 조심스럽게 계단을 내려오며 졸음에 눈을 비빈다.

"누구와 얘기하고 계셨어요?"

"기도하고 있었단다, 애야."

"무엇을 위해 기도하고 계셨어요?"

"너를 굉장히 많이 사랑하는 남자의 영혼을 위해서 기도했지."

어머니는 한 손가락으로 그녀의 코를 만진다.

"아빠요?"

"아니, 네 삼촌."

"대로우 삼촌요? 하지만 삼촌은 죽었잖아요."

어머니는 그 소녀를 품에 안아 올린다.

"내 새끼, 죽은 자들은 언제나 우리의 소리를 들을 수 있단다. 그렇지 않다면 우리가 왜 노래를 부르겠니? 우리는 그들이 가 버리고 나서도 여전히 즐거움을 찾을 수 있다는 것을 그들에게 알리기 위해 노래한단다."

내 조카를 부드럽게 안으며 어머니는 첫 계단을 오르는 동시에 나를 돌아본다.

"그들이 우리에게 바라는 것은 그것뿐이란다."

제50장
# 속 깊이

머스탱은 갔다. 나는 그녀가 안으로 들어오기를 원했다. 하지만 내가 그녀로부터 너무 과한 것을 바랐을지도 모르겠다. 당연히 과했다. 멍청이. 나는 이 일을 계기로 그녀가 나를 사람답게 보리라고 생각했다. 그녀가 우리 어머니를 만나면 눈물을 흘리며 우리 모두가 같다는 것을 깨닫게 될 것이라고 생각했다.

죄책감이 내 위로 빠르게 떨어진다. 나는 내 조각 과정에 대한 홀로를 머스탱에게 건넸다. 기대하며…… 무엇을 기대했단 말인가? 그녀가 안으로 들어오기를? 화성 대총독의 딸인 그녀가 나와 우리 어머니와 함께 우리 바닥에 앉아 있기를? 내가 이곳에 온 일은 비겁했다. 홀로가 내 대신 설명하도록 만든 것도 비겁했다. 나는 그녀가 내 진짜 정체를 알게 되는 과정을 지켜보고 싶지 않았다. 그녀의 눈빛 속에서 배신감을 보고 싶지 않았다. 4년간 속였다. 4년간 절대 아무도 믿지 못하던 여자애에게 거짓말을 했다. 4년이 지났는데도 나는 그 우라질 공간에 있지도 않으면서 진실을 전했다. 나는 겁쟁이다.

그녀는 갔다.

나는 내 데이터패드를 확인한다. 세브로는 그녀가 나를 보러 '솥단지'의 열람실에 들어가기 전에 그녀에게 복사열 추적 장치를 꼭 부착시켜야 한다고 주장했다. 그 추적 장치에 따르면 그녀는 300킬로미터 떨어졌으며 빠르게 움직이고 있다. 세브로의 함선은 내 지시를 기다리며 그녀를 뒤쫓고 있다.

라그날과 세브로는 둘 다 나를 부른다. 나는 그들의 신호에 대답하지 않는다. 그들은 내가 그녀를 쏘아 죽이라는 지시를 내려주기를 바랄 것이다. 나는 그러지 않을 것이다. 그럴 수 없다. 둘 중 어느 누구도 나를 이해하지 못한다.

머스탱 없이는 이 모든 것에 무슨 의미가 있단 말인가?

나는 거주구로부터 하릴없이 벗어나 오래된 광산 안으로 깊이, 더 깊이 들어간다. 과거를 찾아서 현재를 잊어 보려는 것이다. 그 자리에 나는 홀로 서서 깊은 광산의 부름에 귀를 기울인다. 바람이 자신의 길을 따라 땅속을 이동하며 울부짖는다. 그 노래가 애절하다. 내 눈은 어둠 속에서 감겨 있다. 뒤꿈치는 헐거운 흙 속에 박혀 있다. 고개는 내 세계 속 심부까지 깊숙이 뻗어 있는 어둠의 구렁텅이 속을 내려다본다. 어렸을 때 우리는 이렇게 용기를 시험했다. 우리 조상들이 전전에 파놓은 깊은 구덩이 앞에 선 채 기다리며…….

나는 내 왼팔을 돌려 데이터패드가 부착된 팔뚝 안쪽을 확인한다. 머뭇거리며, 나는 머스탱의 데이터패드에 연락을 취한다.

그것은 내 바로 뒤에서 울린다.

나는 얼어버린다. 그후 스코처 배터리 통이 가동되며 징 소리를 낸다. 그리고 내 뒤에서 따뜻한 노란 빛이 피어나면서 거대한 터널의 한 부분을 밝힌다.

"손들어."

그녀의 말투가 너무나 차가운 나머지 그 소리가 터널 벽을 타고 다시 메아리쳐 나에게 들려올 때까지도 낯설게만 느껴진다. 천천히, 나는 손을 든다.

"돌아."

나는 뒤로 돈다.

머스탱의 눈은 등불에 반사되어 올빼미 눈처럼 빛이 난다. 그녀는 나로부터 10미터 떨어져 있으며 헐거운 흙 비탈길에 양발을 박은 채 나보다 높은 고지를 차지하고 있다. 한 손에는 등불을 들고 있다. 다른 손에는 스코처를 들고 있다. 그것도 내 머리를 겨냥한 채 방아쇠에 손가락을 댄 상태로. 그녀의 손가락 마디뼈들이 모두 하얗다. 얼굴은 무표정한 가면이며 그 뒤로는 불가해한 슬픔으로 가득 찬 두 눈이 있다.

세브로의 말이 맞았다.

"그녀는 네 머리를 쏴 버릴 거야, 이 우라질 멍청아."

세브로가 셔틀 함선 안에서 나에게 비아냥거렸다. 어떤 때 보면 그는 레드처럼 욕할 명분을 갖기 위해 내 소소한 개혁 운동에 가담한 것 같다. 내가 그와 라그날에게 계획을 알리자 라그날은 조용히 있었다.

"그럼 네 아버지 앞에서 왜 내 편을 들어준 건데?"

내가 세브로에게 물었다.

"왜냐하면 우리는 서로 그러는 사이니까."

"그녀는 스스로 결정을 내려야 해."

"그래서 그녀가 자신의 종족을 버리고 너를 선택할 거라고?"

"너도 그랬잖아."

"에이, 말도 안 돼. 나는 골드들의 우라질 여왕이 아니잖아?"

세브로는 손을 드높이 들었다.

"그녀는 평생 동안 이 위에 있었다고. 거기의 공기는 상쾌하고 달콤해."

그는 손을 내렸다.

"나는 우리 뚱뚱보 아범 밑에서 양볼이 터질 것 같은 조막만한 애새끼로 태어났을 때부터 똥이나 차고 다녔어. 네가 좋아하는 여자애는…… 그녀는 불만 하나 없었고. 세상이 고되지 않을 때야 예쁜 말을 뿌리고 다니지. 하지만 자신의 궁전을 훔치고 정원을 짓밟을 무리들을 대면하게 된다면…… 그때는 너도 다른 여자애를 보게 될 거야."

"너 레드구나."

머스탱이 이제 나에게 말한다.

"나는 네가 떠난 줄 알았어."

"추적 장치가 떠났지."

그녀는 자신의 턱 근육을 푼다.

"세브로는 교활했어. 걔가 그러는 걸 알아채지도 못했거든. 하지만 너라면…… 너는 나에게…… 이런 엄청난 이야기를 하면서 안전장치도 안 걸어 놓을 사람이 절대 아니지. 나는 그 옷들을 셔틀 안에 벗어 버렸어."

"왜 다시 돌아왔어?"

그녀는 팔을 엑스자로 휘둘러 허공을 가른다.

"아니, 아니야. 이제 네가 내 질문에 대답할 차례야, 대로우. 그게 네 이름이기는 하니?"

"우리 어머니께서 당신 아버지의 것을 따다 지어 주신 이름이야."

"그리고 너는 레드고."

"나는 네가 밖에 서 있던 그 집에서 태어났어. 16년이 지나서야 나는 하늘을 처음 봤어. 그러니 맞아. 나는 레드야."

"알겠어."

머스탱이 머뭇거린다.

"그리고 우리 아버지께서 네 아내를 죽였고."

"그래. 그가 이오의 죽음을 지시했어."

"네가 동굴 안에서 그 노래를 나에게 불러 줬을 때…… 네 머릿

398

속에서는 이 모든 게 돌아가고 있었던 거야? 이곳, 조각 과정, 계획, 그 모든 것이 네 안에 있었어. 네 기억 속에 모두 다. 이렇게 또 다른 세계 하나가…… 이렇게 완전히 다른…… 인격 하나가."

그녀는 내가 그 질문에 대답하지 않기를 원하며 고개를 젓는다.

"그 후에 무슨 일이 벌어졌어? 이오의 남편은 교수형 당했어. '너를' 교수형에 처했다고. 어떻게 도망친 거야?"

"그들이 왜 나에게 교수형을 내렸는지 알아?"

머스탱은 내가 설명하기를 기다린다.

"레드가 반역죄로 교수형에 처하면 그의 몸이 땅에 묻혀서는 안 돼. 그것은 모두의 앞에서 썩고 부패해야 해. 반항의 결과가 무엇인지를 상기시켜 주는 표본이 되는 거지."

나는 엄지로 내 가슴을 쿡 찌른다.

"나는 내 아내를 묻었어. 그래서 그들은 나도 목매달았지. 단, 우리 삼촌이 나에게 헤만서스 기름을 먹였어. 그것은 심박을 늦춰서 사람이 죽은 것처럼 보이게 만들어. 그 후 삼촌은 내 줄을 끊어 나를 내려 줬어. 그리고 아레스의 아들들에게 나를 넘겼지."

"그리고 그들이……."

그녀는 홀로큐브를 들어올린다. 그 빛에 비춰진 그녀의 얼굴은 창백하다.

"너에게 '이런 짓'을 한 거구나."

"나는 블루보다도 창백했어. 세브로보다 머리 하나가 작았고. 그레이보다도 힘이 약했고. '정원'에서 예술을 배우는 핑크보다도 세상에 대해 아는 게 더 적었어. 그래서 그들은 내가 갖고 있던 최선을, 우리 종족의 최선을 데려다 너의 종족의 최선으로 빚어냈어."

"하지만…… 그건 불가능해. 품질 통제 위원회에서 하는 검사들이 있어."

그녀는 연속으로 차갑게 취조하던 태도를 버리고 말한다.

"거짓말 탐지기, DNA 분석, 배경 검사들."

그녀는 불현듯 자각하며 웃는다.

"그래서 네가 안드로메두스 가문에서 온 것이구나…… 빚으로부터 도망쳐 소행성 광산을 통해 졸부가 되려던 골드 부모님 밑에서 태어났다고 한 것이었어."

"그들의 함선은 자신들의 광산을 퀵실버에게 판 후 그들이 돌아오는 길에 실종됐어."

"그럼 네 배경을 만들어 주기 위해 아레스의 아들들이 그들의 함선을 파괴하고 기록을 조작한 후 광산들을 사들인 것이네."

"그럴지도 모르지."

나는 댄서가 그 과정을 어떻게 했는지에 대해서는 별로 생각해 본 적이 없었다.

"내 친구들은 수완이 좋아."

"조각 과정은 대체 어떻게 살아남은 거야? 그건 생리학에 반하는 일이라고. 그 조각가가 너에게 한 짓은…… '그 어느 누구도' 그런 것을 받고 살아 있지 못한다고. 상징은 중추신경계에 연결되어 있어. 그리고 네 전두엽에 있는 임플란트는 네게 긴장성 분열증을 일으키지 않고 제거될 수 있는 게 아니야."

그녀가 중얼거린다.

"내 조각가는 특출한 재능을 갖고 있었어. 그는 임플란트 두 개를 제거할 방법을 찾았어. 두 번째 임플란트는 다른 조각가가 시술했지만."

"두 개. 너 같은 사람이 두 명이 있다는 것이네. 나머지 한 명은 세브로야? 그래서 둘이 그렇게 항상 가까이 지냈던 거야?"

머스탱이 추측한다.

"아니. 타이투스였어."

"타이투스? 그 도살자? 네가 그와 함께 협력하는 사이였다고?"

"절대 아니야. 나는 내가 너를 이기기 전까지는 그가 누군지도 몰랐어. 아레스는 우리가 함께 일할 것이라고 생각했다는데……."

"하지만 타이투스는 괴물이었잖아."

"골드들이 그를 그렇게 만들었지."

"그럼 그 이유로 타이투스가 한 짓에 대해 그냥 넘어가도 된다는 거야?"

"타이투스가 무슨 일을 겪었는지 네가 아는 것처럼 굴지 마."

내가 날카롭게 말한다.

"나도 알아, 대로우. 나는 시선을 회피하지 않아. 나도 정책들이 어떤지 알아. 네 사람들이 어떤 환경을 감내하는지 알고. 하지만 그렇다고 그가 저지른 살인들, 강간들, 그리고 그가 가한 고문들이 용서되는 건 아니잖아."

401

"우리는 매일 그런 것들에 시달려. 타이투스는 증오심 때문에 그런 짓들을 저질렀어. 복수를 할 수 있을 거라고 잘못 판단한 희망 때문에 그랬다고. 다시 태어났다면 나 역시 개처럼 됐을지도 몰라."

머스탱이 내 눈을 살핀다.

"그럼 왜 이 삶에서는 그렇게 변하지 않았던 건데?"

"내 아내 때문에."

나는 고개를 들어 그녀를 본다.

"그리고 너 때문에."

"그런 말 하지 마."

그녀의 목소리는 회한에 탁해진다. 그녀는 한 걸음 물러서며 고개를 젓는다.

"너에게는 그런 말을 할 권리가 없어."

"왜 없는데? 너는 언제나 내 표면 밑으로 어떤 속내의 강이 흘러 다니는지 궁금해 했잖아. 내 내면의 깊은 물살을 느껴 보라고."

"대로우……."

"타이투스에게는 아픔이 있었어. 그런데 그것밖에 없었어. 나는 그보다 많은 것을 갖고 있었지. 그것은 바로 우리 아이들이 자유를 누릴 수 있는 세상에 대한 이오의 꿈이었어. 하지만 내가 너를 만나지 못했다면 그것조차도 잃었을 거야."

나는 한 걸음 앞으로 다가간다.

"너는 내가 괴물로 변하는 것을 막은 거야. 모르겠어?"

나는 내 절박함을 다 아울러 보려는 몸짓을 보인다.

"나는 수백 년간 내 종족을 노예로 삼은 사람들로 둘러싸여 있었어. 모든 골드들이 잔인하고 이기적인 살인자들이라고 생각했다고. 나는 복수심에 굴복했을지도 몰라. 그런데 그때 네가 나타났어…… 그리고 너는 그들에게도 상냥함이 있다는 것을 나에게 보여 줬지. 로크, 세브로, 퀸, 팍스, 그리고 하울러들도 그것을 증명했고."

"정확히 뭘를 증명했다는 거야?"

그녀가 묻는다.

"이것이 내 종족 대 네 종족의 문제가 아니라는 것 말이야. 너는 골드가 아니야. 우리는 레드가 아니고. 우리는 사람이야, 머스탱. 우리 개개인은 바뀔 수 있어. 우리 개개인은 우리가 원하는 존재가 될 수 있고. 수백 년간 그들은 우리에게 그렇지 않다는 것을 주입해 보려고 했어. 그들은 우리를 부러뜨리려 했다고. 하지만 그럴 수 없는 거야. 네가 그 증거야. 너는 네 아버지의 딸이 아니야. 나는 네 내면의 사랑을 확인했어. 네 기쁨, 상냥함, 성급함, 단점들이 모두 보여. 그것들은 내 안에도 있어. 내 아내 안에도 있었고. 우리 모두의 내면에 존재해. 우리는 사람이니까. 네 아버지께서는 우리가 그 사실을 잊어버리기를 원해서. 소사이어티는 우리가 그의 규칙에 따라 살기를 바라고."

나는 머스탱을 향해 한 걸음 더 다가간다.

"우리가 우리의 방식대로 기관에서 승리한 후, 네가 나에게 말했었지. 우리가 더 많은 것을 위해 살 수도 있다는 희망을 나에게

서 얻었다고. 그 후 너는 내가 네 아버지의 후원을 받아들이고 아카데미로 갔을 때 그 생각에 등을 돌렸다고 했어. 하지만 나는 한 번도 등을 돌린 적이 없어. 단 한순간도."

또 한 걸음 더 다가간다.

"너는 내 가족을 파괴할 거야, 대로우."

"그럴지도 모르지."

"그들은 내 가족이야!"

머스탱이 외친다. 그녀의 표정은 비탄으로 무너진다.

"우리 아버지께서는 네 아내를 목매달으셨어. 그분이 그녀를 목매달으셨다고. 그런데도 어떻게 내 얼굴을 볼 수가 있는 거야?"

그녀는 떨리는 숨결을 내뱉는다.

"네가 원하는 게 뭐야, 대로우? 나에게 알려 줘. 네가 그들을 죽이는 걸 나보고 도우라는 거야? 네가 '내' 종족을 파괴하는 일을 나보고 도우라는 거냐고."

"그걸 원하는 게 아니야."

"너는 네가 뭘 원하는지도 모르잖아."

"종족 학살을 원하는 건 아니야."

"너는 그걸 원하는 게 맞아! 또 왜 아니겠어? 우리가 네 종족에게 한 짓을 생각하면? 우리 아버지께서 '너에게' 하신 짓을 생각하면 말이야?"

그녀는 자신의 재킷 고리를 하나 더 연다. 마치 그것이 이 상황 속에서 그녀가 숨을 쉬는 것을 도울 것처럼. 그녀의 수중에 있는 총이 떨린다. 손가락은 방아쇠에 감긴 채 긴장한다.

"나보고 이걸 안고 어떻게 살라는 거야? 내가 방아쇠를 당기지 않으면 수백만 명이 죽을 거잖아."

"그걸 당기면 너는 수십억 명이 노예처럼 살아도 된다고 인정하게 되는 거야. 아직 태어나지도 않은 그 수많은 사람들을 상상해 봐. 내가 아니더라도 다른 누군가가 일어설 거야. 지금으로부터 10년, 50년, 또는 수천 년이 지나고 나서라도. 우리는 그 대가가 무엇이든 간에 사슬을 끊을 거야. 너는 우리를 멈출 수 없어. 우리는 세상의 흐름이야. 네가 할 수 있는 것은 나 대신 타이투스 같은 사람이 일어서지 않기를 기도하는 것밖에 없어."

머스탱은 스코처를 내 오른쪽 눈알과 평행하게 겨눈다.

"방아쇠를 당기면 당신은 죽습니다."

라그날은 마치 자신이 어둠 그 자체인 것처럼 말한다.

"라그날, 안 돼!"

내가 날카롭게 외친다. 터널의 그림자 속에서 그는 보이지도 않는다.

"멈춰! 그녀를 다치게 하지 마."

그는 내가 그에게 하라는 대로 추적 장치를 따라가지 않은 모양이다. 그는 얼마나 오랫동안 우리의 대화를 들었을까?

"뒤로 물러나."

머스탱은 옆걸음으로 자신의 등이 벽에 붙도록 이동한다.

"라그날도 알고 있어? 너는 대로우의 정체를 알아, 라그날?"

"리퍼께서는 저를 믿습니다."

머스탱은 등불을 바닥으로 던진 후 자신의 레이저를 뽑아 든다.

"라그날은 너를 죽이러 온 게 아니야, 머스탱."

"문신이 새겨진 자가 하는 일이 그것 말고 뭐가 있어?"

나는 손바닥을 들어올린다.

"라그날은 아무것도 안 할 거야. 그렇지, 라그날?"

아무런 대답이 없다. 나는 침을 힘겹게 삼킨다. 모든 일이 꼬이고 있다.

"라그날, 내 말 좀 들어 봐……."

"당신은 죽으면 안 됩니다, 리퍼. 당신은 사람들에게 너무 중요한 존재입니다. 아우구스투스 아가씨, 당신에게 10번의 숨이 남아 있습니다."

"라그날, 제발!"

내가 애원한다.

"나를 믿어 봐. 제발."

아홉.

"저는 강에서 당신을 믿었습니다, 나의 형제여. 당신이 언제나 옳은 것은 아닙니다. 그것이 삶이 유한한 범인인 것의 대가입니다."

그 목소리가 위에서 들려온다. 이번에는 광산의 천장 근처 어딘가에 있다. 그의 말이 틀린 것은 아니다. 그는 우리가 아게아를 포위하던 중 나를 믿고 따랐으며 나는 내 부대를 함정으로 이끌었다. 행운이 나를 살렸다.

쓸쓸하게 웃으며 머스탱은 자신의 근육을 감아 공격할 준비를
한다.

"대로우, 봤지? 네가 이 전쟁을 시작하면 그것을 끝내며 자신의
복수를 실현하는 자들은 라그날 같은 짐승들일 거야."

일곱.

나는 내 마음을 가라앉혀보려고 한다.

"이것은 복수에 관한 문제가 아니야! 정의에 관한 문제지. 사랑
이 탐욕과 잔학을 토대로 세워진 제국에 대항하는 사안이야. 기관
을 기억해. 우리는 우리가 노예로 삼기로 되어 있던 자들을 해방
시켰잖아. 우리는 그들을 신뢰했잖아. 그것이 교훈이야. 신뢰."

다섯.

"대로우. 어떻게 그렇게 어리석을 수가 있어?"

머스탱이 애원한다. 그녀의 마음은 정해졌다.

넷.

"희망을 품는 것은 절대 어리석은 일이 아니야."

나는 내 레이저와 데이터패드를 떼어 낸 후 그것들을 바닥에 던
져 놓으며 무릎을 꿇고 앉는다.

"하지만 네가 변할 수 없다면 아무도 변할 수 없어. 그러니 나를
쏴 죽이고 세상이 될 대로 되라지."

셋.

"너는 나를 너무 높이 사고 있어, 대로우."

"둘."

"우리 전희는 건너뛰자, 라그날."

머스탱이 자신의 레이저를 빙글빙글 돌린다. 그것의 끔찍한 응응 소리가 터널을 가득 메운다.

"날 잡으러 오거라, 개야. 그리고 대로우에게 네 '종족'이 무엇을 위해 사는지 보여 줘라."

침묵이 오래토록 지속된다.

"하나."

머스탱이 으르렁거리며 자신의 등불을 발로 밟아 끈다. 불도 없고, 색도 없다. 오로지 어둠만이 있다. 침묵은 터널보다도 깊다. 그것은 화성의 심장 속을 거닐며 영원히 뻗어나가 오직 길 잃은 자들만이 가 본 곳들로 메아리친다.

라그날은 자신의 목소리로 그것을 산산조각 낸다.

"저는 제 여동생들을 위해 삽니다."

스코처가 발사되는 빛이 없다. 레이저의 비명 소리도 없다. 움직임이 없다. 오직 그 말이 침묵의 조각들과 함께 메아리치며 내려가고 또 내려갈 뿐이다.

"저는 제 남동생을 위해 삽니다."

라그날로부터 빛 하나가 피어난다. 그는 무슨 다루기 힘든 순례자처럼 앞으로 걸어온다. 하얀 빛이 그의 손가락 마디뼈 갑옷을 따라 빛나고 있다. 아무런 무기도 보이지 않는다. 머스탱은 혼란스러워 하며 경직된다.

"저는 발키리 스파이어스 민족의 아들입니다. 언제나 그래왔고

408

지금도 그렇습니다. 드래곤 스파인의 북쪽이자 '무너진 도시'의 남쪽에 위치한 화성의 야생 극지방에서 알리아 스노우스패로우로부터 자유인으로 태어났습니다."

라그날은 양팔을 그대로 옆에 내린 채 걸어서 머스탱을 지난다.

"'흐느끼는 태양'의 노예상인들이 별들로부터 찾아와 우리 가족을 '사슬 열도'로 데려간 이래로 저는 골드를 위해 44개의 흉터를 얻었습니다. 7개의 흉터는 그들이 저를 '나고지'에 배치해 훈련시키면서 제 종족들 중 다른 이들로부터 얻었습니다."

그는 내 옆에서 무릎을 꿇는다.

"하나는 우리 어머니로부터 얻었습니다. 다섯은 '위치 패스'를 경비하는 괴물들의 발톱으로부터 얻었습니다. 여섯은 저에게 사랑하는 방법을 가르쳐 준 여자로부터 얻었습니다. 하나는 제 첫 주인으로부터 얻었습니다. 열다섯은 애시 로드와 그의 손님들의 유희를 위해 아레나에서 싸우면서 상대했던 남자들과 짐승들로부터 얻었습니다. 아홉은 리퍼를 위해 얻었습니다."

지면이 그의 무릎의 무게 밑에서 한숨을 쉰다.

"골드를 위해 저는 세 명의 여동생들을, 한 명의 남동생을, 두 분의 아버지를 묻었습니다."

그는 슬픔에 말을 멈춘다.

"하지만…… 그들을 위해서는 단 한 번도 흉터를 얻은 적이 없습니다."

라그날의 갑옷의 창백한 빛 사이로 그의 검은 눈은 마귀의 불처럼 타오른다.

"이제 저는 더 많은 것을 위해 삽니다."

라그날은 눈을 감은 채 골드의 손에 자신의 운명을 맡긴다. 내가 믿어 보는 것처럼 그도 믿어 보는 것이다. 이오가 나를 믿었던 것처럼. 세브로처럼, 그리고 댄서와 나머지 사람들처럼.

내 눈은 머스탱의 눈과 마주친다. 어쩌면 이러는 것은 이번이 마지막일지도 모르겠다. 그리고 우리 조상들, 즉 화성에 도착한 첫 번째 개척자들이 뒤돌아 어둠너머로 지구를 바라보며 느꼈던 기분이 이랬을 것이라 상상한다. 그녀의 품 안에서 나는 고향을 찾을 수 있었다. 사랑을 느낄 수 있었다. 그러고 나서 내가 내 독을 그녀에게 옮겼다. 나는 우리의 결말이 언제나 이렇게 될 운명이었다는 것을 알고 있었다. 그럼에도 불구하고 나는 절박한 아이처럼 여전히 희망한다.

"너는 무엇을 위해 살아?"

내가 묻는다.

## 제51장

# 골든 선

오늘은 내 업적을 기리는 날인 트라이엄프다.

날은 상쾌하다. 하늘은 개똥지빠귀의 알처럼 파랗고 별들은 대기 사이로 고개를 내밀고 있다. 나는 온통 금빛으로 치장한 채 서 있다. 가슴에는 보라색 장식용 어깨띠를 두르고 있다. 머리에는 아무것도 안 썼다. 행렬의 마지막에 받을 월계화환을 기다리고 있다. 오늘이 끝날 무렵이면 나는 내 승리를 기리는 의미로 바이올렛들이 만든 '트라이엄프 마스크'를 받은 상태일 것이다.

전차가 내 밑에서 우르르 거리고 있다. 나무 바퀴들이 포장도로 위에서 끌려가고 있다. 장미 꽃잎들 위로. 헤만서스 송이들 위로. 고층건물들의 열린 창문 너머로 던져진 10만 꽃송이들 위로. 그 고층건물들은 대로 양쪽에서 보초를 서고 있다. 하늘을 향해 흔들리는 손들이 풍성하다. 팔들이 나를 향해 뻗어져 있다. 얼굴들이 환한 미소를 띠며 나를 자세히 내려다보고 있다. 너무나 많은 컬러들이다. 그들은 거리에도 있다. 퍼레이드 경로를 에워싸고 있다. 나보다 먼저 지나간 것들을 향해 환호하고 있다. 환상적인 꽃수레들, 불 뿜는 자들. 무용수들. 그리핀과 드레이크 용, 지브라 코어 등의 전설 속 동물들. 몇 명 안 남아 있는 벨로나 포로들. 창끝에 매달린 벨로나 최고 사령관의 머리와 그의 남매의 머리들. 아우구스투스의 개인적 취향은 검소함에도 불구하고 그는 위엄을 보이는 것의 중요성을 알고 있다. 립윙들은 머리 위에서 쌩하니 지나다닌다. 황새 함선들은 웅웅거리며 하늘을 날아다닌다.

하지만 아우구스투스는 잔혹함의 중요성도 알고 있다. 파리들이 머리들 주위로 윙 거리며 날아다닌다. 그리고 그것들은 내 전차를 끌고 가는 네 마리의 백마를 문다. 내 전차는 대로에서부터 시타델 구역 앞에 흰 돌들이 늘어져 있는 화성의 '들판'까지 이동한다.

나는 슬링블레이드를 든 채 군중을 향해 손을 흔든다. 열광의 도가니다. 아버지들은 자신들의 아이들을 들어 올린 채 나를 가리키며 그들에게 말한다. 그들도 자신들의 자녀들에게 내 트라이엄프를 직접 봤다고 얘기할 수 있을 것이라고. 그들은 무화과 잎들을 던지며 나를 더 잘 보기 위해 '들판'의 전쟁 조각상들과 대리석 오벨리스크들을 타고 올라 열성적으로 환호한다.

"너는 단지 삶이 유한한 인간에 불과해."

로크가 내 귓속에 속삭인다. 그는 전통대로 전차와 나란히 자신의 말을 타고 있다.

"그리고 창녀 방귀이기도 하지."

세브로가 반대쪽에서 외친다.

"그래. 그것도 맞아."

로크가 진지하게 동의한다.

머스탱이 이곳에서 나와 함께 전차를 탔다면 좋았을 것이다. 그녀의 조용한 힘은 이 모든 시선들을 감당하기 더 수월하게 만들어 줬을 것이다. 이 모든 환호들을 받아들이기 훨씬 편하게 해 줬을 것이다. 무리 속에서 레드들이 손뼉을 치고 있다. 그들은 소리치고 환호하며 웃는다. 소사이어티 오락부의 완벽한 피해자들이다. 그들은 영광스러운 전쟁과 영예로운 골드들에 대한 거짓말을 믿는다. 수백만 명의 사람들이 아이언 레인 중 내가 낙하하던 과정을 홀로상의 경험으로 다시 체험했을 것이다. 최소한 전자기펄스에 의해 내 카메라가 떨어져 나가기 전까지는. 하지만 내가 카르누스를 살해하는 영상물은 피처너가 가지고 있다.

퍼레이드는 꿈이다. 마법을 부려 만들어진 거짓이다. 나는 이 모든 것이 얼마나 무의미한지 잘 알면서 이것이 흘러가는 대로 함께한다. 내 친구들은 내 뒤에, 내 옆에 있다. 모두들 내가 중위로 삼을 만한 사람들이다. 그들은 나를 향해 싱긋 웃는다. 그들은 나를 사랑한다. 그리고 나는 그들을 희망찬 폐허 속으로 이끈다. 한때는 그 모든 것이 가치 있는 일처럼 느껴졌다. 하지만 우리가 이 전쟁을 루나로 옮기면 어떻게 될까? 거짓말이 더 많아질 것이닷. 죽음이 더 많아질 것이다. 불가능한 책략들이 더 많아질 것이다.

그리고 머스탱은 어떻게 할까? 그녀는 광산에서 뒤돌아 내게서 떠나 버린 후 아게아에 돌아오지 않았다. 피치너는 걱정돼서 어찌할 바를 모르고 있다. 그녀는 내 머리 위에 오른 도끼다. 어느 순간에든 내 죽음을 명할 수 있다. 벌써 했는지도 모르겠다. 어쩌면 이것이 무슨 거대한 계략일지도 모른다. 그녀의 아버지가 나에 대해 벌써 알고 있을지도 모른다.

자칼은 트라이엄프에 참가하기 위해 지난밤에 왔다. 그는 시타델에서 머스탱의 부재를 알아챘다. 나는 그에게 그들의 아버지와 관련해서 그녀와 싸웠다고 말했다.

자칼은 한숨을 내쉬었다.

"놀랍지도 않네. 단, 그 사람이 어렸을 때 나와 그녀 사이를 갈라놓았던 것처럼 너희 둘 사이도 갈라놓게 두지는 마."

그는 내 어깨를 친숙하게 탁 친 후 우리 둘 모두를 위한 술잔을 넉넉히 채웠다. 그 술 덕분에 나는 묵직한 두통에 시달리고 있으며 지금은 내 왼쪽 눈 뒤에서 그 통증이 박동하고 있다. 나는 앞으로 다시는 술을 마시지 않으리라고 스스로 맹세한다.

빅트라가 로크와 론 옆에서 말을 타고 간다. 그녀는 나른히 주위를 둘러보며 햇살과 축제 기분에 젖어들고 있다. 그녀는 아우구스투스 밑으로 그녀의 어머니와 함께 안토니아를 데리고 왔다. 안토니아는 보아하니 벨로나의 손아귀에서 테살로니카를 빼앗는 과

414

정을 도왔나 보다. 그 두 사람은 어느 편에 섰는지 계속 확인하기
도 힘들다. 하지만 빅트라만은 그 누구에게 뒤지지 않을 정도로
나에게 충성스러웠다. 그녀는 나에게 키스를 날린다.

하울러들이 빅트라의 뒤에서 속보를 한다. 그들은 원래 인원수
의 반으로 줄었다. 그래도 텔레마누스 부자가 그들에게 새로운 신
입들을 데려와 주겠다고 약속한 상태다. 이 중위들 뒤로는 군대를
이끌었던 수십여 명의 집정관들과 특사들이 있다. 그리고 그 뒤로
는 수천 수만 명의 그레이들이 행진하고 있다. 그들은 창피할 정
도로 애정을 담아 나를 놀리는 상스러운 노래들을 부르고 있다.
또 그들 뒤로는 옵시디언 부대들이 따라오고 있다. 이것은 미친
듯이 웅장한 행사다. 나만을 위해서 이러는 것이 아니다. 오히려
이것이 새로운 시대의 시작을 상징하기 때문에 이러는 것이다. 루
나가 아니라 화성이 태양계를 이끌고 나아가는 시대의 시작을.

피치너는 여기에 없다. 진작 왔어야 했다. 나는 시타델 구역으
로 연결되는 거대한 흰 계단 위에서 그를 찾아본다. 대총독과 그
의 수행단이 수십여 명의 동맹군들과 함께 그곳에 서 있다. 그리
고 해골 같은 대머리 화이트 하나도 내 월계화환을 들고 함께 서
있다.

내 전차를 뒤로 한 채 나는 양쪽으로 중위들을 끼고 계단을 오
른다. 침묵이 플라자를 강타한다. 내 보라색 망토가 뒤에서 바람에
휘날린다. 도시에서 장미와 말똥 비료 냄새가 난다. 아우구스투스
가 앞으로 다가온다.

"너는 아이언 레인을 불렀다."

아우구스투스가 선언한다.

"그리고 저는 그 부름에 대한 응답은 받았습니다."

나는 대답한다. 확대된 소리의 단어들이 도시 전역으로 천둥처럼 울려 퍼진다. 아이언 레인에서 낙하했던 모든 사람들로부터 웅장한 함성 소리가 들려온다. 화이트가 앞으로 나온다. 그녀의 얼굴은 수년 간 범죄자들에게 징역형을 선고하느라 초췌하다. 과거의 역사 속으로 사라져 버린 희뿌연 한 눈은 조심스럽게 깜빡인다.

그녀의 목소리는 꿈꾸듯 고음으로 흔들린다.

"화성의 아들이여. 오늘 당신은 과거의 에트루리아 왕들이 그러했던 것처럼 보라색을 입습니다. 당신은 그들과 함께 역사 속에 남습니다. 당신은 '뜨는 태양의 제국'을 무너뜨린 남자들과 함께합니다. '대서양 동맹'을 바다 속으로 침몰시킨 여자들과 함께합니다. 당신은 정복자입니다. 당신의 명예에 대한 우리의 공표로서 이 월계 화환을 받아들이십시오."

그녀는 그것을 내 머리에 씌워 준다. 세브로는 내 뒤에서 코웃음을 친다.

화이트가 그녀의 말로 구불구불한 꽃길을 지으며 의식을 이어 나아간다. 그녀는 오후 중에서도 더 나은 시간대를 선별하여 황혼녘에 맞춰 자신이 본격적으로 자연스럽게 말을 할 수 있도록 했다. 나는 이 모든 구경거리들이 왜 존재하는지가 이해되기 시작한다. 왜 이런 연설들과 기념비들이 있는지. 전통은 독재자의 왕관이다. 나는 배지들, 인장들, 그리고 깃발들을 갖춘 모든 골드들을 눈여겨본다. 그들의 장식들은 모두 부패한 치세를 정당화하고 서민들을 소외시키기 위해 착용한 것이다. 자신들이 이해할 수 있는 범주를 넘어서는 종족을 지켜보는 듯한 기분을 서민들에게 선사하기 위한 것이다. 자칼은 내 생각을 읽은 것 같다. 왜냐하면 그는 그 소극을 보며 자신의 눈을 굴린다. 마무리 말들이 곧 뒤따라 나온다.

"페르 아스페라……."

화이트가 지저귄다. 그녀의 몸은 진을 빼며 말하느라 떨린다. 아우구스투스가 손을 들어올린다. 그러자 화성의 쟁취를 기념하는 위미로 주문 제작된 크리스탈 오벨리스크가 기저부에 설치된 그래브리프트들을 통해 '벌판'에서의 자리로부터 떠오른다. 신음을 내며 제 위치를 찾아가는 그것은 지면으로부터 50미터 떨어진 높이에 떠 있다. 그리고 앞으로도 계속 떠 있다가 또 다른 트라이엄프에게 그 자리를 내어 줄 것이다. 그 후 그것은 지면에 있는 다른 오벨리스크들과 함께할 것이다. 수많은 전몰자들을 위한 드높은 묘비들이다.

"……아드 아스트라!"

군중이 포효한다.

나는 밑에 있는 화성의 벌판에서 축제가 시작되는 동안 계단에 남는다. 골드들은 시타델 사유지 안에서 해산한다. 우리의 전용 연회를 치르러 가는 것이다. 아우구스투스는 내 옆에서 광경을 지켜

417

본다. 우리 뒤에서는 그의 도시 위로 구릿빛 태양이 지면서 우리의 그림자들을 아래에 있는 로우컬러들 위로 길게 늘어뜨린다.

"나와 함께 가자."

아우구스투스가 명령한다.

우리는 경호원들로 둘러싸인 채 걷는다. 그들이 우리 주위를 빽빽하게 에워싸는 모습을 보니 불안한 마음이 밀려온다. 그는 자신의 딸과 얘기를 나눈 것이다. 그는 알고 있다. 당연히 그는 알고 있다. 나는 내 레이저를 갖고 있다. 그래브부츠는 없다. 오직 의식용 갑옷만 있다. 제압되기 전까지 얼마나 많은 옵시디언들을 죽일 수 있을까? 그리 많지 않을 것이다.

그러던 중, 나는 아우구스투스가 나를 어디로 데리고 가는지 깨닫는다. 그리고 멍청하게 굴었던 것에 대해 자조적인 웃음을 터뜨릴 뻔 한다.

왕좌가 있는 공식 알현실은 햇살에 불타오르고 있다. 천장은 모두 유리로 되어 있으며 대리석 원주기둥들은 100미터 높이까지 달하고 있다. 드넓게 트인 이 공간은 웅성이는 소리로 가득하다. 이온톱들, 망치들, 그리고 일곱 개의 이온메스들이 내 키의 두 배에 달하는 오닉스 덩어리를 조각하며 섬세하게 톡톡거리는 소리.

"나가."

아우구스투스가 요구한다.

오닉스 위에서 자리 잡고 앉아 있던 바이올렛들이 미끄러져 내려와 오렌지 석공들과 레드 노동자들을 데리고 해산한다. 아우구스투스의 경호원들도 마찬가지로 우리를 떠난다. 우리의 부츠가 바닥과 마찰하며 딸깍 거린다. 이런 공간에서 나기에는 너무나 외로운 소리다.

결국 아우구스투스는 나를 죽이지 않을 것인가 보다.

"그들이 각하를 위해 왕좌를 만들고 있군요."

나는 오닉스를 만져 보러 가면서 말한다. 그리고 숨을 내쉬며 긴장을 푼다. 왕좌의 기저부 가까이에는 사자의 발 형상이 조각되어 있다. 그 왼쪽에서는 사자의 꼬리가 왕좌를 감아 그 반대편을 향하고 있다.

"너는 법을 어겼다, 대로우. 너는 옵시디언들에게 레이저를 줬다. 우리에게 대항했던 유일한 컬러들의 손 안에 우리 조상님들의 무기를 쥐어 줬지."

아우구스투스가 내 뒤에서 말한다.

내가 안도감에 묻는다.

"그게 다인가요? 저는 제가 해야 할 일을 했습니다."

"올림픽 나이트 하나가 네 경호원의 손에 죽었다. 이것은 공공연한 일이다."

"라그날이 외벽을 쟁탈하지 않았다면 우리는 패배했을 것이고 각하, 당신께서는 사슬에 묶여 있거나 처형당하셨을 것입니다. 각하께서 저보다 더 잘 아시지 않습니까. 라그날은 제 보장 하에 그렇게 한 것이었습니다."

"우리 아버지께서는 남들이 나를 어떻게 생각하는지 묻는 것은 나약한 행동이라고 가르치셨다. 하지만 나는 물어야겠구나. 너는 내가 차가운 괴물이라고 생각하느냐?"

그는 등 뒤로 양손을 깍지 끼며 말한다.

나는 아우구스투스를 살피기 위해 돌아선다.

"의심할 여지없이 그렇게 생각합니다."

아우구스투스는 고개를 들어 천장을 바라본다.

"솔직함이라. 너는 솔직함이 다른 모든 말똥 같은 덕목들과는 다른 반향을 불러일으킬 것이라고 생각하겠지. 내 성향은 말이다, 대로우, 필요에 의해 만들어 것이다. 나는 실수를 범하는 자들을 고쳐 주는 세력이다. 말해 보아라. 왜 너는 옵시디언에게 레이저를 주느냐? 왜 로우컬러들에게 일어서라고 부추기느냐? 왜 그저 지시나 받고 조종이나 해야 마땅할 블루에게 네 함선을 이끌게 하느냐?"

"왜냐하면 그들은 제가 할 수 없는 일들을 할 수 있기 때문입니다."

아우구스투스는 내가 자신의 논점을 인정했다는 듯이 고개를 끄덕인다.

"그래서 내가 존재하는 것이다. 나는 블루들이 함대들을 지휘할 수 있다는 것을 안다. 옵시디언들이 과학 기술을 사용하고 군사들을 이끌 수 있다는 것도 안다. 가장 빠릿빠릿한 오렌지가 제대로 기회를 만난다면 썩 괜찮은 조종사가 될 수 있다는 것을 안다. 레드들은 군인들, 또는 음악가들, 또는 회계사들이 될 수 있다. 몇몇 소수의…… 아주 극소수의…… 실버들은 소설도 쓸 수 있으리



420

라고 생각한다. 하지만 나는 그렇게 내버려 둠으로써 우리가 어떤 대가를 치르게 될지 알고 있다. 질서는 우리의 생존에 있어서 가장 중요한 요소다.

인류는 지옥을 겪고 나왔다, 대로우. 골드는 우연히 일어선 것이 아니야. 우리는 필요에 의해 일어선 것이었다. 혼돈 속에서 나왔다. 미래에 투자하기보다는 자신의 행성을 집어삼키는 종족들로부터 태어났다. 유희가 무엇보다도 우선시됐었다. 그 결과는 중요치 않았다. 가장 총명한 정신들도 우리 인류를 혁신시킬 수 있을 우주 탐험이나 과학 기술보다는 장난감을 요구하는 경제에 의해 노예가 됐었다. 그들은 로봇을 창조해서 인류의 노동관을 죽여버리고 수세대 동안 배짱이 상속자들을 만들어 냈다. 국가들은 서로를 수상쩍어하며 자신들의 자원을 비축해 뒀다. 나중에는 핵무기를 보유한 서로 다른 파벌들이 20개로 증가했다. 20개…… 각자 탐욕이나 과도한 열성에 의해 지배됐다.

그러니 우리가 인류를 정복했을 당시에 그 일은 탐욕을 위한 것이 아니었다. 명예를 위한 것도 아니었다. 우리 인류를 살리기 위한 것이었다. 혼돈을 안정화시키고 질서를 만들며 인류를 연마해한 가지 목표, 즉 우리의 미래를 보장하자는 의지에 집중할 수 있게끔 했다. 컬러들은 그 목표를 위한 등뼈다. 계층들이 서로 역할을 바꿀 수 있도록 허락하면 질서가 무너지기 시작한다. 인류는 위대해지기를 열망하지 않는다. 인간이 위대해지기를 열망한다."

"골드들이 위대해지기를 열망합니다. 그래서 우리가 컬러들을 전쟁터로 내몰지요."

나는 검은 사자의 발에 걸터앉아서 말한다. 아우구스투스는 자신의 위치, 즉 알현실의 정중앙에서 벗어나지 않았다.

"그럼에도 나와 같은 사람들이 있다."

아우구스투스가 너무나 진지하게 말해서 나는 그의 말을 거의 믿을 뻔 한다.

"나는 내가 왕이나 황제, 또는 사람들이 역사서 속 내 이름 위에 붙일 그 어떠한 직함을 원하기 때문에 진심으로 싸우는 것이 아니다. 우주는 우리를 인지하지도 않는다, 대로우. 우리의 존재를 말살시켜 버릴 순간, 즉 마지막 사람이 최후의 숨을 거두는 시간을 기다리는 신은 없다. 인류는 끝날 것이다. 그것은 받아들여졌지만 절대 논의되지 않는 사실이다. 그리고 우주는 신경도 쓰지 않고 계속 굴러갈 것이다.

나는 그런 일이 벌어지지 못하게 만들 것이다. 나는 인간을 믿기 때문이다. 나는 우리가 영원히 이어졌으면 한다. 우리를 이 태양계로부터 이끌어 새로운 행성계로 떠나고 싶다. 새로운 삶을 구하고 싶다. 우리는 종족으로서 유아기에 겨우 들어섰다. 하지만 나는 인간을 우주에서 단지 반짝였다 서서히 사라지며 아무도 기억해 주지 않는 무슨 박테리아가 아닌 불변의 결정체로 만들고자 한다. 그렇기에 나는 제대로 살아가는 방식이 있다는 것을 안다. 그래서 네 젊은 생각이 그렇게나 위험하다고 여기는 것이다."

아우구스투스의 정신세계는 드넓다. 내 세계를 훨씬 벗어난 세계들까지 포괄하고 있다. 그리고 어쩌면 처음으로 나는 이 남자가 자신이 하는 일들을 어떻게 하는지 진정으로 이해한다. 그에게는 아무런 도덕관이 없다. 선이 없다. 그가 이오를 죽일 때 악의적 의도도 없었다. 그는 자신이 도덕관을 넘어선 존재라고 믿고 있다. 그의 포부가 너무나 크기에 그는 인류를 지키겠다는 자신의 절박한 바람에 묻혀 잔혹한 존재로 변해 버렸다. 그가 드러내는 이 뻣뻣하고 냉정한 외형을 바라보며 그의 머리와 가슴속에 이런 광활한 꿈들이 타오르고 있다는 것을 알기란 참으로 이상하다.

"각하께서 하신 모든 말씀들은요? 하신 행동들은요?"

나는 그의 첫 번째 아내, 즉 그가 입 안에 포도를 쑤셔 넣었던 여자를 생각하며 묻는다.

"각하께서는 플라이니 같은 존재들이 하는 조언을 받아들이십니다. 또 아무런 법도 위반하지 않은 무고한 시민들을 폭파하십니다. 내전을 열렬히 받아들이십니다…… 그런데 인류를 구하기 위해 노력하고 있다고 말씀하시다니요?"

"나는 공익을 지키기 위해 해야 하는 것을 할 뿐이야."

그 자신을 지키기 위해. 그 자신이 이득을 보기 위해.

"인류를 지키기 위해서요."

나는 그의 말을 되풀이한다.

"그래."

"180억 명이 이 제국 전역에서 숨을 쉬고 있습니다. 인류를 지키기 위해 그들 중 몇 명이나 죽이시겠습니까? 10억 명요? 100억 명요?"

"그 숫자가 어떻든 그 불가피함은 바뀌지 않는다."

"150억 명요?"

나는 묻는다. 레드, 골드 모두 포함해 내 모든 부분들이 충격에
빠진다.

"누군가는 이런 결정들을 내려야 한다. 인류의 나머지는 날이
갈수록 병들어 간다. 픽시들은 업적 대신 유희를 쫓고, 비할 데 없
는 자들은 권력을 향한 굶주림이 너무나 커진 나머지 우리의 군주
는 왕좌를 차지하기 위해 자기 아버지의 머리를 베어 버린 여자
다. 그들은 통제되어야 한다."

"각하에 의해서요."

그 깜빡이지 않는 눈의 시선은 흔들리지 않는다.

"우리에 의해서. 우리에 의해서다."

아우구스투스가 말을 되풀이한다.

"나는 너를 하찮게 대했다. 왜냐하면 나는 네 성급함이, 네 건
방짐이 두려웠기 때문이다. 하지만 나는 너에게 그에 대한 보상을
해 주겠다고 약속하기도 했다. 그러니 그렇게 할 것이다. 왜냐하면
너는 성장할 여지가 있다는 것을, 더 배울 여지가 있다는 것을 보
였기 때문이다. 내 후계자가 되어라. 내 집정관이 되지 말고. 나에
게 전쟁 지도자들은 충분히 있다. 내가 필요한 것은…… '원하는'
것은 아들이다."

"각하께서는 아들이 있지 않습니까?"

"나에게는 내 권력을 원하는 기생충이 있다. 그게 전부다. 그는 그 힘을 필요로 하지 않는다. 그가 그것을 일단 장악하면 어떻게 사용할지에 대한 계획이 없다. 그는 단지 우리 소사이어티가 그에게 그것을 굶주려 하라고 가르친 대로 하는 것뿐이다."

그의 얼굴에서 강한 호기심이 번뜩 지나간다.

"그럼에도 불구하고 이렇게 하는 것은 그의 생각이었지. 그도 네가 후계자가 되는 것을 승인했다."

나는 자칼이 승인한 것을 의심하지는 않는다. 내 협력자를 알기에, 단지 이번일로 내가 어떤 대가를 지불하게 될지가 궁금할 뿐이다. 그는 사업가다. 그는 자신의 투자에 대한 결실을 원할 것이다. 특히나 이번 투자에 대해서는 더더욱 그럴 것이다. 그는 이러리라는 것을 나에게 미리 말했어야 했다.

"버지니아는 어쩌고요? 각하의 후계자가 꼭 남자여야 할 필요는 없잖습니까?"

"그렇지만 나는 남자이기를 바란다. 그리고 나는 너를 그녀에게 주고 싶다. 그녀의 영특함에 걸맞은 남편감으로서."

"각하께서는 저를 이용하시는 거군요."

내가 갑작스럽게 아우구스투스의 계략을 파악하면서 말한다.

"제가 그녀를 각하께 묶어 놓게 되는군요. 특히나 우리가 결혼한다면 더더욱 그럴 거고요. 우리 둘 다 각하께서 개혁을 원하시지는 않는다는 것을 알아요."

지금도 개혁가들은 소사이어티 전역에서 무리를 이루며 화성으로 날아오고 있다. 자신이 룬 군주와 그녀의 동맹군들을 물리치면 그들에게 원로원 자리를 내주겠다고 약속했던 이 남자 뒤에 모여 서기 위해서다.

"개혁가들은 암이다."

아우구스투스가 말한다.

"하지만 각하께서 그들에게 약속하신 내용은……."

"그들의 지지를 얻기 위해서는 약속이 불가피했다. 우리가 옥타비아를 물리치게 되면 나는 개혁가들을 감옥에 넣거나 반역죄로 처형시킬 것이다."

"머스탱은 절대 각하를 용서하지 않을 겁니다. 그녀는 각하께서 바뀌고 있다고 믿고 있어요. 각하께서는 그녀와 무슨 대화를 나눴는지, 그녀에게 무슨 약속을 하셨는지는 모르겠지만, 그녀가 각하에 대한 희망을 품게 만드셨어요."

어쩌면 머스탱은 우리 둘 모두를 용서하지 않을지도 모르겠다.

"이 가족의 구성원이 되거든 네가 그 애를 이해시킬 것이다, 대로우. 내 생각에 그때쯤이면 너희는 결혼했을 것이고 그 애가 나를 증오하더라도 너를 버리지는 않을 것 같다. 우리 가족은 마땅히 그래야 하듯, 계속 강력한 집안으로 남을 것이다. 하지만 너는 언제나 내 사람이어야 한다. 내 말을 들어야 한다. 내 아이들의 말을 듣지 말고."

아우구스투스는 나에게 한 걸음 다가온다.

"옥타비아는 인류를 천천히 쇠퇴하는 방향으로 이끌고 있다. 개혁가들은 아레스의 아들들과 마찬가지로 우리를 초당 1000킬로미터의 속도로 땅바닥에 쳐 박을 것이다. 우리는 우리의 종족을 보호해야 한다. 나를 도와주거라."

그는 인류를 위해 자신이 생각하는 최선을 행하는 고결한 남자다.

망할 놈의 새끼.

우리는 우리의 의지로 허리 굽혀 인사하겠다고 한 적이 한 번도 없다. 그가 무슨 자격으로 레드들과 브라운들이 죽을 때까지 고되게 일하는 것이 공익을 위해서라고 주장한단 말인가? 그가 무슨 자격으로 핑크의 아이들은 강간당할 목적으로 거둬들여야 하고 옵시디언들과 그레이들은 전투에 투입하는 것이 불가피한 일이라고 주장한단 말인가? 그는 대체 무슨 생각으로 저기 앉은 채 나를 위한 최선, 그리고 내 가족을 위한 최선이 무엇인지를 그 자신만이 안다고 할까? 그에게는 그럴 권리가 없다. 내 세계로 들어와 이오를 데려갈 권리가 그에게 없었던 것과 마찬가지로. 그리고 그가 만약 힘이 있기 때문에 자신에게 그럴 권리도 있다고 생각한다면 나에게도 지금 당장 그의 머리를 베어 버릴 우라질 권리가 있는 것이다.

대신 나는 일어선 후 걸어서 우리 사이의 거리를 좁힌다. 무릎을 굽히며 나는 아우구스투스의 손을 잡고 그의 우라질 반지에 키스를 한다.

"당신이 원하시는 대로 하겠습니다, 각하시어."

그의 굳건한 입술이 포식자의 미소로 휜다.

"나를 아버지라 불러라."


"너무 그렇게 대놓고 자만하지는 말아라."

론이 나에게 말한다.

우리는 시타델 정원의 하얀 산책로 사이에 서 있다. 산들바람
한 줄기가 나무에 매달린 종들을 흔든다. 이것은 간단한 모임이
다. 루나에서의 장대한 행사와는 다르다. 담쟁이덩굴로 뒤덮인 굵
은 나뭇가지들 밑으로 작은 식탁들이 늘어서 있다. 핑크 종업원들
이 잔치 음식으로 덮였던 그 위를 치운다. 초록 잔디와 하얀 산책
로들 위에는 비할 데 없는 자들이 서 있다. 그들은 서로를 웃기고
감복시키며 샴페인 잔들을 부드럽게 잡고 있다. 이 모임을 기획하
는 데에 자칼의 손이 한몫했다는 것을 감지할 수 있다. 그는 고상
한 취향의 겸손한 존재다.

행사보다도 저녁 만찬에 더 많은 고관대작들이 참여했다. 그러
므로 아우구스투스와 내가 맞이해야 할 사람들이 많다. 그들은 당
연하게도 계층에 따라 줄을 선 채로 우리에게 다가왔다. 나는 곧
반갑게 악수하는 일에 지쳤다. 그래서 가는 하얀 나무의 밑둥 근
처에서 론과 만났다. 그는 팔짱을 꼈으며 온통 험악한 표정으로
손에 쥔 샴페인을 노려보고 있다. 그는 그것을 덤불로 툭 던진다.

"저도 이런 종류의 일이 정말 싫어요. 대총독님은 제가 마스크
를 받자마자 위성 영주들에게 다가가 그들과 친해지기를 원해요.

그 후에는 잘 시간이고요."

여기에 머스탱이 없으니 진짜로 만끽할 즐거움은 없다.

"홀로 있는 듯하네. 네 여자친구는 어디 갔느냐? 샅샅이 찾아도 안 보이던데."

론은 눈살을 찌푸린 채 주위를 둘러본다.

"저도 몰라요."

모두들 머스탱의 빈자리를 알아챘나?

론이 끙 앓는다.

"아. 사랑싸움 했어? 글쎄다. 네 귀에 조언을 쏟아 붓지는 않으마. 단 이것만은 말할게. 네 자존심을 굽혀. 그녀는 보배야. 만에 하나 네가 그녀를 감당할 수만 있다면 말이지."

만에 하나다.

"스승님께서 와 주셔서 기뻐요. 스승님의 조언은 개똥이지만요."

론은 걸걸하게 웃은 뒤 자칼을 향해 고갯짓을 한다. 그는 로크 및 가니메데에서 온 몇몇 정치인들과 대화하는 중이다.

"그건 네 친구가 손을 써 준 덕분이었지. 아우구스투스는 어쩌다 나를 초대하는 것도 잊었더구나. 내 부하들이 그에게 행성 하나를 따 줬는데도 말이지. 요새 예의는 너무나 조건부야. 말이 나와서 말인데, 내가 얼마나 더 있어야 떠나도 무례하지 않을까?"

"아직 9시도 안 됐어요. 몇 분 뒤에 스승님께서 마스크를 수여하실 것 아니었나요?"

"그러기로 돼 있었지. 그런데 그건 따분한 형식상의 행사 운영

절차잖아. 네 친구 로크에게 대신 해 달라고 부탁했다. 그래도 괜찮지? 사실, 그가 나에게 부탁했는데, 그게 그거지."

"괜찮아요. 괜찮아요. 사실 그게 더 나아요."

로크를 행사에 최대한 많이 참여시키는 것이 좋을 것이다. 우리는 아직도 관계 회복을 해 나아가야 한다. 공식석상에서 우리의 우정을 과시하는 것도 회복을 위한 좋은 시작점이 될 것이다.

론은 자신의 등을 나무에 대고 기댄다.

"내 오래된 뼈들이 밤마다 삐걱거린다. 나는 보안시스템이나 검사하러 가야겠다. 이 약삭빠른 사람들과 하나도 얘기하지 않아도 되게 말이다."

그는 우리 머리 위, 저 높은 곳에서 립윙이 지나가는 모습을 지켜본다.

"그런 일은 다른 사람이나 하라고 해요."

핑크 한 명이 론에게 내가 시킨 위스키 텀블러를 전달한다. 론이 가장 좋아하는 위스키 라벨이다. 그는 코를 킁킁거린다. 기분이 가라앉았다.

"저는 스승님께서 갑옷을 입으신 모습만 보잖아요. 제대로 스승 역할을 해 주시고 저와 함께 있어 주세요. 스승님을 위한 라가불린 위스키가 두 병이나 있어요."

"다시 네 옛날 수법을 쓰는구나. 위스키 두 병에 두 시간의 추가적인 훈련. 그렇게 거래하지 않았었나? 그때 내가 더 받아냈어야 했는데. 하!"

론은 위스키 병을 들고 절뚝거리며 나무들 사이에서 자신의 손자들과 술래잡기를 하러 떠난다. 나는 그의 술을 전달했던 핑크가 다시 무리 속으로 들어가는 모습을 지켜본다. 그녀의 움직임이 어렴풋이 낯익다.

여자 하나가 내 팔에 자신의 팔을 감는다. 나는 신이 나서 고개를 돌리지만 빅트라만을 발견한다. 그녀는 내가 실망한 것을 눈치채지 못한다.

"나는 진심으로 바이올렛들이 네 마스크에 페가수스 대신에 사자를 달아 줬으면 좋겠는데."

빅트라는 내 표정을 보고 웃는다.

"맞아. 소문이 벌써 싹 돌았어. 대로우 오 아우구스투스."

그녀는 장난스럽게 몸을 떤다.

"여자들이 너를 향해 달려오겠는데."

나는 눈을 굴린다.

"에이, 입 닥쳐."

"그렇게 하게 만들어 보든지."

그녀의 손이 내 허리를 따라 미끄러진다.

"네가 벌써 정착했다는 것이 안타깝네."

가스상 거대 혹성에서 온 젊은 비할 데 없는 자들의 무리를 향해 고개를 끄덕이며 그녀는 가까이 기대온다.

"그래도 설마 좀 놀아 보지도 못한다는 건 아니겠지?"

"내 얼굴을 붉히게 만드는 게 그냥 너무 재미있지?"

빅트라는 내 머리에서 월계화환을 벗긴 후 그것을 자신의 머리에 쓴 다음 바보같이 절을 한다.

"들켰네. 어째든 네 조그만 머스탱은 어디 있는 거야?"

"왜 모두들 그것을 그렇게 궁금해 하는 건데?"

"대로우."

로크가 우리와 합류한다. 그는 트라이엄프 마스크를 담을 수 있을 정도로 큰 아이보리 색 상자를 들고 있다. 검은 집정관 제복을 입고 머리를 뒤로 싹 넘긴 그는 세련돼 보인다.

"우리가 마스크 증정식을 위해 집합해야 하는 것으로 알고 있는데. 어디서 모이는지 알아? 이 모든 행사 절차가 좀 헷갈리네."

빅트라가 인상을 찌푸린다.

"시타델 근무자들이 여전히 정신없는 상태야. 벨로나 가문이 이곳을 한 달 동안 갖고 있었잖아. 아드리우스가 핑크들을 샅샅이 뒤져서 첩자들을 걸러내야 했어. 특히나 아티카에서 벌어졌던 일 이후로 더욱 열심히 해야 했지. 오늘 밤에도 그는 자신의 부하들을 여기저기 배치시켜 놨어. 오, 젠장. 행사 시작한다."

그녀는 월계화환을 내 머리 위에 다시 씌워 준 후 골드들이 모여드는 공터로 나를 끌고 간다. 세브로가 내 앞길을 가로질러 나타나 우리를 막는다.

"대로우."

세브로가 빠르게 말한 후 빅트라를 쳐다본다.

"너는 가 봐."

빅트라는 표정을 일그러뜨린 후 떠난다.

"너 쟤 좋아하는구나. 나는 알겠는데."

내가 세브로를 놀리지만 그는 내 말을 무시한다.

"아직도 여기에 도착을 안 했어."

"피치너 말이야? 데이터패드로 전화해 봤어?"

"통화가 안 돼. 그 망나니는 자기가 온다고 했어. 그러니 여기에 없다는 것은 뭔가 중요한 일이 벌어지고 있다는 걸 거야. 확인하러 가 봐야겠어."

나는 그의 팔을 잡는다.

"확인해 봐. 하지만 라그날을 불러. 그리고 조심해."

"나야 언제나 조심하지."

그가 떠나는 모습을 보니 기분이 이상하다. 마치 내 그림자가 떨어져나가는 과정을 지켜보는 것 같다. 그 그림자는 나와 별개의 운명을 맞이할지도 모르겠다. 어쩌면 결국에는 그가 나보다 더 중요한 역할을 할지도 모른다. 진정 두 세계로부터 태어난 아이로서.

나는 무리를 따라 나무들 사이로 이동한다. 작은 등불들이 가지들 사이를 집으로 삼은 채 공터를 따뜻한 백색 빛으로 물들인다. 이곳에 온 화이트는 한 명도 없다. 여기서는 격식도 없다. 트라이엄프 행사가 웅장했던 만큼 이 모임은 절제됐다. 하객 무리가 갈라서며 나를 위해 길을 터준다. 나는 하얀 자갈돌길 위로 올라간다. 그곳에는 론이 자신의 손자들과 돌고래 분수의 가장자리에 앉아있다. 아우구스투스가 자신의 옆에 서라고 나에게 손짓한다. 그

근처에는 저울과 칼을 들고 있는 맹인 처녀의 조각상이 있다. 그것은 담쟁이덩굴 속에 빠져 익사하는 듯하다. 자칼이 우리와 합류한다.

"들어보니 우리가 형제가 될 거라던데."

내가 그에게 말한다.

"그러게. 그런데 누가 가족을 선택할 수 없다고 했어? 그 망나니 카시우스보다는 그래도 네가 낫지."

그는 산만하게 자신의 데이터패드를 쳐다본다.

"무슨 문제 있어?"

내가 묻자 그가 자신의 데이터패드로부터 고개를 든다.

"지독한 식품 요청 건들이 또 들어왔어. 미안해. 화성의 일은 모두 최상의 상태야, 내 굿맨. 단지 우리 여동생도 여기 있었으면 했는데. 걔가 어디에 있는지 너도 아직 모르겠지? 혹시 알고 있어?"

나는 고개를 젓는다. 매번 머스탱이 언급될 때마다 그녀는 나로부터 조금씩 더 멀어져간다. 나는 그녀가 나타날 것이라는 희망을 놓지 않고 있었다. 그녀가 화려하게 입장하면 나는 만사가 좋다는 것을 알았을 것이다. 하지만 어떤 환상들은 실현되지 않는 법이다.

"실례합니다! 굿맨들이여!"

웅얼거리던 대화소리 사이로 아우구스투스가 선언한다.

"고맙습니다."

그가 자신의 목청을 가다듬은 후 화성의 수많은 내빈들에게 환영 인사를 건넨다. 트리톤의 여성 대총독에게는 고개 숙여 인사한다.

"우리의 술잔들이 반짝이고 배는 부르지만 이 밤은 영원하지 않을 것입니다."

그는 자신의 하객들을 찬찬히 살핀다. 그의 목소리는 습한 공기 속에서 건조하고 단호하게 퍼진다. 반딧불들이 나무들 사이에서 빛을 발한다.

"우리는 이것이 오직 시작에 불과하다는 것을 알고 있습니다. 전쟁은 우리로부터 많은 것을 요구할 것입니다. 하지만 우리가 단 몇 주 전에 목격한 것과 같은 승리를 성급하게 그냥 지나치지는 맙시다. 의지, 충성심, 그리고 힘의 승리를요.

퍼레이드의 그 모든 장엄함은 그들을 위한 것이었습니다. 이런 조용한 순간들은 우리를 위한 것입니다."

아우구스투스는 자신의 얼굴 흉터를 한 번 톡 건드린다.

"여기서 우리는 서로간의 입장 차이를 뒤로하고 의지로 이루어 낸 유일무이한 업적을 향해 고개를 끄덕이며 잔을 들어 올릴 수 있습니다. 이 업적은 홀로 이루어낸 것이 아니었습니다. 하지만 아이언 레인은 한 남자가 불러낸 것이었습니다. 그러니, 대로우 오 안드로메두스, 우리는 당신에게 경의를 표합니다."

"리퍼 만세!"

론이 외친다. 아주 슬쩍 나를 놀린 것이다.

공터 전체에서 사람들이 잔을 들며 동의한다는 말소리들을 소곤거린다. 그리고 그들은 마신다. 내 왼쪽을 돌아볼 때면 머스탱

대신 자칼이 보이니 속이 너무나 공허하다. 이 모든 것이 곧 무너질 것이라는 사실을 알면서 미소를 짓기란 너무나 가짜처럼 느껴진다. 빅트라는 내 기분을 눈치 챘는지 나를 향해 잔을 기울이며 윙크를 해 준다.

아우구스투스는 로크에게 손짓을 한다. 로크는 커다란 아이보리 색 상자를 품에 꼭 안은 채 앞으로 나온다. 그는 그 상자를 내 손에 쥐어 준 후 자신의 한 손을 그 위에 올려 내가 아직 그것을 열지 못하게 한다.

"너와 나는 함께 많은 것을 봤어. 내가 너를 처음 만났던 날 밤, 너는 마르스 성 바닥에 앉아 네 피투성이 손을 쳐다보고 있었지. 내가 그때 뭐라고 했었는지 기억나?"

로크의 말투는 차분하고 일정하다.

그는 다른 쪽 손으로 내 오른쪽 팔목을 건드린다. 지난날의 어떤 다정함이다. 우리의 손에 굳은살들도, 흉터들도 덜 생겼던 시절의 것이다.

"물론이지. '깊은 곳에 빠졌는데 수영하지 않으면 빠져 죽어. 그러니까 계속 수영해야겠지.'"

나는 외운다.

"절대 잊지 못해."

"우리가 이렇게나 멀리까지 왔다니."

그의 눈이 내 얼굴을 살피며, 내 주름, 내 불완전함을 눈여겨본다. 나는 고개를 갸우뚱한다. 그가 뭘 찾고 있는지 궁금하다.

"나는 너를 보호하기 위해 네 계약서 가치의 100배도 지불했을 거야."

"나도 알아, 로크."

"그리고 나는 너를 위해 수천 번도 더 목숨을 바쳤을 거야. 너는 내 친구였으니까."

'친구였으니까.' 그의 말투 속 무언가에 나는 주위를 살피게 된다. 그의 어깨 너머로 빅트라가 뭔가 웃긴 이야기를 안토니아와 뼈만 앙상한 그들의 어머니에게 속삭이는 모습이 보인다. 론은 짤따란 핑크 서빙 종업원이 가져온 작은 케이크 접시들을 자신의 손자들에게 나눠주고 있다. 하지만 그 서빙 종업원이 돌아서자 내 속이 얼어붙는다. 그는 건방지게 휙 돈다. 무자비하게. 세상에 태어난 그 어떤 핑크와도 다른 태도다. 그는 단 반 초간 자신의 컬러 기질에 어긋나는 행동을 보였다. 저렇게 돌아서는 몸짓이 낯익다. 저 남자는 아는 사람이다. 그는 빅수스다. 그일 수밖에 없다. 내 눈은 재빨리 나에게 론의 위스키를 가져온 핑크에게 향한다. 릴라스다. 머리에 뼈를 달고 다니는 자칼의 여자다. 그리고 벨로나 가문과 동맹을 맺은 여자다. 그들은 핑크로 분장한 상태다. 골드들이 플레시마스크들을 썼다. 콘택트렌즈들을 착용했다.

양인 척하는 늑대들이다.

나는 로크로부터 물러서며 고함을 치려는데 그의 손아귀가 조여 오는 느낌을 받는다. 그리고 나는 그가 작별인사를 하고 있었다는 것을 깨닫는다. 그의 반지에서 나온 바늘 하나가 내 손목을 찌른다. 상냥하게. 그가 이제 내 볼에 남기는 입맞춤처럼.

"그리하여 결국 거짓말쟁이들은 물러가네, '우라질 같은' 입맞춤와 함께."

한 마디가 수천 개의 거짓말들을 산산조각 낸다.

우리 뒤에 있는 대리석 조각상보다도 차가운 표정으로 로크가 뒤로 물러선 후 아이보리 색 상자의 뚜껑을 연다. 은빛 경첩들의 부드러운 삐거덕 소리와 함께, 내 세상은 끝난다. 아우구스투스는 그 상자 안에 있는 것을 보고 경악하여 숨을 헉 쉰다. 그리고 나로부터 30센티미터 정도의 거리에 자칼이 있다. 그의 눈빛은 오랜 시간 휴면 중이었던 증오심으로 가득하다. 그는 나에게 미소를 지으며 짐승처럼 고개를 젖힌 후 미치광이가 비웃듯 목 놓아 울부짖는다.

종말의 신호다.

빅트라가 자신의 레이저를 향해 손을 뻗는다. 안토니아는 뒤로 물러선다. 웨이터의 트레이에서 스코처를 꺼낸 뒤 빅트라의 척추에 두 발을 쏜다. 그리고 누가 움직일 새도 없이 그녀의 어머니의 목에도 두 발을 더 쏜다.

"아르코스! 무기 들어!"

아우구스투스가 소리치며 자신의 레이저를 획 빼든다.

"하울러들, 내 곁으로 집합! 리퍼를 보호하라!"

론이 으르렁거리며 자신의 손자들을 뒤로 피신시킨다.

너무 늦었다. 론이 일어서는 찰나에도 릴라스는 자신의 트레이

밑에서 펄스대거를 꺼낸다. 그리고 그것으로 론의 뒤에서 그의 목을 획 긋는다. 론은 목과 칼날 사이에 자신의 손을 밀어 넣는다. 손가락 네 개가 바닥에 떨어진다. 그는 몸의 각도를 틀은 후 그녀에게 압박을 가한다. 피투성이 팔로 그녀의 손목을 잡은 상태다. 칼날의 웅웅거리는 소리. 끙끙 거리는 소리. 공터 전역으로 카오스가 군림하며 퍼지는 은밀한 공포.

독이 내 몸 안에 퍼진다.

나는 바닥에 털썩 주저앉는다. 상자는 내 무릎 위에 있다.

등은 맹인 조각상에 대고 있다.

마비됐다.

자칼이 이 아수라장 한복판을 미끄러지듯 지나간다. 얼음 위의 파충류다. 그는 찌르고 도살하는 광경을 지켜본다. 그리고 릴라스가 론의 목을 베려는데 론이 아직도 그녀와 힘겨루기를 하고 있는 모습을 발견한다. 론은 바닥에서 깨진 유리 조각을 용케 주워들었다. 그리고 이제 그것으로 릴라스의 다리를 찌르려고 손을 뻗는다. 그 찰나, 자칼이 허리를 굽힌 후 잠시 론을 관찰하더니 천천히 그의 배에 칼을 밀어 넣는다.

"사람들 말이 틀렸네. 당신 옆구리는 돌로 만들어지지 않았어."

론의 표정은 두려움에 일그러진다. 그새, 자칼이 그 노인의 몸을 따라 칼을 위로 밀어 올린다. 내 레이저 스승님의 시선이 퍼뜩 나에게, 그의 손자들에게 향한다. 그는 일어서 보려고 한다. 마지막으로 남아 있는 격분까지 다 쥐어짜고 있다. 뭔가를 말하려고 한다. 하지만 그의 몸이 더 이상 말을 듣지 않는다. 다시는 그는 자신의 섬을 보지 못할 것이다. 그리핀을 쓰다듬지 못할 것이다. 자신의 손자들이 웃는 소리를 듣지도, 내가 그에게 주기로 약속했던 손자, 라이샌더를 보지도 못할 것이다. 내가 그를 이렇게 만들었다. 내가 그를 그 외딴 평화로부터 데리고 왔다. 그가 그렇게나 염원했으면서도 자신이 누릴 자격이 없다는 것도 잘 알고 있던 그 평화로부터. 그리고 곧 그의 눈은 아무것도 보지 않게 된다. 자칼은 자신의 칼을 회수하고 릴라스는 느린 톱질로 자신이 하던 일을 마친다.

나는 긴 신음을 뱉는다. 그것이 내가 할 수 있는 전부다. 침이 내 목을 타고 흘러내린다. 빅트라가 내 쪽으로 기어오고 온다. 그녀로부터 피가 새어나오고 있다. 이 모든 것의 한복판에 로크가 서 있다. 조각상처럼, 동떨어진 채.

펄스무기들이 저 멀리서 흔들린다. 천둥이 하늘을 찢어 갈기면서 동시에 어두운 형체들이 내려와 소리 장벽을 깬다. 그들은 레이더 탐지가 안 되는 스텔스 함선에서 내려온다. 뭔가가 몰래 들어왔다. 순찰들은 어디로 간 걸까?

옵시디언들과 집정관들이 공터의 한 중앙에 내려와 돌을 쿵 하고 밟는다. 그들은 살인터로부터 정원으로 도망친 자들을 잡아 소리 없이 최소의 동작으로 사냥한다. 안토니아가 대량학살을 지시한다. 후계자들을 해치워 버리고 500년 된 혈통들을 끊어 버린다. 인질들을 잡아들인다. 릴라스는 빅수스와 함께 웃고 있다. 그들은 자신의 전자 플레시마스크를 벗어던지고 금빛 머리칼을 흔들어 풀어 버린다. 그들 뒤로 아자가 장려하게 착지한다. 그녀의 갑옷이 등불에 번쩍인다. 그녀는 대학살을 점검한다. 그녀의 표정은 어둡고 만족스럽다. 나는 그녀를 거의 보지도 않는다. 왜냐하면 그녀의 옆으로 오랜 친구 하나가 착지했기 때문이다. 카시우스다.

"버지니아는?"

카시우스가 묻는다.

"걱정스럽게도 실종 상태야."

자칼이 대답한다.

"주의를 받은 거야?"

"화가 난 거지. 사랑싸움으로."

빅트라가 간신히 내 발목까지 기어온다. 그녀가 총을 맞은 곳에서부터 지금 몸을 웅크리고 있는 곳까지의 길을 따라 피로 미끈거리는 줄이 그림자를 드리운다. 그녀의 입술에 붉은 색이 묻었다. 그녀가 나를 만지는 감촉이 안 느껴진다.

"나는 몰랐어. 대로우, 나는 몰랐어."

빅트라가 속삭인다.

아자는 론의 몸 위로 허리를 숙여 그의 허리춤으로부터 레이저를 가져간다. 그리고 자신의 스승의 눈을 영원히 감겨 준다. 론은 그 무기를 꺼내 보지도 못했다. 카시우스가 가까이 다가와 내 발밑에 멈춰선 후 한쪽 무릎을 굽히고 나를 바라본다.

"시인, 얘 움직일 수 있어?"

카시우스가 로크에게 묻는다.

"아니. 하지만 들을 수는 있지."

"너는 내 가족을 죽였어, 대로우. 모두를. 나나 줄리언. 그것은 그렇다 쳐. 하지만 아이들은? 어떻게 그럴 수가 있어?"

나는 그가 무슨 이야기를 하는지 모르겠다.

"나는 세브로를 찾을 거야. 머스탱도 찾을 거야. 자비는 없을 거야."

그는 새 팔로 에나멜을 입힌 레이저 손잡이를 만진다.

"그를 죽이면 안 돼. 그가 뭔지 너도 알잖아."

로크가 카시우스의 뒤에서 말한다. 그는 카시우스의 어깨에 손 하나를 올린다.

"카시우스, 군주의 지시는 명료했어."

"해부."

카시우스가 중얼거린다. 그가 나를 바라보니 이 남자가 나를 형제로 여겼던 적이 단 한 번도 없었던 것처럼 느껴진다. 우리가 지금의 상태로 발전하리라는 희망이 단 한 번도 없었던 것처럼. 그가 거칠게 내 손을 가져간다. 나는 잠시나마 그가 나와 악수하려는 것이라 생각한다. 그러나 그 대신 그는 내가 얻어낸 반지를 훔쳐간다. 내가 그의 남동생을 죽여서 소유하게 된 무쇠 늑대 반지다. 그것 없이 내 손가락은 헐벗은 기분이다.

카시우스는 무릎을 굽혔던 자세를 편 뒤, 저 위에서 나를 내려다본다. 고상한 독수리라기보다는 시체를 파먹는 아름다운 대머리 독수리에 가깝다.

"줄리언, 레아, 팍스, 퀸, 위드, 하피, 롯백, 택터스, 론, 빅트라. 그들은 노예를 위해 죽기에는 너무나 아까운 사람들이었어."

그렇게 말해 놓고 그는 떠나 나를 로크와 함께 남겨 놓는다.

울음소리와 사이렌 소리를 제외하고는 세상이 고요하다. 내 옆에서 빅트라는 카시우스가 떠나는 모습을 지켜본다. 그녀의 생명이 몸에서 새어나오고 있다. 그녀의 그 영리한 눈이 나를 올려다본다. 초점을 잃은 채.

"우리 서둘러야 해."

아자가 대학살의 정중앙에서 느릿느릿하게 말한다.

"그들은 우리가 여기에 있는 걸 알아. 네 아버지를 데리고 와. 그리고 우리는 출발하자고."

자칼이 고개를 끄덕인다.

"괜찮으시다면 잠시만요."

몇 미터 떨어진 곳에서 세 명의 웨이터들이 아우구스투스를 바닥에 내리꽂은 상태다. 그들은 자칼이 론의 훼손된 시체 위로 넘으며 다가오자 아우구스투스를 일으켜 세운다.

자칼이 나에게 외친다.

"마스크가 네 취향이 아닌가, 대로우? 네가 아티카에서 네 진짜 정체를 드러낸 뒤에 내가 너를 위해 특별히 만든 건데."

자칼이 자신의 아버지를 향한다.

"어떻게 생각하세요, 아버지? 이번 계책은 아버지의 이름에 걸

맞았나요?"

"이 괴물. 무슨 짓을 한 거냐?"

아우구스투스가 자칼의 얼굴에 침을 뱉는다.

자칼이 침을 닦아낸 뒤 그것을 바라본다.

"그럼 제가 자랑스럽지 않으시다는 건가요? 젠장."

"멈춰라. 나의 아들아, 네가 우리를 망쳤다."

아자가 조급하게 말한다.

"아드리우스…… 우리는 가야 해."

자칼이 앞으로 걸어온다.

"'이제야' 저를 아들이라고 부르시네요?"

그는 자신의 혼내는 느낌으로 혀를 끌끌 차며 자신의 아버지의
재킷 매무시를 단정히 한다.

"자연원소들이 제 목숨을 가져가도록 저를 바위 위에 올려놓으
셨을 때에도 제가 아버지의 아들이었나요? 3일 동안이나. 저는 아
기였다고요. 위원회는 '폭로'를 원하지도 않았어요. 하지만 아버지
께서는 제가 너무나 약하고 클라우디우스 형은 너무나 강하다고
여기셨죠. 제가 카르누스를 시켜서 형을 땅 속에 묻어 버렸을 때
에도 그가 그렇게 강하던가요?

저는 카르누스 오 벨로나가 클라우디우스의 애인을 더럽히는
대가로 그에게 700만 크레딧과 여섯 명의 핑크를 지불했어요. 저
는 클라우디우스의 명예심이 그를 결투장으로 이끌 것을 알고 있
었죠. 웃기는 건…… 그게 아버지의 돈이었다는 것이죠. 저는 '제

미래에 투자할 수 있게' 지원해 달라며 아버지께 그 돈을 요청했어요. 그리고 저는 그렇게 했죠."

그는 인상을 쓴다.

"아버지, 정말로 아버지께서는 10살짜리가 실버 시장에 관심을 가질 거라고 생각하셨나요? 제게 좀 더 주의를 기울이셨어야죠."

"네가 클라우디우스를 죽였어."

아우구스투스의 목소리가 압박감에 갈라진다. 그리고 그는 자신을 들고 있는 자들의 품속으로 축 늘어진 채 슬픔으로 전율한다.

"네가 우리 아들을 죽였어."

이 사실은 머스탱의 마음을 아프게 할 것이다.

자칼이 경멸조로 말한다.

"제가 아버지의 아들이에요. 저는 '좋은' 아들이었어요. 저는 아버지를 '숭배'했어요. 두려워했어요. 아버지의 말씀을 따랐어요. 아버지께서 제가 배우기를 바라는 것들을 배웠어요. 아버지께서 제가 가기를 바라시는 곳으로 갔어요. 저는 오로지 아버지의 바람에 따라 지시하신대로 했어요. 그럼에도 불구하고 저는 부족한 존재였어요."

아우구스투스가 격분한 마음을 다시 끌어 모아 고개를 젓는 동안 집정관들이 그의 양손에 자성 수갑을 채운다. 그는 시선을 들어 자신이 창조한 괴물을 바라본다.

"네가 요람에 있었을 때 네 목을 졸라 죽였어야 했다."

"자자, 아버지……."

445

"너는 내 아들이 아니다."

아드리우스는 움찔한다. 그 몇 마디 안 되는 말로 아우구스투스는 무언가를 봉인으로부터 풀어 버린다. 그리고 내심 사랑 받으리라는 희망의 끈을 놓지 않았던 아드리우스의 작은 부분이 사라진다. 그가 자신의 인간성을 털어 버리면서 오직 자칼만이 남는다.

"그렇다면 희망이여 안녕, 그리고 희망과 함께 두려움이여 안녕. 회한이여 안녕. 나에게 선이었던 것은 모두 잃었나니."

자칼은 저 멀리 희미하게 사라지는 자신의 어떤 일부를 향해 속삭이며 아버지의 이마를 향해 스코처를 느릿느릿 들어올린다.

"악이여, 그대가 나의 선이 되어라."

아자가 앞으로 나선다.

"멈춰! 아드리우스! 군주의 이름으로……."

자칼은 자신의 아버지의 머리를 쏜다.

이오의 살인자가 바닥에 쓰러진다. 그리고 내 마음 속에 공허함이 퍼져 나아간다. 죽음이 죽음을 낳고 죽음을 낳는다. 이것이 댄서가 나에게 경고했던 바다. 이것이 머스탱이 자신의 오빠를 믿지 말라고 했던 이유다. 이것이 내 친구들이 죽을 이유다. 내가 죽을 이유다. 왜냐하면 나는 이 정도의 악랄함과 싸워 이길 수 없기 때문이다.

누가 이길 수 있겠는가?

"이 조그만 멍청이 뱀 같으니라고! 군주님께서는 그를 써서 언변으로 아우터 림 지역을 진정시키려 하셨어! 젠장, 지독하게."

아자가 고함친다. 그녀는 하늘을 올려다본다. 화염 길이 어두운 하늘을 가르며 타오르고 있다. 초고층 대기권으로부터 누군가가 격하게 진입하고 있다. 펄스 무기 발사 불꽃들이 시타델 사유지를 지나가면서 집정관들은 아우구스투스와 론의 부름에 처음으로 반응하는 자들과 대면한다.

"너에게는 내가 이 상을 줬잖아. 이제 와서 칭얼대지 말라고."

자칼이 나를 고개로 가리키며 말한다. 그는 자신의 데이터패드 내용을 참고한 후 불꽃 길을 손가락으로 가리킨다.

"텔레마누스 세력이 오고 있어. 그들과 놀아 보고 싶지 않다면 우리가 떠나는 것을 추천하겠어."

카시우스가 동의한다.

"론과 아우구스투스가 죽었어. 이 군대는 허물어질 거야."

아자는 그녀의 집정관들에게 셔틀로 이동하라고 명령한다. 그들은 나를 땅바닥에서 수거해 가려고 온다. 내 다리에 오른 빅트라의 손에서 힘이 빠져 느슨해진다. 그녀의 눈은 감겼다.

"로크."

나는 독의 농후함 속에서 겨우겨우 속삭인다.

"형제여……."

"아니지, 아니야."

로크는 말한다. 괴물이 아니다. 여전히 자기 자신이다. 그의 슬픔 속에서 무시무시해 보일지언정 여전히 조용하고 고요하다.

"너는 레드의 아들이고 나는 골드의 아들이야. 우리가 형제였던 그 세계는 사라졌단다.”

하지만 그가 가까이 다가온다. 허리를 굽힌다. 그의 섬세한 손을 뻗더니 무릎에 있는 아이보리 상자가 내 얼굴을 향하도록 그것을 돌려준다.

“그리고 이 세계에선 골드의 힘이 절대 흔들리지 않을 거란다.”

상자 속을 확인하니 내 마음이 산산조각난다.

이제까지의 모든 것이, 앞으로의 모든 것이 모두 무너져 내린다. 이오의 꿈은 어둠 속으로 떨어진다. 너희가 어디에 있든, 세브로, 머스탱, 라그날, 이 세계로 돌아오지 마. 여기에는 고통이 너무 많아. 슬픔이 너무 많아서 이곳을 회복시킬 수조차 없어.

나는 상자 속을 들여다본다. 그 안에서 피처녀의 머리가 멍하니 나를 돌아보고 있다. 눈은 없고 입에 포도가 잔뜩 채워진 채. 아레스가, 우리가 갖고 있던 단 하나의 희망이, 내가 망가졌을 때 나를 일으켜 세운 후 복수보다 나은 무언가를 추구할 수 있도록 기회를 줬던 단 한 사람이 학살됐다. 그렇게 나는 우리가 당했다는 것을 깨닫는다.

〈끝〉

448

'반지의 제왕'에서 내가 가장 좋아하는 구절은 프로도가 자신의 원정을 거의 포기하다시피 했을 때 샘와이즈가 그에게 했던 말이다. "어서 오세요, 프로도님…… 제가 당신 대신에 그것을 이고 갈 수는 없겠지만 당신을 이고 갈 수는 있어요."

글 쓰는 작업은 때때로 외로운 원정이다. 길을 잃기도 하고 산을 넘어서자 바로 실수 한 것을 깨닫고 더 위험한 경로로 되돌아가야 하기도 한다. 가끔 그 길에는 나를 안내할 마법사도 없다. 내가 마법으로 만들어 놓은 것 외에는 이정표도 없다. 모든 일은 나에게 달려 있다. 그리고 그것은 꽤나 주눅이 들게 만드는 상황일 수가 있다. 최소한 나에게는 그렇다. 하지만 내 가족과 친구들은 이야기를 직접 이끌어 주지 못할지라도 나를 사랑과 우정으로 이고 간다. 그렇기에 나는 행운아다.

또한 내가 델레이처럼 훌륭한 출판사를 발견한 것도 행운이었다. 단 한 번도 내 창의성이 속박당한 기분을 느낀 적이 없었다. 단한 번도 그들이 우리가 종이에 옮길 수 있는 최고의 이야기 외에 다른 것을 요구한다고 생각된 적도 없었다. 데이비드 모네크, 조스칼로라, 키스 클레이턴, 트리샤 날와니, 스콧 새논, 데이브 스티벤선, 나로서 너희는 모두 우라질 성인군자들이다.

이제 내 편집자 마이크 브래프를 이야기하자. 모든 세계들을 통틀어 그렇게 위대한 거짓말 탐지가이자 옵시디언 광신도는 없었다. 이 소설의 긴박한 진행 속도와 뻔뻔한 살인 수, 그리고 카박스의 여우, 소포클스에 대해서는 그에게 감사하라. 리자 다우손, 하비스 다우손과 함께 나를 대표하기로 모험을 했던 한나 보우맨에게도 감사를 표한다. 그리고 침착한 태도로 훌륭히 영화 판권을 인도한 존 카시르에게도 감사하다.

아름다운 지도들과 위스키로 지새운 밤들을 제공한 조엘 필립스, 그리고 내가 갖지 못한 남동생 역할을 해 준 네이선 필립스, 나이를 훌쩍 넘어선 지혜를 빌려 준 타마라 펄난데즈, 로스앤젤레스를 고향처럼 만들어 준 자렛 프라이스, 젊은 작가의 첫 작업을 시간 들여 읽어 준 테리 브룩스, 후하게 찬사를 보내 준 스콧 시글러, 그리고 아침 식사 중에 그 모든 장난들을 계획했던 조쉬 크룩스에게도 감사하다.

우리 부모님으로부터 나는 물심양면으로 은혜를 받았다. 부모님께서는 내 손에 비디오게임기 대신 삽을 쥐어 주셨다. 숲속에서 흙을 파던 경험은 내가 받은 교육 중 최고였다. 나는 그들보다 더 진실하고 상냥한 사람들을 만난 적이 없다. 부모님은 내가 되고 싶은 사람들이다. 그리고 내 여동생 블레어에게도 인사한다. 인내심 있는 여성에게 잘못 보였을 때의 독특한 위험에 대해 가르쳐 줘서 나를 더 현명하게 만들어 주고, 아, 또 내 전용 닌자 암살범이 되어 준 일이 고마웠다.

결국에 나는 애론 필립스을 언제나 칭찬해야 한다. 그가 없었더라면 『레드 라이징』도, 『골든 선』도 없었을 것이다. 독일 유학 중에 우리가 만난 이래로 언제나 진실한 친구였던 그는 지난 7년간 내가 책 15권을 시작하고, 6권을 끝내며, 에이전트들로부터 100번 이상 거절을 당하는 모습을 지켜봐 줬다. 상황이 어두워질 때면 그는 나를 일으켜 세워주고 내 원정을 계속 진행하도록 권고했다. 그가 자라서 결혼하고 샘와이즈 갬지보다도 더 속 깊고 진실한 사람이 되어가는 모습을 볼 수 있었던 것은 축복이었다.

내가 4년 전에 시애틀에 있는 부모님의 차고 위에서 『레드 라이징』을 썼다는 것을 생각하면 기분이 이상하다. 내 친구들만 그것을 읽을 것이라고 여겼던 것을 생각하면 더욱 이상하다. 그러니 독자들이여, 당신들에게도 감사하다. 이 여정을 나와 함께 떠나 줘서 감사하다. 내가 꿈의 창조자로서의 삶을 살 수 있도록 만들어 줘서 감사하다. 내가 어렸을 적에 우리 아버지께서 나에게 '호빗'을 읽어 준 이래로 내가 하고 싶었던 일은 이것뿐이었다. 그리고 그 때 나는 깨달았다. 인간의 마법은 말에, 민담 속에, 잃어버린 전설 속에, 그리고 앞으로 생겨날 이야기들 속에 존재한다는 것을.

**옮긴이 | 이윤진**

원광대학교 한의학과 졸업, 영미 문학을 너무나 사랑하는 번역가이자 한의사. 지난 20년간 영미 문학을 손에서 뗀 적이 없다. 문학 번역에서 가장 중요한 것은 작가의 의도와 분위기를 그대로 번역하여 재현하는 것이라고 생각하기에, 항상 이에 대해 가장 신경을 많이 쓰며 독자가 즐겁고 생생하게 그 문학 작품을 읽을 수 있게 번역하는 것을 추구하고 있다. 『천국 주식회사』, 『푸른 수염의 다섯 번째 아내』, 『지상의 마지막 여친』, 『골든 선』 등을 번역했으며 『Pandemic Survival』, 『Morning Star』가 출간 예정이다. 또한 『평화의 소녀상』을 영어로 번역하기도 했다.

# 골든 선 2

1판 1쇄 찍음  2016년 10월 21일
1판 1쇄 펴냄  2016년 10월 28일

**지은이 |** 피어스 브라운
**옮긴이 |** 이윤진
**발행인 |** 김세희
**편집인 |** 김준혁
**책임편집 |** 최고운
**펴낸곳 |** 황금가지

**출판등록 |** 2009. 10. 8 (제2009-000273호)
**주소 |** 06027 서울 강남구 도산대로 1길 62 강남출판문화센터 5층
**전화 | 영업부** 515-2000  **편집부** 3446-8774  **팩시밀리** 515-2007
**홈페이지 |** www.goldenbough.co.kr

도서 파본 등의 이유로 반송이 필요할 경우에는 구매처에서 교환하시고
출판사 교환이 필요할 경우에는 아래 주소로 반송 사유를 적어 도서와 함께 보내주세요.
06027 서울 강남구 도산대로 1길 62 강남출판문화센터 6층 민음인 마케팅부

한국어판 ⓒ ㈜민음인, 2016. Printed in Seoul, Korea
ISBN 979-11-5888-180-1
ISBN 979-11-5888-181-8  04840 (set)

㈜민음인은 민음사 출판 그룹의 자회사입니다.
황금가지는 ㈜민음인의 픽션 전문 출간 브랜드입니다.